梅赛德斯先生三部曲

梅赛德斯先生

STEPHEN KING

MR. MERCEDES

〔美〕斯蒂芬·金 著

姚向辉 译

上海文艺出版社

图书在版编目(CIP)数据

梅赛德斯先生/(美)斯蒂芬·金著;姚向辉译.
—上海:上海文艺出版社,2018
(梅赛德斯先生三部曲)
ISBN 978-7-5321-6774-6

Ⅰ.①梅… Ⅱ.①斯… ②姚… Ⅲ.①长篇小说-美国-现代 Ⅳ.①I712.45

中国版本图书馆 CIP 数据核字(2018)第 151222 号

Stephen King
MR. MERCEDES

著作权合同登记号 图字:09-2018-573

责任编辑:秦 静
选题策划:张玉贞
封面设计:陈 晔

梅赛德斯先生
〔美〕斯蒂芬·金 著
姚向辉 译
上海文艺出版社出版、发行
地址:上海绍兴路 74 号
电子信箱:cslcm@public1.sta.net.cn
网址:www.slcm.com
新华书店经销 上海盛通时代印刷有限公司印刷
开本 890×1240 1/32 印张 15.5 字数 444,000
2018 年 9 月第 1 版 2018 年 9 月第 1 次印刷
ISBN 978-7-5321-6774-6/I·5407 定价:75.00 元

向詹姆斯·M. 凯恩致敬

正午时分，他们把我扔下干草卡车……

I　灰色梅赛德斯

2009年4月9日至10日

奥吉·欧登科克有一辆九七款的达特桑，虽说已经跑了很多里程，但车况尚好，不过汽油那么昂贵，对他这个失业者来说尤其如此，而市民中心又在镇子的另一头，因此他决定搭乘当晚最后一班巴士过去。十一点二十分，他走下公共汽车，背着背包，一条胳膊底下夹着卷成团的睡袋。等到凌晨三点，他肯定会庆幸自己带上了羽绒睡袋。夜晚雾气弥漫，凉飕飕的。

“祝你好运，朋友，”他下车时司机说，“光是因为第一个到，你就应该有点什么收获。”

但他并不是第一个。一条宽阔而陡峭的车道通向大礼堂，奥吉爬到最顶上，赫然发现已经有二十几个人在并排大门前等待了，有几个站着，大多数坐着。地上摆着铁柱，拉起了**请勿跨越**的黄胶带，围成迷宫般折来折去的通道。奥吉在电影院和他账户现已透支的银行见过这阵势，明白这种布置的用意：在尽可能小的空间内塞下尽可能多的人。

求职者很快就会像跳康加舞似的排成长龙。他走向队伍末尾，排在最后的是个女人，他诧异而厌恶地看见她背上的婴儿背袋里有个熟睡的婴儿。婴儿的面颊冻得绯红，每次吐气都会响起微弱的牙齿打架声。

女人听见奥吉有点上气不接下气地走近，她转过身。她很年轻，虽然顶着两个黑眼圈，但还算漂亮。她脚边是个垫着被褥的携行袋。奥吉心想那大概就是婴儿的维生系统。

“你好，”她说，“欢迎加入早起的鸟儿俱乐部。”

“希望咱们能抓到虫子，”他答道，心想管他娘的，向她伸出手，

“奥古斯特·欧登科克。叫我奥吉。我最近被减员了。这是‘我被炒鱿鱼了’的21世纪说法。”

她和奥吉握手。她握得很有劲儿，毫不羞涩。“我叫珍妮丝·克雷，带给我快乐的这个小包裹是帕蒂。我大概也是被减员了吧。我以前是蜜糖高地一个大户的管家。他，呃，有一家汽车经销店。”

奥吉做个鬼脸。

珍妮丝点点头：“对，我知道。他说他很抱歉，不得不辞退我，但他们也只能勒紧腰带过日子了。”

“最近这种事很常见。”奥吉说，心想：你就找不到人帮你看孩子吗？一个人都找不到？

“我没办法，只能带着她，”珍妮丝不需要会读心也知道他在想什么，“实在找不到人。真的，一个人都找不到。我那条街上有个姑娘，但就算我付得起钱，她也没法待一整夜，再说我也没那个钱。要是再找不到工作，我都不知道该怎么办了。”

“你父母不能收留她吗？”奥吉问。

“他们住在佛蒙特。我又不傻，当然想带着帕蒂回家，那自然好。可惜他们也有自己的麻烦事。老爸说他们的屋子快泡汤了——不是字面意思，没有发洪水什么的，是财务问题。”

奥吉点点头。最近这种事也很常见。

几辆车驶上陡坡，从马尔伯勒街而来，奥吉就是在那儿下公共汽车的。车辆左转，拐进停车场，停车场此刻空荡荡的，到天亮时无疑会停满车辆……离第一届全市年度求职大会开门还有几个小时。这些车没一辆像是新车。司机停好车，基本上每辆车都下来了三四个求职者，他们走向礼堂大门。奥吉不再排在队尾。队伍就快排到第一个折返处了。

“假如我找到工作，就能请个保姆，”她说，“但今晚我和帕蒂只能将就着过了。”

婴儿发出咽喉炎的咳嗽声——奥吉只当没听见——在背袋里翻个

身，又安静下来。至少婴儿裹得挺严实，甚至戴着小小的连指手套。

孩子比大人更苦，奥吉不安地想。他想到黑风暴，想到大萧条。好吧，最近的萧条对他来说已经够大了。两年前还一切都好，虽说没到可以大手大脚花钱的地步，但至少收支平衡不成问题，大部分月份到最后还能存下一点儿。现在一切都进了粪坑。有些人对钱做了什么手脚。他搞不懂。他以前是大湖运输公司的办公室小职员，只会整理发票，用电脑安排船舶、火车和飞机的航程。

“人们看见我带着婴儿，会认为我不负责任，”珍妮丝·克雷烦闷地说，“我知道，我已经看见大家的表情了，也看见你的表情了。但我还能怎么办呢？就算我们街上那姑娘能待一整夜，也要花我四十八块。四十八块！我好不容易凑出下个月的房租，要是请个保姆，我就一穷二白了，”她微微一笑，在停车场的高压钠灯照耀下，奥吉看见她的睫毛上挂着泪珠，“瞧我在瞎说什么。”

“没必要道歉——假如你是这个意思。”队伍已经转了一折，回到奥吉所在的位置。姑娘说得对。他看见许多人正盯着背袋里沉睡的婴儿看。

“哦，没错，就是这样。我是个没工作的单身未婚母亲。我想向每一个人为每一件事道歉。”她转身望着并排大门上方的横幅。大字写着**上千职位保证供应！**底下是“我们与市民同在！”——**拉尔夫·金斯勒市长**。

“有时候我想为哥伦拜恩[①]道歉，为9·11道歉，为巴里·邦兹[②]用类固醇道歉，”她发出有点癫狂的吃吃笑声，“有时候我甚至想为航天飞机爆炸道歉，虽说那会儿我还在学走路。”

“别担心，”奥吉对她说，“你会好起来的。”有时候你只能说说这种话。

---

① 1999年4月20日，科罗拉罗州的哥伦拜恩高中发生枪击案，死亡十三人。

② 巴里·邦兹（Barry Bonds，1964— ），美国职业棒球运动员。

“我只希望天气别这么潮湿。我把她裹得严严实实的，免得夜里太冷，但潮湿……”她摇摇头，“我们能熬过去的，帕蒂，对不对？”她对奥吉露出绝望的微笑，“千万别下雨。”

确实没有下雨，但天气越来越潮湿，到最后他们甚至能在钠灯的强光中看见微小的水珠挂在半空中。排到半夜，奥吉发现珍妮丝站着睡着了。她歪着身子，肩膀耷拉下来，头发湿漉漉地贴在面颊上，下巴就快贴到胸骨。他看看手表，看到这会儿是三点差一刻。

十分钟后，帕蒂·克雷醒了，开始啼哭。母亲（*她的娃娃母亲，*奥吉心想）一惊，发出马匹般的响鼻声，抬起头，手忙脚乱地想把婴儿从背袋里取出来。刚开始孩子怎么都出不来，她的两条腿卡住了。奥吉伸出援手，抓住两侧的背带。帕蒂获得自由，啼哭变成号哭，奥吉看见粉红色小上衣和配套的帽子上洒满了水珠。

“她饿了，”珍妮丝说，“我可以给她喂奶，但她还尿了，我隔着她的裤子都能摸到。天哪，我没法在这儿给她换尿布——你看现在的雾多浓啊！”

奥吉心想，不知道是哪位爱开玩笑的神祇作怪，安排他排在这女人背后。他又心想，天晓得这女人会怎么活过她的余生——*完整的一辈子*，而不是接下来要为孩子负责的十八年。在这么一个晚上出门排队，却只带了一袋尿布！她活得该是多么绝望啊！

他的睡袋就放在帕蒂装尿布的口袋旁边。他蹲下来，扯开系带，铺开睡袋，拉开拉链。“躺进去吧。你暖和点儿，也让她暖和点儿。你要什么东西我递给你。”

她盯着奥吉，怀抱不停蠕动的号哭婴儿：“你结婚了吗，奥吉？”

“离了。”

“有孩子吗？”

他摇摇头。

“你为什么对我们这么好？”

“因为碰上了呗。”他说，耸耸肩。

她盯着奥吉又看了一会儿，左思右想，最后把婴儿递给他。奥吉伸直胳膊抱着婴儿，望着通红的愤怒小脸、小小的朝天鼻上挂着的鼻涕珠子、法兰绒连体服里乱蹬的两条腿，他不禁看得入迷。珍妮丝钻进睡袋，举起双手：“给我吧，谢谢。”

奥吉把婴儿交给她，她拱进睡袋深处。队伍已经折返了两次，两个年轻男人盯着她看。

“哥们，别瞎看。”奥吉说，他们转开视线。

“能给我一块尿布吗？”珍妮丝说，“喂奶前应该先换掉。”

他单膝跪在湿漉漉的人行道上，拉开垫被褥的拎袋。映入眼帘的不是帮宝适，而是真正的布片，他先是吃了一惊，但立刻明白过来。布片可以重复使用，也许这女人还不算彻底无药可救。

“我还看见了一瓶润肤露。要吗？”

只露出一团棕色头发的睡袋里响起她的声音：“要的，谢谢。”

他把尿布和润肤露交给她。睡袋开始扭摆和抖动，哭声一时间变得更响了。消失在浓雾中的折返队伍里有人冷冷地说：“能不能让小崽子消停点儿啊？”另一个人附和道：“谁给社会服务部打个电话吧。”

奥吉等在一旁，眼睛盯着睡袋。睡袋终于不再扭动，一只手伸了出来，手里拿着尿布。“能帮忙放到袋子里吗？有个塑料袋专门装用过的尿布，”她从睡袋里望着奥吉，就像洞穴里的鼹鼠，“别担心，不是便便，只是尿湿了。”

奥吉接过尿布，放进塑料袋（侧面印着**好市多**），拉上拎袋的拉链。哭声从睡袋（好多袋子，他想）里传来，又持续了一分钟左右，然后突然停止。市民中心的停车场里，帕蒂开始喝奶。六小时后才会开启的并排大门之上，横幅懒洋洋地翻腾了一下。**上千职位保证供应！**

是啊，奥吉心想，还有，大量摄入维生素C就不会感染艾滋病。

二十分钟过去了，更多的车辆从马尔伯勒街拐弯上坡，更多的人加入队伍。奥吉估计已经有四百人在排队了。按照这个增长速度，到九点钟开门的时候，保守估计也会有两千来号人入场。

要是麦当劳请我做煎炸帮工，我会接受吗？

多半会。

沃尔玛的迎宾员呢？

哦，很可能会。满脸堆笑，您好您好？奥吉觉得野地里的迎宾工作他都愿意做。

我擅长和人打交道，他心想，哈哈大笑。

睡袋里："有什么好笑的？"

"没什么，"他说，"哄你的孩子吧。"

"我在哄呢。"声音里有笑意。

三点半，他跪在地上，掀开睡袋的翻盖，向内望去。珍妮丝·克雷蜷成一团，睡得很香，婴儿贴着她的胸部。他不禁想起了《愤怒的葡萄》。书里的那姑娘叫什么来着？最后照顾那男人的姑娘？某种花的名字，他心想。莉莉？不是。潘茜？肯定不是。他想拢起双手放在嘴边，扯开嗓门问人群，**谁读过《愤怒的葡萄》**？

他再次站起身（想到荒谬之处，忍不住笑了），终于想到了那个名字。萝丝。《愤怒的葡萄》里的姑娘就叫萝丝。但不只是萝丝两个字，而是夏朗的萝丝。听起来很像圣经人物，不过他也不敢百分之百肯定，因为他从来就不怎么喜欢读圣经。

他低头看着睡袋，他本打算在睡袋里度过深夜的这几个钟头。他想到珍妮丝·克雷的话：她想为哥伦拜恩、9·11和巴里·邦兹道歉。也许她还可以顺便揽下全球变暖的责任。也许等事情结束，他们都找到了工作——或者没找到，没找到的可能性更大——他可以请她吃早饭。不是约会，绝对不是那种饭，只是吃点炒蛋和培根充饥。吃过饭，他们就一辈子再也不见面了。

更多的人来了。队伍已经排到铁柱和居高临下的**请勿跨越**胶带圈出的折返终点。排队区满员后，队伍开始向停车场延伸。让奥吉吃惊和不安的是这份寂静，就仿佛他们早就知道这个任务注定失败，只是在等待正式的确认。

横幅又懒洋洋地翻腾了一下。

雾气越来越浓。

快五点钟的时候，奥吉从瞌睡中惊醒，跺着脚让自己暖和过来，发现难看的铁灰色光线已经点亮四周。全世界再也没有比此刻更不像诗歌和彩色老电影里“玫瑰红手指”般的黎明[①]了。这是黎明的反面，潮湿而苍白，仿佛死了一天的尸体的面颊。

他看见市民中心礼堂慢慢现身，展示着20世纪70年代俗气而堂皇的建筑风格。他看见耐心等待的队伍折返了二三十次，队尾消失在浓雾之中。这会儿有人在闲谈了；一个穿灰色工作服的勤杂工穿过位于并排大门另一侧的大堂，有几个人发出讥讽的欢呼声。

“外星球发现了生命！”之前盯着珍妮丝·克雷看的一名年轻人喊道，他叫凯思·弗里亚斯，很快，他的左臂将被扯离身体。

俏皮话惹来不咸不淡的笑声，人们开始交谈。夜晚终于过去。弥散的天光并不特别鼓舞人心，但总比刚刚过去的漫长黑夜强那么一点儿。

奥吉又在睡袋旁跪下，竖起耳朵倾听。他听见了规则的轻微鼾声，不禁微笑。他对珍妮丝的担忧也许只是瞎操心。肯定有人靠陌生人的善意熬过难关，甚至过上了好日子。此刻带着婴儿在他的睡袋里呼呼大睡的年轻女人大概就是其中之一。

他忽然想到，他和珍妮丝·克雷可以扮成一对儿去求职。这么一来，婴儿象征的就不再是不负责任，反而是齐心协力了。他不敢打包

---

① “玫瑰红手指般的黎明”出自荷马所著《奥德赛》第二卷。

票——人性这东西对他来说是个谜——但他觉得有这个可能性。他决定等珍妮丝醒来后把这个点子说给她听听，看她有什么想法。他们不能声称是夫妻，因为她没有戴婚戒，而他三年前就摘掉了婚戒，但他们可以声称是……现在时兴的叫法是什么来着？伴侣。

汽车继续从马尔伯勒街拐弯开上陡峭的斜坡，每隔一小会儿就是一辆。很快就会有人搭早上第一班公共汽车而来了。奥吉很确定首班车是六点钟。浓雾弥漫，车辆只是车头灯和挡风玻璃后的模糊黑影。有些司机看见已经在等待的庞大人群，气馁之下掉头而去，但绝大多数车辆还是继续前进，驶向为数不多的剩余车位，车尾灯渐渐消失。

奥吉注意到一辆车既没有掉头，也没有驶向停车场的最远端。它的车头灯亮得出奇，两侧还有黄色的雾灯。

*高亮度车头灯，*奥吉心想，*梅赛德斯-奔驰。奔驰车来求职大会干什么？*

他猜那是金斯勒市长，前来向早起的鸟儿俱乐部发表演讲，赞扬他们的进取心、他们"起而行"的美国传统精神。假如真是这样，奥吉心想，坐着梅赛德斯（哪怕是旧车）来也未免有点品位堪忧。

排在奥吉前面的一位老先生（韦恩·维兰德，他的尘世生命只剩下最后几秒钟了）说："那是奔驰吗？看着像是奔驰啊。"

奥吉正想说当然是，梅赛德斯的高亮度车头灯绝对不会认错，就在这时，模糊车影里的司机按响了喇叭——不耐烦的一声长鸣。高亮度车头灯比刚才更亮了，从悬浮半空中的水珠雾气里切出两个晃眼的白色光锥，轿车像是被不耐烦的喇叭声驱策着向前猛扑。

"喂！"韦恩·维兰德诧异地说。这是他的临终遗言。

轿车加速，径直冲向求职者最密集的区域，**禁止跨越**胶带缠在车身上。有些人企图逃跑，但只有人群边缘的幸运儿能挣脱出去。靠近并排大门的那些人，真正的早起鸟儿们，根本没有半点机会。他们撞在铁柱上，铁柱翻倒，他们和胶带纠缠在一起，彼此推搡。人群前后涌动，掀起一波波激动的浪潮。年纪最大和最小的纷纷倒下，遭到众人践踏。

奥吉被重重地推向左侧，绊了一下，刚站稳就被推向前方。乱飞的胳膊肘砸在他右眼下方的颧骨上，国庆焰火顿时充满了右侧视野。他的左眼看见梅赛德斯不像是从浓雾中冲出来的，更像是在浓雾里诞生的。一辆巨大的灰色豪华轿车，似乎是 SL500，有十二个气缸的型号，十二个气缸此刻齐声尖啸。

奥吉被推搡得跪倒在睡袋旁，他想站起来，一瞬间挨了不知道多少脚：胳膊上、肩膀上、脖子上。人们在惊叫。他听见一个女人喊道："当心，当心，他没有刹车！"

他看见珍妮丝·克雷从睡袋里探出脑袋，困惑地眨着眼睛，他再次想起在洞口伸头张望的羞怯鼹鼠。鼹鼠女士的头发睡得乱成一团。

他手脚并用向前爬，趴在睡袋和里面的女人和婴儿上，像是这样就能保护她们，不受两吨重的德国机器伤害。他听见人们惨叫，大型豪车逐渐接近的引擎轰鸣几乎淹没了惨叫声。有人恶狠狠地踢了他后脑勺一脚，但他几乎没有感觉到。

他有时间去想：*我要请夏朗的萝丝吃早饭。*

他有时间去想：*也许司机会打方向盘避让。*

若想要活下去，那大概是他们最好的机会，恐怕也是唯一的机会。他抬头想看清究竟发生了什么，视野却被巨大的黑色轮胎吞没。他感觉到女人的手攥紧他的胳膊。他有时间去想：希望婴儿还没醒来。然后，他的时间用完了。

Ⅱ　退休警探

1

霍奇斯拿着一罐啤酒走出厨房，坐进懒人沙发，把啤酒放在左手边的小桌上，啤酒罐紧贴手枪。这是一把点三八的史密斯 & 威森 M&P 左轮，M&P 代表军人和警察。他漫不经心地拍拍手枪，动作就像爱抚一条老狗，然后捡起遥控器，打开七频道。稍微迟了一点，演播室的观众已在鼓掌。

他想到一股来去匆匆的恶意风潮曾在 80 年代末占领了这座城市。或许他更想用的词语是“传染病”，因为它就仿佛短时间的热病。城里的三份报纸就同一个话题写了一个夏天的社论。如今两份已经倒闭，另一份也活得奄奄一息。

主持人大步走上舞台，他身穿时髦的正装，朝观众挥手致意。从警队退休之后，只要不是周末，霍奇斯差不多每天都看这个节目。他觉得这位主持人太聪明了，做这个节目实在屈才，有点像不穿潜水服下阴沟潜水。他觉得这位老兄属于会自杀的那种人，事后他的亲戚朋友都会说根本没有半点兆头，会说最后一次见面的时候他还兴高采烈呢。

想到这儿，霍奇斯漫不经心地又拍了拍左轮。这把枪是胜利型号，老归老，但很好用。他在职时的佩枪是格洛克点四零。这座城市的警官按理说都会买下佩枪，于是他退休时也买了下来，放进卧室的保险箱——保险地放在保险箱里。退休典礼后，他卸下子弹，把枪放进保险箱，从此没再看过一眼。没兴趣。但他喜欢这把点三八，不仅因为他从情感上依恋这把枪，还有其他的理由：左轮永远不会卡壳。

第一个嘉宾上场，一个年轻女人，穿蓝色短裙装，脸有点傻，但身材好得没话说。霍奇斯知道，裙子下的某处肯定有个如今叫“浪女戳”的什么文身。也许有两个甚至三个。观众席上的男人唿哨跺脚，女人鼓掌就没那么起劲了，有些女人还翻翻白眼。这种女人，你最不愿意的就是看见你丈夫盯着她看。

女人气得暴跳如雷。她对主持人说，她男朋友和另一个女人生过一个孩子，动不动就跑去看他们。她依然爱他，她说，但她恨死了那个——

接下来的几个字被哔掉了，但霍奇斯看嘴唇读出了*操他妈的臭婊子*。观众欢呼，霍奇斯喝一口啤酒。他知道接下来会怎么样，因为这个节目就跟周五下午的肥皂剧一样老套。

主持人让她继续说了一会儿，然后介绍上场的是……**另一个女人！**她的身材也好得没话说，蓬松的金发足有几码长，一边膝盖上有个浪女戳。她走向前面那个女人，说：“我理解你的感受，但我也爱他。”

她还有话想说，但才说到这儿，好身材女郎一号就动手了。台下有人敲钟，就好像职业拳赛开场。霍奇斯觉得这就是职业拳赛，因为嘉宾肯定都有钱拿，否则为什么要参加节目？两个女人挥拳舞爪扭打了几秒钟，两条彪形大汉上来分开她们，他们身穿印有**保安**二字的T恤，一直在后面盯着台上。

两个女人扯着嗓子叫骂一阵，全面而清楚地交换看法（大部分被哔掉了），主持人宽容地望着她们。接着，好身材女郎二号重启战端，抡圆了胳膊一巴掌打上去，好身材女郎一号的脑袋向后一仰。钟声再次响起。她们倒在舞台上，揉皱了裙子，手爪、拳头和巴掌齐飞。观众看得乐不可支。保安大汉分开她们，主持人站在两人之间，用听似安抚实则刺激的语气说话。两个女人各自宣布她们的爱有多么深沉，一边朝着对方的脸吐唾沫。主持人说稍后继续，然后一名C级女演员出来卖减肥药。

霍奇斯又喝一口啤酒，他知道自己连半罐都不会喝完。真是有意思，他当警察那会儿差不多酒精成瘾。到喝酒害得他婚姻破裂的时候，他确定自己就是酒精成瘾了。他用全部的意志力克制酒瘾，向自己保证，四十年期满后你愿意喝多少就喝多少——四十是个了不起的数字，市局警察有一半在二十五年后退休，三十年后还在干的只有三成。他确实熬到了四十年，但酒精已经勾不起他的兴趣了。他强迫自己喝醉过几次，只是为了看他还能不能喝醉。能固然能，但喝醉比清醒也好不到哪儿去，事实上还要更难受。

节目继续。主持人说他还有一位嘉宾，霍奇斯知道那是谁。观众也知道，他们高声喊出心中的期待。霍奇斯拿起父亲的枪，朝枪管里看了一会儿，然后又放在电视节目指南上。

好身材一号和好身材二号争夺得你死我活的男人从舞台右侧上场。这种人还没大摇大摆地走出来，你就知道他会是什么德性。对，就是他：像个加油站员工，或者塔吉特超市的仓管员，或者速必得店里替你打理车的店员（手艺很糙）。他皮包骨头，脸色苍白，黑发搭在脑门上。他穿卡其裤，晃眼睛的绿黄领带贴着突出的喉结打成死结。绒面皮靴的尖头从裤子底下向外伸。你知道两个女人有浪女戳，你知道这男人屌大如马，射精比火车头还有劲儿，比子弹还快；你知道这男人对着马桶射过以后，处女坐上去都会怀孕，多半怀双胞胎。他脸上那种半蠢不蠢的坏笑属于一个心情放松的酷哥。他的梦幻工作是终生残疾。钟声很快就会敲响，两个女人会再次扭打。打过之后，等她们听够了他的夸夸其谈，会互视一眼，微微点头，然后同时扑向这男人。这次保安会多等一会儿，因为这场终极大战才是观众（演播室里的和电视前的）真正想看的：两只母鸡怒殴公鸡。

80年代末那场来去匆匆的恶意浪潮——那场传染病——名叫“流浪汉大战”。想出这个鬼主意的是个贫民窟天才或者其他什么人，开始挣钱之后，三四位大企业家扑上来完善流程。怎么玩呢？找几个流浪汉，给每个人三十块钱，让他们在指定的时间和地点对打。霍奇斯记得最清楚的地点在东城，邦巴拉脱衣舞俱乐部这个廉价阴虱乐园背后的服务区。定下节目单后，你开始打广告（当时是口耳相传，无处不在的互联网还在地平线的那一头呢），向每名观众收取二十块钱。霍奇斯和彼得·亨特利破坏的那一场有两百多名观众，大多数人都下了注，像吃错药的神经病似的彼此叫骂。观众中还有女人，有些身穿晚礼服，珠光宝气，看着两个脑子进水的街头酒鬼你来我往，挥拳踢腿，倒下爬起，胡言乱语。观众大笑欢呼，催促他们继续打。

这个节目也是如法炮制，只是有减肥药和保险公司调节气氛，因此霍奇斯猜想参赛者（对，他们就是参赛者，尽管主持人叫他们“嘉宾”）离开时，口袋里不止揣着三十块钱和一瓶午夜列车[①]。也不会有警察去分开他们，因为节目和彩票一样合法。

表演结束后，铁面女法官就会登场，从头到脚都是她标志性的不耐烦和正义感，带着按捺不住的怒气听前来陈情的倒霉蛋述说。接下来是胖子家庭心理学家，他最擅长让嘉宾掉眼泪（他管这个叫“打破习惯性否认之墙”），要是有谁胆敢怀疑他的方法，他就请他滚蛋。霍奇斯认为胖子家庭心理学家的方法手段是看从前的克格勃训练录像学来的。

只要不是周末，霍奇斯每天下午都会坐在懒人沙发里吃这堆五彩缤纷的狗屎，他父亲的枪——老爸当巡警时的佩枪——摆在手边的小桌上。他会好几次拿起左轮朝枪管里看，仔细打量这一团圆形的黑暗。有那么一两次，他把枪管塞进嘴里，只是想知道上膛的枪压着舌头指着上颚是什么感觉。大概是想习惯这种感觉吧。

他想，要是能成功酗酒，我就可以打消这个念头了。至少可以推迟一年。假如我能推迟两年，冲动也许就会过去。我会对园艺、观鸟甚至绘画产生兴趣。蒂姆·奎格利就拿起了画笔，他住在佛罗里达一个满是老警察的退休社区。大家都说奎格利乐在其中，甚至在威尼斯艺术节上卖掉了几幅画，直到中风为止。中风后，他在床上躺了八九个月，右半身瘫痪。蒂姆·奎格利的绘画生涯到此为止。再然后他就

---

① 廉价烈酒品牌。

走了。啊哈。

钟声敲响，没错，两个女人扑向打白痴领带的瘦皮猴，涂过指甲油的指甲闪闪发亮，蓬松的长发飘飞。霍奇斯再次去拿枪，但还没摸到，他就听见前门的翻板咔嗒一声响，邮件落在门厅的地板上。

这个时代属于电子邮件和脸书，不会有什么重要信件从门上进来，但他还是站了起来。他要看看是什么信，老爸的军警点三八可以留到明天。

2

霍奇斯拿着一小捆信件回到沙发里，打斗节目的主持人正在说再见，向电视乐土的观众许诺说明天有侏儒。他没有细说究竟是肉体上的还是精神上的侏儒。

懒人沙发旁边有两个塑料小废物筒，一个放可回收的瓶瓶罐罐，另一个放垃圾。垃圾筒是这些物件的归宿：沃尔玛的“大特价”函件、抬头为“我们最亲爱的邻居”的人寿保险邀请书、折价电子城的DVD全部半价公告、某位老兄竞选市议会空缺的“请投下您重要一票”的拉票明信片。拉票信上有候选人的照片，霍奇斯觉得那家伙很像小时候吓得他要死的牙医奥勃林先生。艾尔伯特森超市也寄来了函件，霍奇斯把它放在旁边（暂时盖住了父亲的枪），因为函件里塞满了优惠券。

最后出现的似乎是真正的信件，摸起来还挺厚的，装在商用尺寸的信封里。收信人是哈珀路63号的K. 威廉·霍奇斯警探（已退休），没有回信地址。左上角应该写回信地址的地方是一张笑脸，这是今天邮件里的第二张笑脸，但不是沃尔玛微笑商品的那个笑容，而是电子邮件里戴墨镜露牙齿的表情符号。

这个笑容搅起一段记忆，而且不是令人愉快的记忆。

不，他心想，不可能。

他撕开信件的动作是那么迅速和用力，信封破了，四张打字的纸掉了出来——不是真正的打字，不是打字机打的字，只是看上去像是打字的电脑字体。

亲爱的霍奇斯警探，抬头是这么称呼他的。

他伸出手，但没有扭头去看，艾尔伯特森超市的函件被扫落在地。他的手指摸过左轮，甚至没有注意到枪的存在，一把抓住电视遥控器。他关掉电视，正在责备嘉宾的铁面女法官闭上了嘴，然后，他将注意力转向那封信。

3

亲爱的霍奇斯警探：

希望你不介意我用职衔称呼你，虽说你已经退休六个月了。要我说，既然无能的法官、贪腐的政客和愚蠢的军事指挥官都能在退休后保留职衔，那么全城有史以来最功勋卓著的警官之一也应该享受这份待遇。

所以就还是霍奇斯警探吧！

长官（另一个你配得上的称呼，你是徽与枪的真正骑士），我写这封信有诸多理由，但首先是为了恭祝你结束了多年的公仆生涯：警探二十七年，共计四十年。我在电视上看过几场退休仪式（公共2台是被许多人忽视的宝贵资源），凑巧知道典礼后的第二天晚上会在机场附近的雨树酒店举办庆祝派对。

我敢打赌，那才是真正的荣休典礼！

我当然从来没有参加过这样的“欢宴”，但我看过许多警察电视剧。一方面我确定许多电视剧中呈现的“警察伙计”纯属虚构，但另一方面，有几部剧集拍摄了这种退休派对（《纽约重案组》《情理法的春天》《火线》，等等，等等），我愿意相信它们精确地描述了徽枪骑士告别同袍时的景象。我认为它们做到了，因为我还读过至少两本约瑟夫·温鲍[1]小说里的“退休派对场景”，彼此之间颇为类似。他应该知道内情，因为他和你一样，也是一名退休警探。

我猜会有气球挂在天花板上，会有觥筹交错，会有格调不高的对话，会有缅怀往事、回忆从前的日子和从前的案件。多半会

---

① 约瑟夫·温鲍（Joseph Wambaugh，1937— ），美国著名警探小说家。

有吵闹和欢快的音乐，说不定还有一两个脱衣舞女“晃动尾羽”。多半会有讲演，比“正经八百的仪式”上的讲演要有趣得多，也真实得多。

我猜得怎么样？

不坏，霍奇斯心想，确实不坏。

根据我的研究，在你担任警探的那些年里，你破获的案件确实数以百计，其中有很多被媒体（泰德·威廉姆斯称其为“键盘骑士”）冠以“要案”之名。你逮住了杀人犯、抢劫团伙、纵火犯和强奸犯。在一篇文章中（刊载时间正好赶上你的退休仪式），你的长期搭档（一级警探彼得·亨特利）描述你是“照章办事和直觉敏锐的结合体。”

多么了不起的恭维！

假如确实如此——我认为是的——你现在应该已经猜到了，我就是你没有逮住的少数人之一。事实上，媒体为我挑选的绰号有：

a) 鬼牌

b) 小丑

或者

c) 梅赛德斯杀手

我喜欢最后这个！

我确定你已经“尽力而为”，但可惜的是（对你来说，而非对我），你失败了。假如还存在一个你死也想抓住的“罪人”，霍奇斯警探，那就是去年在市民中心求职大会上驾车蓄意撞击排队人群的凶手了，当时有八人死亡，多人受伤。（我不得不说我超出了自己最狂野的梦想。）官方退休典礼上，你接过纪念铭牌时，你有没有想起我呢？徽枪骑士伙伴向你讲述（纯粹猜测）被逮时裤子脱到一半的罪犯或者在集合厅搞的恶作剧时，你有没有想起我呢？

我猜肯定有！

我必须告诉你那是多么好玩。（我跟你实话实说。）我开着倒霉的奥莉薇亚·特莱劳尼夫人的梅赛德斯，“一脚把油门踩到底”，撞向那群人，我的屌这辈子都没这么硬过！我的心率有没有飙到一分钟两百下？“真想告诉你呀！”

又是一个戴墨镜的笑脸先生。

我要告诉你一个真正的“独门消息”，你要是想笑就请便吧，因为确实很好笑（尽管我觉得它同时也表现出了我有多么谨慎）。我戴着安全套！“保险套”！因为我害怕我会自发射精，DNA检测会查出结果！哈，这种事并没有发生，但后来我打了许多次手枪，想着他们如何企图逃跑却逃不掉（他们像沙丁鱼似的挤得无法动弹），想着他们的表情是多么惊恐（太好玩了），还有轿车“犁”进人群时我如何猛地向前一栽。那一下太狠了，安全带都锁死了。天哪，真是让人兴奋。

实话实说，我根本不知道会发生什么。我估计我有五成的可能性会被逮住，但我是个“荒唐的乐天派”，我准备迎接胜利，而非失败。安全套是个“独门消息”，但我猜你们的鉴证科（我也看《犯罪现场调查》）一定非常沮丧，因为他们没能在小丑面具内侧找到任何DNA证据。他们大概会说：“该死！狡猾的罪人，肯定在面具底下戴着发网！”

对，我戴了！我还用**漂白水**清洗了一遍！

我依然在回味撞击的砰然闷响和碾压的咔嚓脆响，还有轧过人体时车身在弹簧上跳弹的感觉。为了动力和控制，每次都赐我一辆梅赛德斯十二缸吧！我在报纸上读到受害者里有个婴儿，我是多么喜悦啊！熄灭了那么幼小的一朵生命火花！想想看她都错过了什么？帕特里夏·克雷在此安息！她老妈也没逃掉！成了睡袋里的草莓酱！太刺激了，对吧？想到失去手臂的那个男人，再进一步，还有那两个瘫痪的倒霉蛋，我也同样乐在其中。瘫痪的男人只是腰部以下不遂，但玛蒂娜·斯托弗完全就成了“支在木棍上的脑袋！”他们没有死，但多半**希望**自己已经死了！如何，霍奇斯警探？

现在你多半在想，“我们要抓的是个什么样的病态而扭曲的变态狂啊？”实在不能怪你，但这一点依然有待商榷！我认为，很多人对我做的那种事都会乐在其中，因此他们喜欢看有关折磨、分尸等情节的书籍和电影（还有近些年的电视剧）。唯一的区别在于我真的下手了。但不是因为我很疯狂（字面意思和引申义），仅仅是因为我不知道那究竟会是一种什么体验，只知道肯定非常激动人心，能得到俗话说“一辈子都难以磨灭的记忆”。绝大多数人从小就穿上了灌铅的靴子，终其一生都不会脱掉。这个灌铅的靴子名叫**良知**。我却没有，因此我能高高翱翔于普通人的头顶之上。要是我被逮住了呢？唔，假如特莱劳尼夫人的梅赛德斯突然熄火或者抛锚（机会不大，因为这辆车看起来保养得很好），我当场被逮住，估计人群会把我撕成碎片。我撞过去的时候知道存在这种可能性，这反而增加了刺激的感觉。但我不认为他们真会那么做，因为绝大多数人是绵羊，而绵羊不吃肉。（我猜我会挨上一些拳脚，但我这人挺耐揍的。）警察很可能会逮捕我，我会上法庭，但我可以用精神问题求情。也许我真的有毛病（我当然想过这个念头），但那是一种特别的不正常。总而言之，硬币落下来是人头，我逃掉了。

浓雾帮了我的忙！

再讲一个我看过的段落，这次是电影情节。（我不记得片名了。）有个非常聪明的连环杀手，刚开始警察（其中之一是布鲁斯·威利斯，当时他还有点头发）抓不住他，于是布鲁斯·威利斯说：“他还会再犯案的，因为他忍不住，他迟早会犯错，我们就能抓住他了。”

他们确实抓住他了！

但在我身上就不是这样了，霍奇斯警探，因为我完全没有再犯的冲动。对我来说，一次就够了。我拥有我的记忆，清晰得仿佛钟声。当然了，事后大众那叫一个惊恐，因为他们确定我还会再犯。还记得被迫取消的许多公众集会吗？这就没那么好玩了，但总的来说还是非常好玩①。

所以你明白了，我和你都已经“退休”。

说到退休，我有一点遗憾的是无法参加你在雨树酒店的退休派对，向你敬酒一杯，我亲爱的警探长官。你无疑已经尽力了。亨特利警探当然也一样，但假如有关你们可敬生涯的报纸和网络文章没有说错，那么你显然是大联盟选手，而他顶多只是三A级别②。我相信本案还在未结案件之列，他会偶尔取出旧报告研究一番，但他不可能得出任何结论。我想你我都知道这一点。

最后，请允许我用关切之情结束这封信。

在一些警察剧集里（应该还有温鲍的一本小说，但也可能是詹姆斯·帕特森的），充满气球、畅饮和音乐的盛大派对过后，却是悲伤的最后一幕。警探回家，发现离开枪和徽章，生命变得毫无意义。我能理解。仔细想来，有什么能比退隐乡间的老骑士更可悲呢？总而言之，警探最后吞枪自杀（用他的佩枪）。我在网上查过，发现这种事可不是臆想，而是真正会发生的！

退休警察的自杀率高得出奇！

绝大多数时候，迎来如此可悲结局的警察没有能看见预警信号的亲属。许多人和你一样，也离婚了。许多人的成年后代离家很远。我认为你在哈珀路的家里过得非常孤独，霍奇斯警探，因

① 原文为法语，très amusant。

② 棒球小联盟里的最高级别。

此我很担心你。“狩猎的刺激”一去不返，你现在过着什么样的生活？没完没了看电视吗？很有可能。喝得比以前多了？有可能。生活变得如此空虚，你的时间过得越来越慢？你受到失眠症的折磨吗？天哪，希望没有。

但我害怕你会沦落到这一步！

你需要业余爱好，好让你有事可做，而不是成天回想“逃脱法网的那家伙”和你永远也不可能抓住我了。要是你开始认为你的整个职业生涯就是浪费时间，因为杀死那么多无辜百姓的人“从你指间溜走”，那可就太可惜了。

你可千万别开始琢磨你的枪。

但你已经在考虑了，对吧？

“逃脱法网的那家伙”想用一句话结束这封信。这句话是：

操你妈的，窝囊废。

开玩笑而已。

你非常真诚的，

梅赛德斯杀手

底下又是一张笑脸，笑脸底下是：

又：谨向特莱劳尼夫人献上哀悼之情，但当你把这封信交给亨特利警探时，告诉他不用费神去看她的葬礼照片——我相信警方肯定拍了。我参加了她的葬礼，但仅仅在我的想象中。（我的想象力非常丰富。）

又又：

想和我取得联系吗？想给我你的“反馈”吗？试试“黛比的蓝雨伞下”网站。我甚至帮你注册了用户名：“科密特青蛙19”。我也许不会回应，但“嘿嘿，谁知道呢？”

又又又：希望这封信能让你高兴起来！

4

霍奇斯呆坐了两分钟，四分钟，六分钟，八分钟，一动不动。他手里拿着信，眼睛看着墙上的安德鲁·魏斯[①]油画复制品。最后，他把信纸放在椅子旁边的小桌上，弯腰捡起信封。邮戳显示寄自本市，他并不吃惊。来信者希望霍奇斯知道他就在附近。这是嘲弄的一部分。用来信者的话说，这是……

乐趣的一部分！

新发明的化学药品和电脑辅助扫描方法能从纸张上提取到完整指纹，但霍奇斯知道，假如他把这封信交上去给鉴证科，他们只能找到他自己的指纹。这家伙很疯狂，但他的自我评价非常准确：狡猾的罪犯。只不过，他写出来的是罪人，而不是罪犯，而且写了两次。另外……

等一等，你给我等一等。

当你把这封信交上去的时候——这话是什么意思？

霍奇斯站起身，拿着信走到窗口，望向哈珀路。哈里森家的姑娘骑着助动车噗噗经过。她年纪太小，不该骑这种东西，法律允不允许倒在其次，不过她至少戴着头盔。“美味先生”的卡车叮叮当当开过，天气温暖的日子里，它在从放学到天黑的时间内穿梭于西城[②]。一辆灵便型黑色小车慢悠悠地开过，驾驶座上的灰发女人满头波浪卷。是女人吗？也可能是戴假发穿裙装的男人。波浪卷是锦上添花的完美伪装，对吧？

他就希望你这么想。

但是，不，也不尽然。

---

① 安德鲁·魏斯（Andrew Wyeth，1917—2009），美国 20 世纪中叶最著名的画家之一。

② 原文此处为东城，但根据后文判断，应为作者笔误。

不是什么，自称梅赛德斯杀手（他说得对，报纸和电视新闻确实这么称呼他）要的就是他这么想。

是卖冰激凌的男人！

不，是打扮成女人开灵便型轿车的男人！

不对，是开液化气卡车的男人，或者抄表员！

如何才能激发出这样的偏执妄想？随口提到你知道的不只是这位前警探的地址。你还知道他离过婚，暗示他有一个或多个孩子住在外地。

此刻看着窗外的草坪，他注意到草坪需要修剪了。假如杰罗姆这两天不来，霍奇斯心想，那我就得打电话给他。

一个或多个孩子？别骗自己了。他知道我前妻叫科琳，我们有一个成年孩子，是女儿，名叫艾莉森。他知道艾莉今年三十岁，家住旧金山。他多半还知道艾莉身高五英尺六，经常打网球。这些事实就在网上，等待你的查询。现如今有什么东西不在网上呢？

下一步应该是把这封信交给彼得和彼得的新搭档伊莎贝拉·杰恩斯。霍奇斯离开后，梅赛德斯案件和另外几桩悬案移交给了他们。有些案件就像闲置的电脑，会进入休眠状态。这封信将迅速唤醒梅赛德斯案件。

他在脑海里想象这封信的足迹。

从投邮口到门厅地上。从门厅地上到懒人沙发上，从懒人沙发到窗口，他在窗口能看见邮局卡车正在按原路返回——安迪·芬斯特一天工作结束。从这儿到厨房，信会被毫无必要地装进一个喜悦牌自封袋，就是顶上有拉链的那种塑料袋，毕竟积习难改。然后，把信送去给彼得和伊莎贝拉。从彼得手上到鉴证科，接受彻底的开膛破肚检验，事实将证明自封袋用得确实毫无必要：没有指纹，没有毛发，没有任何DNA，纸张在全城每一家斯泰博和欧迪办公用品商店都成箱供应，还有——最后但并非最不重要的——打印机也是最普通的激光打印机。他们也许能确定写信的电脑是什么型号（这一点他说不准，他不怎么了解电脑，有问题就找杰罗姆，杰罗姆住得很近，叫他来非常方便），但结果也无非是一台苹果或一台 PC。好大的进展。

信会从鉴证科回到彼得和伊莎贝拉手上，他们无疑会召集警察开讨论会，就是你在《路德》和《主要嫌疑犯》（这位精神变态的来信者多半很爱看）这种 BBC 探案剧里见到的讨论会。讨论会上一定有白板和这封信的放大复本，甚至还会有激光笔。霍奇斯有时候也看这些英国探案剧，他估计苏格兰场只怕是忘了一句老话：厨子太多煮坏汤。

警察讨论会只可能有一个结果，霍奇斯猜想变态佬要的就是这个结果：十几名警探参加会议，存在这么一封信的事实不可避免地会传到媒体耳朵里。变态佬声称他没有再犯的冲动，这多半是假话，但霍奇斯可以确定有一点是真的：他怀念上新闻的日子。

草坪上长出了蒲公英。确实该打电话叫杰罗姆了。就算没有草坪，霍奇斯也挺想念他走出走进的样子。小伙子很酷。

还没完呢。即便变态佬说的是实话，他没有再犯大规模伤害的冲动（不太可能，但并非完全不可能），但无疑依然对死亡极感兴趣。这封信的潜台词再明白不过了。*自我了断吧。你已经在考虑了，那就迈出下一步吧。下一步凑巧也是最后一步。*

他见过我把玩老爸的点三八吗？

见过我将枪管放进嘴里？

霍奇斯不得不承认有这个可能性，因为他从没想过要拉上窗帘。他坐在自家客厅里，傻乎乎地觉得很安全，但任何人都可以用望远镜偷窥他。说起来，杰罗姆有可能见过。杰罗姆蹦蹦跳跳地上门，问有没有杂事可做；他喜欢管杂事叫“婊子活儿”。

但问题在于，要是杰罗姆看见他把玩老左轮，肯定会吓得屁滚尿流，肯定会说些什么。

梅赛德斯先生真会边回忆开车轧人边打手枪吗？

霍奇斯当差的那些年里见过一些事情，他绝对不会向没见过这些事情的人提起它们。这种有毒的记忆使得他认为来信者提到打手枪时有可能说的是实话，就像他声称自己没有良知也肯定是实话一样。霍奇斯读到过文章说冰岛有一些非常深的井，扔石头下去你也永远听不见溅水声。他认为有些人的灵魂也是这样。流浪汉大战只是这种井下到一半的产物。

他回到懒人沙发里，拉开小桌上的抽屉，取出移动电话放在点三八旁边，然后关上抽屉。他用快速拨号打给警局，接线员问要转接给谁，霍奇斯却说："啊，该死，我打错号码了。真对不起，打扰你了。"

"没关系，先生。"她的声音里带着笑意。

不打电话，现在还不打。暂时按兵不动。他需要思考。

他需要好好地思考一下。

霍奇斯窝在沙发里盯着电视，连续数月以来的第一次，电视在非周末的一天下午居然是关着的。

5

那天晚上，他开车到新市广场，在一家泰国餐厅吃饭。布拉慕夫人亲自为他上菜。“好久不见，霍奇斯警官。”她的发音是哈切斯警挂。

“退休以后我就自己做饭了。”

“应该让我做嘛，好吃得多。”

再次品尝到布拉慕夫人的冬阴功，他意识到他真是吃够了半生不熟的油炸汉堡和意大利面条拌纽曼亲制酱汁。吃着南瓜布丁，他意识到他有多么厌倦培珀莉农场的椰子蛋糕。要是我这辈子再也不吃那种椰子蛋糕，我也可以活得一样长久，死得一样快活。他就着餐点喝了两罐胜狮啤酒，从雨树酒店的退休派对到今天，这是他喝过的最好的啤酒。退休派对和梅赛德斯先生说的几乎一模一样，甚至连有个脱衣舞女“摇晃尾羽”都说中了，其他的更是可想而知。

当时梅赛德斯先生会不会就躲在房间一角冷眼旁观？正如卡通负鼠[①]的口头禅：“有可能，小麝，有可能。”

回到家，他坐进懒人沙发，再次拿起那封信。他知道下一步该怎么办（前提是他不把信件交给彼得·亨特利），但他也知道两罐马尿下肚，他最好不要那么做。于是他拉开抽屉，把信放在点三八上（他根本没费神去拿自封袋），又开了一罐啤酒。从冰箱里取出来的只是象牙特制啤酒——本地品牌，但味道和胜狮一样好。

喝完啤酒，霍奇斯打开电脑，点开火狐，搜索“黛比的蓝雨伞下”。网址下的描述并不详细：社交网站，供有意思的人交换有意思

① 负鼠“有可能”和麝鼠“小麝”都是美国动画片《道格警官》里的角色。

的观点。他想继续研究，但随手关掉了电脑。不，这件事他今晚也不会去做。

他通常很晚上床，因为很晚上床就可以少辗转反侧几个小时，满脑子陈年旧案和陈年旧错，但今晚他很早就屈服了，知道自己一闭眼就会睡着。多么美妙的感觉。

睡着之前，他的最后一个念头是梅赛德斯先生的恶毒来信是如何收尾的。梅赛德斯先生希望他自杀。霍奇斯心想，假如他知道他反而给了这位前徽枪骑士一个活下去的理由，不知道会怎么想。

然后睡意就包裹住了他。他美美地一口气睡了六个小时，直到被膀胱叫醒。他摸索着走进卫生间，尿了个一泻千里，回到床上，又睡了三个小时。醒来的时候，阳光斜射进窗户，鸟儿正在婉转歌唱。他走进厨房，给自己做了全套早餐。他把两个老煎蛋倒进已经装满培根和吐司的盘子，忽然停下，大吃一惊。

有人在唱歌。

是他。

6

吃早饭的碗碟放进洗碗机后，他走进书房，去仔细分析那封信。这种事他至少做过二十次，但从没自己一个人做过；当警探的时候，他总是有彼得·亨特利或彼得之前的那两位搭档帮忙。他们经手的大多数信件是前夫（也有一两个前妻）的威胁文字，没任何挑战性可言。有一些是勒索要求，有一些是敲诈——其实只是另一种勒索。有一封信来自绑匪，要求的赎金微不足道得难以想象。还有三封（算上梅赛德斯先生，四封）是杀人犯的自白，其中两封一看就是妄想，一封有可能来自警方称为“公路老乔”的连环杀手。

这封信呢？是真是假？是事实还是妄想？

霍奇斯拉开书桌的抽屉，取出黄色拍纸簿，撕掉写在第一页上的购物清单。他从电脑旁的杯子里抽出一支圆珠笔。他首先考虑的是安全套这个细节。假如来信者真的戴了安全套，随身带走……确实说得通，对吧？安全套不但能收取精液，也能保存指纹。霍奇斯接着考虑其他细节：那家伙驾车冲进人群时，安全带如何锁死；车轮碾过人体时，梅赛德斯如何颠簸。这种细节不可能出现在任何报纸上，但也有可能是他编造出来的。他甚至说……

霍奇斯扫视信件，找到了：我的想象力非常丰富。

但有两点细节不可能是编造出来的，而警方向新闻媒体隐瞒了这两点。

霍奇斯在拍纸簿上写下**是真的吗？**下方又写道：**发网**。**漂白水**。

梅赛德斯先生不但带走了安全套（多半就挂在他的阴茎上，从头到尾一直没摘掉过），也带走了发网，但鉴证科的吉布森曾确定存在发网，因为梅赛德斯先生留下了小丑面具，而橡胶上没有粘附毛发。

至于能湮灭 DNA 证据的消毒水，游泳池的那种气味就足以说明一切了。他肯定用了很多。

但不只是这些细节，还有总体感觉。那种自信。不存在任何迟疑。

他犹豫片刻，写下：**就是这家伙**。

他又犹豫片刻，划掉**家伙**，写下**杂种**。

7

他有段时间没有像警察那样思考了，做这种事情则要隔得更久（这是一种特别的鉴证工作，不需要照相机、显微镜和化学药品），但全身心投入之后，他很快就熟练了起来。他先列出一组表头。

单句段落。

大写字词。

加引号的字词。

华丽的字词。

不寻常的字词。

感叹号。

他停下来，用圆珠笔敲着下嘴唇，从亲爱的霍奇斯警探到希望这封信能让你高兴起来！又读了一遍。他在拍纸簿上加上两个表头，这一行变得越来越拥挤。

用棒球比喻，可能是球迷。

熟悉电脑（五十岁以下？）

最后两点他不怎么确定。就前者而言，运动比喻现在越来越常见，尤其是在政论中。而后者呢？最近连八九十岁的老人也上脸书和推特了。霍奇斯本人只利用了他那台苹果电脑百分之十二的能力（杰罗姆的原话），但这并不等于他就属于大多数人了。不过，你必须要有个起点，再说这封信有一种年轻人的感觉。

他在这种工作上一向很有天赋，其中有不止百分之十二的部分是本能。

他在**不寻常的字词**下列出十几个样例，最后圈出两个：同袍和自发射精。然后在旁边加上一个名字：温鲍（Wambaugh）。梅赛德斯先生是个浑球，但也是个读书的聪明浑球。词汇量很大，没有拼写错误。霍奇斯能想象杰罗姆·罗宾逊说："不是有拼写检查吗，朋友？我说，你老糊涂了吗？"

是啊，是啊，如今只要你有文字处理程序，拼写就可以无懈可击，但名字不一样，梅赛德斯先生写的是 Wambaugh，不是 Wombough，也不是如读音的 Wombow。仅仅因为他记得加上不发音的"gh"，就足以说明他有相当高的智力了。梅赛德斯先生这封信当然不能算上等文学，但写作水平比《海军罪案调查处》和《识骨寻踪》的对话要强得多。

家庭受教、公共学校，还是自学成才？重要吗？也许不重要，但说不定很重要。

霍奇斯不认为是自学成才。写作风格太……怎么说呢？

"自大，"他对空荡荡的房间说，但不是这么简单，"外向。这家伙的风格很外向。他和其他人一起学习，也写给其他人看。"

这个推理不太靠得住，但有一定的现实依据——那些**华丽的字词**。信里写：*首先是为了恭祝你*。还有：*你破获的案件确实数以百计*。还有（两次）：*你有没有想起我呢？*霍奇斯的英语课在高中是甲，大学是乙，他记得这种用法叫什么：递进重复。梅赛德斯先生是不是以为这封信会在报纸上刊发，在网络上传播，在六点钟的四频道新闻里被引用（播音员带着不情愿的些许敬意）？

"你当然这么希望，"霍奇斯说，"你曾经在课堂上朗读作文。你喜欢那种感觉，喜欢站在聚光灯下，对不对？等我逮住你——*假如我能逮住你*——我会发现你在英语课堂上和我同样出色。"多半更出色。霍奇斯不记得他用过递进重复——偶然除外。

但这座城市有四所公立学校，天晓得有多少家私立学校，更不用说还有诸多预科学校和大专，以及市立大学和圣犹达天主教大学了。干草堆数不胜数，足以藏匿一根毒针。更说他不一定非得在这儿上学，迈阿密和凤凰城也一样可以。

还有，他很狡诈。信里充满了假特征——首字母大写的短语，例如灌铅的靴子和关切之情，还有加引号的短语、感叹号的泛滥使用、点题的单句段落。假如要梅赛德斯先生提供写作样本，他肯定不会带上这些风格化的用法。霍奇斯知道这点，就像他知道自己那个倒霉的名字：科密特——科密特青蛙 19 里的科密特。

可是。

这浑球不像他自以为的那么聪明。信里有两个确切的特征，一个比较模糊，另一个非常清晰。

比较模糊的是他坚持使用数字而非文字：27，而非二十七；40，而非四十。1 级警探，而非一级警探。虽然有几个例外（一点遗憾，而不是 1 点遗憾），但霍奇斯认为前面那些才是一般规则。坚持使用数字或许还是伪装，他很清楚这一点，但更有可能的是梅赛德斯先生确实没有意识到。

我是不是要把他拉进 4 号审讯室，叫他写下四十个贼偷了八十枚婚戒……？

但 K. 威廉 · 霍奇斯再也没法进审讯室了，包括 4 号，那是他最喜欢的一间——他的幸运审讯室，他一向这么想。除非有人逮住他在琢磨这封信，但那时候他多半就会坐在金属桌的另一边了。

好吧。彼得把那家伙弄进审讯室。彼得或伊莎贝拉或他们两人。他们叫他写下四十个贼偷了八十枚婚戒。然后呢？

然后叫他写警察逮住躲在小巷里的罪犯。但“罪犯”二字要说得很含混，因为尽管写作技巧出众，梅赛德斯先生认为犯罪者的警方俚语是“罪人”（perk）而不是“罪犯”（perp）。也许他还认为 perp 指的是某种特权呢，比方说坐头等舱出行是首席执行官的一项 perp。

霍奇斯不会吃惊。在念大学之前，他以为棒球赛里扔球的人、盛水向外倒的容器和挂在墙上装饰公寓的带框玩意儿全是一个单词。他在各种书里见过“照片”这个词，但大脑就是不肯记住它。他母亲会说摆正那个水壶，科姆，它放歪了，他父亲有时候会给他钱，让他去看投手表演，这个词死死地卡在他的大脑里[①]。

等我逮住你，亲爱的，我就会了解你，霍奇斯心想。他写下这个词，画了好几个圈围住它。你呢？就是管“罪犯”叫“罪人”的那个浑球。

① 水壶和投手都是 pitcher，与 picture（照片）读音接近。

8

他绕着街区散步，清醒一下头脑，向很久没打过招呼的邻居问好。其中一些人他有几周没问候过了。墨尔本太太在花园里忙活，看见他，请他进屋吃块咖啡蛋糕。

“我一直在担心你。”她说，他们在厨房坐下。她的眼神明亮而好奇，就像乌鸦盯着刚被碾死的花栗鼠。

“习惯退休生活挺艰难的。”他喝了一口咖啡。很差劲，但够烫。

“有些人永远也习惯不了。”她说，用明亮的眼睛打量他。她主持4号审讯室也不会太差劲，霍奇斯心想。“尤其是习惯了高压工作的那些人。”

“我刚开始有点摸不到方向，但现在好多了。”

“很高兴听见你这么说。那个黑鬼好小子还在为你做事吗？”

“杰罗姆？是的。”霍奇斯露出微笑，要是杰罗姆听说附近有人叫他黑鬼好小子，不知道会怎么反应。杰罗姆多半会笑得露出满嘴白牙，叫道我他妈当然是！喜欢说“婊子活儿”的杰罗姆，已经盯上了哈佛，普林斯顿备选。

“他偷懒，”她说，“你的草坪太不像样了。再来一杯咖啡？”

霍奇斯微笑拒绝。咖啡太难喝，热度能弥补的毕竟有限。

9

回到家里。双腿刺痒，脑袋里装满了新鲜空气，嘴里的味道像是垫鸟笼的报纸，但咖啡因刺激得大脑异常兴奋。

他打开本市报纸的网站，调出有关市民中心大屠杀的几篇报道。他想看的不是第一篇报道（2009年4月11日刊发于耸动标题之下），也不是4月12日周日版那篇长得多的报道，而是星期一的报纸，因为新闻配图是凶手所弃车辆的方向盘的照片。愤怒的标题：**他认为很好玩**。方向盘中央的梅赛德斯车标上，贴着一张黄色笑脸。戴墨镜露出牙齿的那个笑脸。

警方对这张照片表示了极大愤怒，因为负责调查的霍奇斯和亨特利警探曾要求媒体暂时隐瞒笑脸的细节。霍奇斯记得，编辑点头哈腰道歉。沟通失误，他说，再也不会发生了。保证。以童子军的荣誉发誓。

“失误个屁，”他想起彼得怒吼道，“他们拿到这张照片，就好像掉毛老狗的血管里被打了好几针类固醇，他妈的忍不住要用。”

霍奇斯放大新闻配图，直到黄色笑脸充满了电脑屏幕。禽兽的标志，他心想，21世纪风格。

这次他用快速拨号打通的不是警局总机，而是彼得的手机。铃响第二声，老搭档接起电话。“嘿，老家伙，退休生活怎么样？”他听上去很高兴，让霍奇斯露出微笑，虽说同时也让他心怀愧疚，但他并不会因此而放弃。

“我挺好，”他说，“但我很想念你那张高血压的胖脸。”

“那是自然。还有，伊拉克我们打赢了。”

“老天开眼，彼得。吃午饭叙叙旧怎么样？你选地方，我请客。”

“听着不错，但今天我已经吃过了。明天如何？”

“我的时间很紧张，奥巴马要来听我对预算的建议，不过有几件事重新安排一下也行，看在你的面子上。”

“操，科密特。”

“那得看你的床上功夫了。”他们之间的嘲笑就是这么驾轻就熟。

“德玛西奥怎么样？你一直喜欢那地方来着。”

“德玛西奥，没问题。十二点？”

“可以。”

“你确定你有时间接待我这么一个老相好？”

“比利，这还需要问吗？想见见伊莎贝拉吗？”

他不想，但还是说：“随你便。”

老搭档的心灵感应大概还没有失灵，因为彼得停顿片刻，然后说：“那就还是咱哥俩聚聚吧。”

“无所谓，”霍奇斯松了一口气，“等着你。”

“我也是。比利，很高兴你打给我。”

霍奇斯挂断电话，又盯着露齿而笑的卡通脸看了一会儿。笑脸占据了他的电脑屏幕。

10

那天晚上他坐在懒人沙发里看十一点的新闻。他身穿白色睡袍，像个超重的幽灵。头发日益稀疏，头皮反射出柔光。头条新闻是墨西哥湾的深水地平线平台仍在泄漏原油。播音员说蓝鳍金枪鱼面临危险，路易斯安那州贝类养殖业将遭受持续一个世代的灭顶之灾。冰岛火山喷发（播音员哼哼唧唧说了个大致是埃嘉–菲尔–库尔的名字）依然在干扰跨大西洋的空中航线。加利福尼亚，警方说“残酷睡客”系列杀人案终于取得进展。没有指名道姓，只描述嫌犯（罪人，霍奇斯心想）是“一名仪容整洁、能说会道的非洲裔美国人。”霍奇斯心想，现在就看谁能抓住公路老乔了。还有奥萨马·本·拉登。

新闻过后是气象预报。天气温暖，阳光灿烂，播音员这么说，该拿出你们的游泳衣了。

“我倒是很想看见你身穿游泳衣，亲爱的。”霍奇斯说着，用遥控器关掉电视。

他从抽屉里取出父亲的点三八，在走向卧室的路上卸掉子弹，放进保险箱和格洛克作伴。过去这两三个月，他沉溺于这把胜利点三八难以自拔，但今晚收起枪的时候，它几乎没有进入他的脑海。他想的是公路老乔，但也只是半心半意地想；老乔现在是别人的麻烦了。就像残酷睡客，那位能说会道的非洲裔美国人。

梅赛德斯先生也是非洲裔美国人吗？原则上说有这个可能性——没有人见到他的任何体貌特征，只看见了遮脸的小丑面具、长袖衬衫、握住方向盘的黄色手套。老天才知道这座城市有多少黑人能够犯下杀人罪行，但凶器是不得不考虑的因素。特莱劳尼夫人的母亲居住的街区以白种富人为主。黑人在一辆梅赛德斯 SL500 附近逗留恐怕会被注意到。

唔，只是有可能。人们有时候会对身边发生的事视而不见到令人惊讶的地步。但经验使得霍奇斯相信，富人通常比普通美国人更加敏感，尤其是事关他们昂贵的玩具的时候。他不想用偏执形容他们，但……

去他妈的，他们就是偏执。富人可以很慷慨，连政治观点令人毛骨悚然的富人都有可能很慷慨，但绝大多数富人对慷慨有着自己的理解。在表层之下（而且埋藏得并不很深），他们总在害怕有人会偷走他们的礼物，吃掉他们的生日蛋糕。

那么，仪容整洁和能说会道呢？

是的，霍奇斯心想。没有确凿的证据，但那封信说明他很可能是这么一个人。梅赛德斯先生有可能西装革履，在办公室工作。虽说也有可能穿牛仔裤和休闲衬衫，在修车铺扶轮胎，但他绝对不是邋遢鬼。他很可能说话不多，这种人在生活的各方各面都很小心，闲谈时也一样，但只要开口，就多半直接而明确。假如你迷了路，需要指点方向，问他一准没错。

刷牙的时候，霍奇斯心想：德玛西奥餐厅。彼得想在德玛西奥吃午饭。

对彼得自然没问题，他是有徽章和佩枪的警察，打电话的时候霍奇斯也觉得没问题，因为当时他把自己当成了警察，而不是超重三十磅的退休人员。问题应该不大，毕竟是光天化日之下，但德玛西奥在下城区的边缘，而下城区可不是什么度假胜地。餐厅向西一个街区，过了公路立交桥，城市就变成了由空置建筑地块和废弃廉租公寓构成的法外之地。路口公开出售毒品，非法武器交易蓬勃发展，纵火是社区的时兴运动——假如下城区也能叫社区的话。不过，餐厅本身很安全，是个相当不赖的意大利馆子。老板手眼通天，那地方就像大富翁里的免费停车场。

霍奇斯漱了口，回到卧室，脑子里还在想德玛西奥餐厅，眼睛犹豫地看着壁橱。保险箱在壁橱里，藏在挂着的长裤、衬衫和他不再穿的运动上衣背后——最近他太胖了，只有两件上衣还能穿上身。

带格洛克，还是胜利？胜利比较小。

不，都不带。他的持枪许可证并未过期，但他不愿意带着枪去和老搭档吃午饭。那会让他觉得不好意思，而想到他打算如何旁敲侧击地套话，就已经觉得够不好意思了。他走到衣橱前，拿起一摞内衣，向底下看去。简易警棍还在原处——从退休派对那天起就在这儿了。

简易警棍足矣。只是小小的保险措施，毕竟要去全城最危险的区域。

他心满意足地上床关灯，把双手塞到枕头底下凉得出奇的地方，想着公路老乔。老乔的运气一直不错，但他迟早会落网的。不仅仅因为他选择的作案地点永远是高速公路休息区，更因为他无法停止杀戮。他想着梅赛德斯先生在写：*但在我身上就不是这样了，因为我完全没有再犯的冲动*。

这是实话，还是说谎？就像他故意使用的**大写字词**、**许多感叹号**和**单句段落**？

霍奇斯认为他在说谎——既是对退休警探K.威廉·霍奇斯，也是对他自己——但此时此刻，霍奇斯躺在床上，等待睡意降临，他觉得这一点并不重要。重要的是凶手认为他是安全的。他对此得意洋洋。他似乎没有意识到写信给直到退休前始终在带队调查市民中心大屠杀的老警察有多么危险。

你非得找人聊聊这件事，对吧？是的，我亲爱的，你骗不过你的比利老叔。还有，除非黛比的蓝雨伞下网站就像信里的许多引号，只是又一条红鲱鱼，那么你甚至向我打开了连接你生活的通道。你想倾诉，你需要倾诉。假如你能驱使我做些什么，那也就是往圣代顶上放一颗樱桃了，对吧？

霍奇斯在黑暗中说："我愿意听你诉说。我有的是时间。说到底，我毕竟退休了。"

他微笑着沉沉睡去。

11

第二天早晨，弗雷迪·林克莱特坐在装卸台的边缘抽万宝路。“折价电子城”的制服上衣叠得整整齐齐放在她身旁，电子城的帽子压在衣服上。她在说某个和她吵架的传教狂。总是有人和她吵架，她总在休息的时候告诉布莱迪。她说得滔滔不绝，因为布莱迪擅长倾听。

“然后他跟我说，说什么？同性恋都要下地狱，这本小册子里解释得一清二楚。于是我就接过来，懂吧？封面上是两个身材苗条的基佬——穿休闲装，我对天发誓——手拉手，盯着一个充满火焰的洞穴。还有魔鬼！手持干草叉！我不骗你。不过，我想和他探讨一下。他给我的感觉是想和我聊聊。好，于是我就说，你该把你那张老脸从什么《立马记》[1]里拔出来，花点时间读几篇科研文章。基佬天生就基，我的意思是说，你醒醒啊。他说什么？这绝对不是真的，同性恋是习得行为，可以改掉。然后我就没法相信了，对吧？我想说，你他妈胡扯什么啊，但我没这么说。我说，你看看我，哥们，仔细看看我。别害羞，从头到脚看个清楚。你看见了什么？没等他继续给我放狗屁，我就说，你看见一个男人，没错吧。可惜上帝一时分心，忘了给我安上鸡巴就去忙别的事儿了。然后他说……”

布莱迪刚开始还在听她的独角戏——多多少少在听，直到弗雷迪说起《立马记》(她想说的是《利未记》，但布莱迪懒得纠正她)，然后就一耳朵进一耳朵出了，只留下偶尔附和一声“嗯哼”的精神。他不介意听她滔滔不绝说话。挺能让人心情平静的，就像他有时候临睡前在 iPod 上听的 LCD Soundsystem[2]。弗雷迪·林克莱特比一般姑娘高得

---

① 原文是 the Book of LaBitticus，这里是弗雷迪弄错了，把 Leviticus（《利未记》）记错了。
② 成立于纽约布鲁克林的一支摇滚乐队，目前没有中译名。

多，六英尺二三，比布莱迪高出一截。她没说错：她有多么像个普通姑娘，布莱迪·哈茨费尔德就有多么像范·迪塞尔[①]。她穿李维斯直筒牛仔裤、摩托靴和纯白T恤，T恤直上直下，看不出半点胸部的影子。她黑金色的头发剪得只有四分之一英寸长。她不戴耳环不化妆。她多半认为蜜丝佛陀指的是男人在老爸谷仓背后对姑娘做的什么事情。

他说是啊、嗯哼、对极了，脑子里一直在琢磨老警察会怎么看待他那封信，还有老警察会不会上蓝雨伞网站尝试联系他。他知道寄信有风险，但风险并不大。他创造出了一种写作风格，与他本人的风格迥然不同。老警察能在信里找到什么蛛丝马迹的概率微乎其微。

上黛比的蓝雨伞网站的风险稍微大一点，但假如老警察以为他能从那条路找到他，那他可就会大吃一惊了。黛比的服务器位于东欧，电脑隐私权在东欧就像洁净在美国：近乎于神圣不可侵犯。

“于是他说，我发誓他真的这么说了，他说，我们教会有很多信奉基督的年轻女性，能够告诉你该如何治好自己。你要是留长头发，会很漂亮的。你能相信吗？于是我对他说，你涂点口红也会他妈的漂亮得很。你穿上皮夹克，戴个狗项圈，走进‘畜栏’酒吧，多半能享受一场热辣辣的约会。或者去‘权力之塔’，体验你的初次喷发。他气得七窍生烟，说你要是想人身攻击……”

再者说，假如老警察想追查电脑足迹，就必须把信件交给警局的技术部门，但布莱迪不认为他会这么做。至少目前不会。他早就无聊得要死了，每天坐在那儿只有电视作伴。当然了，还有老左轮，与啤酒和杂志一起放在手边。谁能忘记那把老左轮呢？布莱迪没见过老警察拿起枪放进嘴里，但见过好几次他握着枪。活得开开心心的人不会那么拿着枪放在大腿上。

“于是我就对他说，我说，你别生气嘛。每次有人反对你们宝贵的

---

① 范·迪塞尔（Vin Diesel，1967— ），原名马克·辛克莱尔·文森特，美国演员、制片人。

意见，你们这种人就总要生气。你有没有注意到基督徒的这个毛病？”

他没有，但还是说有。

“但这位老兄却听进去了，真的听进去了。最后我们去胡塞尼面包店坐下喝咖啡。我知道很难相信，但坐下以后，我们还真的算是有了一场对话。我对人类不抱什么希望，但时不时地……”

布莱迪确定那封信能刺激到老警察，至少开始是这样。他能获得那么多嘉奖，绝对不是因为愚蠢，他会看穿转弯抹角的提示，明白他的意思是让他学习特莱劳尼夫人去自杀。*转弯抹角*？也没那么难看穿，其实相当明确。布莱迪认为老警察会振奋精神，至少能持续一段时间，但折腾一阵却徒劳无功后，他只会摔得更惨。然后，假如老警察吞下蓝雨伞的诱饵，布莱迪就可以下手了。

老警察无疑在想，*假如我能撬开你的嘴，我就能操控你*。

但布莱迪敢打赌，老警察从没读过尼采；布莱迪敢打赌，老警察更像是约翰·格里森姆[①]的爱好者——假如他真会读书的话。尼采名言：*你凝视深渊，深渊也凝视你*。

我就是深渊，老兄。我就是。

比起满心负罪感的奥莉薇亚·特莱劳尼，老警察无疑是个大得多的挑战……但逐步打垮她真是对神经系统的一剂猛药，布莱迪忍不住要再次尝试。从某些方面来说，比起在市民中心那群找工作的浑球人群里犁出一道血沟，驱使莉薇甜心跌入深渊要带劲得多。因为后者需要脑子，需要全身心地投入，需要认真策划。还有警方给予的小小帮助。警察会不会认为他们的错误推理也该为莉薇甜心的自杀负上一些责任呢？亨特利多半不会，他那个蠢笨脑袋里绝对不可能产生这种念头。唔，但霍奇斯呢？他也许有所怀疑。他那个聪明脑袋的深处，也许有几只小耗子在啃电线。布莱迪希望如此。要是没有，他可以找个

---

① 约翰·格里森姆（John Grisham，1955—　），美国知名畅销小说家，创作了一系列富含法庭法律内容的犯罪小说。

机会告诉他。在蓝雨伞网站上。

不过嘛，主要还是归功于他。布莱迪·哈茨费尔德。荣誉就该落在英雄头上。市民中心像是挥舞大铁锤。对奥莉薇亚·特莱劳尼，他用的是手术刀。

“你在听我说话吗？”弗雷迪问。

他微笑道：“我好像走神了一小会儿。”

能说实话的时候就别撒谎。实话并不总是最保险的途径，但通常来说肯定是。他漫不经心地想着，要是我说，弗雷迪，我就是梅赛德斯杀手。不知道她会说什么。或者说，弗雷迪，我家地下室柜子里有九磅自制的塑胶炸药。

她看着他，像是能看到这些念头，布莱迪有一秒钟稍感不安。但她紧接着说：“你打两份工，哥们，所以你太累了。”

“是啊，但我想回大学念书，除了我自己，谁也不会掏这个钱。我还要养我母亲。”

“酒鬼母亲。”

他微笑道：“更准确的说法是伏特加鬼。”

“请我去你家坐坐，”弗雷迪恶狠狠地说，“我他妈拖着她去戒酒会。”

“没用的。知道多萝西·帕克[①]怎么说吗？你可以让婊子学文化，但你没法逼她思考。”

弗雷迪回味片刻，一仰头，发出抽烟太多的嘶哑笑声。“我不知道多萝西·帕克是谁，但这句我记住了，”她正色道，“说真的，你为什么不问弗罗比舍多要几个工时？你的另一份工作实在太次了。”

“我告诉你他为什么不问弗罗比舍多要几个工时。”弗罗比舍说着走上装卸台。安东尼·弗罗比舍年纪很轻，戴着学究气的眼镜。从外形

---

① 多萝西·帕克（Dorothy Parker，1893—1967），美国作家。她的诗歌经常犀利直率地讽刺当代美国人性格上的弱点。她的短篇小说也同样具有讽刺意味。

说，他和折价电子城的大多数职员没什么区别。布莱迪也很年轻，比弗罗比舍好看，但也没到英俊的地步。这样很好，布莱迪愿意相貌平平。

“说来听听。”弗雷迪说着，揿熄烟头。卖场位于桦山购物中心的南侧，背后的装卸区对面停着员工的汽车（多数是老掉牙的通勤车）和三辆涂成鲜绿色的大众甲壳虫。三辆甲壳虫永远擦得一尘不染，晚春的阳光照得挡风玻璃闪闪发亮。车身上喷着蓝色文字：**电脑有问题？请呼叫折价电子城的赛博巡警！**

“电路城已经关门，百思买在勉强支撑，”弗罗比舍用学校老师的语气说，“折价电子城也在勉强支撑。感谢电脑革命，同样在勉强支撑的行业还有很多：报纸、出版、唱片店、美国邮政。我这只是列举一二。”

“唱片店？”弗雷迪又点了一根烟，“唱片店是什么？”

“这话真是伤人，”弗罗比舍说，“我有个朋友声称男人婆缺乏幽默感，但——”

“你有朋友？”弗雷迪问，“哇。谁见过？”

“——但你显然能证明他说错了。你们没法得到更多的工时，因为公司现在只靠电脑挣扎维持，主要是中国和菲律宾产的廉价货。我们的主流客户不再想买我们出售的其他产品。”布莱迪心想，只有东尼斯[①]·弗罗比舍才会说*主流客户*。“一部分是因为技术革命，但也因为——”

弗雷迪和布莱迪齐声念诵：“*——巴拉克·奥巴马是这个国家有史以来犯过的最大错误*。”

弗罗比舍凶巴巴地瞪着他们看了两秒钟，然后说：“至少你们听进去了。布莱迪，你两点下班，对吧？”

“对。我的另一份工三点开始。”

弗罗比舍皱起他那张脸正中央的大鼻子，以表现他对布莱迪的另一份工作的看法：“我好像听你说什么要回去念书？”

---

① 东尼斯是安东尼的昵称。

布莱迪没有回答，因为无论说什么都是错。安东尼·“东尼斯”·弗罗比舍肯定知道布莱迪很讨厌他。他妈的厌恶他。布莱迪讨厌所有人，包括酗酒的老妈，但正如一首乡村老歌唱的：现在没人需要知道这个。

“你二十八了，布莱迪。年纪足够你不再需要靠狗屁不如的共保给你的车上保险了——这是好事，但想接受训练，在电机工程业寻求发展，年纪就有点大了。电脑编程也是一样的道理。”

“别那么屎烂，”弗雷迪说，“别留下东尼斯·屎烂的名字。”

“假如说真话就是屎烂，那就叫我屎烂好了。”

“是啊，”弗雷迪说，“你会青史留名的。东尼斯·‘真话先生’·屎烂。孩子念书会学到你的事迹。”

“我不介意听实话。”布莱迪平静地说。

“很好。给 DVD 分类贴标签的时候，你爱怎么不介意都随便你。现在就开始吧。”

布莱迪好脾气地点点头，站起身，拍拍屁股。折价电子城的对折促销从下周开始，新泽西的管理层已经做出决定，公司必须在 2011 年 1 月前退出 DVD 销售业。这条产品线曾经获利丰厚，如今在网络视频的压迫下已是奄奄一息。用不了多久，店里就只剩下家用电脑（中国或菲律宾制造）和平板电视了，但在全面衰退的大环境下，买得起平板电视的人寥寥无几。

“你，”弗罗比舍转向弗雷迪，“给我出任务，”他递给弗雷迪一张粉色工单，“是个老太婆，屏幕冻结了。反正这是她的原话。”

“遵命，我的船长，竭诚为您服务。”她站起身，敬个礼，接过他递过来的工单。

“衣服下摆塞塞好。戴上帽子，免得你古怪的发型害得顾客不舒服。开车别太快。再领一张告票，你的赛博巡警生涯就算走到头了。还有，临走前他妈的给我收好烟头。”

还没等她反唇相讥，他就转身进去了。

“贴 DVD 标签归你，老太婆归我，她的电脑 CPU 里多半塞满了饼干屑。”弗雷迪说着，跳下装卸台，戴上帽子。她抓着工单做个匪帮手势，径直走向大众甲壳虫，一眼也没看烟头。不过，路上她停下来转身望向布莱迪，双手撑着和男孩一样平坦的臀部。“这可不是我五年级那会儿想象中的生活。”

“我也是。”布莱迪平静地说。

他目送弗雷迪驾车离开，前去拯救一位老妇人，她没法下载仿苹果派菜谱，多半正气得发疯。这次布莱迪心想，要是我告诉弗雷迪我小时候过着怎样的生活，不知道她会有什么反应。比方说，他杀死了他的弟弟。比方说，他母亲掩盖了真相。

她为什么不掩盖呢？

说到底，那毕竟主要是她的主意。

12

布莱迪在昆汀·塔伦蒂诺旧片上粘贴半价标签，弗雷迪去帮助西城的薇拉·威尔金斯夫人（事实上，是她的键盘塞满了饼干屑）。就在同一个时刻，比尔·霍奇斯拐出下石楠大道，这条四车道的马路横贯全城，下城区的“下”字就得名于此。他开进德玛西奥意大利餐厅旁的停车场。你不需要是夏洛克·福尔摩斯也会知道彼得已经到了。霍奇斯停在一辆装着黑圈轮胎的灰色雪佛兰轿车旁，这辆车一看就属于市局警察。他钻出他的旧丰田，这辆车一看就属于退休老警察。他摸了摸雪佛兰的引擎盖。暖乎乎的。彼得没等他多久。

他驻足片刻，欣赏快到十二点的风景，阳光明媚，阴影边缘清晰，他望向一个街区外的立交桥。那里完全被打上了黑帮的烙印，尽管这会儿空无一人（中午是下城区年轻人的早餐时间），但他知道只要走过去，就能闻到廉价葡萄酒和威士忌的刺鼻气味，脚下会踩到瓶子的碎片。阴沟里是更多的瓶子，而且是棕色小瓶。

不再是他的问题了。再说立交桥下的暗处空荡荡的，而且彼得在等他。霍奇斯走进餐厅，接待台的伊莱恩微笑着叫出了他的名字，他觉得很高兴，因为他有好几个月没来了，甚至一年。彼得占据了一个卡座，举起手招呼他。按照律师的说法，也许是彼得唤醒了她的记忆。

他也举起手回应，走向卡座，彼得站起来，抬起胳膊熊抱他。两人必不可少地互拍几下后背，彼得说他看上去不赖。

“你知道男人有三个时期吧？”霍奇斯问。

彼得笑嘻嘻地摇头。

“青年期，中年期，你看上去真他妈精神期。”

彼得哈哈大笑，问霍奇斯知不知道金发女郎打开燕麦圈盒子的时候说什么。霍奇斯说不知道。彼得扮出惊讶地眨着大眼睛的样子，说："哦，你看这甜甜圈的种子多可爱啊！"

霍奇斯也尽义务地哈哈大笑（虽说他并不觉得这个金发女郎笑话有多出色）。说完这轮笑话，两人坐下。男招待走过来，德玛西奥餐厅没有女招待，只有上了年纪的男招待，一尘不染的围裙扎在没有二两肉的胸脯上。彼得点了一扎啤酒。百威淡啤，不要象牙特制。啤酒送来，彼得举起酒杯。

"敬你一杯，比利，还有退休生活。"

"多谢。"

他们碰杯，各喝一口。彼得问候艾莉，霍奇斯问候彼得的儿子和女儿。两人的妻子，都是前妻，只是顺口一提（就好像都要向对方和自己证明，他们并不害怕谈到她们），然后就变成了禁止的话题。点菜。到食物上桌的时候，他们已经问候过了霍奇斯的两个外孙，并分析了克利夫兰印第安人队的获胜机会——那是离他们最近的大联盟队伍。彼得要的是意大利小方饺，霍奇斯是意大利面配蒜油酱汁，他每次来德玛西奥都点这个。

热量炸弹吃到一半，彼得从胸袋里摸出一张折过两折的纸，正儿八经地放在盘子旁边。

"那是什么？"霍奇斯问。

"证据，说明我的侦探技能一如既往地敏锐。自从雨树酒店那场恐怖晚会之后我就没见过你——顺便说一句，我的宿醉持续了三天——电话也只打过，几次，两次？三次？然后，啪，你请我吃午饭。我吃惊吗？不。闻到了鬼祟的动机吗？对。所以，咱们看看我猜得对不对。"

霍奇斯耸耸肩，说："我就像好奇的猫。你知道老话是怎么说的——满足的感觉带着它回来。"

彼得·亨特利笑得很灿烂，霍奇斯伸手去拿那张纸，彼得抬起手按住："不，不行。你先说。别害羞嘛，科密特。"

霍奇斯叹了口气，扳着手指数出四件事。等他说完，彼得把那张纸推过来。霍奇斯打开，读道：

1. 戴维斯
2. 公园强奸犯
3. 当铺
4. 梅赛德斯杀手

霍奇斯假装困窘："被你逮住了，警长。不想说的话就别说好了。"

彼得的脸色变得严肃："天哪，要是你对退休时留下的悬案不感兴趣，那我才会失望呢。我一直……有点担心你。"

"我不想干扰你们办案嘛。"霍奇斯吃了一惊，因为这个弥天大谎他撒得居然如此流畅。

"你的鼻子变长了，匹诺曹。"

"不，我说真的。我只想听听最新情况。"

"乐意奉陪。先从唐纳德·戴维斯开始。你知道剧本的。不管他碰什么生意，最后都要完蛋，最新的一个是戴维斯经典车行。他的欠债都淹过头顶了，他该改名叫尼莫船长才对。身边总有两三个漂亮小妞。"

"三个就可以开一桌了。"霍奇斯说着，低头继续吃意大利面。他来这儿不是为了唐纳德·戴维斯，也不是市民公园强奸犯，更不是过去四年内屡次抢劫当铺和酒铺的那家伙；他们只是幌子。但他还是忍不住被勾起了兴趣。

"老婆厌倦了欠债和漂亮妞。她失踪的时候正在准备离婚文件。全世界最老套的故事。他报警说妻子失踪，在同一天宣布破产。上电视做访谈，挤出一桶鳄鱼泪。我们知道他杀了老婆，但找不到尸体……"他耸耸肩，"和二货黛安娜开会的时候你也在。"他指的是本市的地区检察官。

“还是没法说服她起诉戴维斯?”

“找不到可爱的尸体就不能起诉。莫德斯托的警察知道斯科特·彼得森铁板钉钉地有罪,但就是没法起诉,直到发现他妻子和孩子的尸体为止。你很清楚的。”

霍奇斯确实很清楚。在调查茜拉·戴维斯失踪案时,他和彼得经常谈到斯科特和拉茜·彼得森。

“可你猜怎么着?他们在湖畔有个夏日小木屋,我们在那儿找到了血迹,”彼得停顿片刻,制造悬念,然后一锤定音,“她的血迹。”

霍奇斯俯身向前,暂时忘记了食物:“什么时候的事情?”

“上个月。”

“你居然不打电话给我?”

“我这不正在告诉你吗?因为现在你愿意问了。那里的搜寻工作还在进行中,由胜利县的警察主持。”

“茜拉失踪前,有人在那附近见过他吗?”

“当然。两个年轻人。戴维斯声称他在挖蘑菇。他妈的尤尔·吉本斯[①]附体,对吧?等他们找到尸体——假如真能找到的话——唐尼·戴维斯老伙计就不用等到七年期满,申请官方宣布她死亡,找保险公司要钱了,”彼得笑得很灿烂,“你看他省了多少时间啊。”

“公园强奸犯呢?”

“只是时间问题了。我们知道他是白人,知道他十几或二十几岁,知道他怎么都玩不够保养良好的老阿姨。”

“你们在放诱饵,对吧?因为他喜欢温暖的天气。”

“对,我们会逮住他的。”

“要是能及时逮住他就太好了,免得再有五十来岁的女士下班回家在路上遭殃。”

“我们正在努力。”彼得似乎有点生气,侍者过来问是不是一切都

---

① 尤尔·吉本斯(Euell Gibbons,1911—1975),美国户外探险和自然食物倡导者。

好，彼得挥手叫他走开。

“我知道的，”霍奇斯安抚道，“当铺劫匪呢？”

彼得粲然一笑：“扬·艾隆·杰斐逊。”

“什么？”

“这是他的真名，不过他在市立高中打橄榄球的时候自称YA。你知道的，就像Y.A.迪特尔[①]。虽说他女朋友——也是他三岁小孩的母亲——说他管那个人叫Y.A.奶子[②]。我问他是开玩笑还是真的不知道，她说她也搞不明白。”

又是一个霍奇斯知道的故事，古老得就像来自《圣经》……说不定《圣经》里就有这个故事的变种。“让我猜一猜。他作案十几起——”

“目前共计十四起。挥舞短管手枪，就像《火线》里的奥马尔。”

“——之所以每次都能逃掉，因为他狗运通天。然后他背着孩子的妈偷腥，她一生气就告发了他。”

彼得比着手枪的手势，指着老搭档说：“正中靶心。下次扬·艾隆带着他的短管枪走进当铺或支票兑换点，我们就会提前知道，然后嘛，天使啊天使，我们下来喽。”

“为什么要等到下次？”

“还是地检官，”彼得说，“你送牛排给二货黛安娜，她都会说替我煎了，而且不是三分熟就退货。”

“但你们已经逮住他了。”

“我跟你赌一副新的白圈轮胎，Y.A.奶子到国庆节就会进县看守所，圣诞节肯定在州监狱过。戴维斯和公园强奸犯还需要一点时间，但我们会抓住他们的。要甜点吗？”

“不要。呃，要，”他问侍者，“你们还做朗姆酒蛋糕吗？黑巧克力的那种？”

---

① Y.A.迪特尔（Y.A.Tittle，1926—　），美国职业橄榄球员。

② Tittle（迪特尔）与titties（奶子）形似音似。

侍者像是受了侮辱："当然，先生，一直都做。"

"给我一块。还有咖啡。彼得，你呢？"

"剩下的啤酒归我了，"他说着拿起扎杯倒酒，"你确定你要吃蛋糕吗，比利？比起上次见到你，你似乎重了不少。"

确实如此。自从退休以后，霍奇斯就有点暴饮暴食，但直到最近这两天，他才吃得有滋有味。"我在考虑体重守护者[①]。"

彼得点点头："是哦。我在考虑当神父。"

"去你的。梅赛德斯杀手呢？"

"我们还在特莱劳尼家附近排查——实际上，伊莎贝拉这会儿就在那儿——但要是她或其他人能找到任何有用的线索，我倒是会大吃一惊了。伊莎贝拉·杰恩斯敲开的每一扇门都已经敲过至少五六次了。凶手偷走特莱劳尼的豪车，冲出茫茫大雾，下手，又驶进茫茫大雾，弃车，然后……就没了。Y.A. 奶子那点运气算得上什么，梅赛德斯那厮才叫狗运通天。假如他迟哪怕一个钟头下手，现场也会有不少警察——为了疏导人群。"

"我知道。"

"你认为他知道这个吗，比利？"

霍奇斯抬起一只手，前后摆了摆，表示很难说。假如他和梅赛德斯先生在蓝雨伞网站搭上话，也许他会找个机会问一问。

"杀人狂开始撞人的时候，本来有可能失控撞车，但他没有。德国工业，世界第一，伊莎贝拉这么说的。有人可以跳上引擎盖，挡住他的视线，但谁也没有跳。挂**请勿跨越**的铁柱有可能在车轮下弹起来，卡在底盘上，但同样没有发生。他在仓库背后停车，摘下面具，说不定有谁会经过看见，实际上却没有。"

"那是早晨五点二十分，"霍奇斯指出，"那片区域就算到中午也难得能看见一个人。"

---

① 全球领先的付费体重控制饮食计划。

“因为经济萧条，”彼得·亨特利郁闷地说，“对，是啊。以前在那些仓库工作的人，估计有一半都去了市民中心，等待该死的求职大会开幕。来，尝尝这讽刺的味道，对你的血液有好处。”

“所以你一无所获。”

“死水一摊。”

霍奇斯的蛋糕来了。闻上去很香，吃起来更香。

侍者离开后，彼得从桌子对面凑过身来说：“我的噩梦是他再次下手。又一场大雾从湖上飘来，他再次下手。”

他说他不会，霍奇斯心想，用叉子又铲了一块香甜的蛋糕送进嘴里。他说他完全没有再犯的冲动。他说一次就够了。

“或者换个手段。”霍奇斯说。

“三月份我和我女儿大吵一架，”彼得说，“吵得非常凶。四月份我一次都没见过她。周末全都没露面。”

“是吗？”

“嗯哼。她想去看啦啦队比赛。‘放克高歌’，好像叫这个名字。本州的所有学校都参加了。你记得坎蒂有多么迷恋啦啦队吧？”

“当然。”霍奇斯说，其实他并不记得。

“她四岁还是六岁那会儿弄了条小花格裙，我们都没法让她脱掉。有两个母亲说她们会带女儿去看。我对坎蒂说不行。知道为什么吗？”

他当然知道。

“因为比赛在市民中心举行，这就是原因。我在脑海里能看见数以千计的时髦少女和她们的母亲聚在礼堂外等待开门，虽说不是清晨而是黄昏，但你知道这个时间湖上也会起雾。我能看见那个王八蛋开着另一辆偷来的梅赛德斯冲向人群——这次说不定是该死的悍马——孩子们和母亲们傻乎乎地站在那儿，就像车头灯下的小鹿。所以我才说不行。你真该听听她是怎么冲我嚷嚷的，比利，但我还是说不行。她有一个月时间不肯和我说话，要是莫琳没有带她走，到今天她还是不会和我说话的。我对莫琳说没门，你有种就试试看。她说，这就是我和你离婚的原因，彼得，因为我听够了没门和你有种就试试看。结果，当然什么也没有发生。”

他喝掉剩下的啤酒，然后又向前倾身。

“希望逮住他的时候，我身边有很多人。假如只有我一个人，光是因为害得我和女儿疏远，我都会宰了他。”

“那为什么希望有很多人？”

彼得考虑片刻，慢慢地露出笑容：“你说到关键点上了。”

“你有没有想过特莱劳尼夫人的事情？”霍奇斯假装不经意地抛出问题，但自从匿名信被塞进投邮口之后，他就经常想起奥莉薇亚·特莱劳尼。不，在此之前也想过。在退休后心情最不好的那段时间里，他有好几次梦见了她。一张长脸，属于哀伤的老马。那张脸像是在说，没有人理解我，全世界都和我作对。她有那么多钱，不需要看着薪水过日子，但就是感觉不到幸福。特莱劳尼夫人早就不用精打细算过日子了，也不需要看答录机上有没有收账人的来电，但她能感觉到的只有诅咒，能列举出无数蹩脚的理发师和粗鲁的服务人员。奥莉薇亚·特莱劳尼夫人，身穿没形状的船领裙，船不是要向左舷歪就是要向右舷歪。水汪汪的眼睛似乎让人觉得她随时会哇的一声哭出来。谁也不喜欢她，包括一级警探科密特·威廉·霍奇斯。她自杀的时候谁也不吃惊，包括同一个霍奇斯警探。八个人的死亡（还有更多人受伤）会给你的良知带来巨大负担。

“她怎么了？”彼得问。

“她说的到底是不是实话。关于车钥匙。”

彼得挑起眉毛说：“她认为她说的是实话。你和我一样清楚。她彻底说服了自己，上测谎器都能顺利过关。”

这倒是真的，奥莉薇亚·特莱劳尼并没有让他俩吃惊。天晓得他们见过多少类似的例子。把职业罪犯抓进来问话，哪怕案件和他没关系，他也会表现得像是有罪，因为他很清楚自己手上不干净。但平头百姓就是不肯相信自己有罪，要是在控罪前抓他们问话，也基本上不可能与枪有关。不，往往是车。我轧过去的时候以为是条狗，他们会这么说，无论在可怕的哐哐两下碾压之后，他们在后视镜里见到了什么，他们都不会相信。

只是一条狗。

“但我有怀疑。”霍奇斯说，希望听上去经过了深思熟虑，而不是心急火燎。

“少来了，比尔。我看见的你也看见了，假如你需要更新一下记忆，请随时来警察局看照片。”

“我想会吧。”

彼得的“男士衣仓”牌运动上衣口袋里响起了《荒山之夜》的开场音符。他掏出手机，看一眼，说：“不好意思，接个电话。”

霍奇斯做了个请便的手势。

“哈啰？”彼得听了一会儿，突然瞪大眼睛，站了起来，椅子险些被撞翻在地，“什么？”

其他食客停下刀叉，环顾四周。霍奇斯饶有兴致地看着他。

“好……好的！我马上就去。什么？好，好，没问题。别等我，你先去。”

他合上电话，重新坐下，忽然变得容光焕发，霍奇斯一时间嫉妒得心脏发痛。

“我应该多和你吃饭才对，比利。你是我的幸运符，一向如此。我们刚说过的，这会儿就成真了。”

“什么？”心想：是梅赛德斯先生。接踵而至的念头荒谬而可怜：他应该属于我。

“是伊莎贝拉·杰恩斯的电话。州警的一位上校从胜利县打电话给她。一小时前，一名狩猎执法官在一个旧采石坑发现了一些骨头。采石坑离唐尼·戴维斯的湖畔小屋还不到两英里，你猜怎么着？骨头身上还有一条裙子的残片。”

他举起手，霍奇斯和他击掌。

彼得把电话塞回下垂的衣袋里，掏出钱包。霍奇斯摇摇头，他不想骗自己，此刻他只觉得松了一口气。心头一块大石落地。“不，我请客。你要去和伊莎贝拉会合，对吧？”

“对。”

“那就滚吧。”

“好。多谢这顿饭。”

“还有一件事——公路老乔有消息吗？”

“归州警管，”彼得说，“还有联邦调查局。我乐得交给他们。听说他们一无所获，还在等他再次作案，希望能走运逮住他。”他看看手表。

“走吧，走吧。”

彼得走向大门，忽然停下，回到餐桌旁，使劲亲了一口霍奇斯的脑门：“很高兴见到你，我的好甜心。”

“快滚，”霍奇斯说，“别人会以为咱俩是一对儿呢。”

彼得笑嘻嘻地跑出餐厅，霍奇斯想到他们有时候会自称“天堂猎犬”。

他不知道自己的鼻子现在还灵不灵。

13

侍者过来问还要什么，霍奇斯正想说不用了，但一转念又要了杯咖啡。他只想再多坐一会儿，享受这份双重喜悦：不是梅赛德斯先生，而是唐尼·戴维斯，这个虚伪的下三烂谋杀了妻子，然后让律师宣布悬赏寻找与妻子下落有关的线索。因为，我的天，他太爱妻子了，他只有一个愿望，就是她能好好地回家，他们重新开始。

他也想再思考一下奥莉薇亚·特莱劳尼和她被盗的梅赛德斯。车是被偷走的，没有人怀疑这一点。但无论她如何反对，大家都始终认为是她给凶手提供了便利。

霍奇斯记起伊莎贝拉·杰恩斯提到过的一个案件，当时她刚从圣迭戈调来，他们告诉她特莱劳尼夫人如何因为疏忽在市民中心大屠杀中扮演了一个角色。在伊莎贝拉的故事里，凶器是一把枪。她说她和搭档接警去一户人家，九岁的男孩射杀了四岁的妹妹。父亲在衣柜里放了一把自动手枪，两个孩子翻出来玩。

“父亲没有被控罪，但他会永远背负那份责任，”她说，“这个案子到最后也会是这样，你们等着看吧。”

一个月后，也许还不到一个月，特莱劳尼夫人吞药自尽，调查梅赛德斯案件的人谁也不当一回事。在他们看来——在他看来——特莱劳尼夫人只是个自怨自艾的有钱女人，拒绝承认她在血案中扮演的角色。

那辆梅赛德斯 SL 失窃时停在市区，但特莱劳尼夫人（寡妇，丈夫因为心脏病去世）住在蜜糖高地，这个市郊居住区富裕得不负其名，许多带铁门的车道通向有十多个房间的豪宅。霍奇斯在亚特兰大长大，每次驾车穿过蜜糖高地，他就会想起亚特兰大的富裕社区巴克海特。

特莱劳尼夫人的老母亲伊丽莎白·沃顿住在湖畔大道的一套公寓里，这套公寓位于一个高级分割公寓社区内，房间宽敞得像是竞选政客的承诺。公寓有房间供女管家住宿，私人护士每周上门三次。沃顿夫人有严重的脊柱侧凸，她女儿决定自尽时，使用的奥施康定就来自公寓的药柜。

自杀证明有罪。他记得莫里塞警督这么说过，但霍奇斯一直心存疑虑，最近疑虑更是越来越强烈。因为现在他知道了，负罪感并不是唯一让人自杀的理由。

大下午时间看着电视，有时候你就会觉得生无可恋。

14

血案后一小时，两名巡警发现了那辆梅赛德斯。湖岸边密密麻麻地满是仓库，车就停在其中一个仓库背后。

巨大的混凝土堆场放满了生锈的集装箱，它们立在那儿，仿佛复活节岛石像。灰色梅赛德斯歪歪斜斜地停在两个集装箱之间。霍奇斯和亨特利赶到时，堆场里已有五辆警车，其中两辆车头贴车头地挡在梅赛德斯的后保险杠前，仿佛警察害怕灰色大轿车会自己点火逃之夭夭，就像那部恐怖老片里的旧普利茅斯[①]。浓雾已经变成微雨。几辆警车顶上互不相让的脉动蓝光照亮了雨滴。

霍奇斯和亨特利走向那群巡警。彼得·亨特利和发现凶车的两名警察交谈，霍奇斯绕着车子仔细勘察。SL500的车头只是稍微有点凹陷，德国科技名不虚传，但引擎盖和挡风玻璃糊满了血污。一条衬衫袖子卡在进气格栅上，沾上的鲜血已经变硬。事后将证明这条袖子属于奥古斯特·欧登科克，遇难者之一。但还不止这些。虽说那天早晨的光线很黯淡，但有一样东西依然在闪闪发亮。霍奇斯单膝跪地，想看个究竟。亨特利走到他身旁时，他仍旧跪在那里。

“那是什么？”彼得问。

“我觉得是个婚戒。”霍奇斯说。

事后证明确实是。款式简单的金戒指属于弗朗辛·雷伊斯，三十九岁，家住松鼠山脊路，最后交还给家属。她下葬时，戒指只能戴在右手的第三根手指上，因为左手的前三根手指都被扯掉了。法医猜测是因为梅赛德斯冲向她的时候，她本能地抬手阻挡。4月10日

---

① 出自1983年的《克丽斯汀》里的一个情节，小说作者亦是斯蒂芬·金。

上午，其中两根手指在案发现场被找到。食指始终没有出现。霍奇斯认为手指被海鸥叼走了，毕竟湖岸边有不少大型海鸥出没。他更喜欢这个解释，而不是另一种恐怖的可能性：被一名没有受伤的幸存者当纪念品捡走了。

霍奇斯站起身，招呼一名巡警过来，说："咱们得用油布盖上这个，免得雨水冲走任何证——"

"已经去拿了，"巡警用大拇指指了指彼得，"他一来就说了。"

"哎呀，你真是不赖。"霍奇斯用学得挺像的教会女士[①]声音说，但搭档回敬的笑容和天色一样黯淡。彼得看着梅赛德斯溅满鲜血的钝角车头，看着卡在铬合金格栅上的婚戒。

另一名警察过来，胸口名牌标着 **F. 夏明顿**。他拿着翻开的记事簿，纸页已经在潮气中卷了起来。"车辆登记在奥莉薇亚·安·特莱劳尼夫人名下，住址是丁香公路 729 号。那条路在蜜糖高地。"

"大多数梅赛德斯结束一天的奔忙之后，最后都要去那儿休息，"霍奇斯说，"搞清楚她在不在家，夏明顿警员。要是不在，看看能不能找到她。能做到吗？"

"能，长官，肯定能。"

"只是照例询问，明白吗？车辆失窃。"

"懂了。"

霍奇斯转向彼得，问："车厢前排。注意到什么吗？"

"气囊没有弹出。被他关闭了。说明是预谋犯罪。"

"还说明他知道怎么关闭。面具你怎么看？"

彼得隔着司机一侧车窗上的雨滴向内看，身体没有碰到玻璃。司机座的皮椅上放着一个橡胶面具，是那种套在脑袋上的面具。面具的太阳穴上方贴着几缕橙色头发，像是头上长出的两根角。鼻子是个红色橡胶球。没有脑袋来拉开面具，红色嘴唇的微笑变成了冷笑。

---

① 美国电视节目《周六夜现场》1986 至 1990 年的常驻角色。

“够他妈瘆人的。看过那部下水道里有小丑出没[①]的电视电影吗?”

霍奇斯摇摇头。后来，离退休只剩下几周的时候，他买了那部电影的 DVD。彼得没有说错，凶手的面具很像电影里小丑的那张脸。

两人再次绕车勘察，这次注意到了轮胎和踏板上的血迹。在油布送来和技师赶到前，雨水将冲掉很大一部分血迹。现在离上午七点还有四十分钟。

“警员!”霍奇斯叫道，等警员聚齐后，他说:“谁的手机能拍照?”

他们的手机都能。霍奇斯命令他们绕着凶车(就两个字，凶车)站成一圈，拍照记下所有细节。

夏明顿警员站在一旁，拿着手机正在打电话。彼得招呼他过来，问道:“知道特莱劳尼那女人的年纪吗?”

夏明顿看着记事簿说:“驾驶证上显示的出生日期是 1957 年 2 月 3 日，所以她今年……呃……”

“五十二。”霍奇斯说。他和彼得·亨特利一起工作了十几年，到现在有很多事已经不必开口了。奥莉薇亚·特莱劳尼的年龄和性别都符合公园强奸犯的爱好，但不符合狂欢杀人者的特征。他们知道曾经有人开车失控，意外撞进人群——仅仅是五年前，就在这座城市，一名接近痴呆的八旬男子驾驶一辆别克伊莱克特拉冲撞路边咖啡馆，杀死一人，重伤六人——但奥莉薇亚·特莱劳尼也不符合这个设定，她太年轻。

另外，还有面具。

可是……

可是。

---

① 指 1990 年的《小丑回魂》中的情节，小说作者亦是斯蒂芬·金。

15

账单放在银盘上送来。霍奇斯拿出信用卡压在账单上，喝着咖啡等侍者回来。酒足饭饱，再加上又是中午，换作平时，他会打个两小时的瞌睡。但今天不是这样。他从没有像今天这么清醒过。

这个可是过于明显，两人都没有说出口——没有对巡警说（越来越多的巡警抵达现场，但该死的油布直到七点一刻才送到），也没有对彼此说。SL500 的车门锁着，点火装置上没插钥匙。两名警探都没有发现车被动过手脚的痕迹，那天晚些时候，本市梅赛德斯经销商的机修工领班也证实了这一点。

“按照车现在上锁的这个样子，”霍奇斯问机修工，“撬车窗的难度有多大？”

“完全不可能，”机修工答道，“梅赛德斯非常结实。就算有人真的撬开了，也一定会留下痕迹。”他将帽子推到后脑勺。“事情非常简单，警官，一目了然。女士把钥匙留在了点火装置上，下车时没有理会提醒铃声。女士多半正在想心事。贼看见钥匙就偷了车。明白我的意思吗？他肯定有车钥匙，否则离开时怎么能锁门呢？”

“你一直在说女士。”彼得说。他们没有提过车主的名字。

“喂，别逗了，”机修师露出一丝笑容，“这是特莱劳尼夫人的梅赛德斯。奥莉薇亚·特莱劳尼。她在我们店里买的，我们每四个月保养一次，准时得像是钟表。我们保养的十二缸梅赛德斯一共没几辆，每一辆我都认识。”然后，他说出了最让人毛骨悚然的真话：“这宝贝儿就像一辆坦克。”

凶手驾驶奔驰车开到两个集装箱之间停下，熄灭发动机，摘掉面具并用漂白水清洗，然后弃车而去（手套和发网多半揣进了上衣内袋）。走进浓雾时，他留下了最后一个侮辱：用奥莉薇亚·安·特莱劳尼的智能钥匙锁好车门。

这就是你的可是。

16

她请我们小声一点，因为她母亲在睡觉，霍奇斯记得很清楚。然后她端来咖啡和曲奇。此刻坐在德玛西奥餐厅里，喝着手上这杯咖啡的最后几口，等侍者拿着他的信用卡回来。他想到那套宽敞公寓的客厅，还有从窗口望去的无敌湖景。

除了咖啡和曲奇，她送给他们的还有圆睁双眼的我当然没有表情，从没和警察有过瓜葛的清白市民就拥有这个特权。他们无法想象这种事情。彼得问她在湖畔大道离母亲住处几个门牌号的地方停车时，有没有可能将钥匙留在了点火装置上，她就是这么回答的。

“我当然没有。”这几个字从紧巴巴的笑容里挤出来，笑容的言下之意是我觉得你这个念头很蠢，甚至是在侮辱我。

侍者终于回来了。他放下小银盘，没等他直起腰，霍奇斯就塞给了他一张十块和一张五块。德玛西奥餐厅的侍者们平分小费，霍奇斯非常不赞成这种做法。假如这么想就是老脑筋的话，那他承认自己是老脑筋。

“谢谢你，先生，下午愉快①。”

“你也是。”霍奇斯答道，他装好收据和运通卡，但没有立刻起身。甜点盘子上还有些碎屑，他用叉子收拾干净，他小时候就是这么吃母亲做的蛋糕的。他把叉齿间的碎屑慢慢地吸到舌头上，在他看来，最后这些碎屑大概是蛋糕里最甜美的部分。

---

① 原文为意大利语 buon pomeriggio。

17

至关重要的第一次盘问，是在血案发生后仅仅几个小时。他们喝着咖啡吃着曲奇，纠缠在一起的残缺尸体在等待辨认，死者的亲属正扯着衣服号哭。

特莱劳尼夫人走进公寓前厅，她的手袋放在门口的搁物台上。她带着手袋回来，翻找片刻，皱起眉头，然后继续翻找，有点焦急。接着露出微笑。“找到了。”她说，把钥匙递给他们。

两位警探看着智能钥匙，霍奇斯心想，对那么昂贵的轿车而言，这钥匙看起来也太普通了。大体而言，钥匙就是个黑色塑料棒，一端有一团凸起，另一端有三个按钮。一个按钮的图案是扣起的挂锁，第二个是打开的挂锁，第三个标有**紧急**字样。假如你在开车门，突然有劫匪扑上来，按下第三个按钮，车就会大声呼救。

“我知道你为什么在包里很难找到钥匙，”彼得用他最擅长的闲聊语气说，“大部分人会在钥匙上拴个挂件。我妻子拴了好大一朵塑料雏菊。”他喜滋滋地微笑，仿佛莫琳还是他妻子，仿佛面前这位追求时尚的人士会愿意被人看见从包里拽出一朵塑料雏菊。

“她可真聪明，”特莱劳尼夫人说，“我什么时候能拿回我的车？”

“这个我们说了不算，夫人。”霍奇斯说。

她叹了口气，拉直礼服顶上的船领。这个动作他们将目睹几十次，现在只是第一次。“当然了，我只能卖掉它。出了这种事，我不可能再开这辆车了。太让人不安了，想到我的车……”她拿着手袋，又翻找一阵，拿出一叠面巾纸，在眼睛上按了按，“非常令人不安。”

“我希望你能再讲述一遍事情经过。”彼得说。

她翻个白眼——眼珠充血，眼圈红通通的。“真有这个必要吗？我累坏了。我陪了母亲大半夜，她非常痛苦，直到四点才睡着。我想在格林太太来之前打个盹。格林太太，她是护士。”

霍奇斯心想，凶手刚用你的车杀了八个人，前提还是受伤者都能活下来，你居然想打盹？后来，他不确定是不是就从那一刻起，他对特莱劳尼夫人有了成见，但多半是的。看见一些人心烦意乱，你想拥抱他们，拍着他们的后背，安慰说好啦好啦。但另一些人呢？你只想狠狠一个耳光扇过去，说，哥们，别这么怂包。不，对特莱劳尼夫人来说是，姐们，别这么怂包。

“我们尽量抓紧时间。”彼得说，但没有说这只是许多次盘问中的第一次。到他们榨干她的时候，她连做梦都会听见自己在复述经过。

“唉，那好吧。星期四晚上七点刚过，我开车到我母亲家……”

她每周至少探望母亲四次，她说，每周四都要过夜。她总是先去一趟白海——桦山购物中心的一家高级素食餐厅——买两个人的晚餐，到家后重新加热。（“但我母亲吃得很少，因为她很痛苦。”）她说她总会安排好周四的行程，永远在七点后到母亲家，因为过夜泊车从七点开始，路边的停车位大部分都是空着的。“我不肯并排违停，我实在做不到。”

“为什么不停进街区尽头的车库？”霍奇斯问。

她像看疯子似的看着他：“那儿过夜要十六块钱。路边停车位是免费的。”

彼得还拿着钥匙，但没告诉特莱劳尼夫人，他们要带走这把钥匙。“你在桦山购物中心停车，为你和母亲点单买外卖，在——”他看着记事簿说，“白海餐厅。”

“不，我是提前点单的，在丁香公路家里。他们很愿意接我的电话。我是老顾客，而且肯花钱。昨晚给我母亲点的是 kookoo sabzi——菠菜和香菜做的煎蛋卷，我自己是 gheymeh——豆子、马铃薯和蘑菇的美味炖菜，很暖胃，”她拉直船领，“我从十几岁就有很严重的胃液反流。只能学着适应它。”

“我猜你的外卖——”霍奇斯说。

“还有 sholeh zard 当甜点，”她又说，“加肉桂和藏红花的米布丁。”她露出奇怪的局促笑容。和强迫症似的拉直船领动作一样，这个笑容也打上了特莱劳尼的标志，两人对此将非常熟悉。“点石成金的正是藏红花，连我母亲都爱吃这个。”

“听上去很好吃，”霍奇斯说，“你的外卖，你到餐厅的时候已经装进盒子，可以直接拿走了吗？”

“对。”

“一个盒子？”

“不，三个。”

“一个袋子？”

“不，只有盒子。”

“肯定很艰难吧，拿着那么多东西下车，”彼得说，“三个外卖盒，手袋……”

“还有钥匙，”霍奇斯说，“彼得，别忘记钥匙。”

“再说你还要以最快速度上楼，”彼得说，“饭菜凉了就不好吃了。”

“我知道你们想证明什么。”特莱劳尼夫人说。“我向你们保证……”暂停片刻，“……二位先生，你们在朝错误的方向瞎使劲。关闭发动机后，我首先把钥匙放进包里，我一直是这么做的。至于外卖盒，它们是捆成一摞的……”她伸手比画，双手分开大约十八英寸，“……所以非常好拿。我的手袋挎在胳膊上。看，”她弯曲手臂，挎起手袋，在宽敞的客厅里走了一圈，拎着一摞白海餐厅的隐形外卖盒，“明白了？”

“明白了，夫人。”霍奇斯说。他觉得他还看见了一些其他的东西。

“至于着急——不，没这个必要，因为饭菜本来就是需要加热的，”她停顿片刻，“当然，sholeh zard 不需要。米布丁不需要加热。”她轻轻一笑。不是吃吃笑，霍奇斯心想，而是窃笑。考虑到她的丈夫已经过世，称之为“寡妇笑”也未尝不可。他对她的厌恶又加了一层，虽说几乎薄得看不见，但依然是一层。

“那么，让我再复述一下你到湖畔大道后的行踪，”霍奇斯说，“你是七点过一会儿到的。”

“对。过五分，也许再稍微久一点。”

“嗯哼。你停在……哪儿来着？三个还是四个门牌号之外？”

“顶多四个。我只需要两个停车空位，这样我就不需要倒车了。我讨厌倒车，因为我总是转错方向。”

“是啊，夫人，我妻子也有同样的问题。你关闭发动机，从点火装置上拔掉钥匙，放进手袋。你挎起手袋，拿起外卖盒——”

“一摞外卖盒，用很结实的绳子捆在一起。”

“对，一摞外卖盒。然后呢？”

她看着他，仿佛他是傻瓜国里的头号傻瓜：“然后我就去我母亲的那幢楼了。哈里斯夫人——就是管家——开电子门锁让我进去。每周四我来了她就走。我搭电梯上十九楼。你们现在就在这儿盘问我，而不是告诉我什么时候我能处理我的车。我被盗的车。”

霍奇斯在心里说，记得问管家，她离开时有没有看见特莱劳尼夫人的梅赛德斯。

彼得问：“那么，特莱劳尼夫人，你是什么时候从手袋里再次取出钥匙的呢？”

“再次？我为什么要——”

他举起钥匙——证物 A：“在你走进公寓楼前给车上锁啊。你肯定锁好了，对吧？”

她的眼睛里掠过一丝犹豫，两个警察都看见了。犹豫转瞬即逝：“我当然锁好了。”

霍奇斯盯着她的眼睛。视线转开，飘向大落地窗外的湖景，他过去继续和她对视："仔细想一想，特莱劳尼夫人。这一点非常重要，因为有人死了。你是否确切记得你放下外卖盒，从手袋里取出钥匙，揿下'上锁'按钮？看见车头灯闪烁，确认车已上锁？车有这个功能，你明白的。"

"我当然知道。"她咬住下嘴唇，随即意识到自己在做什么，连忙松开。

"你是否确切记得？"

有一瞬间，所有表情都离开了她的面部。紧接着，居高临下的讨厌笑容完全绽放："等一等。我想起来了。我是在拿起外卖盒下车后把钥匙放进手袋的。放进手袋前，我先揿按钮锁好了车门。"

"你确定？"彼得说。

"确定。"她说，日后将始终如此，他们都知道这一点。肇事逃逸的清白市民落网时会说，他撞的绝对是一条狗。

彼得合上记事簿，站起身。霍奇斯跟着起身。特莱劳尼夫人急不可耐地想送他们出门。

他们走到门口，霍奇斯说："还有一个问题。"

她挑起精心修饰的眉毛说："什么问题？"

"你的备用钥匙呢？备用钥匙我们也必须带走。"

这次她不再有茫然的表情，不再有飘忽的视线，也不再有犹豫了。她说："我没有备用钥匙，也不需要有。我对我的东西都非常小心，警官。我这辆灰色女士——我是这么叫它的——已经开了五年，我只用过一把钥匙，它就在你搭档的口袋里。"

18

他和彼得吃午饭的桌子已经清理干净，桌上只有一杯还剩下一半的水，但霍奇斯还是坐在那儿，望着窗外的停车场和立交桥。立交桥是下城区的非官方边界，蜜糖高地的居民（例如已故的奥莉薇亚·特莱劳尼）永远不会来到这里。为什么要来？买毒品？霍奇斯很确定蜜糖高地也有毒贩子，有的是，但住在蜜糖高地，毒贩子也会送货上门。

特莱劳尼夫人在撒谎。必然如此，否则就要面对事实：一瞬间的遗忘最终导致了恐怖的后果。

但是，想象一下，仅仅是为了讨论：她说的是实话。

好的，咱们来假设一下。我们认为她把钥匙留在点火装置上，没锁车门就离开了，但假如我们弄错了呢？会是怎么一种情况？

他坐在那里望着窗外回想往事，浑然不知有几个侍者已经开始不安地偷瞄他——超重的退休警察瘫坐在座位上，就像电池耗尽的机器人。

19

仍然锁着的凶车被装上拖车，送往警局扣车场。霍奇斯和亨特利回到自己的车上，他们接到情况报告：梅赛德斯罗斯经销店的机修工领班刚到扣车场，确定他能打开该死的车锁。总算能解决这个难题了。

“告诉他，别费事了，”霍奇斯说，“我们拿到她的钥匙了。”

电话另一头停顿片刻，莫里塞警督说：“你们拿到了？你们不是说她——”

“不，不，当然不是她。警督，机修工在旁边吗？”

“他正在扣车场研究车辆的损伤状况呢，据说都他妈的快哭了。”

“还是剩下一两滴眼泪留给死者吧。”彼得说。他在开车。挡风玻璃的雨刷左右摇摆。雨越下越大。“说说而已。”

“叫他联系经销商，我要查点东西，”霍奇斯说，“然后让他打我的手机。”

市区的交通堵得厉害，部分因为下雨，部分因为马尔伯勒街到市民中心被隔断了。他们才挪了四个街区，霍奇斯的手机就响了。打来的是机修工，霍华德·麦克格罗里。

“你在经销商那儿有熟人吗？我想查点东西。”

“不需要托人，”麦克格罗里说，“我从1987年就在罗斯工作了，到现在至少送过上千辆梅赛德斯出门，我可以告诉你，每辆车都配有两把钥匙。”

“谢谢，”霍奇斯说，“我们很快就到，有些问题想问你。”

“我等你。这事情太可怕了，简直恐怖。”

霍奇斯挂断电话，把麦克格罗里的话说给彼得听。

“你吃惊吗?”彼得问。前方是个**请绕道**的橙色标志，跟着标志走就会绕过市民中心……除非他们亮起警灯，但两人都不愿意。他们这会儿只想讨论一下。

“不，”霍奇斯说，“这是标准的操作规程。就像英国佬说的，一个正房，一个备胎。你买新车，他们一定会给你两把钥匙——”

“——然后叫你找个保险的地方放好其中一把，假如你丢掉了随身携带的那一把，随时都可以取出另一把来使用。过了一两年，有些人碰到需要的时候，会忘记备用钥匙放在哪儿了。有些女人喜欢挎个大手袋，就像特莱劳尼的那种，往往会将两把钥匙都扔进去，然后忘记自己还有第二把钥匙。她说钥匙上没拴挂件，假如这是真的，那她就有可能在交替使用两把钥匙。”

“是啊，”霍奇斯说，“她到母亲家楼下，满脑子都是又要花一整夜照顾病痛中的母亲了，手里拿着外卖盒和手袋……”

“就把钥匙留在点火装置上了。无论是对我们还是对她自己，她都不想承认，但她确实这么做了。”

“但警告铃声……”霍奇斯怀疑道。

“她下车的时候，也许有一辆很吵的大卡车恰好经过，她没有听见铃声。也可能是拉响警笛的警车。也可能是她心不在焉，听见了但没有理会。”

这个推测当时听上去很有道理，后来麦克格罗里说凶车没有被撬也没有因短路而启动，听上去就更有道理了。让霍奇斯不安的——实际上也是唯一让他不安的地方——是他有多么愿意去认为它很有道理。他和彼得都不喜欢特莱劳尼夫人：船领上装，精心修饰的眉毛，尖利的寡妇笑。特莱劳尼夫人没有询问死伤者的情况，连一丁点儿细节都不想知道。她不是凶手，不，当然不是，但让她承受一些责难也没什么不好。除了白海的素食晚餐，也让她能有点别的念头。

“事情很简单，别弄复杂了，”搭档又说，交通拥堵点过了，他踩下油门，“她得到了两把钥匙，却声称只有一把。现在当然是真的。杀人凶手多半在离开现场时，随手把钥匙扔进了哪条阴沟。她给我们的是备用钥匙。”

这无疑就是答案。你听见蹄声，不会想到斑马。

20

有人轻轻推他，就是你想唤醒熟睡者的那种推法。霍奇斯意识到，他马上就要睡着了——或者，被回忆催眠了。

推他的是伊莱恩，德玛西奥餐厅的老板娘，她关切地看着霍奇斯问：“霍奇斯警探？你没事吧？”

“没事。叫我霍奇斯先生就好，伊莱恩，我退休了。”

他在伊莱恩眼中看见了关心，但还有其他情绪——更不妙的情绪。餐厅里只剩下他一个客人。他望着侍者聚在厨房门口，忽然明白了他们和伊莱恩是怎么看待他的：一个退休老人，相约吃饭的老搭档已经走了，用餐的其他客人也都走光了，他却久久不肯离去。一个超重的老家伙，舔干净了叉子上的最后一点蛋糕渣，就像小孩舔棒棒糖似的，然后只是呆呆地凝视窗外。

他们在怀疑我是不是上了阿尔茨海默快车，正在前往痴呆王国，他想。

他朝伊莱恩微笑——他的一号笑容，灿烂而迷人：“彼得和我谈了几个以前的案子，我在想其中的一个，在脑海里重演。对不起，我这就走。”

他站起身，却一个踉跄撞在桌上，碰翻了半满的水杯。伊莱恩抓住他的肩膀，扶住他，眼神变得更加关切。

“警探……霍奇斯先生，你还能开车吗？”

“当然。”他说，有点过于急切。钢针从脚踝蹿到腹股沟，然后掉头又返回脚踝。“啤酒我只喝了两杯，其余的都是彼得喝的。我的腿坐麻了，没事。”

“噢。现在好点了吗？”

“好多了。”他说，感觉真的好多了。谢天谢地。他记得在什么地方读到过，老年人不该久坐，尤其是超重的老年人。膝盖底下有可能形成血栓。你站起来，血栓径直冲向心脏，然后就是天使啊天使，我们下来喽。

伊莱恩送他出门。霍奇斯不由想到负责照顾特莱劳尼夫人母亲的私人护士。她姓什么来着？哈里斯？不，哈里斯是女管家。护士姓格林。沃顿夫人想去客厅或者上厕所的时候，格林太太是不是就像伊莱恩这样搀扶着她？当然，毫无疑问。

“伊莱恩，我没事，”他说，“真的没事。脑子清醒，身体平衡。”他伸直双臂给她看。

“好吧，”她说，“多来看看我们，下次别隔这么久再来。”

“我保证。”

他推开门，走向明媚的阳光，低头看一眼手表。两点多。他要错过下午的电视节目了，却一点也不觉得可惜。女法官和纳粹心理学家随他们操自己吧。或者互操。

21

他慢吞吞地走进停车场，除了餐厅员工的车，停车场里只剩下了他的那一辆。他掏出钥匙，在掌心颠着玩儿。和特莱劳尼夫人的车钥匙不一样，他那辆丰田的钥匙拴在钥匙环上。对，还有个挂件——一块四方形的有机玻璃，里面封着女儿的照片。十七岁的艾莉，身穿市立高中的曲棍球制服，面带微笑。

关于梅赛德斯的钥匙，特莱劳尼始终没有改口。在每一次盘问中，她都坚称自己只有一把钥匙。哪怕是在彼得·亨特利出示收据之后，她依然不肯放弃：她在 2004 年提车，物品清单里清清楚楚地有一项是**点火钥匙**（2）。她说收据打错了。霍奇斯记得她的语气有多么坚如磐石。

彼得说她最后还是承认了。不需要书面留言，自杀本身就是忏悔。她筑起的否认之墙终于崩塌，就像肇事逃逸的人终于一吐为快。*对，是的，我撞的是个孩子，不是一条狗。是个孩子，当时我在看手机，查我错过了谁的电话，结果撞死了他。*

霍奇斯记得他们对特莱劳尼夫人的后续几次盘问产生了奇怪的放大效果。她越是否认，他们就越是不喜欢她。不仅是霍奇斯和亨特利，而是整个办案小组。他们越是不喜欢她，她就越是拼命否认，因为她知道他们对她的感觉。是啊，她只考虑自己，根本不——

霍奇斯突然停下，一只手抓着被晒热的车门把手，另一只手挡住直射眼睛的阳光。他望着公路立交桥下的暗处。下午过半，下城区的居民开始爬出墓穴。阴影中有四个人，三个大块头和一个孩子。大块头似乎在推搡孩子。孩子背着背包，霍奇斯望着一个大块头一把拉掉背包，引来巨魔们的哄然大笑。

霍奇斯顺着破损的人行道走向立交桥。他没有多想，也并不着急，双手揣在运动上衣的口袋里。轿车和卡车在公路上隆隆驶过，影子投在底下的街道上，像是连串转动的百叶窗。他听见一个巨魔问孩子有多少钱。

“没钱，”孩子说，“放我走。”

“口袋翻出来给我们看。”巨魔二号说。

孩子企图逃跑。巨魔三号从孩子背后抱住他瘦巴巴的胸膛。巨魔一号抓住孩子的口袋捏了捏。“咦，我听见了钞票摩擦的声音。”他说。孩子皱起脸，努力不哭出来。

“等我哥搞清楚你们是谁，他会崩了你们的屁股。”孩子说。

“太可怕了，”巨魔一号说，“光是想一想，我就要尿——”

这时他看见了霍奇斯，霍奇斯挺着大肚子，溜达着走进立交桥下的暗处，双手插在千鸟格旧上衣的口袋里。这件衣服早就没形状了，肘部打着补丁，虽说他知道它已经狗屁不如，但就是不肯扔掉。

“你瞅啥？”巨魔三号问，依然从背后紧抱那孩子。

霍奇斯考虑要不要用约翰·韦恩①的拖腔，最后决定还是不要。这几个下三烂多半只知道李尔·韦恩②。“我希望你们放开这小伙子，”他说，“然后离开这儿。别啰嗦。”

巨魔一号放开孩子的衣袋。他穿帽衫和混混必戴的扬基队棒球帽。他抬起手，在结实的臀部上方叉着腰，朝一侧摆摆头，露出觉得很好笑的表情，朝霍奇斯说道：“滚远点儿，死胖子。”

霍奇斯没有浪费时间。他们毕竟有三个人。他从右侧口袋里掏出简易警棍，享受着它令人愉快的熟悉分量。简易警棍其实是一只菱形花纹的袜子，放脚的部分塞满了轴承钢珠，踝部打结，免得钢珠掉

---

① 约翰·韦恩（John Wayne，1907—1979），美国著名电影演员，以饰演西部片著称，曾获第四十二届奥斯卡最佳男主角奖。

② 李尔·韦恩（Lil Wayne，1982— ），美国著名说唱歌手，曾因非法持枪罪被判入狱一年。

出来。他挥动胳膊，划出一道短短的弧线，砸向巨魔一号的脖子，但避开了喉结。击打喉结很容易打死人，然后你就会掉进官僚主义的苦海。

随着带有金属碰撞的一声闷响，巨魔一号向侧面跌倒，觉得很好笑的表情变成了痛苦和惊讶。他从人行道摔在路面上，翻过来仰面朝天，喉咙里咯咯作响，两只手抓住脖子，眼睛盯着立交桥的底部。

巨魔三号冲上来。“他妈——”他吼道，霍奇斯飞起一腿（针扎般的感觉已经过去了，谢天谢地），干脆利落地踢中他的裆部。他听见裤裆撕破的声音，心想天哪你个死胖子。巨魔三号吃痛大喊。轿车和卡车在头顶隆隆经过，惨叫声听上去平淡得出奇。巨魔三号疼得直不起腰。

霍奇斯的左手还在衣服里。他伸出食指顶着口袋，指着巨魔二号说：“喂，傻逼，你不用等这孩子的大哥了，我亲自崩了你的屁股。三个打一个，我看了很生气。”

“不，哥们，不！”巨魔二号人高马大，估计有十五岁，但恐惧让他变得顶多十二，“求你了，哥们，我们只是在开玩笑。”

“滚吧，玩笑仔，”霍奇斯说，“快滚。”

巨魔二号落荒而逃。

这时候，巨魔一号已经跪了起来：“你会后悔的，狗娘养的死胖——”

霍奇斯向他走了一步，举起简易警棍。巨魔一号看见警棍，小姑娘般地尖叫一声，抬手遮住脖子。

“你最好也快滚，”霍奇斯说，“否则死胖子就要给你那张脸做手术了。等你妈赶到急诊室，她会直接从你身边走过去。”此时此刻，肾上腺素在全身奔涌，血压估计超过了两百，他真会说到做到。

巨魔一号站起来。霍奇斯向他做状扑，巨魔一号向后一缩，霍奇斯对这个效果很满意。

“带上你的朋友，用冰块敷他的卵蛋，”霍奇斯说，“否则会肿得很厉害。”

巨魔一号搀扶着巨魔三号踉踉跄跄地走向下城区。等巨魔一号觉得自己安全了，他转身叫道：“咱们走着瞧，死胖子。”

“最好还是别让我再见到你，白痴。”霍奇斯答道。

霍奇斯捡起背包递给那孩子，孩子瞪大眼睛，难以置信地看着霍奇斯。他大概十岁。霍奇斯把简易警棍塞回口袋里，问道：“小伙子，你为什么不在学校里？”

“我妈妈生病了，我去给她买药。”

这么撒谎也太不把他当回事了，霍奇斯忍俊不禁道：“不，才不是这样。你逃学了。”

孩子没有吭声。这家伙是条子，别人不会像他这样贸然插手。别人的口袋里也不会揣着装钢珠的袜子。最好还是装傻。

“要逃学也去个安全点儿的地方，”霍奇斯说，“第八大道有个操场，试试那儿。”

“那个操场有人卖白粉。”孩子说。

“我知道，”霍奇斯和蔼地说，“但你又不是非买不可。”他可以加上一句“你也不是非运不可”，但那就太天真了。在下城区，绝大多数孩子都运毒。你可以因为持有毒品抓一个十岁孩子回去，但你立案试试看？

他转身走向停车场，立交桥两侧中安全的一侧。他扭头望去，孩子还站在那儿望着他，一只手拎着背包。

“小伙子。”霍奇斯说。

孩子望着他，没有说话。

霍奇斯抬起胳膊，指着他说：“我刚刚为你做了件好事。今天日落之前，希望你能把这件好事传递下去。”

孩子露出茫然的表情，就像霍奇斯忽然换上外语说话，但没关系，有时候善意能传播下去，尤其是在比较小的孩子身上。

人们会吃惊的，霍奇斯心想，真的。

22

布莱迪·哈茨费尔德换上另一身白色的制服。他检查卡车，按照罗布先生中意的方式，飞快地过了一遍物品清单。所有东西都在。他把脑袋伸进办公室，和雪莉·奥顿打招呼。雪莉是头肥猪，过于喜爱公司的产品，但他想与她保持友好。布莱迪想和所有人保持友好。这么做比较安全。另外，雪莉迷恋他，这一点很有用。

“雪莉，我漂亮的好姑娘!”他叫道。她的脸涨得通红，过了遍布粉刺的额头，一直红到发际线。小猪，昂昂昂，布莱迪心想，你太胖了，坐下去估计阴部都能翻出来。

“嗨，布莱迪，又是西城吗?”

“一整周都是，亲爱的。你还好吗?”

“嗯。”脸比刚才更红了。

“那就好。我就是来打个招呼。”

他说完就出发了，一路上留神注意每一个限速标记，开得奇慢无比，花了他妈的四十分钟才到他负责的区域。但这是必要的。放学时间已经过了，要是开着公司卡车被逮住超速，你就会被开除。不得申诉。不过，等他来到西城（这是最妙的一点），他不但会出现在霍奇斯的地盘上，而且有正当理由在这里出现。老话说得好，躲在众目睽睽之下。就布莱迪而言，这句老话确实非常睿智。

他拐下云杉街，沿着哈珀路慢速前行，经过退休老警探的住所。哎呀，你看啊，他心想。黑鬼小子在前院，赤着上半身（无疑是特地亮给家庭妇女们看的），推着割草机走来走去。

你也确实该来修草坪了，布莱迪心想，否则多难看啊。倒不是说退休老警探会有多注意。退休老警探忙着看电视、吃吐司饼干、玩座位旁边小桌上的那把枪呢。

虽说割草机轰轰作响，但黑鬼小子还是听见了他的车声，扭头张望。我知道你叫什么，小黑鬼，布莱迪心想，你叫杰罗姆·罗宾逊。与退休老警探有关的事情，我几乎全都知道。我不知道他对你有没有同性恋的兴趣，但就算有我也不会吃惊。说不定这就是他留下你的原因。

布莱迪开着美味先生的小卡车，车身上满是喜气洋洋的儿童贴纸，预先录制的欢快铃声叮当作响。布莱迪挥挥手，小黑鬼也挥挥手，露出微笑。是啊，他当然会微笑。

谁不喜欢冰激凌小贩呢?

Ⅲ　黛比的蓝雨伞下

1

布莱迪·哈茨费尔德在西城七扭八绕的街道上穿梭，直到晚间七点半，暮色渐渐吸干了晚春天空中的蓝色。他的第一波客人在三点到六点之间，主要是放学的孩童，他们背着背包，手里攥着揉皱的一块钱钞票。大多数孩子根本不看他，而是忙着吹泡泡糖和拿着手机打电话，手机对他们来说不是配饰，而是与食物和空气同等重要的必需品。有几个孩子对他说谢谢，但大多数孩子懒得费这个神。布莱迪并不在意。他不希望被注视和被记住。在这些小崽子眼中，他只是个穿白色制服的冰激凌小贩，他很喜欢这样。

六点到七点生意清淡，小畜生纷纷回家吃饭去了。有几个，对他说谢谢的那几个，甚至会和父母聊几句。大多数孩子忙着揿手机按钮，老妈和老爸彼此抱怨工作或者看晚间新闻，了解广阔世界今天发生了什么，而伟大领袖们把全世界搅得一团糟。

最后半小时，生意又会好起来。这会儿走向叮叮当当的美味先生卡车的不但有孩童，还有孩童的父母，他们买个冰激凌犒赏自己，把屁股（绝大多数是肥屁股）舒舒服服地塞进草坪躺椅。他很怜悯他们。这些人目光短浅，蠢得像是绕着山丘打转的蚂蚁。卖冰激凌给他们的是个杀人狂，他们却浑然不知。

布莱迪偶尔会考虑给一卡车冰激凌下毒究竟有多困难：香草口味、巧克力口味、上等浆果、每日特选、美味糖霜、悦心布朗尼，甚至是冰棒和口哨糖。他已经走到了上网搜索资料的一步。按照他在折价电子城的上司安东尼·“东尼斯”·弗罗比舍的说法，他已经做过了“可行性研究”，结论是虽然能做到，但非常愚蠢。倒不是说他不愿冒险——梅赛德斯血案那次，他虽然逃掉了，但他更有可能被当场擒获，而不是顺利逃脱——而是他不愿在这个时候落网。他还有事情要做。今年晚春到初夏，他要解决的事情就是退休胖警察，K. 威廉·霍奇斯。

等退休老警察玩够了他放在客厅沙发旁边的枪，真的用在自己身上之后，他大概会载着一卡车下毒的冰激凌来西城转几圈。但现在不行。退休胖警察让布莱迪·哈茨费尔德很不舒服。非常不舒服。霍奇斯居然能荣誉退休，警局甚至为他举办欢送派对，怎么可以这样？他还没有抓住这座城市有史以来最凶残的犯人啊！

2

今天在最后一圈的路上，他开过冬青巷的一幢屋子，霍奇斯雇用的小杂役杰罗姆·罗宾逊与父母和妹妹住在这里。杰罗姆·罗宾逊也让布莱迪不舒服。罗宾逊相貌英俊，为退休警察打工，每周末都和不同的姑娘厮混。每个姑娘都很好看，有几个甚至是白人。太不正确了，有悖于自然。

“喂！”罗宾逊喊道，“冰激凌先生！等一等！”

他轻快地跑过草坪，他们家的爱尔兰长毛猎犬跟着他，再往后是杰罗姆的妹妹，她九岁左右。

“给我买个巧克力的，杰瑞！”她喊道，“求求你了！”

他甚至有个白人的名字。杰罗姆。*杰瑞*。太侮辱人了。他为什么不叫特雷莫？或者德文？或者李洛伊？为什么不叫他妈的昆塔·金特？

杰罗姆穿着拖鞋，没穿袜子。他刚给退休警察修过草坪，脚腕还沾着绿色的草汁，英俊得难以否认的脸上挂着灿烂的笑容。布莱迪敢打赌，每次他向周末约会的姑娘亮出这个笑容，女孩就会主动脱掉裤子，展开双臂：快插进来，*杰瑞*。

布莱迪根本没有亲近过姑娘。

“你好吗，哥们？”杰罗姆问候道。

布莱迪已经放开方向盘，站在服务窗口，咧嘴笑道：“我很好。就快下班了，所以我当然很好。”

“还有巧克力的吗？小美人鱼想要一个。”

布莱迪竖起两个大拇指，依然满脸堆笑。他把油门踩到底，撞进市民中心可悲的求职人群中时，小丑面具底下差不多就是此刻的这个笑容。“巧克力的，大大的10-4[1]，我的朋友。”

妹妹跑到卡车前，眼睛闪亮，马尾辫一跳一跳的。“不许叫我小美人鱼，杰瑞，我最讨厌这个了！”

她九岁左右，同样有个荒唐的白人名字：芭芭拉。一个黑人孩子叫芭芭拉，布莱迪觉得这太荒谬了，甚至都不觉得被冒犯。他们家只有那条狗有个黑鬼名字，狗用后腿支撑身体，爪子趴在车身上，尾巴使劲地摇。

“坐下，奥戴尔！”杰罗姆说，狗乖乖坐下，哈哈喘气，看上去很开心。

“你呢？”布莱迪问杰罗姆，“你要什么？”

“香草软冰激凌，谢谢。”

香草色[2]，这就是你的理想，对吧？布莱迪心想，去拿他们要的冰激凌。

他喜欢盯着杰罗姆，他喜欢了解杰罗姆，因为最近与退休老警探有来往的人似乎只剩下杰罗姆了。过去两个月间，布莱迪多次见到他们在一起，注意到霍奇斯对待这小子不但像个临时雇工，也像个朋友。布莱迪从没交过朋友，朋友很危险，但他知道朋友是什么：给自我的安慰剂，情感的安全网。心情不好了该找谁？当然是朋友，朋友会说什么*哎呀我的天，别发愁，有我们陪着你呢，咱们去喝一杯*。杰罗姆才十七岁，没法陪霍奇斯喝一杯（汽水除外），但说*别发愁*和*有我陪着你呢*肯定没问题。因此他耐心地观察着。

特莱劳尼夫人没有朋友，也没有丈夫，只有一个病重的老母亲。因此她就成了软柿子，尤其是警察开始盘问她之后。哈，他们替布莱迪做完了一半事情，剩下的他亲自操刀，几乎就是在干瘦老娘们的眼皮底下动手的。

---

① 业余无线电呼号的代码，表示“OK”。

② 美国俚语中用香草指白肤色。

“来了。”布莱迪说着，把两个冰激凌甜筒递给杰罗姆。他希望冰激凌上洒满了砒霜，或者杀鼠灵也行，让他们吃到肚子里，七窍流血。当然，还有屁眼。他想象西城的所有孩子同时扔掉书包和宝贝手机，身体的每一个孔洞都涌出鲜血。多么了不起的灾难片！

杰罗姆给了他一张十块钱，布莱迪找零，顺手递给他一块狗饼干。“给奥戴尔的。”他说。

“谢谢，先生！”芭芭拉舔着巧克力甜筒说，“真好吃！”

“祝你吃得开心，亲爱的。”

他开美味先生卡车卖冰激凌，偶尔开赛博巡警上门维修，但今年夏天他真正的工作是K. 威廉·霍奇斯警探（已退休），任务是让霍奇斯警探（已退休）用上那把枪。

布莱迪驶向罗布的冰激凌工厂，去交还卡车和换回日常便装。一路上，他始终看着限速标志开车。

永远安全第一，以免事后悔恨。

3

霍奇斯离开德玛西奥餐厅，随手收拾了在公路立交桥下欺负小孩的三个地痞，然后驾驶丰田车驶过市区的一条又一条街道，毫无目标地开车乱转。他发现自己来到了蜜糖高地这个光鲜的湖畔社区，开在丁香公路上，他终于想到了目标。他在一条车道的马路对面停车，车道有铁门，石墙的一根柱子上有个铭牌，上面标着 729 号。

已故奥莉薇亚·特莱劳尼的居所位于沥青车道的尽头，车道与它汇入的马路差不多一样宽。铁门上挂着**吉屋出售**标牌，邀请**有实力的买家**打电话给**迈克尔·扎夫隆地产与豪宅事务所**。考虑到 2010 年的房产市场，霍奇斯估计这块牌子要挂一段时间了。不过，草坪始终有人收拾，以草坪的面积来说，这个“有人”的割草机比霍奇斯那台要大得多。

维护费从哪儿来呢？肯定是特莱劳尼夫人的资产。她生前无疑挣了不少钱。他似乎记得这一片的遗产认证总额是七百万美元。退休后第一次，也是把市民中心大屠杀交给亨特利和伊莎贝拉后第一次，他想到了特莱劳尼夫人的母亲，不知道她是不是还活着。他记得脊柱侧凸害得可怜的老妇人几乎弯成了九十度，每天都要承受巨大的痛苦……但脊柱侧凸并不致命。再说，奥莉薇亚·特莱劳尼在西部什么地方好像还有个妹妹，对吧？

他搜肠刮肚回忆那个妹妹的名字，但一无所获。他只记得彼得给特莱劳尼夫人起外号叫抽风夫人，因为她一刻不停地拉直衣服、梳理根本不需要梳理的发髻和摆弄百达翡丽的金表带，抓着手表在瘦骨嶙峋的手腕上一圈一圈地转。霍奇斯不喜欢她，彼得对她近乎憎恶。两人乐于将市民中心暴行的部分责任摔在她头上。毕竟，是她给了凶手一个机会，这怎么可能有疑问呢？她买梅赛德斯的时候收到了两把钥匙，但只拿得出其中一把。

然后，感恩节前不久，她自杀了。

霍奇斯记得很清楚，他们听到这个消息的时候，彼得说："等她在那一头遇到死者，尤其是姓克雷的那对母女，她就需要回答一些很严肃的问题了。"在彼得眼中，这是最终的证明：在特莱劳尼夫人心中某处，她始终知道她把钥匙留在了所谓"灰色女士"的点火装置上了。

霍奇斯当时也这么认为，但问题在于，他现在还相信吗？昨天收到的梅赛德斯杀手的恶毒自白信有没有改变他的想法？

也许没有，但那封信也挑起了疑问。梅赛德斯先生会不会也写了类似的信件寄给特莱劳尼夫人？动个不停的特莱劳尼夫人，薄薄的一层轻蔑底下，藏着深不见底的不安全感？难道不可能吗？梅赛德斯先生肯定知道大众在血案后对她表露出了什么样的愤怒和厌恶，他只需要把本地报纸的"读者来信"版念给她听就行。

有可能——

刚想到这儿，思路却被打断了，因为一辆车在他背后停下，近得都快碰到丰田的保险杠了。车顶上没有警灯，但车是新型号的福特维多利亚皇冠[①]，粉蓝色。从驾驶座上下来一个魁梧的平头男人，运动上衣里无疑藏着带肩套的手枪。假如他是市局警探，霍奇斯心想，枪就肯定是格洛克点四零，就像他家保险箱里的那一把。但这男人不是市局警探，因为霍奇斯依然认识他们所有人。

他摇下车窗。

"下午好，先生，"平头说，"请问您在这儿干什么？因为您停下很长时间了。"

霍奇斯看一眼手表，发现他没说错。都快四点半了。市区正值交

---

① 美国常见的警车型号。

通高峰，他回家能赶上斯科特·佩里播 CBS 晚间新闻就不错了。他以前常看 NBC，但觉得布莱恩·威廉姆斯是个好心肠的呆瓜，过于喜欢 YouTube 视频。整个世界似乎都在分崩离析，他可不想看这么一个播音员——

“先生？希望您能给我一个解释。”平头弯下腰。运动上衣打开，不是格洛克，而是鲁格。要问霍奇斯的看法，他觉得这枪更适合牛仔用。

“而我，”霍奇斯说，“希望你有权问我。”

对方皱起眉头问：“什么意思？”

“我认为你是私人保安，”霍奇斯耐心地解释道，“但我想看看你的证件。然后，知道吗？我想看你衣服里那管大炮的持枪许可证。最好在你的钱包里，而不是在你车上的手套箱里，否则就违反了本市枪械管理条例的第十九条，这一条大致是这样的：‘假如你随身携带枪支，那么必须同时随身携带许可证。’所以，来，给我看看你的证件。”

平头的眉头皱得更深了：“你是警察？”

“已经退休，”霍奇斯说，“但不代表我忘了我的权利和你的责任。请出示你的证件和持枪许可。不需要递给我——”

“我他妈的当然不需要。”

“——但我想看一看，然后咱们再讨论我为什么会停在丁香公路上。”

平头想了想，但只思考了几秒钟，便掏出钱包打开。在这个城市（霍奇斯认为，和在绝大多数城市一样），保安对待退休警察和现役警察一视同仁，因为退休警察总是有许多还在现役的朋友，现役警察能抓住一个由头让他过得很痛苦。这位保安名叫拉德尼·皮泊斯，公司证件说他是警惕安保公司的雇员。他还出示了持枪许可，证件到 2012 年 6 月才到期。

“拉德尼，不是罗德尼，”霍奇斯说，“就像乡村歌手拉德尼·福斯特。”

皮泊斯咧嘴微笑道：“没错。”

“皮泊斯先生，我叫比尔·霍奇斯，退休时是一级警探，我负责的最后一个大案是梅赛德斯杀手。你应该能猜到我为什么会停在这儿。”

“特莱劳尼夫人，”皮泊斯说，礼貌地退开，让霍奇斯开门下车伸懒腰，“沿着回忆小径散步吗，警探？”

“如今我只是普通人了，”霍奇斯伸出手，皮泊斯握住，“除此之外，你说得对。特莱劳尼夫人结束生命的时候，我也差不多结束了警察生涯。”

“真是可悲，”皮泊斯说，“知道有小孩用鸡蛋砸她家大门吗？不只是万圣节。发生了三四次。我们逮住了一帮，其他的……”他摇摇头，“还有厕纸。”

“是啊，他们喜欢那么做。”霍奇斯说。

“还有，一天夜里，有人在左手边的门柱上乱画，还好我们在她看见之前处理掉了。知道他写了什么吗？”

霍奇斯摇摇头。

皮泊斯压低声音：“写的是**杀人婊子**，滴着油漆的大写字母。这实在太不公平了，她只是一时糊涂而已。我们谁没有犯过这种错呢？”

“我没有犯过，这点可以保证。”霍奇斯说。

“是啊。《圣经》里说让没有罪的人投第一块石头。”

今日金句啊，霍奇斯心想，带着真正的好奇问：“你喜欢她这个人吗？”

皮泊斯别开视线，向左望去，霍奇斯多年来在许多个审讯室里见过这种本能反应。它说明皮泊斯打算回避问题或撒谎。

结果是回避问题。

“呃，”他说，“圣诞节她待我们很好。她有时候会搞混人名，但她知道我们都有谁，每人能得到四十块钱和一瓶威士忌。上等威士忌。知道她丈夫给我们什么吗？”他嗤笑道，“那个铁公鸡还在的时候，我们只能得到十块钱，塞在贺曼公司的圣诞卡片里。”

“警惕公司的雇主是谁？”

“蜜糖联合会。你知道的，就是那种社区组织。他们看见不喜欢的地区条例就会想办法抗议，确保社区里的所有人都符合一定的……呃，标准——可以这么说。有许多规定，比方说圣诞节可以挂白色装饰灯，但不能挂彩灯，而且不能闪烁。”

霍奇斯翻个白眼，皮泊斯咧嘴笑笑。他们从潜在的敌人变成了同伴——差不多算是吧——为什么呢？因为霍奇斯凑巧知道他有点不寻常的名字的由来。说这是好运气也行，但总有些什么东西能让你接近你想盘问的那个人。霍奇斯当警察之所以那么成功，有一部分原因就是他能找到这种东西，至少在绝大多数案子里是这样。彼得·亨特利就没有这个才能，霍奇斯很高兴地发现他的本事还能正常运转。

“我记得她有个妹妹，”他说，“我说的是特莱劳尼夫人，但我没见过她本人，也不记得名字了。”

“简妮尔·帕特森。”皮泊斯立刻答道。

“你见过她？”

“是啊。她为人很好。长得有点像特莱劳尼夫人，但年纪轻，也比较好看，”他用双手比出沙漏形状，“更丰满。说起来，霍奇斯先生，你知道梅赛德斯案件有什么进展吗？”

换了平时，霍奇斯肯定不会回答这种问题，但假如你想得到情报，就必须用情报交换。再说他掌握的情况非常安全，因为根本就算不上情报。他引用彼得·亨特利几小时前在饭桌上的话：“死水一摊。”

皮泊斯点点头，像是早有预料，说道：“激情犯罪。与所有受害者都毫无关系，没有动机，杀人纯粹为了他妈的找刺激。要想抓住他，恐怕就只能等他再次犯案了，你觉得呢？”

梅赛德斯先生说他不会再犯，霍奇斯心想，但这是他绝对不会轻易泄露的情报，因此他点头说是。意气相投永远是好事。

“特莱劳尼夫人留下了很大一笔遗产，”霍奇斯说，“不只这幢屋子。继承者是不是她妹妹？”

“没错。”皮泊斯说。他犹豫片刻，然后说出一句话，用不了多久，霍奇斯也会对另一个人说出这句话：“你能保密吗？”

“能。”别人问你这种问题，回答得越简单越好，不要添油加醋地形容。

“她姐姐……你明白的，吞药片的时候，那个叫帕特森的女人住在洛杉矶。”

霍奇斯点点头。

“已婚，但没有孩子，婚姻并不幸福。她得知自己继承了一大笔遗产和蜜糖高地的宅邸，便像倒垃圾似的踹了她男人，然后来到东边这儿，”皮泊斯用大拇指指了指铁门、宽阔的车道和豪华的大宅，“在里面住了几个月，等待遗嘱通过检验。她和640号的威尔考克斯夫人交上了朋友。威尔考克斯夫人喜欢聊天，而且当我是朋友。”

“当我是朋友”的意思很广，从喝咖啡的伙伴到下午的炮友都可以。

“帕特森夫人去看她母亲，她母亲住在市区的一套公寓里。你知道她母亲的事情吗？”

“伊丽莎白·沃顿，”霍奇斯说，“不知道她是不是还活着。”

“我很确定她还活着。”

“她有很严重的脊柱侧凸。”霍奇斯假装弓着腰走路。想得到情报，就必须先给出情报。

“是吗？太糟糕了。总而言之，海伦——也就是威尔考克斯夫人，她说帕特森夫人和特莱劳尼夫人一样，定期去探望母亲，准时得像是钟表。直到一个月前。老太太的情况肯定恶化了，因为我记得她现在住进了华沙县的一家养老院。帕特森夫人自己搬进了公寓，她现在就住在那儿，但我时不时还会见到她。上次是一周前，房产经纪领人来看房。”

霍奇斯认为他已经问到了拉德尼·皮泊斯能吐露的所有情况：“谢谢你告诉我这么多。我得走了。很抱歉咱们一开始有点不太开心。”

“哪儿的话，”霍奇斯伸出手，皮泊斯抓住，使劲摇了两下，“你的应对一看就是专家。不过请记住，我什么都没说过。简妮尔·帕特森住在市区不假，但她仍然是联合会的成员，因此也就是公司的客户。”

“你一个字都没说过。”霍奇斯说，回到车上。他希望海伦·威尔考克斯的丈夫不要逮住老婆和这条大汉上床——假如他俩确实有一腿的话，否则警惕安保公司与蜜糖高地居民的合同多半就会取消，皮泊斯本人会被扫地出门，这一点毫无疑问。

也许她只是喜欢拿着刚出炉的饼干送到保安的车上，霍奇斯心想，驱车离开。你在下午的电视上看了太多的夫妻治疗节目。

拉德尼·皮泊斯的感情生活和他没有半点关系。霍奇斯开车返回他在西城的简朴住所。对他来说，重要的是简妮尔·帕特森继承了姐姐的财产，如今住在城里（至少就目前而言）。简妮尔·帕特森肯定处理了奥莉薇亚·特莱劳尼的各种物品，其中应该包括她的个人文件，她的个人文件中应该有一封信，或许不止一封，写信者就是主动联系霍奇斯的那个变态佬。假如这些信件确实存在，那他就很想看一看。

当然了，这是警方的工作，而K. 威廉·霍奇斯已不再是警察。这么追查下去，他无疑会越过法律的边界，他很清楚这一点（比方说，他在隐瞒证据），但他现在没有罢手的念头。变态佬的信里透着赤裸裸的傲慢，这惹毛了他。不过，他必须承认，怒火来得正好，给了他一种使命感。经过前几个月行尸走肉般的生活，这无疑是一件大好事。

要是我凑巧能得到一点进展，我就全部移交给彼得。

这个念头闪过脑海的时候，他没有看后视镜，但假如他看了，就会注意到自己的视线飘向了左上角。

4

霍奇斯将丰田停进屋子左侧的开放式车棚里。进门之前，他驻足片刻，欣赏刚割过的草坪。他看见投信口上挂着个字条，第一反应是梅赛德斯先生写的，但即便是对他那样的凶手来说，这么做也未免太胆大妄为了。

留字条的是杰罗姆，整齐的笔迹与通篇俚语形成了鲜明的对比。

亲爱的霍奇斯老大：

俺给你割了草，割草机放回棚子里了。希望你别碾过去，先生！要是还有杂活儿要黑小子咱做，打个电话就成。我愿意和你聊聊，只要我没跟我那群婊子混。你也知道，她们需要我费很多心思，有时候有些人也不能太惯着，因为她们会狗眼看人低，尤其是那些混血的！祝你永远健康，先生！

杰罗姆

霍奇斯疲惫地摇摇头，但忍不住笑了。他雇的这小子啊，高等数学全A，会换损坏的排水管，电子邮箱出问题能修好（经常出问题，绝大多数时候都怪他自己的误操作），会做简单的下水道疏通，法语相当流利，你问他在读什么，他会滔滔不绝地花半个小时给你讲D.H.劳伦斯的血型象征主义。他不想当白人，但生在高级中产阶级家庭里，这个天赋很高的黑种男性体验到了他所谓的“身份挑战”。他是以开玩笑的语气说出这个词的，但霍奇斯不认为他在开玩笑。不，不是真的在开玩笑。

杰罗姆的老爸是大学教授，母亲是注册会计师——要霍奇斯说，都不太有幽默感——他们看见这张字条，无疑会吓得瞠目结舌，甚至说不定会觉得儿子需要心理咨询。不过，霍奇斯是无论如何也不会告诉他们的。

“杰罗姆啊杰罗姆。”他说，开门进屋。杰罗姆和他的婊子活儿。杰罗姆还没有决定（至少现在还没有）该进哪一所常春藤名校，但这些名校愿不愿意接收他却早有定论。在这附近，霍奇斯只把他当作朋友，事实上也是霍奇斯唯一需要的朋友。霍奇斯认为友情是个被高估的东西，不提别的，单从这个角度说，他和布莱迪·哈茨费尔德不无相似之处。

他赶上了晚间新闻的后面大半截，但想想还是算了。他能容忍的原油泄漏和茶党政治毕竟有限。他没有开电视，而是打开电脑，运行火狐浏览器，在搜索框内输入**黛比的蓝雨伞下**。结果只有六条，在全是鱼儿的互联网上，这一网的成果实在不多，完全符合搜索条件的只有一条。霍奇斯点击链接，一张图片随即出现。

遍布险恶乌云的天空下是一片乡野山坡。会动的雨点（最简单的循环播放）密密地落下，织成银色丝线。两个人坐在一顶偌大的蓝色雨伞下，一个年轻男人和一个年轻女人，雨点没有淋到他们。他们没有在接吻，但两颗脑袋贴得很近，似乎正在忘我地交谈。

图片底下是文字，简短地介绍了蓝雨伞网站的精神。

> 与脸书或领英不同，“黛比的蓝雨伞下”是个纯粹的聊天网站，供老朋友碰头和新朋友互相认识，但都是在得到**完全保证的匿名**条件下。不允许贴图，没有色情内容，无推特的 140 字限制，仅仅是**最老派的愉快交谈**。

文字底下是个标着**由此进入！**的按钮，霍奇斯移动光标停在按钮上，然后犹豫起来。大约六个月前，杰罗姆不得不帮他注销旧邮箱并重新申请了一个，因为霍奇斯通讯簿上的所有人都收到一封邮件，声称他困在了纽约，钱包连同全部信用卡一同被盗，他需要钱回家，请收到邮件的人行行好，寄五十块（要是手头宽裕，多点儿也无妨）到翠贝卡的一个邮政信箱。邮件最后说："等我回到家，解决这堆麻烦事，就立刻还钱给你。"

霍奇斯觉得非常尴尬，因为恳求信发送给了前妻、他在托莱多的弟弟和多年来共事过的五十多位警察，还有女儿。他以为自己的电话（固定电话和手机）会发疯似的响上两天两夜，但几乎没人打给他，在打来的电话里，也只有艾莉森真的担心他。这并没有让他吃惊。艾莉天生悲观，从他五十五岁以后，就一直等着他丧失神智呢。

霍奇斯打电话向杰罗姆求助，杰罗姆来看了看，说他成了钓鱼诈骗的牺牲品。

"大多数盗用你邮箱地址的人只会卖伟哥和假珠宝，但你这种也不稀奇。我的环境研究老师也遇到过，结果他还给大家近一千块。当然了，那是以前的事情，现在人都变精——"

"杰罗姆，你这个'以前'指的是什么时候？"

杰罗姆耸耸肩，道："两三年前吧。霍奇斯先生，如今已经是个新世界了。骗子没有用病毒感染你，删除所有的文件和应用，你就该谢天谢地了。"

"反正也没什么可损失的，"霍奇斯答道，"我也就是上网瞎逛而已。不过我会想念纸牌游戏的，每次我赢了它就演奏《好时光又再来》。"

杰罗姆丢给他一个"我很有礼貌，所以不叫你二货"的标志性表情。"你的退税单呢？去年我帮你在网上申请的。你希望别人看见你给了山姆糖叔多少钱？我是说，除我之外？"

霍奇斯承认他不希望。

每次要教导这个啥也不懂的老家伙时，这位聪明的年轻人就会用上他奇特但又可爱的训诫语气："你的电脑不是新型号的电视机，你必须忘掉这种念头。每次开启电脑，你就打开了一扇通往你的生活的窗户。只要有人想偷窥，他就能得手。"

他看着那顶蓝雨伞和不停洒落的雨丝，脑子里想到的就是这些——还有其他的东西，都来自他沉睡多时但现已清醒的警察头脑。

也许梅赛德斯先生想聊聊呢？另一方面，也许他很想推开杰罗姆说的那扇窗户，看看外面是什么风景呢。

他没有点击**由此进入！**，而是退出站点，拿起电话，拨通设为快速拨号的号码之一。接电话的是杰罗姆的母亲，两人愉快地寒暄片刻，她把电话递给了年轻的婊子活儿先生。

霍奇斯换上他能说出的最街头的黑人英语："哟，小兄弟，你那些婊子还管得住吗？她们挣钱，你拉皮条？"

"哦，嗨，霍奇斯先生。好，一切都好。"

"你不喜欢俺这么跟你唠嗑，哥们？"

"呃……"

杰罗姆真的卡壳了，霍奇斯很同情他，便换了话题说："草坪看上去很不错。"

"哦，那就好。谢谢。还有什么我能帮你做的吗？"

"也许有。你明天放学能不能来一趟？是电脑上的事情。"

"没问题。这次又怎么了？"

"还是不在电话上说了，"霍奇斯说，"但你说不定会觉得挺有意思的。四点怎么样？"

"行啊。"

"很好。帮个忙，泰隆·好心情·狂欢就别一起来了。"

"好的，霍奇斯先生，你说了算。"

"你什么时候打算听我的，叫我比尔？霍奇斯先生听着像是你的美国历史老师。"

"等我高中毕业再说。"杰罗姆非常认真地答道。

"但你知道只要你愿意，随时都可以跳级。"

杰罗姆哈哈大笑。这小子的笑声浑厚而悦耳，每次听见都会让霍奇斯心情愉快。

他坐在权作办公室的小房间里，用手指敲着电脑桌，陷入沉思。他忽然想到，他几乎没有在晚上进过这个房间。假如他半夜两点醒来再也睡不着，倒是会来这儿玩一小时左右的纸牌游戏，然后回到床上。但从晚上七点到半夜十二点，他通常都窝在懒人沙发里，看AMC或TCM频道重播的老电影，把饱含油脂和糖分的零食塞进嘴巴。

他再次拿起电话，拨通查号台，问机器人要简妮尔·帕特森的号码。他并没有抱多少希望；特莱劳尼夫人的妹妹如今身家超过七百万美元，正在打离婚官司，恐怕没有公开的电话号码。

但机器人居然吐出了一个号码。霍奇斯大吃一惊，连忙抓起纸笔，然后按“2”要电脑重复一遍。他用手指又敲了一阵桌子，考虑该怎么联系她。多半什么都查不到，但假如他仍是警察，下一步无疑就要这么做。他不是警察，因此这就需要多花一点心思了。

他发觉自己直面这个挑战的心情是多么急切，忍不住笑了。

5

布莱迪在回家路上预先打电话给萨米比萨店，然后去店里取了个小号的辣香肠和蘑菇比萨。假如他认为母亲也会吃两块的话，就会买个比较大的了，但他知道母亲不会吃。

要是有辣香肠和波波夫伏特加比萨，他心想，要是他们卖这个，我连中号都不能买，直接就买大号了。

北城有些拖车住宅，修建于朝鲜战争和越南战争之间，也就是说它们不但一模一样，而且都破败不堪。大多数遍布杂草的草坪上还散落着玩具，不过这会儿天已经全黑了。夏丝·哈茨费尔德住在榆树街49号，但这条街上没有榆树，恐怕永远也不会有。它叫榆树街只是因为这片区域（俗名北地，非常合理吧？）的街道全是用树木命名的。

布莱迪在老妈的本田背后停车，本田已经是个锈迹斑斑的铁皮罐头了，需要更换减震系统、活塞和火花塞。年检标贴就更不用说了。

让她自己处理吧，布莱迪心想，但她才不会呢。只能他去办，必须他去办，就像他处理所有其他事情一样。

就像我处理弗兰奇那样，他心想，想当初地下室还只是地下室，不是我的控制中心。

布莱迪和黛博拉·安·哈茨费尔德从不谈起弗兰奇。

门锁着。至少他教会了她锁门，老天知道那有多么艰难。她这个人，总以为一句好的就能解决生命中的所有问题。叫她倒完牛奶把盒子放回冰箱里，她说好的。然后等你回到家，盒子就摆在台子上，牛奶已经臭了。你说帮忙洗洗衣服，否则我明天开车卖冰激凌就没干净制服穿了，她说好的。然后你把脑袋伸进洗衣房，脏衣服还在篮子里没动地方。

迎接他的是电视机里的咯咯笑声。说的是什么挑战免疫系统，所以是《幸存者》。他尝试过告诉她那全是假的，都是剧本。她说好的，嗯，她知道，但她还是一集不落地追着看。

“老妈，我回来了！”

“嗨，亲爱的！”一般水平的口齿不清，对这个钟点来说算是不错了。假如我是她的肝脏，布莱迪心想，我肯定会趁着她睡觉从她嘴里钻出来，他妈的逃之夭夭。

但是，走进客厅的时候，他依然怀着一丝期待，他自己也痛恨的一丝期待。母亲坐在沙发上，身穿他圣诞节送给她的白色丝绸睡袍，他在大腿高处开衩的部位瞥见了另一片白色。底裤。他不愿把*内衣*这个词与母亲联系起来，“内衣”太肉欲了，但它依然隐藏在他的内心深处，就像躲在毒漆树丛里的一条蛇。不但如此，他还能看见她乳头的圆形小阴影。看到这些他当然不该感到兴奋：她快五十了，腰部开始发福，老天在上，她是你*母亲*——可是……

可是。

“我买了比萨。”他说，拎起比萨盒，心想：我吃过了。

“我吃过了。”她说。也许真的吃过了。几片生菜叶和一小盒酸奶，她就是这么保持身上其他部位的体形的。

“是你最喜欢的口味。”他说，心想：你自己享用吧，亲爱的。

“你自己享用吧，亲爱的。”她说完，举起酒杯，很淑女地喝了一口。很快就会开怀畅饮，等他上床以后，等她认为他睡着了以后。“去拿罐可乐，陪我坐一会儿。”她拍拍沙发，睡袍打开得更多了。白色睡袍，白色内衣。

底裤，他提醒自己，底裤，就是底裤，她是我母亲，老妈，穿在你老妈身上的只能是底裤。

她注意到他的视线，微微一笑，但没有整理睡袍。“幸存者今年去的是斐济，”她皱起眉头，“应该是斐济。反正就是那些岛里的一个。来陪我看。”

“不了，我得下去干会活儿。”

“你到底在忙什么，亲爱的？”

“新路由器。”她分不清啥是路由器啥是灌浆泵[①]，所以这么说没问题。

“你迟早会发明点什么，让咱们发大财，”她说，“我知道你会的，然后就可以和电器店说再见，和冰激凌卡车说再见了。”她看着他，伏特加喝得那双大眼睛刚有点水汪汪的。他不知道她平常一天要喝多少，清点空瓶没有意义，因为她会找个隐蔽地方藏瓶子，但他知道她的酒量大得惊人。

“谢谢。”他说。尽管不愿意，但还是觉得很开心。他还不受控制地感觉到了其他情绪。

“来，好宝贝，给你老妈一个吻。”

他走向沙发，努力不低头看她敞开的睡袍，尽量无视皮带扣底下的悸动。她转过脸去，但就在他弯腰亲吻她面颊的当口，她突然转回来，半张着嘴，将潮湿的嘴唇压在他的嘴唇上。他尝到了烈酒，闻到她总是涂在耳后的香水的味道。她还在其他部位喷了香水。

她用手掌按住他的颈背，用指尖搅乱他的头发，战栗从颈根而起，一路向下而去。她用舌尖轻轻触碰他的上嘴唇，只是一带而过，刚碰到就拿开，然后她退回去，用那双小明星的大眼睛盯着他。

“我的小甜心。”她低声说，就像浪漫奇幻片里的女主角——在这种电影里，男人挥舞长剑，女人穿低胸长裙，胸部高高隆起，变成闪闪发亮的两颗圆球。

他连忙抽身。她向他微笑，然后望向电视：好看的年轻人身穿比基尼在沙滩上奔跑。他用微微颤抖的双手打开比萨盒，取出一块，放进她的色拉碗。

---

① 路由器和灌浆泵的英文拼写很像，前者是 router，后者是 grouter。

“吃掉，”他说，“能吸收酒精。至少是其中一部分。”

“别对妈咪这么凶。”她说，但声音里没有仇怨，当然也没有受伤。她拉起睡袍，动作漫不经心，已经重新沉浸在了幸存者的世界里，只想知道本周谁会在投票中离开小岛。“别忘了我的车，布莱迪，需要年检标贴。”

“你的车需要的远不止标贴。”他说，走进厨房，从冰箱里拿了罐可乐，打开通往地下室的门。他在黑暗中伫立片刻，然后说了两个字：“控制。”底下的日光灯亮了，日光灯是他安装的，地下室也是他重新装修的。

走到楼梯尽头，他想到了弗兰奇。几乎每次来到弗兰奇死去的地方，他都会想到弗兰奇。唯一的例外是他准备去市民中心行凶的那段时间。在那几周内，其他念头全都离开了他的脑海，那是何等的解脱啊。

布莱迪，弗兰奇说。他在地球上的最后一句话，喉咙里的咯咯声和喘息不算。

他把比萨和汽水放在地下室正中央的工作台上，然后走进壁橱大小的卫生间，脱掉裤子。他无法吃东西，无法折腾他的新工程（当然不是路由器），无法思考，必须先解决更紧急的问题才行。

在写给退休胖警察的信里，他说开车撞向市民中心的求职人群时，他性欲高涨得甚至戴上了安全套，他还说他会想着当时的场面打手枪。假如这是真的，一定会给手淫二字添上全新的意义，但这并不是真的。那封信谎话连篇，每一个谎言都是为了进一步误导霍奇斯，他捏造的性幻想并不是其中最离谱的。

事实上，他对姑娘们没什么兴趣，姑娘们也能感觉到。多半正因为这个，所以他才和弗雷迪·林克莱特——折价电子城的赛博男人婆同事——相处得那么好。据布莱迪所知，她很可能认为他是同性恋。但他并不是同性恋。在自我封闭的外壳下，他对自己来说也基本上是个谜，但有一点他很确定：他并非毫无性欲，至少不是彻底没有。他和母亲共同拥有一个彩虹色的哥特秘密，除非绝对必要，否则连想都不能想。到了不得不解决的时候，就必须处理掉，然后再次束之高阁。

老妈，我看见你的内衣了，他心想，一边以最快速度解决他的问题。药柜里有凡士林，但他没有用。他就想要燃烧的感觉。

6

回到宽敞的地下室里，布莱迪说出第二个词。这个词是混乱。

控制室的另一头是一长排架子，离地面约有三英尺。架子上有七台打开的笔记本电脑，屏幕没有点亮。架子前有一把带脚轮的办公椅，他可以飞快地来往于电脑之间。布莱迪说出魔词，七台电脑同时开机。所有屏幕上都出现了数字 20，然后是 19、18。要是他放着不管，让数字归零，自毁程序就会启动，清除硬盘并写入垃圾数据。

“黑暗。”他说。倒数的偌大数字消失，桌面背景图随即出现，背景图来自他最喜欢的电影《日落黄沙》。

他试过“启示录”和“末日战场”，在他心中，它们都是更合适的启动魔词，充满了响亮的终结感，但语音识别程序搞不定它们，而他最不希望发生的事情莫过于被愚蠢的软件故障害得不得不重建所有文件。两个音节的词语更安全。其实七台电脑里有六台是幌子，只有 3 号机装载了退休胖警察会称为“罪证”的数据，但他喜欢看着壮观的电脑阵列，一台台都像此刻这样点亮，让地下室显得像是真正的指挥中心。

布莱迪认为自己不但是摧毁者，也是创造者，但他知道，直到目前，他还没有能够创造出可以点燃整个世界的东西，而且他多半永远也做不到这件事情。他顶多只有一个二流创造者的头脑，这个念头折磨着他。

比方说，罗拉（Rolla）。某天晚上他用吸尘器清扫客厅时（和用洗衣机洗衣服一样，这种杂活按理说是母亲的任务）突然灵光一现，想到了这个东西。他画出装置的草图，它有点像带滚轮的脚凳，底部装有马达和一小段软管。再编个简单的电脑程序，布莱迪认为这个装置能够在房间内移动，用吸尘器清扫经过的所有地方。假如遇到障碍物——例如椅子或墙壁——它就原地转动，换个方向前进。

他都开始制作原型机了，某天经过市区一家高级电器商店的橱窗时，却看见一个很像罗拉的东西在里面转来转去。连名字都类似，它叫鲁姆巴（Roomba）。有人赶在了他前面，这个人多半挣了几百万。不公平，但有什么是公平的呢？人生就是一场狗屎嘉年华，奖励也都狗屁不如。

他破解了家里的电视信号，布莱迪和老妈不但可以看有线电视的基础频道，还可以免费享用所有的会员频道（包括几个特别有异国风情的附加频道，例如半岛电视台），时代华纳、康卡斯特和超无限根本就发现不了。他破解了 DVD 播放器，现在它不但能播放美区影碟，全世界其他区码都照播不误。很简单——遥控器上的三四个步骤，外加六位识别码就能完成。理论上很了不起，但有人使用吗？榆树街 49 号反正没人看碟。除了四个主要电视网喂给她的东西，老妈不看任何东西；布莱迪的大多数时间不是在做他的两份工作，就是泡在底下的控制室里，完成他真正的工作。

破解有线电视固然很了不起，但都是违法行为。据他所知，破解 DVD 播放器也是违法的。更不用说他盗用的“红盒”和“网飞”账号了。他最好的好点子全都是违法的。比方说一号物品和二号物品。

去年 4 月份那个大雾弥漫的清晨，他离开市民中心，梅赛德斯被撞弯的进气格栅上滴淌鲜血，挡风玻璃上鲜血横流，而一号物品就放在前排乘客座上。他在三年前的那段黑暗日子里想到了这个点子，时间是在他决定杀死一群人（他将其视为他的恐怖袭击）之后，却是在他决定何时何地用何种手段下手之前。那会儿他满脑子都是点子，神经过敏，睡得很少。那段时间他总觉得自己像是刚就着整整一保温杯黑咖啡吞了好几粒安非他命。

1 号物品是经他改造的电视遥控器，加装的芯片充当大脑，用电池组扩大影响范围……虽说这个范围依然不大。拿着它对准二三十码外的交通信号灯，按一下能把红灯变成黄灯；两下，红灯变闪烁的黄灯；三下，红灯变绿灯。

布莱迪因此觉得很高兴，在繁忙的十字路口用了几次（每次都坐在停稳的旧斯巴鲁里，冰激凌卡车太招摇了）。数次功亏一篑之后，他终于引发了一起事故。只是撞弯保险杠的小事故，但看着两个大男人为了究竟是谁的错而争吵，他乐不可支。有那么一会儿，两人像是真的要打起来了。

2 号物品在此之后不久诞生，但正是有了 1 号物品，布莱迪才能够下定决心，因为它极大地提高了成功逃脱的可能性。从市民中心到他选择弃车的废仓库刚好是一点九英里，预定路线上有八个交通灯，有这个神奇的小玩意儿帮忙，他就不需要担心红绿灯的问题了。但那天清晨——耶稣基督啊，你能相信吗？——这八个路口全都是绿灯。布莱迪知道事情和时间很早有关系，但还是因此怒不可遏。

假如我没有这东西，他边想边走向地下室另一头的壁橱，就至少有四个路口会是红灯。我的人生就是这么一回事。

在他的各种小玩意儿里，2 号物品是唯一真正挣到钱的。不算什么大钱，但正如人人都懂的道理：金钱不代表一切。再说，没有 2 号物品，就没有那辆梅赛德斯。没有梅赛德斯，也就没有市民中心大屠杀了。

亲爱的 2 号物品。

壁橱门的搭扣上挂着一把大锁，布莱迪用钥匙环上的钥匙打开。里面的灯（也是新装的日光灯）已经亮了。这个壁橱本就不大，加上木板架就更小了。一层架子上是九个鞋盒，每个鞋盒里都是一磅自制的塑胶炸药。布莱迪在乡间找了个废弃的采石坑测试这东西，结果非常理想。

假如我在阿富汗，他心想，头上缠破布，身穿怪里怪气的长袍，我肯定能靠炸运兵车炸出个名声来。

另一层架子上是又一个鞋盒，里面有五部手机：下城区毒贩子称之为“炉头”的一次性手机。随便找一家像样的药店或便利店都能买到这种手机，它们是布莱迪今晚的任务。他要改装它们，让一个号码可以同时接通五部手机，制造出合适的电火花，引爆鞋盒里的塑胶炸药。他还没决定要不要使用那些炸药，但他有一部分心思很想使用。对，就是这样。他告诉退休胖警察说他没有再犯惊天大案的冲动，但那依然是撒谎。事情在很大程度上取决于退休胖警察本人。假如退休胖警察做了布莱迪希望他做的事情，就像特莱劳尼夫人做了布莱迪希望她做的事情那样，布莱迪确定他的犯罪冲动就会消失，至少在一段时间内不会回来。

否则嘛……哼哼……

他拿起装手机的鞋盒，转身走出壁橱，突然停下脚步，转身望去。另一层架子上放着一件里昂比恩的伐木工棉夹克。假如布莱迪真要进森林，中号会更加合身（他身材瘦削），但这件是特大号的。胸口有一张小贴纸：戴着墨镜龇牙咧嘴的笑脸。马甲里还有四块一磅重的塑胶炸药，外面的衣袋里两块，里面的斜插袋里两块。马甲显得鼓鼓囊囊的，因为它装满了钢珠（就像霍奇斯的简易警棍）。布莱迪划破了马甲内衬，把钢珠倒进去。他甚至考虑过要不要请老妈替他缝上。他自己用胶带封好破口的时候，忍不住哈哈大笑。

我的自杀炸弹背心，他深情地想。

他不会使用它……*应该*不会……但这个点子自有其迷人之处。它能给一切画上句号。再见了，折价电子城。再见了，赛博巡警的召唤。不用再去老傻瓜们的家里，清理 CPU 里的花生酱或饼干屑。再见了，脑海深处涌动的毒蛇，还有皮带扣底下的悸动。

他想象着在摇滚音乐会上自爆；他知道斯普林斯汀[①]今年 6 月要来湖滨剧院演出。或者在大湖街的国庆游行队伍里？那可是本城的主干道。或者在夏日路边艺术节和街头集市的开幕式上？这是每年 8 月

---

① 斯普林斯汀（Bruce Springsteen，1949—　），美国摇滚歌手、词曲作者。

第一个周六的大活动。好是好，但他会显得很滑稽：炎热的 8 月下午，他居然身穿棉马甲。

是啊，但有创造力的头脑永远能解决这种问题，他心想，同时把五部手机在工作台上一字排开，开始卸下 SIM 卡。话也说回来，自杀背心只是个……怎么说的来着……末日选项，多半永远都不会使用，但放在手边肯定没错。

上楼之前，他在 3 号电脑前坐下，打开浏览器，检查蓝雨伞的动态。退休胖警察没有任何消息。

目前还没有。

7

第二天上午十点钟，霍奇斯来到沃顿夫人楼下，用内部通话系统呼叫那套公寓。重新穿上正装的感觉不错，虽说腰部和腋下有点紧。男人穿上正装，感觉就像有了工作。

扬声器里传来一个女人的声音："哪位？"

"夫人，是我，比尔·霍奇斯。我们昨晚通过电话。"

"对，我记得，你很准时。我住在 19C，霍奇斯侦探。"

他正要说我已经不是侦探了，但电子门锁随即打开，他也就懒得多费唇舌了。再者说，昨晚打电话的时候，他说过他现已退休。

简妮尔·帕特森在门口等他，市民中心大屠杀那天，霍奇斯和彼得·亨特利第一次来盘问她姐姐的时候，她姐姐也这样在门口等他们。两个女人足够相似，唤起了往事重演的强烈感觉。但就在从电梯到公寓门口的这一小段走廊上（他尽量抬起腿，而不是拖着脚走），他注意到的不同之处战胜了相似点。帕特森也有浅蓝色的眼睛和高颧骨，但奥莉薇亚·特莱劳尼总是抿紧嘴唇，压力和恼怒使得嘴唇常常发白，而简妮尔·帕特森的嘴唇似乎连她睡着了都时刻准备微笑，或者亲吻。她的嘴唇亮晶晶的，有着湿润的光泽，美妙得让人想尝一口。她穿的也不是船领裙，而是暖和的套头毛衣，罩着一双浑圆的乳房——不大，但正如霍奇斯的老爸常说的，超过一只手能抓住的就纯属浪费了。该归功于上等塑身内衣，还是离婚后做了丰胸手术？霍奇斯觉得丰胸手术的可能性更大。谢谢她的姐姐，现在她愿意做什么整容手术都负担得起了。

她伸出手，认认真真地和霍奇斯握手："谢谢你能来。"说得像是她请他来似的。

“很高兴你愿意见我。”他说，跟着她走进房间。

同样的无敌湖景迎面而来，他记得很清楚。虽说他们只在这儿盘问了特莱劳尼夫人一次，其他的几次不是在蜜糖高地的豪宅就是在警察局。霍奇斯记得她有一次去警局接受盘问时歇斯底里地发作。所有人都责怪我，她说。不久，顶多过了几个星期，她就自杀了。

“喝咖啡吗，侦探？牙买加的。我认为非常美味。”

霍奇斯习惯于不在上午喝咖啡，否则往往会导致胃酸反流，吃善卫得也不管用，但他还是点头说好的。

他坐进客厅大窗旁的一把帆布椅，等她从厨房回来。天气温暖而晴朗，帆船在湖面上像溜冰似的曲折转弯。简妮尔回到客厅里，霍奇斯起身去接她手上的银托盘，但她笑了笑，摇头示意不需要。她优雅地轻弯膝盖，把托盘放在咖啡桌上，动作像是在行屈膝礼。

霍奇斯考虑过这番谈话的每一种纠结转折，但事实证明他多虑了。就好像他仔细策划了一场诱惑行动，欲望的对象却身穿短睡衣和荡妇靴站在门口迎接他。

“我想搞清楚是谁害得我姐姐自杀的，”她说着，将咖啡倒进两个大瓷杯，“但我不知道该怎么调查。你的电话像是上帝的旨意。我们谈过之后，我认为这个任务交给你就对了。”

霍奇斯愣住了，一时语噎。

她拿起一杯咖啡递给他：“要稀奶油就只能自己倒了。添加剂方面本人概不负责。”

“黑咖啡就好。”

她微微一笑。牙齿要么天生完美，要么牙套做得很完美。“口味相同嘛。”

他喝了一口，主要是为了争取时间，但咖啡确实好喝。他清清喉咙，说：“就像我们昨晚通电话的时候我说的，帕特森夫人，我已经不是警方的侦探了。去年 11 月 12 日，我成了一名民间人士。这一点咱们先说清楚。”

她的眼睛越过杯沿打量着他。霍奇斯心想，不知道嘴唇上的湿润光泽会不会留下印痕，还是说如今的口红科技已经排除了这种障碍。琢磨这种事当然很疯狂，但这是一位美丽的女士，再说他最近难得有这种机会。

“你刚才那段话里，”简妮尔·帕特森说，“对我有意义的只有两个词。一个是侦探，另一个是民间。我想知道是谁折磨她，玩弄她，直到她最终自杀，但警察局里没人在乎。他们想抓用她的车杀人的凶手，对，但至于我姐姐——允许我说粗话吗？——他们屁也不关心。”

霍奇斯尽管已经退休，但依然忠于警局：“不完全是这样的。”

“我明白你为什么这么说，侦探——”

“叫我先生就好，霍奇斯先生。要是你愿意的话，比尔也行。”

“那就比尔吧。对，没错，杀人案和我姐姐自杀是有联系的，因为开车杀人的凶手就是写信给她的那个人。他还做了其他事情，蓝雨伞什么的。”

悠着点儿，霍奇斯提醒自己，别心急。

“帕特森夫人，你说的是什么信？”

“简妮。既然我叫你比尔，那你就叫我简妮吧。你坐一会儿，我去拿给你。”

她起身离开房间。霍奇斯的心脏怦怦乱跳，比他在高架桥下教训那几个痞子时跳得还要凶，但依然在欣赏简妮·帕特森的背影，她从背后看和从前面看一样美。

悠着点儿，小子，他再次告诫自己，又喝了一口咖啡。你又不是菲利普·马洛[①]。咖啡已经下去半杯，胃液还没有反流。毫无迹象。神奇的咖啡，他心想。

她回到客厅里，捏着两张纸的一角，露出厌恶的表情：“我是在检查奥莉书桌里的文件时发现的。她的律师施隆先生陪着我——她指

---

① 出自钱德勒小说中创造的一个硬汉小说角色。

定他为遗嘱执行人，因此他必须在场——但当时他在厨房里倒水喝，所以没看见这封信。我藏起来了。”她的语气很平淡，没有羞愧或轻蔑，“我立刻就明白了这是什么，因为这东西，凶手在方向盘上也留下了一个。你大概可以说这是他的名片。”

她点了点信件第一页中间的墨镜笑脸。霍奇斯已经注意到了。他也注意到了信件的字体，他查过自己的字处理程序，知道那是美式打字体。

“你是什么时候发现的？”

她开始回忆，计算过去了多少时间：“我来参加葬礼，那是 11 月末。宣读遗嘱的时候，我发现我是奥莉的唯一继承人，那应该是 12 月份的第一周。我问施隆先生能不能推迟到 1 月份再清点奥莉的物品和财产，因为我要回洛杉矶处理一些事情。他同意了。”她望着霍奇斯，那双蓝眼睛直视他，里面闪着明亮的火花。“我必须处理的事情就是和丈夫离婚，他是个——请允许我说粗话——玩女人吸白粉的王八蛋。”

霍奇斯不想沿着那条岔路向前走：“所以 1 月份你回到蜜糖高地。”

“对。”

“然后发现了这封信？”

“对。”

“给警方看过吗？”他知道答案，离 1 月份已经过去了四个月时间，但该问的终究要问。

“没有。”

“为什么？”

“我已经说过了！因为我不信任他们！”眼睛里的明亮火花洒了出来，她开始哭泣。

8

她说不好意思，我离开一下。霍奇斯说当然，您请便。她走出客厅，大概是去控制心情和补妆了。霍奇斯拿起那封信开始阅读，边读边小口喝着咖啡。咖啡确实非常好喝。说起来，要是再配上一两块曲奇饼……

亲爱的奥莉薇亚·特莱劳尼：

希望你会一直读完这封信，然后再扔掉或烧掉它。我知道我不值得你的关注，但我还是乞求你给我一点时间。你要知道，就是我偷走了你的梅赛德斯，开车撞向人群。现在我在被火烧，正如你也许会烧掉我这封信一样，但烧我的是羞愧、懊悔和悲痛。

求你，求求你，请你给我一个解释的机会！你肯定永远都不会原谅我，这一点我也知道得很清楚。我不指望你能原谅我，但假如我能得到你的理解，那就已经足够了。给我一个机会好吗？求求你！在大众眼中，我是恶魔；在电视新闻里，我只是又一个血淋淋的故事，供他们贩卖广告时间；对警方来说，我是他们想逮住并投入监狱的一个变态罪人；但与此同时，我也是和你一样有血有肉的人。以下是我的故事。

我从小在家中受到身体与性的双重凌辱。首先下手的是我继父，知道我母亲发现后做了什么吗？她和他一同取乐！你是不是读不下去了？不怪你，简直令人作呕，但我希望你不要停下，因为我必须一吐为快。我或许已经“不在活人之地”[①]了，但要是

① 出自《圣经·诗篇》：“我若不信在活人之地得见耶和华的恩惠，就早已丧胆了。”

谁都不知道我为什么犯下罪行，那我也无法结束自己的生命。虽然我本人也并不完全理解，但也许你这个“局外人”能做到。

底下是笑脸先生。

性虐持续到我十二岁那年我继父死于心脏病突发为止。我母亲说假如我说出去就要担责任。她说假如我把胳膊、腿和私处的香烟烫痕给别人看，她就告诉大家说是我自己弄的。我当时还小，以为她说的是真的。她还说假如别人相信了我的话，她就会进监狱，我就只能进孤儿院了（这大概是真的）。

我没有说出去。有时候“宁可和你认识的魔鬼打交道，也不要遇到你不认识的魔鬼”！

我一直没有长开，而且很瘦弱，因为我太紧张，吃不下东西，勉强吃下去也经常呕吐（暴食症）。由此和因为这个，我在学校里遭受欺凌。我还养成了好几个神经质的习惯，比方说揪衣服和扯头发（有时候会一把一把地扯掉），导致我沦为嘲笑的对象，嘲笑我的不但包括学生，还有老师。

简妮·帕特森回来，重新在他对面落座，喝着咖啡，但霍奇斯一时间几乎忘记了她的存在。他回想起他和彼得那四五次盘问特莱劳尼的时候，见到她不停扶正衣服的船领。还有拉直裙摆。还有触摸抿紧的嘴角，像是在抹掉口红屑。还有用手指卷起一绺头发使劲扯。等等。

他继续看信。

我从来都不是个坏孩子，特莱劳尼夫人，我向你发誓。我从来没有虐待动物或殴打过比我小的孩子。我只是一只慌慌张张的小老鼠，想不被嘲笑和侮辱地熬过童年，却没有成功。

我想念大学，但没能做到。知道吗？最后我却照顾起了虐待我的女人！荒谬得简直好笑，对不对？我老妈中风了，多半是因为酗酒。对，她还是个酒鬼，或者说曾经是，她还能去店里买酒的时候曾经是。她能稍微走几步，但走不远。我不得不扶着她上厕所，在她“解决完问题”后擦干净。我起早贪黑地打一份低收入的工（对，在这个经济形势下，能找到工作就不错了），回到家还要照顾她，因为我的薪水只够我在工作—日每天请几个小时的护工。多么糟糕而愚蠢的生活。我没有朋友，工作也没有任何前途可言。假如社会是个蜂—窝，那我就仅仅是一只普通的工蜂。

最后我开始生气。我想多挣一些钱。我想反击，让世界知道我是个活人。你能理解吗？你有过这种感觉吗？恐怕不太可能，因为你很有钱，而有钱就能买到好朋友。

这句挖苦话底下又是一个墨镜龇牙笑容，像是在说只是开玩笑而已。

有一天我终于受不住了，我做了那件事情。我事先并无预谋……

没有个屁，霍奇斯心想。

……我认为我有一半的可能性会被抓住，但我不在乎。我也绝对没有想到这件事现在会这么折磨我。撞人的砰砰声时刻在耳边响起，我依然能听见他们的惨叫声。我看新闻的时候，得知我甚至杀死了一名婴儿，我终于意识到我犯下了多么恐怖的罪行。我不知道我还能怎么活下去。

特莱劳尼夫人，我的天哪，你为什么为什么为什么要把钥匙留在点火装置上？那天我睡不着，大清早在街上闲逛，假如我没有看见那把钥匙，这些事情就不会发生了。假如你没有把钥匙留在点火装置上，那个婴儿和她的母亲现在就会活着。我不怪你，我相信你肯定有自己的心事和忧虑，但我真希望你能像别人那样也收好钥匙，事情就会完全是另一个结局了。我就不会受愧疚和悔恨的地狱烈火焚烧了。

你大概也感觉到了愧疚和懊悔，我非常抱歉，尤其是因为用不了多久，你就会发现人们会变得多么阴损。电视新闻和报纸还在讨论你的疏忽如何给我可怕的罪行创造了机会。你的朋友不再和你说话。警察会盯着你。每次你走进超市，人们就会盯着你看，交头接耳。有些人不满足于仅仅交头接耳，甚至会“找你当面对质”。假如你的住所遭到破坏，我可一点都不会吃惊，所以请告诉你的保安（相信你肯定有）“多多留神”。

我认为你大概不会愿意和我交谈，对吧？哦，我指的不是面对面交谈，但有个安全的地方，对你我两人都很安全，我们在那里可以通过电脑交谈。这个地方叫“黛比的蓝雨伞下”。假如你愿意聊聊的话，我连用户名都为你注册好了。用户名是“奥特莱劳19”。

我知道换了普通人会怎么做。普通人会拿着这封信直接去找警察，但允许我问你一句。除了无休无止地追索你，导致你晚上无法入睡，他们还为你做了什么？不过有一点，假如你希望我去死，把这封信交给警方就对了，相当于用枪顶着我的脑袋，然后扣动扳机，因为我会杀死我自己。

说来也许疯狂，但唯一让我还想活下去的人就是你。因为我只能和你交谈，只有你明白身处地狱是什么感觉。

现在，我将等待。

特莱劳尼夫人，我真的、真的很**抱歉**。

霍奇斯把信放在咖啡桌上，说：“我的妈呀。”

简妮·帕特森点点头："我差不多也是这个反应。"

"凶手邀请她接触——"

简妮难以置信地看着他："邀请？难道不是勒索？'联系我，否则我就自杀。'"

"按照你的意思，她上了他的当。你见过他们的交流吗？除了这封信，还有其他文件吗？"

她摇摇头："奥莉告诉我母亲说，她在和一个她所谓的'心理失常的人'聊天，尝试说服这个人去寻求帮助，因为他做了一件非常可怕的事情。我母亲很担心，她以为奥莉在和这个心理失常的人面对面聊天，比方说在公园或咖啡馆里。你应该还记得，她已经快九十岁了。她知道电脑这东西的存在，但不怎么了解电脑的实际应用。奥莉向她解释什么是聊天室，其实只是她一头热，我估计老妈根本没听懂。她只记得奥莉说她在和一个心理失常的人在蓝雨伞下聊天。"

"你母亲知道这个人就是偷车去市民中心杀人的凶手吗？"

"她没说过让我觉得她这么认为的话。她的短期记忆非常模糊。你问她日本人轰炸珍珠港，她可以说出她是几点几分在收音机里听见新闻的，多半连播音员是谁都记得，但问她早餐吃的是什么或者她在哪儿……"简妮耸耸肩，"她也许说得上来，也许不行。"

"说到这个，她究竟在哪儿？"

"一个叫阳光牧场的地方，离这儿差不多三十英里，"她笑了几声，令人同情的笑声里毫无欢乐，"每次听见这个名字，我就会想起特纳经典电影台播的那些俗套老片，女主角被判定精神失常，关进某个四面透风的可怕疯人院。"

她扭头望向湖面。霍奇斯觉得她此刻的表情很有意思：有点郁郁寡欢，又有点拒人千里之外。他越是打量她，就越是喜欢她的样子。眼角的细纹说明她很爱笑。

"我知道我在这种老电影里是什么角色，"她说，依然望着湖面上戏水的船只，"心怀叵测的妹妹，继承了年迈母亲的看护权和一大笔钱财。冷酷无情的妹妹，留下钱财，把年迈的母亲送进阴森的疗养院，护士拿狗粮喂老人，让他们睡在自己的屎尿里等天亮。但阳光牧场不是这种地方，那儿相当不错，而且也不便宜，是老妈主动要求去的。”

“是吗？”

“是哦，”她学着霍奇斯说，微微皱起鼻子，“你记得她的护士吗？格林太太。艾尔希娅·格林。”

霍奇斯险些去衣袋里拿早已不在那儿的案情记事簿。他回忆片刻，虽说没有记事簿，但还是想起了那位护士。她相貌威严，身材高大，穿一身白衣，走路像是在地面上滑行，加上烫成大波浪的满头灰发，模样有点像《弗兰肯斯坦的新娘》[①]里的爱尔莎·兰切斯特。他和彼得问她周四晚上离开时有没有看见特莱劳尼夫人的梅赛德斯停在路边。她说她很确定她看见了，但霍奇斯和亨特利觉得她根本不确定。

“对，我记得她。”

“我刚搬回洛杉矶，她就说她要退休了。她说她已经六十四岁，照顾这么严重的失能病患已经力不从心，我说我可以再请一个护工，实在不行就请两个，但她依然不肯改口。我认为市民中心大屠杀导致的曝光吓坏了她，但假如仅仅是这个原因，她本来也不至于非要走的。”

“你姐姐的自杀是最后一根稻草？”

“我相信是这样。我不会说艾尔希娅和奥莉是好闺蜜，但她们合得来，而且在照顾母亲的事情上意见完全一致。但现在阳光牧场算是我母亲最好的归宿了，她在那儿过得挺愉快——至少病情不太严重的时候挺愉快。所以我也一样。最重要的一点，他们更擅长控制她的疼痛。”

---

① 《弗兰肯斯坦的新娘》(*Bride of Frankenstein*)，是1935年上映的美国科幻恐怖电影，由詹姆斯·威尔（James Whale，1889—1957）导演。

“假如我去找她聊聊……”

“她也许还记得些什么，但也许已经不记得了，”她的视线离开湖面，扭头望着他，“你愿意接下这个活儿吗？我在网上查过私家侦探的费用，我愿意开个好得多的价码。一周五千块，费用另计。最少八周。”

调查八周，四万块钱，霍奇斯大吃一惊。也许他可以尝试一下变成菲利普·马洛？他想象自己坐在邋遢的两开间办公室里，办公室在某幢廉价办公楼的三层。雇一个貌若天仙的接待员，名字叫罗拉或者威尔玛。当然了，必须是个嘴巴会放箭的金发女郎。雨天他就穿战壕雨衣戴棕色呢帽，帽子向下拉，遮住一侧眉毛。

太荒谬了，不只是吸引他的这些事情。不用坐在懒人沙发里看女法官和往嘴里塞零食，这当然很吸引他；能再次穿上正装办事，这同样吸引他。还有其他因素。他离开警局时留下了几桩悬案。彼得已经搞清楚了当铺劫匪的身份，而且他和伊莎贝拉·杰恩斯很快也能逮捕唐纳德·戴维斯，这个人渣杀死了老婆，然后上电视炫耀他英俊的笑容。彼得和伊莎贝拉·杰恩斯干得不错，但戴维斯和当铺劫匪都不是大鱼。

还有，他心想，梅赛德斯先生不该来招惹我的。还有特莱劳尼夫人，他也不该联系特莱劳尼夫人。

“比尔？”简妮打个响指，像是舞台催眠术士唤醒恍惚中的受催眠者，“比尔，你没事吧？”

他的注意力回到她身上，这位四十五六岁的女士，毫不畏惧地坐在明亮的阳光下。“假如我答应了，你要以安保顾问的身份雇佣我。”

她似乎觉得很好玩，说道：“就像蜜糖高地为警惕安保公司工作的那些人？”

“不，和他们不一样。最简单一点，他们受合同约束，但我不。”我永远也不需要受到约束，他心想。“我只是一名私家保安，就像城里为夜总会工作的那种人。不过很抱歉的是，我的费用无法抵扣你的所得税。”

好笑的表情变成微笑，她再次皱起鼻子。要让霍奇斯说，这一幕让他神魂颠倒。“无所谓。也许你不知道，但我的钱包鼓得很。”

“我想和你实话实说，简妮。我没有私家侦探的牌照，虽说拦不住我到处打听，但没有警徽也没有私探证，我能做到什么程度还有待观察。这就好像让一个盲人不带导盲犬进城溜达。”

“但你有警局那些老朋友的关系网，对吧？”

“有是有，但利用他们，我就会让老朋友和我自己都很难做。”他向彼得打听案件进展就已经利用了这个网络，但他不会告诉一个刚认识的女人。

他拿起简妮给他看的那封信。

“还有一点，假如我答应你不泄露情况，就犯下了隐瞒证据的罪行，”他已经隐瞒了类似的一封信，这件事同样不必告诉她，“至少从原则上说是这样的。隐瞒证据是一项重罪。”

她显得非常惊讶：“我的天，我没想过这个。”

“但另一方面，我不认为鉴证科能找到任何证据。一封被扔进马尔伯勒街或下石楠大道的信依然是全世界最匿名的东西。以前——我记得很清楚——你可以比对信件字迹和用来打字的机器。当然，前提是你能找到那台打字机。这个证据和指纹一样确凿。”

“但这封信不是打字机打出来的。”

“是啊，用的是激光打印机，所以也就不会有突出的 A 或弯曲的 T 了。因此我隐瞒的算不上什么证据。”

当然了，隐瞒证据依然是隐瞒证据。

“我愿意接这个活儿，简妮，但每周五千太荒谬了。假如你愿意的话，开一张两千的支票就行。费用我会找你报销的。”

“这点钱似乎不够。”

“要是我能查到什么，咱们再讨论奖金不迟。”但他不认为他会接受奖金，哪怕他最终逮住了梅赛德斯先生。不，他已经下定决心要查出这个浑球，今天来是想说服她帮助他。

“好吧，我同意。谢谢你。”

“哪儿的话。现在请说说你和奥莉薇亚的关系。我只知道你们关系不错，你愿意叫她奥莉，但我还想知道得更详细。”

“那会需要一些时间的。再来一杯咖啡？配几块曲奇？我有柠檬脆饼。”

霍奇斯说两样都不错。

9

“奥莉。”

简妮说出两个字，然后沉默下去，时间久得足够让霍奇斯喝了几口新斟的咖啡，吃了一块曲奇。她扭头望着窗外的帆船，翘起一条腿，说话时不肯看他。

“你有没有爱过什么人，但始终不喜欢他？”

霍奇斯想到科琳，想到离婚前那暴风骤雨般的一年半：“有。”

“那么你就能理解了。奥莉是我的姐姐，比我大八岁。我爱她，但她去念大学的时候，我简直就是全美国最开心的一个姑娘。三个月后，她退学回家，我觉得我就像一个疲惫的少女，好不容易放下一大包砖头，没多久又要被迫扛到肩膀上了。她对我并不坏，从不给我起外号或者揪我的马尾辫，看见我和马凯·苏利文手拉手从初中回家也没有嘲笑我。但只要她在家里，我们就永远活在黄色警报下。明白我的意思吗？”

霍奇斯并不完全明白，但还是点了点头。

“食物让她胃里不舒服。她一紧张就会起皮疹，最严重的时候是去面试，不过她还是找到了一份秘书的工作。她技能很好，而且曾经很漂亮。你知道吗？”

霍奇斯不予置评地嗯了一声。假如要他说实话，他大概会说，我愿意相信，因为我在你身上看见了那份美丽。

“有一次她答应带我去听演唱会。U2，我像发疯似的想看。奥莉也很喜欢他们，但到了演唱会的那天晚上，她开始呕吐，非常严重，我父母不得不送她去看急诊，我只能待在家里看电视，而不是排人浪和冲着波诺尖叫。奥莉发誓说是食物中毒，但我们吃的是同一顿饭，其他人都没有生病。其实是因为压力，只是因为压力。知道疑病症吗？对我姐姐来说，每次头疼都是脑瘤，一个粉刺就是皮肤癌。有次她得了红眼病，整整一个星期以为自己要瞎了。她来月经简直是恐怖剧场。她会卧床不起，直到经期结束。”

“但还是能保住她的工作？”

简妮的声音比死亡谷还要干枯：“奥莉的月经永远只持续四十八个小时，而且永远只在周末来。是不是很了不起？”

“哦。”霍奇斯不知道还能怎么回答。

简妮用指尖推着那封信在咖啡桌上转了几圈，然后抬起浅蓝色的眼睛望着霍奇斯：“信里有句话，提到他有什么神经质的习惯。你注意到了吗？”

“注意到了。”霍奇斯在这封信里注意到了许多东西，最重要的是与他收到的那封信相比，描述的完全是一个相反的形象。

“我姐姐也有这个问题。你大概已经注意到了。”

霍奇斯朝一个方向拉了拉领带，然后换个方向又拉一下。

简妮咧嘴一笑：“对，这是其中之一。还有许多其他的。一次又一次按开关，确定灯已经关掉了。早餐后拔掉吐司机的插头。每次要去什么地方之前，她都会说‘面包黄油’，因为只要这么说了，应该就会想起什么忘记的事情。我记得有一天我错过学校的大巴，她只好开车送我。老妈和老爸已经去上班了。车开到半路上，她忽然觉得煤气炉没关。我们只好折回去。其他人不会这么做吧？当然，炉子是关着的。我第二节课才到学校，害得我第一次也是唯一一次被留堂。我气坏了。她经常惹我生气，但我爱她。老妈，老爸，我们都是这样。就好像写在了我们的电路里。可是我的天哪，她可真是一大袋砖头。”

“紧张得没法出门，但不仅结了婚，还找到一个有钱人。”

“她在一家投资公司工作，嫁给了一个年纪轻轻就秃顶的会计，肯特·特莱劳尼。书呆子——我这么说是因为喜欢他，肯特这个人很不错——爱打电子游戏。他投资了几家公司，公司获得成功，投资得到回报。我母亲说他能点石成金，我父亲说他走了狗屎运，但其实都不对。他了解这个领域，就这么简单，遇到不懂的他就会去搞明白。他们在70年代末结婚，当时两人只是普通有钱而已。然后肯特发掘出了微软。”

她仰起头，发出一阵爽朗的大笑，惊呆了霍奇斯。

“对不起，”她说，“只是想到这事情是多么纯粹的美式讽刺。我很漂亮，合群，爱社交。假如我参加选美比赛——假如你想知道，我管选美比赛叫脱衣舞会，不过大概你并不想——我走一圈大概就能得美国小姐。我有很多女性朋友，有很多男性朋友，有很多电话找我，有很多约会等着我。我在天主教高中念书，毕业那年的迎新会由我负责，不谦虚地说一句，我完成得非常出色，安抚了很多紧张的孩子。我姐姐和我一样漂亮，但她是个神经质的人，有强迫症。假如让她参加选美，恐怕会吐得满比基尼都是。”

简妮又笑了一声，又一滴眼泪顺着面颊淌下来。她用掌根抹掉。

“但讽刺就讽刺在这儿。美国小姐嫁给一个吸白粉的白痴进退不得，而神经质小姐找到了会挣钱、从不出轨的好丈夫。你明白我的意思吗？”

“嗯，”霍奇斯说，“我明白。”

“奥莉薇亚·沃顿和肯特·特莱劳尼。这场求爱可以成功的可能性，比六个月的早产儿能活下来的几率还低。肯特一次又一次约她，但她总是说不行。最后她答应和他吃顿饭，她说只是为了让他别再烦她了。等他们来到餐厅，她却僵住了，没法下车，抖得像片树叶。换了其他人，到这儿肯定就放弃了，但肯特没有。他带我姐姐去麦当劳，在免下车窗口买了超值套餐。两个人在停车场吃了一顿。我估计他们肯定经常这么做。她和他去看电影，但只坐靠走道的位置，她说坐在里面会喘不上气。”

“一位拥有无数缺点的女士。”

“我父母有好些年一直劝她去看心理医生。他们没有成功，但肯特做到了。心理医生给她开药，她渐渐好起来。他们结婚那天，她标志性的紧张症又发作了，她在教堂洗手间呕吐的时候，是我帮她提着面纱的，但最终她还是熬过来了，”简妮怀念地笑了笑，说，“她是最美丽的新娘。”

霍奇斯坐在那里静静地听着，奥莉薇亚·特莱劳尼成为船领女士之前的生活片段迷住了他。

“她结婚后我们渐渐疏远。姐妹之间有时候就会这样。我们每年互相探望五六次，直到父亲过世，再往后见面就少得多了。”

“感恩节，圣诞节，国庆？”

“差不多吧。我看得出她的一些老习惯回来了，肯特心脏病突发去世后就全都回来了。她掉了十磅体重，又开始穿难看的衣服，上高中和坐办公室的时候她就是那样。我来看她和老妈的时候看到了一些兆头，用 Skype 视频聊天的时候又看见了另外一些。”

他点点头表示明白：“我有个朋友，一直想说服我用那东西。”

她笑嘻嘻地打量他：“你是守旧派，对吧？我指的是真正的守旧派。”笑容随即消失。“我最后一次见到奥莉是去年五月份，市民中心的事情过去没多久，”简妮犹豫片刻，然后说出它公认的名字，“市民中心大屠杀。她的状态非常不好。她说警察咬住她不放。是这样吗？”

“不是的，但她认为我们存心找她麻烦。我们确实反复盘问过她，因为她始终坚持说她取下钥匙，锁好了梅赛德斯。我们认为这是个问题，因为车辆没有破坏进入和短路启动的痕迹。我们最后认为……”霍奇斯停下，想到工作日四点出场的胖子家庭心理医生，特长是打破习惯性否认之墙。

“你们最后认为什么？”

“认为她无法直面真相。听上去像是你从小看到大的姐姐吗？”

“像，”简妮指着那封信说，“你认为她最后把真相告诉了那家伙吗？在黛比的蓝雨伞网站上？你认为这就是她吃老妈的药片自杀的原因吗？”

“这个就谁也说不清楚了。”但霍奇斯认为应该就是。

“她停了抗抑郁症的药，”简妮又望向湖面，“我问过她，她不承认，但我就是知道。她一直不喜欢那些药，说吃了就头昏。她吃药全是为了肯特，肯特去世后，她为了我们的母亲吃药，但市民中心的事情后……”她摇摇头，深吸一口气，“她的精神状况我谈得够多了吧？你要是想听，我还有很多可以说的。”

“我大概有个概念了。”

她摇摇头，有点不敢相信地说：“凶手就好像认识她似的。”

霍奇斯没有说出他认为很明显的事情，因为他有他自己那封信可供比较。凶手认识她，不知怎么的，确实认识她。

“你说过她有强迫症，严重到会回家查看炉子有没有关的地步。”

“对。”

“你认为她这么一个人会把钥匙忘在点火装置上吗？”

简妮有好长一段时间没有回答他，最后开口道：“实话实说，不认为。”

霍奇斯也不这么认为。当然了，什么事情都有第一次，可是……他和彼得有没有从这个角度讨论过问题？他不确定，也许讨论过，但他们并不知道特莱劳尼夫人的精神问题有这么严重，对吧？

他问：“你有没有试过上那个蓝雨伞网站？用凶手给她的用户名登录？”

她盯着霍奇斯，诧异道：“我从没动过这个念头，要是我上过，肯定会被我有可能看见的东西吓得魂不附体。我猜正因为这个，所以你才是侦探，我才是客户吧。你会吗？”

“我不知道我会不会。我需要考虑，需要向一个比我更了解电脑的人请教一下。”

“记得报销他的费用。”她说。

霍奇斯说不会忘记的，心想无论结果如何，至少可以让杰罗姆·罗宾逊挣上一笔。有什么不好？市民中心死了八个人，另有三个人终生残疾，但杰罗姆还是要念大学的。霍奇斯记得一句老话：天色再暗，有些狗也能晒到太阳。

“接下来呢？”

霍奇斯拿起那封信，站起身说：“接下来，我拿这封信去最近的一家复印店，然后把原件还给你。”

“不需要。我可以扫描到电脑里，打印一份给你。给我吧。”

“是吗？还可以这样？”

她虽然哭红了眼睛，望向霍奇斯的眼神却还是很愉快。“还好你有个随叫随到的电脑专家，”她说，“我去去就来，你再吃块曲奇吧。”

霍奇斯吃了三块。

10

她带着信件的复本回来，霍奇斯叠好那两张纸，放进上衣内袋。“你这儿有保险箱吧？把原件放进去。”

“蜜糖高地的家里有一个，可以吗？”

也许可以，但霍奇斯不喜欢这个点子。太多潜在的买家走进走出了。也许他谨慎得有点犯傻，但风险毕竟存在。

“你在银行有保管箱吗？”

“没有，不过我可以租一个。我用的是美国银行，离这儿只有两条马路。”

“我觉得这样比较好。”霍奇斯说着，走向房门。

“谢谢你愿意帮我，”她说，向霍奇斯伸出双手，像是霍奇斯请她跳舞似的，“你不知道我松了多么大的一口气。”

他握住她的手，轻轻捏了一下，然后松开，虽说他很愿意多握一会儿。

“还有两件事。首先，你母亲。你经常去看她吗？”

“两天左右一次吧。有时候我去她和奥莉都喜欢的那家伊朗餐厅买外卖带给她，阳光牧场的厨房员工很愿意帮我们加热。有时候我带给她一两张 DVD。她喜欢老片，就是有弗雷德·阿斯泰尔和金吉·罗杰斯的那种。我总要带点什么给她，她见到我总是很高兴。清醒的时候，她能认出我。不清醒的时候，她一般叫我奥莉薇亚，或者夏洛特，那是我姨妈。我还有个舅舅来着。”

“下次遇到她清醒的时候，给我打个电话，我想见见她。”

“没问题，我陪你去。还有一件事呢？”

“你说过的那位律师，施隆。你觉得他能力强吗？”

“抽屉里最锋利的一把刀，这是他给我的印象。”

“假如我发现了什么线索，甚至搞清楚了凶手的身份，我们就会需要这么一个人了。我们必须去见他，必须把两封信交给警——”

“两封信？我只发现了一封。”

霍奇斯心想，哎呀，该死，然后连忙找台阶：“我指的是原件和复本。”

“哦，好吧。”

“假如我找到了凶手，逮捕和起诉就是警方的任务了。施隆的任务是保证我们不会因为隐瞒证据和自行调查而被捕。”

“那是刑事案件，对吧？我不确定他接不接这种活儿。”

“也许不接，但既然他很优秀，那就肯定认识肯接的人，而且和他一样优秀。这一点上我们能达成共识吗？你必须同意。我愿意四处打探，但到了该交给警方的时候，我们就要让警方接管。”

“我没问题，”简妮说，她踮起脚尖，按住他过紧的上衣的肩膀，亲吻他的面颊，“我认为你是个好人，比尔，也是适合做这件事的人。”

下电梯的时候，他还在回味这个吻。那一小块地方暖融融地很舒服。他很高兴出门前费了些时间刮胡子。

11

银丝般的雨点落个没完没了，但蓝雨伞下的年轻男女（情侣？朋友？）不需要担心被淋湿——这把蓝雨伞属于某个人，多半是个虚构人物，这个人叫黛比。再次打开网站，霍奇斯注意到年轻男人似乎在说话，年轻女人的眼睛微微睁大，像是吃了一惊。也许他正在向她求婚？

杰罗姆像戳破气球似的驱散了这一丝绮念："看着像是色情网站，对吧？"

"一个要上常春藤名校的年轻人也很懂色情网站？"

他们肩并肩地坐在霍奇斯的书房里，看着蓝雨伞网站的首页。杰罗姆的长毛猎犬奥戴尔躺在两人背后，双腿叉开，舌头挂在嘴边，盯着天花板，像是正在愉快地沉思。杰罗姆来的时候用皮绳牵着它，但仅仅是因为市区内有这个规定。奥戴尔很清楚不能上马路，对行人更是友善到了极点。

"你知道的我全知道，有电脑的人该知道啥我就知道啥。"杰罗姆说。他穿卡其裤和常春藤衬衫，鬈发剃得贴近头皮，霍奇斯觉得他很像年轻时的巴拉克·奥巴马，只是个子更高。杰罗姆身高六英尺五，淡淡地散发着"老香料"须后水令人愉快的怀旧香味。"色情网站比路死动物尸体上的苍蝇还多。你在网上乱转，想躲都躲不掉它们。有些名字听上去特别纯洁的，反而料特别足。"

"怎么个足法？"

"全都是会害你被捕的那种图片。"

"你指的是儿童色情？"

"或者凌虐。皮鞭铁链的那些东西里，有九成九是做戏，但还有百分之一……”杰罗姆耸耸肩。

“你是怎么知道的？”

杰罗姆瞪了他一眼——不加掩饰，坦白直接。不是装模作样，他就是这么一个人，霍奇斯喜欢这小子就是因为这个。他父母也有这股劲头，还有他的妹妹。

“霍奇斯先生啊，每个人都知道。哦，当然，不到三十岁的每个人。”

“想当年我们有句老话，不要信任三十岁以上的任何人。”

杰罗姆微笑道：“我信任他们，但说到电脑，很多三十岁以上的人就什么都不懂了。他们猛拍机箱，以为这样就能让电脑正常运转。他们毫无防护地打开邮件附件。他们上这种网站，然后电脑就突然变成了 HAL 9000[①]，开始下载伴游少女的照片和恐怖分子砍脑袋的视频。”

霍奇斯正要问 HAL 9000 是什么——听着像是什么黑帮匪号——但恐怖分子视频让他分了神：“真有这种事？”

“不止一次了好吗？然后呢……”杰罗姆攥起拳头，用指节敲敲头顶，“当当当，国土安全局就来砸门了。”他松开拳头，指着蓝雨伞下的两个人说：“但另一方面，它也可能就是它声称的聊天网站，供生性羞怯的人交电子笔友用，就是孤独的心俱乐部之类的。世上有很多缺爱的人啊，朋友。来，咱们看看。”

他去拿鼠标，霍奇斯抓住他的手腕。杰罗姆好奇地看着他。

“别在我的电脑上看，”霍奇斯说，“用你的电脑。”

“你又没叫我带上笔记本——”

“没关系，今晚再看好了。假如你释放出的病毒咔嚓咔嚓吞掉了你的整台电脑，我也可以出钱赔你一台新的。”

杰罗姆露出看傻瓜似的好笑表情：“霍奇斯先生，我拥有钱能买

① 《太空漫游 2001》里的反叛电脑。

到的最好的病毒检测和防护程序，还有第二好的备份系统。病毒企图钻进我的电脑会被瞬间灭掉。”

“这个站的存在应该不是为了吃数据。”霍奇斯说。他想到特莱劳尼夫人妹妹的话：*凶手就好像认识她似的*。“也许是为了观察。”

杰罗姆看上去并不担心，而是很兴奋：“你是怎么知道这个网站的，霍奇斯先生？你是不是过够了退休生活？又开始，呃，查案子了？”

霍奇斯从没有像此刻这么剧烈地想念彼得·亨特利，彼得就像打网球的搭子，只是两人之间你来我往的不是绿色小球，而是推测和想象。杰罗姆无疑能扮演好这个角色，他头脑清晰，早就表现出了能够进行合理演绎的天赋……但他还有一年才能投票，再过四年才能买酒，况且这个案件有可能非常危险。

“你就替我看看这个网站吧，”霍奇斯说，“但在打开之前，先在网上搜索一下，看看能不能找到有关它的什么信息。我最想知道的是——”

“它有没有历史过往，”杰罗姆插嘴道，再次表现出了他令人敬佩的推理能力，“你们怎么叫的来着？背景故事。你想确定它不是某个人专门为你搭建的网站。”

“说起来，”霍奇斯说，“你不必为我做杂活儿的，去那种电脑医生公司找份工作好了。挣钱肯定更多。哦，对了，这个活儿你得给我开个价。”

杰罗姆像是受到了侮辱——不是因为叫他开价。“那种工作是为缺乏社交能力的死宅准备的。”他伸手到背后，挠了挠奥戴尔深红色的毛皮。奥戴尔愉快地摇着尾巴，虽说它更想要的大概是牛排三明治。“说起来，有一帮这种人开着大众甲壳虫跑来跑去。不可能比他们更死宅了。折价电子城……见过吗？”

“当然。”霍奇斯说，想到和那封恶毒来信一起送来的广告函件。

“他们肯定很喜欢这个点子，因为他们就玩这一套，自称赛博巡警，大众车是绿色的，而不是黑色的。除了他们，还有很多自主经营的。你上网查一查，光是这座城市就能找到两百个。我看我还是做我的杂活儿吧，霍奇斯大人。”

杰罗姆关掉黛比的蓝雨伞下网站，回到霍奇斯的桌面，桌面背景是艾莉的照片，当时她只有五岁，还把老爸当神看待。

“既然你这么担心，我会做好预防的。我的壁橱里有一台老iMac，只装了雅达利模拟器和几个老掉牙的程序。我用它上这个网站好了。”

“好主意。”

“今天还有什么事情吗？”

霍奇斯正想说没了，但他满脑子都是特莱劳尼夫人被盗的梅赛德斯。这里面有什么地方非常不对劲，他早就有所感觉，现在越来越强烈了，强烈得几乎能看见了。不过，几乎在乡间集市上连个破布娃娃都换不到。这种不对劲的感觉就是他想打的网球，他需要有人在对面接球。

“你可以听我讲个故事。”他说。他在脑海里已经编了个短篇小说，其中包括了所有要点。谁知道呢？说不定杰罗姆换个角度看问题，能找到他遗漏的什么细节。不太可能，但并非完全不可能。“愿意吗？”

“当然。”

“那就拴上奥戴尔，咱们去‘大口舔’。我这会儿特别想吃草莓甜筒。”

“说不定在路上会碰到美味先生的卡车呢，”杰罗姆说，“这一周经常看见他在附近兜圈，他的冰激凌相当不赖。”

“那自然好，”霍奇斯说，站起身，“咱们走。”

12

他们下坡走向哈珀路和汉诺威街路口的小购物中心，松松垮垮地系着狗绳的奥戴尔走在两人之间。他们能看见两英里外的市区建筑物，摩天大楼里最显眼的是市民中心和中西部文化与艺术馆。要霍奇斯说，中西部文艺馆在贝聿铭的作品里算不上出色。不过这种事谁也不会在意他的看法。

“那么，老大，你的故事是什么？”杰罗姆问。

“好，”霍奇斯说，“假设有个男人，他有个认识了很久的女性朋友住在城里。他本人住在帕森镇。”帕森镇是个自治市，过了蜜糖高地就到，算不上奢华之地，但也远远称不上破败。

“我的一些朋友管帕森镇叫白佬村，”杰罗姆说，“我听我父亲说过一次，我母亲叫他别说这种种族主义词儿。”

“嗯哼。”杰罗姆的朋友，黑人朋友，大概管蜜糖高地也叫白佬村，霍奇斯觉得他编得挺流畅。

奥戴尔停下脚步闻着墨尔本太太的花。杰罗姆在奥戴尔留下犬类印记前拖走了它。

“总而言之，”霍奇斯继续道，“这位认识很久的女性朋友在布兰森公园附近有套公寓，维兰德大道、布兰森街、湖畔大道，就是这种地方。”

“也是好地方。”

“对。他每周去见她三四次。每周有一两个晚上请她出去吃饭或者看电影，然后过夜。每次过夜的时候，他就把车——一辆好车，宝马——停在路边，因为那是个高档街区，警力充足，有许多高压钠灯照明。再说路边停车从晚上七点到早上八点免费。”

“要是我有一辆宝马，肯定会找个车库停进去，根本不在乎什么停车免不免费。”杰罗姆说着，又拽了一下狗绳：“别这样，奥戴尔，好狗不在阴沟里找吃的。”

奥戴尔扭头翻个白眼，像是在说你怎么知道好狗是啥样。

“唉，有钱人对省钱总有很多怪念头。”霍奇斯说，想到特莱劳尼夫人解释她为什么这么做。

“随你的便。”他们就快走到购物中心了。下坡的时候，他们听见了冰激凌卡车的叮当音乐，有一会儿还挺近的，但很快就走远了，开美味先生卡车的那位老兄朝着哈珀路以北的廉租房片区而去。

“一个星期四的晚上，这位先生又去见那位女士。他和平时一样停车，营业时间结束后，那附近满街都是停车空位。他和那位女士去附近找了家餐厅吃饭，吃得很开心，然后走路回家。他的车就停在原处，他上楼前看见了。他和那位女士过夜，第二天早上一出门——”

“发现他的宝马不见了。”他们站在冰激凌店门口。旁边有个自行车停放架，杰罗姆把狗绳系在架子上。奥戴尔乖乖趴下，把嘴巴搁在一只爪子上。

“不，”霍奇斯说，“车还在。”他心想，这和实际情况的区别很大，他几乎都要相信这个故事了。“但换了个方向，因为车停在了马路的另一侧。”

杰罗姆挑起眉毛。

“对，我知道。很奇怪吧？于是他穿过马路走到车旁边。车看上去很正常，锁得紧紧的，和昨天他离开的时候一个样，只是换了个地方。他的第一个反应是找钥匙——可是，钥匙就在他口袋里。所以，杰罗姆，请问究竟发生了什么？”

“不知道，霍先生。听着像是夏洛克·福尔摩斯的小说，对吧？真正的三只烟斗难题。”杰罗姆露出一丝笑容，霍奇斯不太明白这个笑容代表着什么，也不确定他喜不喜欢这个笑容。这是个了然于胸的笑容。

霍奇斯从李维斯牛仔裤的口袋里摸出钱包（正装固然不错，但换回牛仔裤和印第安人球队的套头衫，他还是松了一口气），挑出一张五块钱递给杰罗姆："去给咱们买冰激凌甜筒吧。我看着奥戴尔。"

"不需要，它没问题的。"

"我知道它没问题，但排队那点时间正好可以用来想问题。你就当自己是福尔摩斯好了，说不定会有用呢。"

"行啊，"泰隆·好心情·狂欢突然蹦了出来，"但你是夏洛克！俺是华生大夫！"

13

汉诺威街的另一侧是个小公园。两人等到绿灯过马路，找了个长椅坐下，看着一群头发蓬乱的中学生在凹陷的水泥滑板台上拿生命和肢体冒险。奥戴尔把时间平分在看他们折腾和看冰激凌上。

“试过那个吗？”霍奇斯问，朝那群胆大妄为的孩子摆摆头。

“没有，先生！”杰罗姆瞪大眼睛看着他，“俺是黑人。俺没事就在学校打篮球和跑步。俺们黑人都是飞毛腿，全世界谁不知道？”

“我好像说过泰隆就留在家里别来了。”霍奇斯用手指挖了块冰激凌，向奥戴尔伸出滴着糖水的手指，奥戴尔三两下就舔干净了。

“有时候那小子就是会蹦出来！”杰罗姆说，泰隆随即消失得无影无踪，“根本不存在什么先生、女士和宝马。你说的是梅赛德斯杀手。”

故事编到头了：“就当是吧。”

“你在自己调查那个案子吗，霍奇斯先生？”

霍奇斯仔细考虑了一会儿，然后还是那句：“就当是吧。”

“黛比的蓝雨伞网站和案子有关系吗？”

“就当是吧。”

一个孩子摔下滑板，站起来时两个膝盖都擦破了。他的一个朋友滑过来嘲笑他。摔破膝盖的孩子在渗血的膝盖上捞了一把，向嘲笑他的孩子甩出几滴血，然后踩上滑板逃开，嘴里喊着“艾滋病！艾滋病！”嘲笑他的孩子追上去，但现在变成了哈哈大笑。

“野蛮人。”杰罗姆嘟囔道，他俯身挠了挠奥戴尔的耳朵背后，然后直起腰。“假如你想讨论——”

霍奇斯觉得很不好意思，说：“我不认为现在——”

“我明白，”杰罗姆说，“但我排队的时候确实考虑了一下你的难题，我有个问题。”

“什么问题？”

“你那位所谓的宝马先生，他的备用钥匙在哪儿？”

霍奇斯坐在那里一动不动，心想这小子可真是犀利。他看见粉红色的冰激凌从甜筒壁上流淌下来，连忙舔掉。

“就当他声称从来没有吧。”

“和那辆梅赛德斯的女车主一样。”

“对，就是她那样。”

“记得我说过我老爸管帕森镇叫白佬村，我老妈很生气吗？”

“当然。”

“想听听我老妈怎么惹我老爸生气的吗？‘你们女人就是这个样’，这句话我只听他说过一次。”

“假如事情和我的小难题有关，那就请讲吧。”

“老妈有辆雪佛兰迈锐宝，鲜红色，你应该在我们家车道上看见过。”

“当然。”

“老爸三年前买的新车，当生日礼物送给老妈，老妈开心得使劲尖叫。”

对，霍奇斯心想，泰隆·好心情肯定没少开出去兜风。

“她开了一年，什么毛病都没有。然后该年检了，老爸说他下班回家路上帮她办。他出门去拿车辆的证件，又从车道上回到家里，手里举着一把钥匙。他没有发火，但很生气。他对老妈说，把备用钥匙留在车里，要是被人找到就会把车开走。她问钥匙放在哪儿。老爸说在一个塑料自封袋里，和登记证、保险卡、用户手册放在一起，但她根本没开过那个口袋。上面还扎着纸带，纸带上印着‘感谢你在雪佛兰湖畔店购买新车’。”

霍奇斯的冰激凌上又淌下一滴糖水。糖水流到他手上，慢慢蓄积，但他根本没有注意到："放在……"

"对，手套箱里。老爸说你太不小心了，老妈说……"杰罗姆凑近霍奇斯，棕色眼睛盯着他的灰眼睛，"她说她都不知道有这么个东西，于是老爸说你们女人就是这个样。这句话惹得她很不高兴。"

"我猜也是。"霍奇斯的大脑里，各种各样的齿轮开始咬合。

"老爸说，亲爱的，只要有一次，你忘了锁车，一个毒虫走过来，看见按钮是弹起来的，就想翻翻车里有没有什么值得偷的东西。他打开手套箱找钱，看见塑料袋里的钥匙，然后就开着车去问谁想用现金买一辆没多少里程的迈锐宝了。"

"你母亲怎么说？"

杰罗姆咧嘴笑笑："首先，以攻为守。没有谁比我老妈更擅长这一招了。她说，你买了一辆车开回家，你应该告诉我的。他们谈这事的时候我正在吃早饭，我很想说，老妈，你居然根本没看过用户手册？哪怕只是为了知道一下仪表盘上那些小灯都是什么意思？不过，我当然没开口。我爸妈很少吵架，但要是吵起来了，聪明人绝对会躲得远远的。连芭芭宝贝儿都知道，她才九岁。"

霍奇斯回想起他和科琳没离婚的时候，艾莉森也懂这个道理。

"其次，老妈说她从来不会忘记锁车。据我所知，这一点倒是真的。总而言之，那把钥匙如今就挂在我家厨房的一个挂钩上。安全，保险，等着主钥匙被弄丢的那一天。"

霍奇斯坐在长椅上，眼睛望着滑板少年，但并没有看进去。他心想，杰罗姆的母亲说得也有道理，丈夫应该把备用钥匙交给她，至少应该告诉她有这么一把钥匙。你不能想当然地认为别人会清点物品，自己发现应该找到的东西。但奥莉薇亚·特莱劳尼不一样，车是她自己买的，她应该知道。

但销售员多半用这辆昂贵新车如何如何的各种信息轰炸了她一遍，他们很会做这种事。什么时候更换机油，如何使用巡航控制系统，如何使用定位系统，别忘记将备用钥匙放在稳妥的地方，移动电话可以插在这里，这是路边救援服务的号码，车头灯开关打到最左边就能打开微光功能。

霍奇斯记得他买第一辆新车时，销售员用售后指南淹没了他——嗯哼，好，对，懂了——而他急着想开新车上路，体验流畅的操控感觉，呼吸无与伦比的新车气息——对买家来说，这就是钞票用到了刀刃上的味道。但特莱劳尼夫人有强迫症，霍奇斯无法相信她会忘记备用钥匙的存在，把它扔在手套箱里不管不问。而且，假如星期四晚上她拔掉了主钥匙带走，难道不会同时锁好车门吗？她说她锁了，一直到最后都没有改口，现在仔细想来——

"霍奇斯先生？"

"用现在的智能钥匙，下车就是个最简单的三步过程，对吧？"他说，"第一步，关闭发动机。第二步，从点火装置上拔出钥匙。假如你在想心事，忘记了第二步，会有叮咚响声提醒你。第三步，关车门，按钥匙上有挂锁标记的按钮。只要钥匙在手上，你怎么可能忘记呢？傻瓜级的防盗系统。"

"确实如此，霍先生，但总有傻瓜会忘记。"

霍奇斯陷入深思，无法沉默："她不是傻瓜。紧张、神经质，但绝对不笨。假如她拔出了钥匙，那么我几乎可以肯定她也锁了车门。可是，车没有被撬开的痕迹，就算她把备用钥匙忘在了手套箱里，凶手又是怎么拿到的呢？"

"所以这是个上锁的车谜案，比上锁的房间更带劲。这个难题值四只烟斗！"

霍奇斯没有回答。他想了又想。现在看来，备用钥匙似乎很可能就在手套箱里，但他和彼得有没有考虑过这种可能性？他非常确定他们没有。因为他们思考问题的方式太男性化？因为特莱劳尼夫人的漫不经心让他们生气，他们很想归咎于她？还有，真的应该归咎于她吗？

假如她确实锁好了车，那就不该，他心想。

“霍奇斯先生，蓝雨伞网站和梅赛德斯杀手有什么关系？”

霍奇斯从恍惚中回过神来，他刚才陷入了长久的沉思：“杰罗姆，我现在还不想讨论这个。”

“但也许我能帮忙呢！”

他见过杰罗姆这么兴奋吗？也许有过一次，他二年级时率领辩论队取得全市冠军的时候。

“搞清楚那个网站的情况，你就帮了我好大一个忙。”霍奇斯说。

“你不想告诉我，因为我还是个孩子，对不对？”

这是一部分原因，但霍奇斯不想这么说，而且事实上也还有另一部分原因。

“比这个要复杂。我已经不是警察了，调查市民中心案件就是在打法律的擦边球。假如我发现了什么，但没有告诉我的老搭档——梅赛德斯杀手现在归他负责——那么我就会越界。你有光明的大好前途，任何大学收下你都会蓬荜生辉。假如我的行为把你拖进什么案件，甚至成为我的同谋，我该怎么向你父母解释？”

杰罗姆静静地坐在那里，思前想后。他把剩下的甜筒递给奥戴尔，奥戴尔喜滋滋地咬住。“我明白了。”

“真的明白了？”

“当然。”

杰罗姆站起身，霍奇斯跟着起身：“还是朋友吗？”

“那还用说。但假如你认为我能帮忙，请答应我你一定会找我。你知道老话怎么说，三个臭皮匠，顶个诸葛亮。”

“一言为定。”

他们上坡往回走。奥戴尔刚开始和之前一样走在两人中间，但慢慢地走到了前面去，因为霍奇斯越走越慢，而且还有点喘息。“我必须减点体重了，”他对杰罗姆说，“知道吗？昨天我扯破了一条好裤子的裤裆。”

“减个十磅对你没坏处。”杰罗姆很会玩外交辞令。

“加一倍还差不多。”

“想停下休息一会儿吗？”

“不。”霍奇斯自己都觉得自己很幼稚，不过关于体重他是认真的。等他回到家，柜子和冰箱里的所有零食都要进垃圾筒。转念一想，室外的垃圾箱更合适。他的意志力很软弱，会从垃圾筒里捡回来吃。

“杰罗姆，你最好不要告诉别人，我在自己调查案件。能帮我保守秘密吗？”

杰罗姆答得毫不犹豫：“绝对的。沉默是金。”

“谢谢。”

一个街区外的文森巷，美味先生的卡车叮叮当当开过哈珀路。杰罗姆挥挥手。霍奇斯看不清冰激凌小贩有没有向他们挥手。

“现在倒是看见他了。”霍奇斯说。

杰罗姆扭头微笑道：“冰激凌小贩就像警察。”

“怎么说？”

“需要的时候永远不在身边。”

14

布莱迪开着冰激凌卡车，严格遵守限速规则（文森巷，二十英里每小时），几乎听不见叮当铃声和车顶扬声器传出的《水牛少女》歌声。他在美味先生的白色制服上衣底下穿了件套头毛衣，因为背后的货物冷冰冰的。

就像我的思想，他心想。但冰激凌只是冰冷，而我的思想还会分析。我的思想是机器，一台装载了无穷多零件的电脑。

他回想起刚才见到的景象：退休胖警察、杰罗姆·罗宾逊和有着黑鬼名字的爱尔兰长毛猎犬沿着哈珀路向坡顶走。杰罗姆朝他挥手，布莱迪也朝他挥手，因为想融入社会你必须这么做。就像听弗雷迪·林克莱特唠叨一个同性恋女人在直男当道的世界上活得有多么艰难。

科密特·威廉·“我希望我还年轻”·霍奇斯，杰罗姆·“我希望我是白人”·罗宾逊。这一对怪胎在聊什么呢？布莱迪·哈茨费尔德很想知道。假如警察吞下诱饵，在黛比的蓝雨伞网站上开始交谈，她就会知道答案。那个有钱的臭娘们就是这样，一开口就再也停不下来了。

退休警探和他的黑皮用人。

还有奥戴尔。不能忘记奥戴尔。杰罗姆和妹妹都爱那条狗。要是奥戴尔有个三长两短，一定能伤透他们的心。或许很困难，但今晚回到家，他不妨花点时间上网研究一下毒药。

这种念头永远在布莱迪的脑海里转悠，它们是他这座钟楼里的蝙蝠。今天上午他在折价电子城入库又一批廉价 DVD（既然在清仓，为什么同时又要进货，这是个永恒的不解之谜），忽然想到他可以用自杀背心去刺杀总统，巴拉克·“我希望我是白人”·奥巴马先生。享受他的片刻荣光。巴拉克经常来这个州，因为本州对他的竞选连任战略非常重要。每次来本州，他就会来本市。举办一场集会，谈论希望，谈论改变，哇啦哇啦哇啦，屁话连篇。他正在琢磨如何躲过金属探测器和抽查搜身的时候，忽然接到弗罗比舍的召唤，弗罗比舍命令他去上门维修。他开着赛博巡警的绿色大众车上路，脑子里换了个念头。这会儿他想的是布拉德·皮特。他妈的万人迷。

但有时候，一些念头就是挥之不去。

一个矮胖的小男孩顺着人行道跑过来，挥舞着手里的钞票。布莱迪停下冰激凌卡车。

“我要巧——克腻！”小男孩嘶喊道，“我要洒亮晶晶的！”

没问题，小肥猪，布莱迪心想，露出最灿烂最迷人的笑容。用胆固醇塞满血管，一直吃到四十岁，天晓得，说不能你能从心脏病第一次发作中活下来呢。但那也挡不住你那张嘴，是的，挡不住。因为这个世界充满了啤酒、汉堡包和巧克力冰激凌。

“没问题，小伙子。一个巧克力蛋筒洒糖霜，马上就好。学习怎么样？得了 A 吗？”

15

那天晚上，哈珀路63号没开电视，连晚间新闻都跳过了。电脑同样没开。霍奇斯翻出他最信赖的拍纸簿。简妮尔·帕特森说他是守旧派。守旧就守旧呗，他不觉得有什么不好。他一直是这么做事的，这么做事他觉得最安心。

他坐在没有电视噪音的美妙寂静之中，仔细阅读梅赛德斯先生寄给他的信件，然后是特莱劳尼夫人收到的那封信。他反复读了一个小时左右，逐字逐句查看两封信。特莱劳尼夫人的信件是复本，所以他可以随便在页边写写画画，圈出特定的字词。

他以大声朗读结束了这个阶段。他用两种声音朗读两封信，因为梅赛德斯先生表现出了两个不同的人格。给霍奇斯那封信里的他沾沾自喜、傲慢自大。哈哈，你这个老弱的白痴，那封信这么嘲笑他，你没有活下去的目标，你自己也知道，为什么不干脆自杀呢？给奥莉薇亚·特莱劳尼的那封信恳切而哀怨，充满了懊悔和童年受虐待的故事，虽说也有自杀的念头，但披上了怜悯的外衣：我理解你。我完全明白，因为我也有相同的感觉。

最后，他把两封信放进标有“梅赛德斯杀手”的文件夹。这个文件夹里只有两封信，因此还很薄，但只要探案本事还在，他就会用一页又一页的笔记填满它。

他坐了十五分钟，双手叠放在过于肥硕的腹部上，模样像是正在冥想的佛陀。然后，他拿过拍纸簿，开始书写。

我认为是红鲱鱼的写作风格大多数都没有弄错。在特莱劳尼夫人那封信里，他没有使用惊叹号和大写短语，很少使用单句段落（结尾的几个是为了戏剧性的效果）。引号我弄错了，他确实喜欢引号。还喜欢在文字底下画线。他或许并不年轻，这一点我有可能弄错了……

但他想到了杰罗姆，霍奇斯学到的有关电脑和互联网的知识都不如他忘记的多。至于简妮·帕特森，她知道如何扫描复制姐姐收到的这封信，而且经常用 Skype。简妮·帕特森，比他年轻至少二十岁。

他再次拿起笔。

……但我不认为我弄错了。应该不是十几岁的少年（但也不能完全排除），最有可能的是二十到三十五之间。他很聪明。词汇量很大，懂得活用短语。

他又读了一遍两封信，写下几个活用的短语：慌慌张张的小老鼠，睡袋里的草莓酱，绝大多数人是绵羊，而绵羊不吃肉。

没有好得让人忘记菲利普·罗斯[①]是谁，但霍奇斯认为这种词句显示出了一定的天赋。他找到又一句，抄在前面那几句底下：除了无休无止地追索你，导致你晚上无法入睡，他们还为你做了什么？

他用笔尖在这句话上方点了几下，深蓝色的小点围成星座。他心想，绝大多数人会写让你晚上无法入睡或害得你晚上无法入睡，但对梅赛德斯先生来说，这两种说法还不够好，因为他就像园丁，要种下怀疑和偏执的种子。他们要来对付你了，特莱劳尼夫人，他们有他们的理由，对吧？因为你确实忘记拔钥匙了。警察这么说。我也这么说，而我是当事人。我和警察不可能都搞错了吧？

他写下这些念头，圈起来，然后翻过一页。

---

① 菲利普·罗斯（Philip Roth，1933—　），当代著名美国作家，代表作《再见，哥伦布》《凡人》等。

目前最好的辨识点依然是**罪犯**写成**罪人**，他在两封信里都是这么写的，但值得注意的是特莱劳尼那封信里有**连字符**。“蜂窝”写成“蜂—窝”，“工作日”写成“工作—日”。假如我能找出嫌犯，搞到一份文本样例，就可以确定是不是了。

这种写作风格指纹不足以说服陪审团，但霍奇斯本人呢？绰绰有余。

他靠在椅背上，侧着脑袋，目光涣散。他没有意识到时间在流逝。自从退休以后，时间就沉甸甸地压在他身上，这会儿却像是失效了。过了一阵，他突然扑到桌上，办公椅吱嘎抗议，他却充耳不闻，只顾着写下一行大字：**梅赛德斯先生一直在监视我们?**

霍奇斯非常确定凶手在这么做。那是他的**犯罪手法**。

凶手在关注报纸对特莱劳尼夫人的中伤，看见她两三次出现在电视新闻里（镜头短暂而不友好，让她已经很低的社会评价跌进了地下室）。他说不定还开车经过她的住所。霍奇斯应该再找拉德尼·皮泊斯谈一谈，问清楚皮泊斯和其他保安在她自尽前的那几周内，有没有注意到特定的车辆在附近出没。有人在一根门柱上喷了**杀人婊子**，那是她自杀前多久的事情？也许是梅赛德斯先生本人喷的。当然了，假如她接受凶手的邀请，上蓝雨伞网站和他交谈，那么他就对她的了解还有可能深入得多。

别忘了你自己，他心想，看着他那封信的结尾你可千万别开始琢磨你的枪的下一句是但你已经在考虑了，对吧？梅赛德斯先生说的是他肯定拥有的佩枪，还是见过霍奇斯把玩那把点三八左轮？很难确定，可是……

但我认为他见过。他知道我住在哪儿，从街上就能看清我的客厅，我认为他肯定见过。

凶手在监视他的念头没有让霍奇斯觉得恐惧或尴尬，反而让他兴奋不已。假如他能比对警惕公司的保安注意到的车辆与多次出现在哈珀路上的车——

这时，电话响了。

16

“嗨，霍先生。”

“咋了，杰罗姆？”

“我在蓝雨伞下。”

霍奇斯放下拍纸簿。前四页写满了杂乱的笔记，后三页是细致的案情总结——就和以前一样。他在椅子里向后躺了躺。

“这么说，网站没有吞掉你的电脑？”

“没有。没有蠕虫，也没有病毒。已经有四个新朋友邀请我聊天了。一个来自德州艾比利尼，声称她叫伯妮斯，但我可以叫她伯妮，有个 i 的 Berni。她听上去很可爱，我不敢说我没有受到诱惑，但她说不定是个波士顿的异装癖，以卖鞋为生，和老妈住在一起。互联网啊，我的朋友，充满了惊喜。”

霍奇斯忍不住笑了。

“先说背景，有些东西来自我的挖掘——互联网依然充满惊喜——大部分来自大学里的几个电脑天才。准备好了吗？”

霍奇斯再次抓起拍纸簿，翻到新的一页：“来吧。”以前彼得带着新案情回来的时候，他就总是这么说。

“好的，不过首先……你知道互联网上最宝贵的东西是什么吗？”

“不知道，”他想到了简妮·帕特森，“我是守旧派。”

杰罗姆哈哈大笑：“对，你确实是，霍奇斯先生。这是你魅力的一部分。”

他干巴巴地说：“谢谢你，杰罗姆。”

“互联网上最宝贵的东西就是隐私，黛比的蓝雨伞这种网站提供的也正是隐私。与它们相比，脸书就像 20 世纪 50 年代的共用电话线路。9·11之后，数以百计的私密网站冒了出来。也就是在这个时候，第一世界的政府开始用心地东闻西闻。权力害怕互联网，朋友，他们的恐惧当然有道理。总而言之，大多数绝对私密网站都在中部欧洲运作。那里对网聊的意义就像瑞士对银行账户的意义一样。还听得懂吗？”

“没问题。”

“蓝雨伞的服务器在奥洛沃，一个波斯尼亚小城，在2005年之前最出名的是斗牛。加密服务器，宇航局水平的加密服务器，明白吗？回溯跟踪是绝对不可能的，除非国安局有什么谁都不知道的超级机密的新软件。”

他们就算有，霍奇斯心想，也绝对不会用在梅赛德斯杀手这种案件上。

“他们还有一个功能，在性爱短信丑闻的时代尤其有用。霍先生，你有没有注意到过，互联网上有一些内容，比方说一张图片或者报纸里的一篇文章，你想打印，却打印不出来？”

“对，我见到过几次。点击打印按钮，‘打印预览’窗口只显示出空白页面，很让人生气。”

“黛比的蓝雨伞也一样。”杰罗姆听起来并不生气，而是很敬佩，“我和新朋友伯妮你来我往地说了一会儿——你知道的，就是我这儿天气如何，你最喜欢什么乐队，诸如此类的对话，然后我想打印出来，得到的却是两片嘴唇，中间有一根手指封住，文字是‘嘘——’”杰罗姆拼出这个字，希望霍奇斯能明白他的意思：“想记录交谈内容当然也没问题……”

那是当然，霍奇斯心想，愉快地看着拍纸簿上的笔记。

“……但只能用截屏之类的办法，这就麻烦死了。明白我说的私密是什么意思了吧？这帮家伙对此非常认真。”

霍奇斯明白了。他翻到拍纸簿的第一页，在最早写下的笔记中圈出几个字：**熟悉电脑（五十岁以下？）**。

“点击进入网站，看见的是最常见的选择**输入用户名**或**现在注册**。我没有用户名，所以就点了**现在注册**。假如你想在蓝雨伞上找我聊天，记住我是‘泰隆40’。接下来是让你填写问卷，年龄、性别、兴趣爱好等等，最后你必须输入信用卡号。每个月三十块。我相信你能给我报销，所以我就输入了。”

“孩子，你的信心会得到回报的。”

“电脑琢磨了九十秒左右，蓝雨伞的图片转啊转的，屏幕显示**整理中**。然后你得到的是一张列表，都是和你志趣相投的人。随便点开几个，用不了多久，你就可以大聊特聊了。”

“能用这个网站交换色情内容吗？对，我知道描述说不允许，但——”

“你可以用它交换性幻想，但不能贴图。虽说我能想象变态——性虐儿童的、碾碎狂，诸如此类——可以用蓝雨伞导引兴趣相同的朋友去存有非法图片的其他网站。”

霍奇斯正想问碾碎狂是什么，但转念一想，认为自己并不想知道。

“所以，主要是普通聊天了？”

“这个嘛……”

“怎么了？”

“我能想象狂热分子会用它交流恐怖信息，比方说如何制造炸弹之类的。”

“比方说，我已经有个用户名了。然后呢？”

“你有用户名？”杰罗姆的声音又兴奋起来。

“就当我有吧。”

“那就要取决于你是随便说说还是某个想和你聊聊的人给你的了，比方说通过电话或电子邮件给你的。”

霍奇斯不由笑了。杰罗姆确实属于这个时代，从没考虑过另一种可能性：信件这种老古董媒介也能用来传递信息。

“就当是别人给你的吧，”杰罗姆继续道，“比方说偷走那位女士车子的人。比方说他想谈谈他做过的那些事情。”

他默默等待。霍奇斯没有说话，但打心底里佩服他。

杰罗姆沉默了几秒钟，说：“脑子转得快又不是我的错。总而言之，你就打开网站，输入那个用户名。”

“然后付三十块钱？”

“不需要。”

“为什么不需要？”

“因为有人已经替你付过了，”杰罗姆的语气变得很认真，非常严肃，“我想我不必说你要小心点，但我还是要说。因为假如你已经有了用户名，就说明那家伙在等你上钩。”

17

回家路上，布莱迪买了两个人的晚饭（今晚是小厨快餐的潜艇三明治），但他母亲已经醉倒在了沙发上。电视上是个拉皮条的真人秀，企图把几个漂亮妞介绍给一个智商不如台灯的钻石王老五。布莱迪发现老妈已经算是吃过了。咖啡桌上的皇冠伏特加只剩下半瓶，还有两个康茗保健茶的空罐。地狱里的下午茶，他心想，不过还好她穿得很整齐：牛仔裤和市立大学的套头衫。

他抱着试试看的念头，拆开一个三明治，在她鼻子底下晃了几下，但她只是哼哼两声，转过头去。他决定自己吃掉这个三明治，把另一个放进他的私人冰箱。他从车库里回来，钻石王老五问一个候选性玩具（金发女郎，当然了）喜不喜欢做早饭。金发女郎傻笑着说：“你喜欢早上来点儿热乎的？”

他拿着放三明治的盘子，从头到脚打量母亲。他知道说不定哪天回到家会发现她已经死了。他甚至可以送她一程，拿个枕头按在她脸上就行。反正这个家里又不是没发生过杀人的事。假如他这么做了，生活是会变得更好还是更差？

他害怕的是什么都不会改变，意识难以表达这份徘徊在表层之下的恐惧。

他走向地下，用声控打开灯和电脑。他坐在三号电脑前，打开黛比的蓝雨伞网站，退休胖警察现在应该吞下鱼饵了。

但什么都没有。

他用拳头猛砸手掌，太阳穴隐约感觉到抽痛，那是偏头痛的前兆，会让他半个夜晚无法入睡。这种头痛发作时，阿司匹林毫无用处。他管这种头痛叫小巫婆，但有时候小巫婆会变成大巫婆。他在网上查过，知道有些药物能缓解这种程度的头痛，可没有处方就不能买，而布莱迪特别害怕医生。假如某个医生发现他有脑瘤怎么办？恶性胶质瘤？维基百科说这种脑瘤最致命。假如脑瘤才是他杀死求职大会那些人的原因怎么办？

别傻了，要是得了恶性胶质瘤，几个月前你就死了。

好吧，假如医生说偏头痛是精神疾病的征兆怎么办？比方说妄想型精神分裂症？布莱迪能接受他有精神疾病的事实。对，他当然有，普通人不会开车撞人群，也不会考虑自杀式袭击干掉美国总统。普通人不会杀死自己的弟弟。普通人不会在母亲房间的门口徘徊，琢磨母亲是不是光着身子。

但不正常的人不愿意让别人知道他们不正常。

他关掉电脑，漫无目标地在控制室里走来走去。他拿起二号物品又放下。他已经发现，连这东西都没什么原创性，偷车贼用类似的小工具已经有好些年了。最后一次在特莱劳尼夫人的梅赛德斯上用过之后，他没敢再拿出来使用，但也许现在该让亲爱的二号物品结束退隐生活了——人们留在车上的东西经常能让他惊喜交加。使用二号物品有点危险，但不算特别危险。只要小心就不会有问题，而布莱迪做事可以非常谨慎。

他妈的退休警察，为什么不吞我的鱼饵？

布莱迪使劲揉搓太阳穴。

18

霍奇斯没有吞鱼饵是因为他了解风险：赌注问题。假如他说错话，就有可能再也不会听到梅赛德斯先生的消息了。但另一方面，假如他做了梅赛德斯先生希望他做的事情（笨拙而胆战心惊地在网上摸索，努力搞清这家伙的身份），狗娘养的凶手就会压他一头。

开始之前，他必须回答一个问题：在这段关系中，谁会是鱼，而谁会是渔夫？

他必须写点什么东西，因为蓝雨伞网站是他仅有的线索。他不能动用以前当警察时的那些资源。没有嫌犯，梅赛德斯先生写给奥莉薇亚·特莱劳尼和霍奇斯本人的信就一文不值。再者说，信毕竟只是信，而网聊是……

"对话。"他说。

只是，他需要一个诱饵。你能想象的最美味的诱饵。他可以假装他想自杀——没多难，因为直到前两天他都一直有这个念头。他确定讨论死亡的诱惑能让梅赛德斯先生唠叨一阵，但凶手在意识到自己被玩弄了之前能给他多少时间呢？这家伙可不是蠢蛋，相信警察真的会给他一百万美元和直飞萨尔瓦多的波音 747。梅赛德斯先生很精明，凑巧又是个杀人狂。

霍奇斯把拍纸簿放在大腿上，翻到新的一页，在半中间用大写字母写下几个词：

我必须给他上发条。

他圈出这几个字，把拍纸簿放进他开启的卷宗里，然后合上变得越来越厚的文件夹。他又坐了一会儿，望着屏保上女儿的照片——她已经不再是五岁，也不再认为老爸是神了。

“晚安，艾莉。”

他关掉电脑，上床休息。他以为自己会睡不着，但很快就睡着了。

19

他忽然醒来，床头钟显示现在是凌晨两点十九分，脑海里的答案明亮得像酒吧的霓虹灯招牌。这条路有风险，但很正确。这种事情你要么毫不犹豫地去做，要么根本就别做。他走进办公室，穿着拳击短裤的他像个苍白而肥胖的幽灵。他打开电脑，上黛比的蓝雨伞网站，点击**由此进入！**

一张新的图片出现了。年轻男女坐在飞毯上，底下是汪洋大海。银色的细雨仍在洒落，但蓝雨伞下的两个人安全而干燥。飞毯底下有两个按钮，左手边是**现在注册**，右手边是**输入密码**。霍奇斯点击**输入密码**，他在新出现的文本框里输入**科密特青蛙** 19。点击回车，新画面出现，上面有三行文字：

梅赛杀手想和你聊天！
你想和梅赛杀手聊天吗？
是，否

他将光标移到“是”上，点击鼠标。供他输入的文本框出现。霍奇斯飞快地打字，半秒钟也没有犹豫。

20

三英里外，“北地”的榆树街49号，布莱迪·哈茨费尔德无法入睡。他的脑袋剧痛不已。他心想：*弗兰奇*。*我的弟弟，吃那片苹果噎住时就该当场死掉。那样的话，生活就会简单得多。*

他想到母亲，她有时候会忘记穿睡衣，裸体睡觉。

但他想得最多的还是退休胖警察。

最后，他起床走出卧室，在母亲房间的门口驻足片刻，听着她的鼾声。全宇宙与色情最不沾边的声音，他这么对自己说，但还是站在那儿听着。然后他下楼，打开地下室的门，进去后关好门。他站在黑暗中说：“控制。”声音过于嘶哑，黑暗依然如故。他清清嗓子，重复道：“控制！”

灯亮了。*混乱*打开电脑，*黑暗*停止七块屏幕上的倒数。他坐在三号电脑前。在各种各样的图标之中，有一把小小的蓝雨伞。他点击蓝雨伞图标，直到他长长地吐出一口气，这才意识到自己一直在屏息。

科密特青蛙19想和你聊天！
你想和科密特青蛙19聊天吗？
是，否

布莱迪点击“是”，俯身凑近屏幕。他渴望的表情持续了几秒钟，逐渐被困惑取代。他一遍又一遍阅读屏幕上简短的文字，困惑首先变成气恼，随即化作狂怒。

我这辈子见过不少冒名认罪的，但你这个太好笑了。

我退休了，但还没糊涂。

警方隐瞒的证据证明你不是梅赛德斯杀手。

滚远点儿，混账东西。

布莱迪有一种难以遏制的冲动，想一拳砸穿电脑屏幕，但他勉强控制住了。他坐在椅子上，气得浑身颤抖。他瞪大眼睛，不敢相信这段文字。一分钟过去了。两分钟。三分钟。

我很快就会站起来，他心想，站起来，回到床上去。

但那又有什么意义呢？他反正睡不着。

“狗娘养的死胖子，”他嘶声说，没有意识到热泪已经滚滚而下，“蠢货，窝囊废，狗娘养的死胖子。是我！是我！就是我啊！”

警方隐瞒的证据证明——

不可能。

他紧紧抓住他必须伤害退休胖警察的念头不放，有了这个念头，他才能够思考如何回应。该怎么办呢？他左思右想琢磨了近半个小时，一次又一次建立起场景，一次又一次推翻。最后，他终于想到了该怎么回应，答案简单而优雅。退休胖警察的朋友（就布莱迪能够确定的，他唯一的朋友）是个有着白人名字的黑鬼小子。那个黑鬼小子喜爱什么？他们全家喜爱什么？对，就是那条爱尔兰长毛猎犬，奥戴尔。

布莱迪回想起早些时候的幻想：用毒药污染几加仑美味先生的精致冰激凌。他忍不住放声大笑。他开始上网搜索。

我的必要步骤，他心想，微笑。

不知什么时候，他意识到头已经不痛了。

Ⅳ　毒　饵

1

布莱迪·哈茨费尔德没多久就想明白了该怎么毒死杰罗姆·罗宾逊的犬类伙伴奥戴尔。布莱迪的另一个身份拉尔夫·琼斯帮了不少忙，这位虚构的老兄拥有刚好够用的可信度和一张低额度的信用卡，能够在亚马逊和 eBay 这种网站购物。绝大多数人不知道捏造一个互联网通用的假身份有多么容易——只需要按时付账单就行。否则的话，假身份就会迅速解体。

拉尔夫·琼斯订购了两磅罐装的灭鼠强，留下拉尔夫的邮购收货地址：离折价电子城不远的快邮信箱。

灭鼠强的有效成分是番木鳖碱。布莱迪在网上查到番木鳖碱中毒的症状，愉快地发现奥戴尔将经受一番痛苦的煎熬。摄入后二十分钟左右，颈部和头部的肌肉开始痉挛，迅速蔓延到全身各处。嘴部咧开成类似笑容的表情（至少对人类是这样，不知道狗会有什么反应）。可能伴有呕吐，但大部分毒素在此时已被吸收，因此也就无计可施。痉挛变成惊厥，越来越严重，背部向后弯曲，形成僵硬而不变的弓形。有时候脊椎骨甚至会折断。最后，控制肌肉将外部空气吸入肺部的神经通路彻底失效，窒息将导致死亡（布莱迪相信，那无疑是一种解脱）。

布莱迪都等不及了。

用不着等多久，他对自己说。他关闭七台电脑，爬上楼梯。等到下周就可以下手了。想让狗吃掉毒药，他心想，最好的办法就是裹在一团美味多汁的汉堡肉饼里。是狗就喜欢汉堡肉饼，布莱迪很清楚他要怎么让奥戴尔吃下去。

杰罗姆的妹妹芭芭拉·罗宾逊有个叫希尔达的朋友。两个小女孩经常去佐尼超市，这家便利店离罗宾逊家只有两个街区。她们说是因为喜欢葡萄雪泥，但真正喜欢的是和其他小朋友一起玩。便利店有个能停四辆车的小停车场，五六只小麻雀坐在停车场后的矮墙上，说说笑笑，交换零食。布莱迪开着美味先生卡车瞎逛的时候时常看见这群孩子。他朝他们挥手，他们也朝他挥手。

谁不喜欢冰激凌小贩呢？

罗宾逊夫人允许芭芭拉每周去那儿玩一两次（这家佐尼超市不是毒贩子碰头的地方，她大概自己去调查过了），但她肯定有附加条件，布莱迪闭着眼睛也能猜到。芭芭拉不能单独去，必须在一小时内回家，她和朋友一定要带上奥戴尔。狗不允许进店门，因此芭芭拉只能把狗绳拴在外面洗手间的门把手上，她和希尔达进去买葡萄口味的雪泥。

布莱迪（开他自己的车，那辆没有特征的斯巴鲁）就会趁这个时候把裹着毒药的汉堡肉饼扔给奥戴尔。这条狗很大，说不定要痛苦挣扎二十四个小时。布莱迪希望如此。哀伤能够互相感染，烂事人传人这句俗话说得很好。奥戴尔感觉到的痛苦越多，黑鬼小姑娘和她哥哥受到的伤害就越大，杰罗姆会把哀伤传递给科密特·威廉·霍奇斯，退休胖警察会明白狗的死亡是他的错，是报复他发给布莱迪的缺乏尊重、让人生气的消息。等奥戴尔死了，退休胖警察就会知道——

二楼爬到一半，听着母亲的鼾声，布莱迪停下脚步，瞪大眼睛，因为他忽然醒悟了过来。

退休胖警察就会*知道*。

问题就在这儿，对吧？行为永远会产生后果。布莱迪会在白日梦里把下了毒的冰激凌卖给孩子们，但在现实中绝对不会这么做，这就是原因。只要他还想在雷达探测不到的低空飞行，他就不能这么做，而目前他还不希望被发现。

到目前为止，霍奇斯还没有带着布莱迪的信去找警察局的老伙伴。刚开始布莱迪认为这是因为霍奇斯想私下里解决问题，尝试亲自捉拿梅赛德斯杀手，在退休后享受一点荣光，但现在他知道情况并非如此。该死的退休警探认为布莱迪只是个骗子，根本没有动过来抓他的念头。

布莱迪无法理解霍奇斯怎么会得出这么一个结论，毕竟他知道漂白水和发网的事情，而这些细节从未向媒体公布过。假如布莱迪毒死奥戴尔，霍奇斯就会打电话给警察伙伴，比方说他的老搭档亨特利。

更糟糕的是，布莱迪希望引诱他自杀，说不定却反而给了他活下去的新理由，完全背离了字斟句酌写出那封信的终极目标。那就他妈的太不公平了。把特莱劳尼老婊子推下悬崖是他这辈子最激动的时刻，比开车撞死那些人带劲多了（他不明白其中的理由，也没兴趣知道），他只想再来一次。引诱带队调查此案的警察自杀，那将是多么巨大的胜利啊！

布莱迪站在楼梯半中间，拼命思考。

胖子狗杂种也许还是会自杀的，他对自己说，杀狗说不定就是他需要的最后一下推动。

但他自己都不怎么相信，他的脑袋又开始不祥地抽痛起来。

他突然很想返回地下室，打开蓝雨伞，命令退休胖警察告诉他，什么狗屁“警方隐瞒的证据”到底是什么，好让他布莱迪驳斥回去。但那么做就会铸成大错，会显得他过于急切，甚至绝望。

警方隐瞒的证据。

滚远点儿，混账东西。

但真的是我啊！我冒着失去自由的风险，我冒着丢掉小命的风险，真的是我啊！你不能剥夺我的荣誉！不公平！

他的脑袋又开始抽痛。

愚蠢的龟孙子啊，他心想，无论如何，你会付出代价，但一定是在狗死于非命之后。或许你的黑鬼朋友也要死。或许那一家黑鬼都得死。然后，或许再弄死一大群人。相比之下，市民中心那几个人只是一场小野餐。

他上楼回到房间里，身穿内衣躺在床上。他的脑袋又开始剧痛，手臂在颤抖（就好像他吃了番木鳖碱）。他会痛苦地躺在床上，直到天亮，除非——

他起身回到走廊里，在母亲房间的门口站了差不多四分钟，最后他终于屈服了，走进她的房间。他上床躺在她的身旁，头痛几乎立刻开始消散。也许是因为温暖。也许是因为她的气味——洗发水、身体乳、烈酒。也许两者都是原因。

她翻个身，眼睛在黑暗中睁得大大的："喔，我的小蜜糖。又不舒服了？"

"对。"他感觉到眼睛里涌出热泪。

"小巫婆？"

"这次是大巫婆。"

"要我帮帮你吗？"她已经知道答案了，那东西顶着她的腹部轻轻搏动。"你为我做了那么多，"她怜爱地说，"就让我帮你做这个吧。"

他闭上眼睛。她呼吸中的烈酒气味非常浓烈。无论平时多么痛恨，但此刻他并不在乎。"好的。"

她迅速而娴熟地帮他解决了问题。没花多少时间。从来都不需要。

"好了，"她说，"现在睡一觉吧，我的小蜜糖。"

他几乎立刻就睡着了。

他在清晨的阳光中醒来，她还在打鼾，一绺被口水打湿的头发贴在嘴角。他起床回到自己的房间。他的头脑分外清醒。含番木鳖碱的灭鼠强已经发运。等毒药送到，他就弄死那条狗，管他会有什么后果。去他妈的什么后果。起了白人名字的市郊黑鬼？他们无足轻重。接下来就轮到退休胖警察，然后他就有机会舒舒服服地欣赏杰罗姆·罗宾逊的痛苦和芭芭拉·罗宾逊的悲伤，谁在乎是不是自杀呢？重点是胖警察死了。再然后嘛……

“玩点大的，”他说，穿上牛仔裤和白T恤，“荣耀之光辉。”究竟是什么样的光辉，他这会儿还不知道，但没关系，他有的是时间，而且现在还有别的事情要做。他要破坏霍奇斯所谓的“警方隐瞒的证据”，证明他布莱迪确实是梅赛德斯杀手，霍奇斯未能抓住的魔鬼。他要蹂躏胖警察的伤口，直到他吃痛惨叫。他必须完成这个任务，因为既然霍奇斯相信这个狗屁“警方隐瞒的证据”，那么其他警察（真正的警察）肯定也相信。这是他不能接受的事情。他需要……

“可信性！”布莱迪对着空荡荡的厨房叫道，“我需要可信性！”

他开始做早饭：培根和煎蛋。食物的香味飘到楼上，也许会吸引老妈下楼。不成功也没什么大不了的。她那份就归他了。他这会儿饥肠辘辘。

2

这次他成功了，虽说黛博拉·安下楼的时候，还在边走边系睡袍的腰带，整个人半梦半醒。她眼圈发红，面颊苍白，头发朝四面八方竖起。她已经不会宿醉了，大脑和身体完全适应了烈酒，因此不会宿醉，但她会在迷糊中度过上午，看电视上的游戏节目，往嘴里塞抗酸药片。到了下午两点，周围的世界逐渐变得清晰，她就开始喝当天的第一杯酒。

就算她记得昨晚的事情，此刻也没有提起。不过话说回来，她从来不会提起。他们两个谁都不会。

我们也从来不会谈起弗兰奇，布莱迪心想，要是提到他，我们又能说什么呢？天哪，他那一跤摔得可真重？

“闻着很香，”她说，“有我的吗？”

“管饱。咖啡？”

“谢谢，多加糖。”她在餐桌前坐下，盯着厨台上的电视。电视没有开，但她还是盯着屏幕。要布莱迪说，搞不好她认为电视开着。

“你没穿制服。”她说，指的是口袋标有“折价电子城”的蓝衬衫。他的衣橱里有三件这样的衬衫。他自己熨烫。跟扫地和洗衣服一样，熨衣服也不在老妈的节目单上。

“今天我十点才上班。”他说，这一句就好像什么魔咒，话音刚落电话就活了过来，振动着爬过厨台。他眼疾手快，赶在电话落地前一把抓住。

“别接，我的小蜜糖，就当咱们出去吃早饭了。”

诱惑归诱惑，但布莱迪不可能放着电话铃响而不接，就好比他不可能放弃那些永远在改变的混乱计划，那些计划的唯一目的便是制造一场盛大的破坏。他看了一眼呼叫者姓名，毫不意外地见到窗口显示的是“东尼斯”。安东尼·“东尼斯”·弗罗比舍，折价电子城（桦山购物中心分店）的最高统帅。

他接起电话，说：“东尼斯，今天我可以晚到的。”

“我知道，但我需要你出趟维修，真的需要，”东尼斯无法强迫布莱迪在他晚上班的日子里上门服务，因此只能恳求，“再说报修的是罗林斯夫人，你知道她喜欢给小费。”

对，她确实给小费，因为她住在蜜糖高地。赛博巡警经常接蜜糖高地的报修，他们的客户之一（布莱迪的客户之一）就是已故的奥莉薇亚·特莱劳尼。布莱迪去过两次她的住所，都是和她在黛比的蓝雨伞网站开始聊天后。天哪，那是多么刺激，看见她掉了多少体重，看见她的双手开始颤抖。最重要的，能够进入她的电脑就等于打开了各种各样的可能性。

“让我想想，东尼斯……”但他当然会去，不仅因为罗林斯夫人给小费，还因为开车经过丁香公路 729 号很好玩，他可以边开车边心想：*我为那两扇铁门后发生的事情负责。我最后推了她一把，需要的只是在她的苹果电脑上加装一个小程序。*

电脑是多么神奇。

“听我说，布莱迪，你接这个活儿，今天就可以不用进店了，怎么样？只需要把甲壳虫还回来，然后随便你去哪儿乱逛，直到需要开你那辆白痴冰激凌车上街的时候。”

“弗雷迪呢？为什么不派她去？”这句话纯粹是为了戏弄东尼斯。假如他能派弗雷迪去，她这会儿早就上路了。

“打电话请病假了，说她痛经难受得要死。妈的肯定是胡扯。我知道，她知道，她知道我知道，但只要我揭穿，她就会投诉我性骚扰。这一点她也知道我知道。”

老妈看见布莱迪微笑，也对他微笑。她举起一只手，攥紧，前后转动。*拧碎他的卵蛋，我的小蜜糖。*布莱迪的微笑变成坏笑。老妈确实是酒鬼不假，每周只做一两次饭，有时候非常烦人，但有时候她一眼就能看穿他的心思。

“好吧，”布莱迪说，“我能开自己的车去吗？”

“你开自己的车，我不能给你报销油钱，你知道的。”东尼斯说。

“公司有公司的规定，”布莱迪说，“对吧？”

“呃……对。”

施恩有限公司，折价电子城的德国母公司，认为赛博巡警大众车是非常好的广告。弗雷迪·林克莱特说不管是谁，但凡他想要一个开鼻涕绿的甲壳虫的家伙帮他修电脑，就肯定精神不正常，布莱迪在这一点上同意她的观点。不过嘛，世上肯定有很多精神不正常的家伙，因为报修从来都不少。

不过很少有谁的小费给得比宝拉·罗林斯慷慨。

“好吧，”布莱迪说，“但你欠我一个人情。”

“谢了，哥们。”

布莱迪挂断电话，没有说你才不是我的哥们，咱们都清楚。

3

宝拉·罗林斯是个丰满的金发女郎，住在一幢十六个房间的仿都铎式豪宅里，离已故的特莱劳尼夫人的住所只有三个街区。那么多房间都归她一个人住。布莱迪不清楚她是做什么的，但猜测她是某个有钱人的第二或第三任花瓶前妻，靠财产分割给自己挣了好大一笔。也许那位有钱人被她的胸部迷得神魂颠倒，忘了签婚前协议。布莱迪不在乎这些，只知道她有钱和小费给得慷慨，而且从来不灌他迷魂汤。这就好，因为他对罗林斯夫人的丰满身体毫无兴趣。

不过，她却一把抓住他的手，几乎把他拖进了大门。

“天哪……布莱迪！谢天谢地！”

听她的语气，活像在沙漠荒岛上没吃没喝地困了三天，但他听见了“天哪”和他的名字之间的那个短暂停顿，看见她的视线向下一扫，瞥向他衬衫上的名字——虽说他已经至少来过六次了。（说起来，弗雷迪也一样。宝拉·罗林斯是个虐机狂魔。）他不在乎她记不记得他。布莱迪更愿意被人遗忘。

“电脑就是……我也不知道究竟怎么了！”

这个白痴娘们难道知道过吗？上次他来这儿是六周前，只是小小的内核错误，她却认为有什么电脑病毒正在吞噬所有文件。布莱迪好言好语劝她离开书房，保证（听上去不抱多少希望）他会尽力而为。然后他坐下，重启电脑，上网乱逛了一会儿，然后叫她进来，说他及时解决了问题。要是再晚半小时，他说，你的文件可就真的一去不回了。她给了他八十块钱的小费。那晚他和老妈出去吃了顿好的，分享了一瓶不算差的香槟。

“告诉我，发生了什么。”布莱迪严肃得像是神经外科医生。

“我什么都没做。”她哀叫道。她总这么哀叫。他上门维修的许多客户都喜欢哀叫，而且不仅是女性。想到苹果笔记本上的所有东西都去了数据天堂，任何一位高级经理的男子气概都会消失殆尽。

她拖着布莱迪穿过客厅（长得像一节餐车），走进书房。

“我亲自打扫这个房间，从来不许管家进来擦窗户、吸地板，但今天我坐下收邮件，该死的电脑怎么都不肯启动！”

“呃，奇怪。”布莱迪知道罗林斯夫人有个老墨女仆做家务，但她显然不允许女仆进书房。算是女仆走运，因为布莱迪已经看见问题在哪儿了，假如女仆要为此背上责任，罗林斯夫人多半会开除她。

“你能修好吗，布莱迪？”泪水在罗林斯夫人的蓝色大眼睛里打转，眼睛显得比平时更大了。布莱迪突然想到了 YouTube 上的老动画片里的贝蒂娃娃，心想“粑粑屁啪！”[①] 他好不容易才憋住笑声。

“我尽量试试。”他毅然道。

“我去一趟马路对面的海伦·威尔考克斯家，”她说，“很快就回来。喝咖啡吗？厨房里有刚煮好的。”

她说完就扔下他一个人留在奢华的豪宅里，谁他妈知道楼上有多少值钱的珠宝随处乱放。不过，她很安全。布莱迪绝对不会偷客户的东西。说不定会被当场擒获。就算没有，最符合逻辑的嫌犯会是谁呢？哈。他碾死市民中心那些找工作的傻瓜却可以全身而退，怎么能因为偷了他甚至不知道该如何出手的钻石耳环而被捕呢？

他听见后门关上的声音，然后走进客厅，目送她抖着世界级的大奶子过街。等她离开视线，布莱迪回到书房里，爬到桌子底下，插上电脑的电源线。她多半是为了用吸尘器而拔掉了插头，然后忘了插回去。

密码输入的画面出现了。为了消磨时间，他无所事事地输入“PAULA”，她摆满各种文件的桌面随即出现。天哪，人怎么可以这

---

① 贝蒂娃娃是美国早期动画人物，口头禅是“嘟嘟滴嘟”。

么笨。

他打开黛比的蓝雨伞网站，想知道有没有退休胖警察的新留言。没有。布莱迪一时心血来潮，决定发条消息给退休警探。有何不可？

他在高中就明白了一个道理，写作时思考太久对他有弊无利。太多的杂念会钻进他的脑海，会彼此重叠影响。最好想到什么就说什么。给奥莉薇亚·特莱劳尼的信就是这么写出来的——滚烫热辣，宝贝儿——给霍奇斯的信也是这么写出来的，不过他检查了几次写给退休胖警察的文字，确保风格前后一致。

此刻他用的还是同一种风格，但提醒自己必须长话短说。

我怎么会知道发网和漂白水呢，霍奇斯警探？**这两样**就是警方隐瞒的证据，因为它们没有出现在报纸和电视上。你说你不蠢，但**要我说，你蠢得可以**。我认为你看的那些电视节目已经腐蚀了你的大脑。

警方隐瞒了**什么**证据？

你敢不敢回答这个问题？

布莱迪检查一遍，改了一个地方，在“发”和“网”之间加了个连字符。他不认为自己会成为嫌疑犯，但他知道假如警方怀疑他，就会要他提供写作样本。他很想给他们一个样本。他开车撞进人群时戴着面具，以梅赛德斯杀手身份写信时也戴着面具。

他点击**发送**，然后点开罗林斯夫人的浏览历史。有那么一个瞬间，他停了下来，觉得很好玩，因为他看见了几次“白领带和燕尾服”的记录。他知道那是什么，弗雷迪·林克莱特告诉过他：男性伴游服务。看起来，宝拉·罗林斯也有她的秘密生活。

不过，谁没有呢？

不关他的事。他删除访问黛比的蓝雨伞网站的记录，然后打开方形工具箱，随便拿了几件东西出来：工具光盘、调制解调器（已损坏，但她不知道)、几个U盘和一个稳压器，最后这东西和电脑维修毫无关系，但看上去很高科技。他又拿出一本李·查尔德的小说，读了二十分钟，听见客户打开后门回到家里。

罗林斯夫人把脑袋探进书房，平装本小说已经无影无踪，布莱迪正在收拾那堆破烂。她对布莱迪露出紧张的笑容："怎么样?"

"刚开始不太妙，"布莱迪说，"但我还是找到了真正的问题。剪切开关损坏，关闭了你的达努斯线路。电脑被设计成在这种情况下不会启动，否则你就会丢失所有数据，"他严肃地看着她，"鬼东西甚至有可能着火。我听说过这种事情。"

"哦……我……的……天，"她说，每个字都说得无比夸张，一只手捂住高耸的胸部，"你确定没问题了?"

"好得跟新电脑似的，"他说，"你自己看看。"

他启动电脑，有礼貌地望向别处，让她输入白痴都能猜到的密码。她打开几个文件，然后扭头对他微笑道："布莱迪，你真是上帝送来的礼物。"

"我老妈也这么说，直到我能买啤酒的年龄为止。"

她哈哈大笑，像是听到了这辈子听过的最好笑的笑话。布莱迪跟着她一起笑，因为他突然看见一个幻象：他用膝盖压住她的肩膀，举起她厨房里的切肉刀，深深插进她尖叫的嘴里。

他几乎能感觉到软骨折断的触感。

4

霍奇斯隔一会儿就上蓝雨伞网站看看，布莱迪点击**发送**后没几分钟，他就读到了梅赛德斯杀手的回信。

霍奇斯在笑，笑得非常灿烂，抚平脸上的皱纹，恢复了几分往日的英俊。双方的关系正式确立：霍奇斯是渔夫，梅赛德斯先生是鱼。但这条鱼很狡诈，他提醒自己，有可能会突然一跳，挣断钓线。他必须小心谨慎，慢慢把这条鱼拖上小船。假如霍奇斯还有这个本事，假如他足够有耐心，梅赛德斯先生就迟早会答应碰面。霍奇斯确信这一点。

因为假如他无法哄骗我自杀，那么他就只剩下一条路了：谋杀。

对梅赛德斯先生来说，最聪明的选择是转身走开。假如他选择放手，这条路也就到头了，但他没有。他被惹火了，这还只是他反应中的一部分，而且是比较小的一部分。霍奇斯心想，梅赛德斯先生知不知道他这么做有多疯狂？知不知道他泄露了多么重要的确凿线索？

我认为你看的那些电视节目已经腐蚀了你的大脑。

今天上午之前，霍奇斯只是怀疑梅赛德斯先生在监视他的住所，但现在他确定了。狗娘养的曾经走在他家门口的马路上，而且很可能不止一次。

他抓起拍纸簿，开始编写备选的跟进回复。必须要足够好，因为他要钓的鱼正在试探钓钩。痛苦让凶手生气，虽说他还不知道这究竟是什么。霍奇斯必须在凶手看穿他的招式前进一步地惹怒他，但这意味着冒险。霍奇斯必须猛拽钓线，让钓钩刺得更深，不顾钓线折断的风险。应该怎么回答？

他想起彼得·亨特利吃午饭时随口说出的一句话，顿时计上心头。霍奇斯在拍纸簿上写出一段话，然后重写和修饰。他读了几遍最终的成品，认为没问题了。他的回复简短而刺人。有些你自己都忘了的事情，浑球。有些事情是冒名认罪者不可能知道的——实话实说，真正的罪犯也不知道……除非梅赛德斯先生在上车前从头到尾检查过他的四轮凶器，霍奇斯敢打赌这家伙并没有。

假如他弄错了，钓线就会崩断，鱼儿将脱钩而去。但老话说得好：不入虎穴，焉得虎子。

他想立刻发送这条消息，但他知道不能这么做。让鱼儿咬着钓钩再兜几个圈子吧。问题是这会儿他该怎么消磨时间，电视已经失去了吸引力。

他有了主意——主意今天上午成群结队而来。他拉开书桌最底下的抽屉，里面有个盒子，装满了翻盖式的小记事簿，他和彼得以前街头问话时总是随身携带这种记事簿。他从没想过他还会有用得上它们的一天，但这会儿他取出了一本，揣进卡其裤的臀部口袋。

非常合适。

5

霍奇斯向前走了半条哈珀路，然后开始挨家挨户敲门——就和以前一样。过街，再过街，一家也不漏掉，一路向回走。今天是工作日，但他敲门或按门铃后，来开门的人多得让他吃惊。有些是在家看孩子的母亲，大多数是和他一样的退休人员，这些人运气不错，能在经济探底前还清房屋贷款，只是家境都远远谈不上很好。当然，还不至于日复一日甚至周复一周地数着钱过日子，但月末临近时总要在食物支出和各种老年病的药物之间保持平衡。

他的说法很简单，因为永远是越简单越好。他说几个街区外发生了几起破门事件——多半是些小流氓——他想看看自己的街区有没有人注意到可疑车辆，尤其是出现了不止一次的可疑车辆。它们很可能以低于二十五英里每小时的限速慢慢行驶，他说。他不需要多说什么废话，大家都看过警匪剧，知道“入室洗劫”是什么意思。

他出示证件，证件照片底下的名字与职衔上盖着红色的“退休”印章。他很谨慎，每次都说不，警察没有请他帮忙逐户查问（他最不希望发生的事情就是某位邻居打电话到市局所在的莫罗大厦询问他的情况），这是他自己的主意。他就住在这附近，社区安全关系到他的切身利益。

孀居的墨尔本太太，奥戴尔特别迷恋她家的鲜花，她邀请霍奇斯进屋喝咖啡吃曲奇。霍奇斯接受了邀请，因为她看起来很孤独。这是他第一次和墨尔本太太认真交谈，很快就意识到她往好里说是有点怪，往坏里说是有点疯。不过，他不得不承认，她条理很清楚。她说她发现有一些黑色 SUV（“车窗贴着膜，你看不见里面有什么，就像在演《24 小时》”），然后仔细描述它们的特殊天线。她管天线叫

“鞭毛”，举起手模仿天线前后摇摆。

“嗯哼，”霍奇斯说，“让我记一下。”他翻过一页，在空白页上写道：我必须逃出去。

“好主意，”她的眼睛一亮，“我想说你妻子离开你的时候，霍奇斯警探，我真是非常惋惜。她走了，对吧？”

“我们决定保留各自的意见。”霍奇斯和蔼地说，但心中毫无这种感觉。

“很高兴能和你面对面谈谈，知道你一直在关注大家的安全。再吃一块曲奇吧。”

霍奇斯看看手表，合上记事簿，站起身说：“我很愿意，但我得走了。中午约了人。”

她扫视着他的肥胖身躯，说：“医生？”

“正骨师。”

她皱起眉头，整张脸变成了一个有眼睛的胡桃壳：“你多考虑一下吧，霍奇斯警探，把脊背弄得咔咔作响很危险。有些人躺上那种台子，然后就一辈子没法走路了。”

她送霍奇斯出门。霍奇斯踏上门廊，她说：“我还注意到了那个冰激凌贩子。今年春天他似乎总在这附近转悠。你认为罗布冰激凌雇人开小卡车的时候会调查员工背景吗？希望如此，因为这个人很可疑。他说不定是恋童癖。”

“我相信他们的司机都有档案，但我会再查一查的。”

“又一个好主意！”她惊叹道。

霍奇斯心想，要是她忽然掏出一个长钩子，就像从前的杂耍表演里那样，企图拖着他回到室内，那他该怎么办。一段童年回忆跃入脑海：《韩赛尔与葛蕾特》里的女巫。

“还有——我刚刚想到——我最近见过几辆面包车，看着像是送货的，车身上有公司名字，但谁都可以编造一个公司名字，你说呢？”

“当然有可能。”霍奇斯说着，走下台阶。

“你应该去 17 号看看，”她指着坡底说，“差不多快到汉诺威街的路口。半夜经常有人敲门，还播放很吵的音乐，”她在门口探出身子，像是在鞠躬，“说不定是个毒窝，买卖白粉的那种地方。”

霍奇斯说谢谢你提供的线索，拖着脚步过街。黑色 SUV，美味先生的小贩，他心想，还有装满了基地恐怖分子的送货面包车。

马路对面开门的是个家庭主夫，名叫艾伦·波芬格。“别把我和金手指搞混了。”他说，请霍奇斯坐进屋子左边阴凉处的一把草坪躺椅。霍奇斯愉快地接受了邀请。

波芬格说他靠写贺卡为生。“我擅长稍微有点搞怪的贺卡。比方说封面上写着：‘生日快乐！谁是全世界最可爱的人？’你打开贺卡，里面是块亮闪闪的金属箔，正中央是一道从上到下的裂缝。”

“然后呢？写着什么？”

波芬格举起双手像是给文字加框，说道：“反正不是你，但我们还是很爱你。”

“有点刻薄哎。”霍奇斯说。

“是啊，但最后还是表达出了爱意。卖这种卡片靠的就是这个。先打一拳，然后塞块糖。说到你今天的来意，霍奇斯先生……还是应该叫你霍奇斯警探？”

“现在叫先生就够了。”

“我没注意到什么不正常的车辆。除了找门牌号的人和放学后卖冰激凌的卡车，我没见过谁慢吞吞地开车经过。”波芬格翻个白眼，“墨尔本太太肯定跟你唠叨了很多吧？”

“这个嘛……”

“她是空调会的成员，”波芬格说，“全称美国空中现象调查委员会。”

“是研究气象的吗？龙卷风和云团？”

“飞碟，”波芬格向天空举起双手，“她认为他们就混在我们中间。”

霍奇斯说了一句话，退休前他执行公务时绝对不会说这种话：“她认为美味先生也许是恋童癖。”

波芬格笑得眼泪都流出来了。“我的天，”他说，“那家伙在这附近五六年了吧，开着小卡车摇着小铃铛。这么长的时间，你觉得他祸害了多少个童子？”

“谁知道呢？”霍奇斯站起身：“大概几十个吧。”他伸出手，波芬格和他握手。这是霍奇斯退休后的另一个大发现：邻居各有各的故事和性格，有些邻居还挺有意思的。

他正要收起记事簿，忽然看见波芬格露出惊恐的神色。

“怎么了？”霍奇斯立刻警觉起来。

波芬格指着马路对面说：“你没有吃她的曲奇饼吧？”

“我吃了。怎么了？”

“假如我是你，接下来的几个小时一定待在厕所附近。”

6

霍奇斯回到家里，腰酸背痛，脚腕疼得喊出了高音 C。答录机的小灯在闪烁，留言的是彼得·亨特利，听上去很兴奋。“打给我，”他说，“难以置信，他妈的太不真实了。”

突然间，霍奇斯毫无理由地认为彼得和漂亮的新搭档伊莎贝拉已经逮住了梅赛德斯先生。他感到深深的嫉妒，还有——疯狂但确实感觉到了——愤怒。他用快速拨号接通彼得的电话，心脏怦怦直跳，但电话转到了语音信箱。

“收到你的留言，”霍奇斯说，“有时间就打给我。”

他挂断电话，然后一动不动地坐着，用手指轻叩书桌边缘。他对自己说，无论谁逮住那个变态狗娘养的都无所谓。但事实并非如此。首先一点，假如彼得抓住了凶手，他和罪人（真是有意思，这个词自然而然地蹦了出来）的通信无疑会被捅出来，那他可就掉进了一锅滚烫的热汤里。不过这还不是最重要的。最重要的是没了梅赛德斯先生，他的生活就会恢复原状：下午看电视，把玩父亲的左轮。

他取出黄色拍纸簿，开始抄录走访邻居的笔记。忙活了一两分钟，他把拍纸簿塞回卷宗里，恶狠狠地合上文件夹。假如彼得和伊莎贝拉·杰恩斯已经钉死了凶手，墨尔本太太说的面包车和图谋不轨的黑色 SUV 还有个狗屁意思。

他想上黛比的蓝雨伞，向梅赛德斯杀手发送信息：*他们逮住你了吗？*

很可笑，但也出奇地有吸引力。

电话响了，他一把抓起听筒，但打来的不是彼得，而是奥莉薇亚·特莱劳尼的妹妹。

“哦，”他说，“嗨，帕特森夫人，你好。”

“我很好，”她说，“叫我简妮，忘了吗？我是简妮，你是比尔。”

“哦，对，简妮。”

“比尔，听见我的声音，你怎么一点也不兴奋呢？”语气里是不是有一丝调情的意思？要是有就好了。

“不，不，我很高兴你能打给我，但我没什么可以报告的。”

“我也没指望你现在就有。我打给你是因为我母亲。阳光牧场有个最熟悉她情况的护士，她在麦克唐纳大厦上白班，我母亲在那儿有一个小套间。我跟她说过，假如我母亲清醒过来，就打电话给我。她很帮忙。”

“对，你告诉过我。”

“嗯，护士几分钟前打电话说我母亲恢复神智了，至少暂时如此。她应该会清醒一两天，然后重新变得糊涂。你还想见她吗？”

“大概吧，”霍奇斯谨慎地说，“但只能是今天下午了。我在等一个电话。”

“和偷走我姐那辆车的人有关系吗？”简妮兴奋起来。我也应该很兴奋才对，霍奇斯心想。

“我也很想知道。我等会儿再打给你，可以吗？”

“当然可以。你有我的手机号码吧？”

“是的。”

“是的，”她学着他说，尽管神经紧张，霍奇斯还是笑了，“尽快打给我。”

“好的。”

他挂断电话，听筒还拿在手里，铃声就响了起来。这次确实是彼得，他兴奋得前所未有。

“比利！我得马上回去，我们把他送进审讯室了——说起来就是4号，你还记得你总说那是你的幸运房间吗？——不过我必须告诉你一声。我们逮住他了，好搭档，我们他妈的逮住他了！”

“逮住谁了？”霍奇斯尽量说得平稳。他的心率也很平稳，但一下一下重得连太阳穴都能感觉到：扑通、扑通、扑通。

“他妈的戴维斯啊！”彼得叫道：“还能是谁？”

戴维斯。不是梅赛德斯先生，是唐尼·戴维斯，喜欢上镜头的杀妻者。比尔·霍奇斯如释重负，闭上眼睛。他不该有这种感觉，但情绪可不受他的控制。

他说：“这么说，狩猎执法官在他的小木屋附近发现的尸体就是茜拉·戴维斯？确定吗？”

“百分之百？”

“你吹了谁的箫？居然这么快就拿到了DNA结果。”霍奇斯还在警队里的时候，样本提交后一个月内能拿到结果就算运气好了，平均等待时间是六周。

“我们不需要DNA！上法庭当然需要，但——”

“什么意思，不需要——”

“你闭嘴给我听着行吗？他就从街上大摇大摆走进来认罪了。不找律师，也不扯什么管辖权。听完米兰达法则，然后说他不要律师，只想一吐为快。”

“天哪。我们每次盘问他，他不也是这么配合吗？你确定他不是在逗你玩？不是什么老谋深算的新花招？”

他心想，假如他们逮住梅赛德斯先生，他多半就会跟他们玩这种花招。不同普通花招，而是老谋深算的花招。他在毒笔信件里尝试创造其他的写作风格不就是为了这个吗？

“比利，不光是他老婆。还记得他身边的那些漂亮妞吗？头发蓬松，奶子大得出奇，都叫什么波比·苏之类的？”

“当然，她们怎么了？”

“等案件告破，那些姑娘都会跪下来感谢上帝，她们居然还活着。”

“我没听明白。”

“公路老乔，比利！从1994年到2008年，有五个女人在从这儿到宾州的几个公路休息站遭到奸杀！唐尼·戴维斯说就是他！戴维斯是公路老乔！他正在交代时间、地点和案情。全都对得上。我……我的脑袋都快炸了！”

“我也是，”霍奇斯说，他是认真的，“恭喜。”

“谢谢，但今天上午我除了按时上班，啥都没有做啊，”彼得狂笑一阵，“我觉得就像中了百万大奖。”

霍奇斯没有这种感觉，但至少他的百万大奖还没输掉。他依然有个案子供他侦察。

“我得回去了，比利，免得他改变主意。”

“好的，但等一等，彼得，回去之前听我说一句？”

“怎么了？”

“让法院给他指定一个律师。”

“喂，比利——”

“我是认真的。你可以盘问得他掏心掏肺，但开始之前，必须声明——并记录下来——你正在帮他找律师。你可以在律师赶到莫罗大厦前掏空他，但你必须按规矩办事。听见了吗？”

“好的，明白了。你说得对。我让伊莎贝拉·杰恩斯去办。”

“好极了。快回去吧。办个铁案给我看看。”

彼得高兴得嘎嘎大叫。霍奇斯只在书上见过人们这么叫唤，在此之前从没亲耳听到过——除了公鸡打鸣的时候。“公路老乔啊，比利！他妈的公路老乔！你能想象吗？”

没等老搭档回答，彼得就挂断了电话。霍奇斯呆坐了足有五分钟，等待迟到的战栗逐渐过去，这才打电话给简妮·帕特森。

“和我们在找的那个家伙有关系吗？”

“对不起，没有。另一个案子。”

“唉，真糟糕。”

“是啊。你还愿意陪我去疗养院吗？”

“那还用说？我在大楼门口等你。”

出门前，他又打开蓝雨伞网站查了查。没有新消息，他也不打算今天白天就发出他仔细打磨过的回复。最早也应该等到今天晚上。让鱼儿再多品味一会儿鱼钩吧。

他走出家门，完全没想到今天他根本不会回家。

7

阳光牧场时髦又漂亮。伊丽莎白·沃顿恰恰相反。

她坐在轮椅上，蜷缩成的姿势让霍奇斯想起罗丹的《思考者》。下午斜射的阳光照进窗户，将她的头发变成细密得犹如光环的一团银色。窗外的草坪高低起伏，修剪得堪称完美，几位有钱老人在用慢动作打门球。沃顿夫人能够打门球的日子早就过去了，能够站起来的日子也一样。霍奇斯上次见到她的时候，彼得·亨特利站在霍奇斯身旁，奥莉薇亚·特莱劳尼坐在沃顿夫人身旁，那时候她已经直不起腰，现在更是丧失了行动能力。

简妮身穿白色哈伦裤和蓝白条纹的海魂衫，她跪在沃顿夫人身旁，按摩着母亲严重变形的手。

“你今天怎么样，我亲爱的？”她问，“你看上去好多了。”假如这是真的，那霍奇斯就要害怕了。

沃顿夫人用浅蓝色的眼睛盯着女儿，没有任何表情，连困惑都没有。霍奇斯的心向下一沉。他和简妮一起过来的路上很开心，他喜欢看着她，享受越来越熟悉她的感觉。那感觉很不错，至少说明跑这么一趟没有完全白费。

就在这时，小小的奇迹发生了。老妇人长着白内障的眼睛突然一亮，没涂口红的皲裂嘴唇露出笑意：“哈啰，简妮。”她只能勉强抬起头，视线转向霍奇斯，眼神变得冰冷：“克雷格。”

还好在来这儿的路上他们谈到了他，霍奇斯知道克雷格是谁。

“这不是克雷格，亲爱的。这是我的朋友，他叫比尔·霍奇斯。你见过他。”

“不，我应该没有……”声音小了下去，她皱起眉头，然后说，

“你是……来过我家的警探之一？”

“是的，夫人。”他根本没想到要说他已经退休了。趁着她的脑袋里有几条电路尚能运转，还是直截了当往下说比较好。

她的眉头皱得更深了，皱纹变成沟壑：“你认为莉薇把钥匙忘在了车上，所以凶手才能偷走那辆车。她一遍又一遍说她没有忘，但你就是不肯相信。”

霍奇斯学着简妮在轮椅旁单膝跪下说：“沃顿夫人，我现在认为我们有可能搞错了。”

“那是当然，”她的视线转向还活着的这个女儿，从皮包骨头的眉头下望着女儿，现在她只能这么看人了，“克雷格在哪儿？”

“妈妈，我去年和他离婚了。”

她想了想，然后说：“甩掉那个烂人算你聪明。”

“我不可能更同意了。能让比尔请教你几个问题吗？”

“好像没什么不行的，不过我想喝点橙汁。还有我的止痛药。”

“我问问护士你现在能不能吃，”她说，“比尔，我去去就来，你没问题吧？”

他点点头，摆摆两根手指，表示去吧。她刚出门，霍奇斯就站起身，看也没看供访客坐的椅子，直接坐在了伊丽莎白·沃顿的床上，双手紧扣，放在两条大腿之间。他带着记事簿，但他害怕记录会让她分心。两个人默不作声地互相打量。老妇人头上的光环让他看得着迷。从一些地方能看出今早护工给她梳过头，但才几个小时，头发就又变得乱糟糟的了。霍奇斯觉得也挺好。脊柱侧凸扭曲了她的身体，但她的头发依然美丽，蓬乱但美丽。

“我认为，”他说，“沃顿夫人，我们待你的女儿很不好。”

是啊，就算特莱劳尼夫人无意之中充当了帮凶（霍奇斯还没有完全排除她把钥匙留在了点火装置上的可能性），他和彼得的行为也非常不堪。假如你不喜欢一个人，就很容易（过于容易了）不相信和漠视这个人。“我们被某些先入之见蒙蔽了视线，我为此向你道歉。”

“你说的是简妮吗？简妮和克雷格？克雷格打她，你知道的。她想劝说他别再碰他最喜欢的毒品了，结果挨了他的打。她说只有一次，但我认为不止一次，”她慢慢地抬起手，用苍白的手指碰了碰鼻子，“做母亲的看得出。”

“我说的不是简妮，而是奥莉薇亚。”

“是他害得莉薇停止吃药的。她说她不吃药是不想像克雷格那样药物上瘾，但那完全是两码事。她需要她的那些药。”

“你说的是她的抗抑郁药吗？”

“正是有了这些药，她才能够出门，”她停下来，思考片刻，“还有其他的药，可以让她不再没完没了地摸东西。她有些奇怪的念头，我的莉薇，但她依然是个好人。她心底里是个非常好的好人。”

沃顿夫人开始哭泣。

床头柜上有一盒纸巾。霍奇斯取出几张递给她，他看见她握东西很困难，于是帮她擦掉眼泪。

“谢谢你，先生。你叫海奇斯对吧？”

“霍奇斯，夫人。”

“你是态度比较好的那个。另一个对莉薇非常刻薄。她说他嘲笑她，从头到尾一直在嘲笑她。她说她能从他的眼睛里看出来。”

是这样吗？假如是真的，那么他为彼得感到羞耻，也为自己没有注意到而感到羞愧。

“是谁建议她停药的？还记得吗？”

简妮拿着橙汁和小纸杯回来，小纸杯里多半放着母亲的止痛药。霍奇斯从眼角看见她，用两根手指又做了个刚才的手势，示意她先走开。他不想让沃顿夫人分神，也不希望她吃下有可能会让她已经混乱的记忆变得更加混乱的药物。

沃顿夫人沉默下去，就在霍奇斯害怕她不会回答这个问题的时候，她说：“是她的笔友。”

“她是在蓝雨伞下遇见他的吗？黛比的蓝雨伞？”

“她没有见过他，没有面对面见过。”

“我的意思是——”

“蓝雨伞不是真的，”她白色的眉毛底下，眼神在说你这个白痴，“那是她电脑里的一个东西。她的电脑笔友叫弗兰奇。”

每次得到新情报的时候，他总会有腹部受到电击的感觉。弗兰奇。当然不是那家伙的真名，但名字拥有力量，化名往往有意义。弗兰奇。

“是他说服她停药的？”

“对，他说她会上瘾的。简妮呢？我要吃药。”

“她马上就会回来的。”

沃顿夫人趴在膝盖上歇了一会儿：“弗兰奇说他也吃那些药，所以他才做了……那种事情。他说他停药后感觉好多了。他说停药后他才知道他做的事情是不对的。他很伤心，因为已经无可挽回。他就是这么说的，还说他已经不值得活下去了。我叫莉薇别再和他说话了。我说他是坏人，说他有毒。莉薇说……”

热泪又涌了出来。

“莉薇说她必须救他。”

简妮又走进房间，霍奇斯对她点点头。简妮把两粒蓝色药片放进母亲渴望的皱缩嘴唇，然后喂她喝了一口橙汁。

“谢谢你，莉薇。”

霍奇斯看见简妮皱了皱眉头，随即微笑道：“不客气，亲爱的。”她转向霍奇斯：“我看我们该走了，比尔，她非常累了。”

他看得出老人很累，但他还是不愿离开。他能感觉到这场面谈尚未结束，就好像树上至少还挂着一个苹果。“沃顿夫人，奥莉薇亚有没有说过弗兰奇的其他事情？因为你说得对，他是坏人。我很想找到他，免得他再伤害其他人。”

“莉薇绝对不会把钥匙留在车里的，绝对不会。”伊丽莎白·沃顿弓着腰坐在一道阳光中，身穿绒毛蓝睡袍的她像是一只括号，浑然不知她的头顶是一团银光。她再次抬起手指，这是一个警告的手势：“我们的狗再也没有吐在地毯上，只有那一次。”

简妮抓住霍奇斯的手，比着嘴型说：咱们走吧。

老习惯很难改掉，简妮弯腰亲吻母亲的面颊和枯干的嘴角，霍奇斯说：“谢谢你花时间见我，沃顿夫人，你帮了我很大一个忙。”

他们刚走到门口，忽然听见沃顿夫人清晰地说：“但如果没有鬼魂，她仍然不可能自杀。”

霍奇斯转过身。简妮·帕特森在他身旁瞪大了眼睛。

“什么鬼魂，沃顿夫人？”

“一个是婴儿，”她说，“死难者中有个可怜的小家伙。莉薇在夜里听见那个婴儿不停哭泣。她说婴儿名叫帕特里夏。”

“在她家里？奥莉薇亚在家里听见的？”

伊丽莎白·沃顿勉强轻轻点头——只是沉了沉下巴：“偶尔还有婴儿的母亲。她说婴儿的母亲指责她。”

轮椅上，直不起腰的老人抬头望着他们。

“她会尖叫，‘你为什么让他杀死我的宝贝？’莉薇就是因此自杀的。”

8

星期五下午，市郊的街道上满是放学的孩子。哈珀路上的孩子不多，但毕竟还是有一些的，布莱迪有了绝佳的理由，可以慢慢开过63号，隔着窗户向内窥视。不过，他什么也看不见，因为窗帘拉上了。屋子左边的车棚里只停着割草机。退休胖警察没有坐在房间里看电视——那儿才是他的归宿——而是开着老旧的丰田出门了。

去了那儿呢？也许无关紧要，但霍奇斯不在家还是让布莱迪隐约有些不安。

两个小女孩攥着钞票跑上路缘。家长和老师肯定都教过她们不要接近陌生人，尤其是陌生男人，但美味先生这样的老朋友肯定不在其列。

他卖给她们一人一个甜筒，一个巧克力口味，一个香草口味。他和她们开玩笑，问她们为什么这么漂亮。两个女孩咯咯笑。事实上，她们一个很难看，另一个更难看。拿冰激凌和找钱的时候，他想着不在家的丰田花冠，霍奇斯打破下午的习惯会不会和他有关系。霍奇斯在蓝雨伞的新留言也许能说明点什么，能让他猜到退休胖警察在动什么念头。

就算不能，布莱迪也想得到他的新消息。

“你居然敢不理我？”他说，头顶上的铃铛叮当作响。

他过了汉诺威街，在购物中心停车，关闭发动机（讨厌的铃声终于停下了，谢天谢地），从座位底下抽出笔记本电脑。电脑放在绝缘箱里，因为冰激凌卡车里太他妈冷了。他启动电脑，借用附近咖啡馆的无线网络，登上黛比的蓝雨伞网站。

什么都没有。

“狗娘养的，”布莱迪咬牙切齿道，“居然敢不理我？狗娘养的。”

他把电脑放回绝缘箱里，看见两个小男孩站在漫画店外，看着他笑嘻嘻地聊天。根据五年来的经验，布莱迪估计他们在上六年级或七年级，智商加起来顶多120，未来将会有很长一段时间领取失业救济——或者在某个沙漠国家度过很短的一段时间。

他们走近卡车，看上去更傻的一个走在前面。布莱迪探出脑袋，微笑着说：“孩子们，有什么想要的吗？”

“我们想知道车里有没有杰瑞·加西亚[①]。”傻蛋说。

“没有，”布莱迪说，笑得愈加灿烂了，“但要是有，我一定会放他出去的。”

两个男孩失望得简直滑稽，布莱迪几乎笑出声来。他指着傻蛋的裤子说：“拉链开了。”傻蛋低头去看，布莱迪弹了一下他下巴底下的软肉。稍微重了点儿——好吧，重了很多，但管他的呢。

“骗过你了。”布莱迪开心地说。

傻蛋用微笑表示对，你骗过我了，但他的喉结上方出现了一道红印子，又惊又痛的泪水在眼睛里打转。

傻蛋和不太傻的傻蛋转身走开。傻蛋扭头看着他。他努着下嘴唇，这会儿他更像个三年级学生，而不是前青春期的遗精少年，会在明年九月在贝尔中学的走廊里闹得天翻地覆。

“真的很疼哎。”他说，声音里有些委屈。

布莱迪对自己很生气。一指头弹得男孩眼含泪水，说明他说的是实话。傻蛋和不太傻的傻蛋会记住他。布莱迪可以道歉，甚至可以送两个甜筒表示歉意，但他们还是会记住他。事情虽然很小，但小事累积起来就会变成大事。

“对不起，”他真心诚意地说，“小子，我有点不知轻重。”

---

① 美国冰激凌厂商班杰利公司在20世纪80年代以“感恩至死”乐队吉他手杰瑞·加西亚（Jerry Garcia）命名了一款名为Cheery Garcia的冰激凌。

傻蛋对他竖起中指，不太傻的傻蛋也用中指表达友情。两人走进漫画店，布莱迪很了解这种孩子，左翻右翻五分钟后，店主就会说你们不买书就出去。

他们会记住他的。傻蛋甚至会告诉父母，他父母说不定会向罗布公司投诉。不太可能但并非完全不可能。他只是想轻轻弹一下傻蛋露出破绽的脖子，下手却重得留下了印痕，这是谁的错呢？退休警察弄得布莱迪心烦意乱。他害得布莱迪做错事情，布莱迪不喜欢这样。

他启动冰激凌卡车的发动机。车顶的扬声器又响起叮叮当当的旋律。布莱迪到汉诺威街左转，继续他今天的漫游，在这个下午售卖甜筒和雪糕，散播糖分，遵守所有限速规则。

9

湖畔大道过了晚上七点有很多停车空位（奥莉薇亚·特莱劳尼很清楚这一点），但下午五点的停车空位稀少而间隔遥远，霍奇斯和简妮·帕特森从阳光牧场回来就是这个时候。霍奇斯看见三四幢楼之外有个空位，尽管位置不大（空位后的轿车向前多停了一点），他还是轻松自如地把丰田停了进去。

“了不起，”简妮说，“我就永远也做不到。我考驾照的时候头两次挂了，都是因为侧方停车不过关。”

“你的考官一定很严厉。”

她微笑道：“第三次我穿短裙去的，旗开得胜。”

霍奇斯想着他有多么想看她穿短裙（越短越好），说：“其实也没什么诀窍。以四十五度向路边倒车，保准不会出差错。当然，除非车太大。丰田很适合市区停车，不像——”他停了下来。

“不像梅赛德斯，”她替霍奇斯说完，“上楼喝杯咖啡吧，比尔。我替你给咪表投币。”

“我自己投吧。说起来，我会喂足硬币。我们有很多事情要谈。”

“你从我老妈那儿听到了什么，对吧？所以回来这一路上你都没怎么说话。”

“是的，我会告诉你的，但在此之前我还有别的话要说，”他看着她的脸说——这张脸是多么赏心悦目啊，老天在上，他真希望自己年轻个十五岁，十岁也行，“我必须跟你说实话。我猜你认为我一开始找你是为了揽活儿，但实际上并不是这样。”

“不，”她说，“我认为你来是因为你对我姐姐的事情有负罪感，我只是利用了你。不过，我并不想为此道歉。你对我母亲很好，亲切，非常……非常温柔。”

她离他很近，下午的光照中，她的眼睛是深蓝色，睁得很大。她分开嘴唇，像是还要说什么，但霍奇斯没有给她机会。他还没来得及思考这么做有多愚蠢，多么鲁莽，就吻了上去。她也回吻他，甚至用右手揽住他的颈背，让两人贴得更紧，霍奇斯吃了一惊。这个吻持续了不到五秒钟，但霍奇斯感觉要久得多，他有段时间没享受过这样的亲吻了。

她向后退开，抬起手捋着霍奇斯的头发，说：“我想一整个下午都这么做。现在咱们上楼吧，我煮咖啡，你报告情况。”

但报告情况是很久以后的事情了，也根本没有什么咖啡。

10

霍奇斯在电梯里再次亲吻她。这次她的双手抱着他的颈背，他的手顺着她的腰窝摸到白色长裤，最后停留在她的臀部上。他知道他过于茁壮的腹部顶着她没什么赘肉的腹部，心想她肯定很厌恶他的身体，但电梯门打开的时候，她面颊绯红，眼睛闪亮，笑容中露出两排小小的白牙齿。她抓住他的手，拉着他走过从电梯到公寓门的一小段走廊。

"来吧，"她说，"来吧，我们反正是要做的，所以就来吧，免得有谁缩回去。"

肯定不是我，霍奇斯心想，我全身上下都只想往前冲。

刚开始她打不开门，因为她拿钥匙的手抖得太厉害。她不禁放声大笑。他握住她的手，两人一起把西勒奇钥匙插进锁眼。

霍奇斯在这套公寓里第一次见到了她的姐姐和母亲，公寓里此刻处在阴影中，因为太阳已经转到了大楼的另一侧。湖水变成了几近紫色的钴蓝色。湖面上没有帆船，但他能看见一艘货轮——

"来吧，"她又说，"来吧，比尔，这会儿可别退缩。"

他们走进一间卧室。他不知道这是简妮的房间还是奥莉薇亚周四探望母亲时用的房间，他也不在乎。过去几个月的生活（下午看电视，微波炉餐食，父亲的左轮手枪）忽然变得那么遥远，像是属于某部无聊的外国电影里的虚构角色。

她想脱掉海魂衫，衣服却被发卡钩住了。受挫的她在衣服里笑着说："帮我脱掉这该死的东西，谢谢——"

他抬起双手，顺着她光滑的侧肋向上摸——他的手刚落在她身上时，她轻轻地颤抖了一下——伸进内外颠倒的海魂衫里。他拉开衣服，轻轻提起。她的头部露了出来。她笑得有点喘息。她穿着纯白色的棉布胸罩。他抓住她的腰部，亲吻她的双乳之间，她解开他的腰带和休闲裤的纽扣。他心想，要是我知道活到这把年纪还能发生这种好事，肯定早就回健身房去了。

“为什么——”他说。

“天哪，闭嘴。”她的一只手向下滑动，用手掌推开拉链。他的长裤落在鞋子上，硬币叮当作响。“等会儿再说话。”她隔着内裤抓住他的坚硬，像换挡似的上下扳动，他嘶嘶吸气。“这是个好开始。不许给我软下去，比尔，绝对不许。”

两人倒在床上，霍奇斯还穿着拳击短裤，简妮的内裤和胸罩一样朴素。他想让她躺下去，但她不肯。

“你不能在我上面，”她说，“要是我们正在做的时候你心脏病发作，会压死我的。”

“要是我们正在做的时候我心脏病发作，我会是有史以来死得最遗憾的男人。”

“躺着别动。你躺着别动。”

她用两个大拇指钩住他的内裤，他用双手握住她晃动的胸部。

“现在抬起腿。手别停。动动你的大拇指，我喜欢那样。”

他毫无困难地同时执行了两个命令，他一向能够一心多用。

没多久，她低头看着他，一绺头发垂下来遮住了眼睛。她努出下嘴唇，吹开头发。“你躺着别动。一切都交给我。不许很快结束。我也不想这么发号施令，但我有两年没做爱了，而且最后一次还很差劲。我想享受一下。我有这个资格。”

温暖滑腻的她包裹住他，他忍不住向上挺身。

“你躺着别动，我说过了。下次你爱怎么动就怎么动，但这次全归我。”

虽然很困难，但他还是照着做了。

她的头发又垂下来遮住了眼睛，但这次她无法努出下嘴唇去吹开头发了，因为她正一下一下地咬着下嘴唇，霍奇斯估计她回头才会感觉到疼痛。她伸出双手，揉着他灰白的胸毛，然后向下按住让他尴尬不已的鼓胀腹部。

“我需要……减肥了。”他喘息道。

“你需要闭嘴，”她说着动了动——只是轻轻动了动——然后闭上眼睛，“天哪，好深。真舒服。节食什么的以后再琢磨吧。”她又动了起来，停下一次调整角度，然后有节奏地前后摆动。

“我不知道我能坚持多久……”

“越久越好，”她闭着眼睛说，“你给我忍住了，霍奇斯侦探。数奇数。回忆你小时候喜欢的书。倒着拼 xylophone。多待一会儿，我也用不了太久。”

他坚持了刚好够久的时间。

11

布莱迪·哈茨费尔德生气的时候，偶尔会去回顾他最伟大胜利的路线，这么做能安慰他。星期五晚上，他回公司交还冰激凌卡车，和外间办公室的雪莉·奥顿义务性地开了一两个玩笑，然后他没有回家，而是开着他的破车进了市区，车头的震动和引擎的轰鸣让他很不愉快。不用多久，他就必须在买新车（新的二手车）和修车的费用之间权衡一下了。另外，母亲的本田比他的斯巴鲁更需要维修。倒不是说她最近经常开本田出去，考虑到她每天有多少个小时泡在酒杯里，不出门反而更好。

他的回忆漫步从湖畔大道开始——这个地方刚离开灯火通明的闹市区，以前每逢周四，特莱劳尼夫人就把车停在路边——然后顺着马尔伯勒街去市民中心。但今晚他到那幢公寓楼就停下了。他突然踩下刹车，后面的一辆车险些撞上他。后车的司机愤怒地猛按喇叭，但布莱迪看也不看，只当那是湖对面的一声蛙鸣。

后车绕到他旁边，放下乘客座的车窗，扯开嗓门大喊傻逼，但布莱迪依然充耳不闻。

这座城市里大概有几千辆丰田花冠，其中蓝色的数以百计，但有多少辆蓝色丰田花冠的保险杠上有“请支持本地警方”的标贴呢？布莱迪敢打赌只有一辆，但退休胖警察来老太婆的公寓楼干什么？如今住在这儿的是特莱劳尼的妹妹，他有什么事要来找她？

答案似乎显而易见：退休警探霍奇斯在寻找他的线索。

布莱迪不再有兴趣重温去年的胜利。他违法（也违背他的个性）掉头，驶向北城。他要回家，脑子里只有一个念头，念头像霓虹灯似的明灭。

狗娘养的。狗娘养的。狗娘养的。

事情的发展和他预想中的不一样。事情正在渐渐地失去控制。这样不对。

他必须做些什么。

12

湖水上方的夜空中，星辰开始出现，霍奇斯和简妮·帕特森坐在厨房里，吃着外卖的中餐，喝着乌龙茶。简妮穿一件松软的白色浴袍，霍奇斯穿内裤和T恤。做爱后他去了趟浴室（她蜷缩在大床中央打瞌睡），他站上体重秤，很高兴地发现他比上次称体重时轻了四磅。开局不错。

“为什么选我？”霍奇斯说，“别误会我的意思，我觉得幸运得难以想象，简直就是老天保佑，但我六十二岁了，而且还超重。”

她喝着茶说：“呃，咱们来想一想啊。在我和奥莉小时候看的老侦探片里，我大概是贪婪的毒妇，也许是夜总会卖香烟的姑娘，企图用雪白的身体诱惑脾气暴躁、愤世嫉俗的私家侦探。但我这个人并不贪婪，再说我也不需要，因为刚继承了几百万美元，而且我的雪白身躯有几个关键部位开始松弛了。你大概已经注意到了吧。”

他没有。他只注意到她还没有回答他的问题，于是继续等待。

“理由还不够好？”

“不够。”

简妮翻个白眼：“真希望我能想出个比‘男人都很愚蠢’更温和的说法，或者比‘我很饥渴，需要暖暖身子’更优雅的说法。但我想不出，所以暂时就这两条吧。还有，你很吸引我。我三十年前就不是黄花闺女了，离上次和人上床又隔得太久。我四十四岁了，所以我可以怎么开心怎么来。不是每次都能成功，但尝试一下总是可以的。”

他盯着她，打心眼里觉得震惊。*四十四岁？*

她哈哈大笑：“知道吗？你这个表情是我很久以来得到的最好的恭维了，也是最发自肺腑的。就这么瞪着我。请允许我再更进一步——你觉得我多少岁？”

“顶多四十，光看外表。我以为我老牛啃嫩草了呢。”

“哈，胡说什么呢。假如有钱的是你而不是我，你睡比你年轻的女人大家都不会当回事。说起来，你睡二十岁的姑娘大家都会觉得习以为常，”她停了停，“不过，要我说，那就真的是老牛啃嫩草了。”

“可是——”

“你老了，但还没那么老，你确实超重，但还不算太胖，不过你再这么吃下去就难说了，”她用叉子指着他说，“一个女人睡过一个男人以后，对他还有能一起吃饭的好感，她的坦诚也就只能到这个程度了。我说我两年没做爱了，那是真的，但你知道我最后一次和我真正喜欢的男人睡觉是多久以前吗？”

霍奇斯摇摇头。

“应该是大学三年级吧，他甚至都算不上男人。他是个替补内边锋，鼻尖上有好大一颗粉刺，但他非常贴心。笨手笨脚的，而且去得太快，但确实贴心。事后还趴在我肩膀上哭了来着。”

“所以刚才不只是……我说不清……”

“不只是什么？感谢炮？怜悯炮？给我点信心好不好？来，我给你个承诺，”她凑近霍奇斯，浴袍敞开，露出不算深的乳沟，“减掉二十磅，我让你在上面。”

他忍不住哈哈大笑。

“感觉很好，比尔。我不后悔，再说我一向喜欢大块头的男人。长粉刺的内边锋估计有两百四十磅。我前夫是个瘦皮猴，我第一眼见到他就该知道他不是好货。这个话题到此为止可好？”

“好。”

“好，”她微笑着站起身，“咱们去客厅，现在该你报告案情了。”

13

霍奇斯把一切都告诉了她，只有看无聊电视和把玩老左轮的漫长下午除外。她听得很认真，一次也没有打断他，视线很少离开他的眼睛。等他最后说完，她从冰箱里取出一瓶葡萄酒，给两人各斟一杯。杯子很大，霍奇斯怀疑地看着他的酒杯。

“我不知道我该不该喝，简妮，我要开车。”

“今晚不用。你留下。还是你有猫狗要回去喂？”

霍奇斯摇摇头。

“连鹦鹉都没有？要是在老电影里，你的办公室里至少该有一只鹦鹉，会对潜在的客户说粗话。”

“对。你可以当我的前台，名叫罗拉，而不是简妮。”

“或者威尔玛。”

他咧嘴笑笑。他们两个的波长相符。

她俯下身，再次露出迷人的春色：“做一下这个人的侧写。”

“这从来都不是我的工作，我们有人专门做侧写。一个是警局的，两个是州立大学心理学系的外聘顾问。”

“你试试看嘛。我上网搜过你，知道吗？看上去你大概是本市警局有史以来最优秀的警察，嘉奖令都快淹到屁股了。”

“有过几次运气不错的时候吧。”

听上去像是故作谦虚，但有很大一部分是实话。运气，加上时刻警惕。伍迪·艾伦说得好：有百分之八十的成功只是在合适的时候露面。

“试一试总归可以吧？要是做得好，说不定咱们可以再去趟卧室，”她对他皱皱鼻子，“除非你年纪太大，已经没法一夜两次。”

按照他此刻的感觉，一夜三次似乎都没问题。他拥有太多禁欲的夜晚，有得是库存可供清仓。至少他是这么希望的。他有一部分（很大一部分）心思还无法相信这不是一个真实得难以想象的春梦。

他喝一口酒，含在嘴里品味片刻，给自己一点时间思考。她的浴袍又合上了，有助于他集中精神。

“好。他应该很年轻，这一点我可以肯定。我猜在二十到三十五岁之间。部分是因为他很熟悉电脑，但还有其他因素。假如一个年纪比较大的人杀死一群人，他通常会向家人或同事下手，最后多半会把枪口对准自己的脑袋。你去找，会发现原因。动机。老婆把他赶出门，然后申请了禁止令。老板解雇他，然后叫了两个保安盯着他清理办公室，羞辱他。贷款到期还不上。信用卡刷爆了。房子和车子要被银行收回了。”

“连环杀人犯呢？堪萨斯的那家伙不就是个中年人吗？”

“丹尼斯·雷德尔，对。警察抓住他的时候他是中年人，但他是从三十岁左右开始杀人的。再说那些是性爱杀人。梅赛德斯先生不是性爱杀人狂，也不是传统意义上的连环杀人犯。他一上来就杀了一群人，然后才开始向个人下手，首先是你姐姐，现在是我。另外，他也没有用枪或偷来的车对付我们，对吧？”

“至少现在还没有。”简妮说。

“我们的凶手是个混合体，但他和比较年轻的杀人犯有着一定的共同之处。比起雷德尔，他更像环城公路狙击手中的李·马尔沃。马尔沃和搭档计划每天杀六个白人。随意挑选受害者。无论是谁，只要运气不好，走进他们的瞄准镜，就有可能被射杀，性别和年龄都没有关系。他们最后杀了十个人，对两个嗜血疯子来说，成绩不错。公开宣称的动机与种族有关。约翰·艾伦·穆罕默德，他是马尔沃的搭档，年纪大得多，像是马尔沃的父亲，他的动机有可能确实是种族问题，或者有一部分是。但我认为马尔沃的动机要复杂得多，糅合了各种他自己也不明白的东西。你仔细研究，有可能会发现性困惑和成长是首要因素。我认为我们的凶手也一样。他很年轻，很聪明。他擅长融入社会，所以同事意识不到他的独狼本质。等他落网以后，他们都会说：‘我不敢相信居然会是谁谁谁，他为人一向很好。’”

“就像那个电视剧里的戴克斯特·摩根。”

霍奇斯知道她说的是什么电视剧，但使劲摇了摇头。不仅因为那个剧是彻头彻尾的胡扯淡。

“戴克斯特知道自己在干什么和为什么这么干。我们的凶手不知道。几乎可以肯定他没结婚，也不约会。他有可能阳痿。他非常有可能还住在家里，而且多半是单亲家庭。假如是父亲，那么关系就冰冷而疏远，两个人就像夜里擦身而过的两条船。假如是母亲，梅赛德斯先生就非常有可能是丈夫的替身。”他看见简妮想说话，举起手说：“不等于他们一定有性关系。”

“也许没有，但是比尔，我必须告诉你，你不需要和一个人睡觉也能和他有性关系。有时候只是眼神接触，是你知道他会出现时会换上什么衣服，是手上的动作——触碰、轻拍、爱抚、拥抱。性爱本身不一定非要出现。我是说，他写给你的信……他撞人的时候戴着安全套……”她在浴袍里打个寒战。

“这封信有百分之九十只是白噪音，但你说得没错，性爱就在其中某处。性爱永远是一个因素。还有愤怒、敌意、孤独、缺陷感……但迷失在这些东西里毫无意义。这不是侧写，只是分析。我当初还拿薪水的时候，这种事就在我的薪水等级之上了。”

“好吧……”

“他已经坏掉了，”霍奇斯简单地总结道，“而且很邪恶。就像有些苹果，外表一切正常，但切开会发现里面烂成了黑色，有虫子爬来爬去。”

“邪恶，”她几乎叹息着说出这两个字，然后自言自语道，“对，他确实邪恶。他像吸血鬼似的掏空了我姐姐。”

“他应该有一份能接触大众的工作，因为他表面上足够友好。假如确实如此，那么这份工作的薪水肯定不高。他爬不上去，因为他无法将他超过普通人的智力和长时间集中精神这两者结合在一起。他的行为说明他受冲动和投机的控制，市民中心杀人案就是个好例子。我认为他早就盯上了你姐姐的梅赛德斯，但直到求职大会的几天甚至几小时前，他才想到该用那辆车做什么。我真想知道他是怎么偷走那辆车的。”

他停下来，想到要感谢杰罗姆，杰罗姆很可能猜对了：备用钥匙多半一直就放在手套箱里。

“我认为杀人的点子一直在凶手的脑袋里翻腾，快得就像发牌高手的洗牌动作。他很可能考虑过炸飞机、纵火、朝校车开枪、向供水系统下毒，甚至是刺杀州长或总统。”

“我的天，比尔！”

“但现在他盯上了我，这是好事，这样他就更容易落网了。之所以是好事，还有另一个原因。”

“什么原因？”

“我更愿意让他想些小案子，让他只考虑一对一。他越是这样，在他决定再搞一起市民中心那样、甚至规模更大的恐怖表演之前，能拖延的时间就越是久。你知道我最害怕的是什么吗？他很可能已经列出了一组潜在的目标。”

“他的信里不是说他没有再犯的冲动吗？”

霍奇斯笑了笑，他的整张脸都亮了起来：“对，他是这么说的。你知道你怎么分辨这种人是不是在说谎吗？他们嘴唇一动就是在说谎。不过对梅赛德斯先生来说，他是写信。”

“或者在蓝雨伞网站上和目标交流，就像他对奥莉那样。”

“对。”

“假设他之所以能害死我姐姐，是因为她心理脆弱……那么请原谅我，比尔，他之所以认为他能害死你，是不是也出于同样的理由呢？”

霍奇斯望向酒杯，发现酒杯已经空了。他正要给自己再斟半杯酒，想到喝得太多或许会影响卧室里的二次发挥，于是只倒了一个杯底。

“比尔？”

“也许吧，”他说，“退休后，我就像是没了魂似的，但还没有到你姐姐那样的程度……”至少现在不会了，“……但这不是重点。信件和蓝雨伞上的交流留给我们的线索不是这个。”

“那是什么？”

“是他在监视我们。这才是线索，让他露出了破绽。不幸的是，这同时也给我的熟人带来了危险。我不认为他知道我在和你谈话——”

“岂止谈话。”她说，像格鲁乔似的挑了挑眉毛。

“——但他知道奥莉薇亚有姐妹，我们只能假定他知道你在这儿。你从现在开始必须非常小心，回到家一定要锁好门——”

“我一向如此。”

“——陌生人通过大堂里的对讲机无论说什么都不要轻信。任何人都可以说他有包裹要你签字。开门前要确定访客的身份。外出时要留意周围的环境。”他俯身凑近她，没有碰杯底的那点酒，他已经不想喝了。“事态严重，简妮。在外面要当心车辆。不只是开车的时候，步行时也一样。知道 BOLO 这个词吗？”

“警方术语：时刻警惕。”

“对。你在外面要时刻警惕，留意多次在你周围出现的车辆。”

“就像那位夫人的黑色 SUV，”她微笑道，“什么太太来着？”

墨尔本太太。想到她就轻轻地拨动了霍奇斯脑海深处某个不起眼的联想开关，但那一刻转瞬即逝，他没来得及确定他究竟想到了什么，更别说仔细考虑了。

杰罗姆也必须时刻警惕。假如梅赛德斯先生在霍奇斯附近逡巡，就肯定见过杰罗姆修草坪、换纱窗、清理排水沟。杰罗姆和简妮应该是安全的，但“应该”还远远不够。梅赛德斯先生是个随机杀人狂，而霍奇斯又在存心激怒他。

简妮看懂了他的心思，说：“而你在……你怎么说的来着？给他上发条。”

“对。我等会儿要偷空用一下你的电脑，再拧两圈他的发条。我已经想好了一段留言，但我打算再加两句。我搭档今天破了个大案，我可以用在这上面。”

“什么大案？”

没理由不告诉她，明天反正就会见报，顶多等到星期天。“公路老乔。”

“在休息站杀女人的那个？”霍奇斯点点头，她说：“他符合你对梅赛德斯先生的侧写吗？”

“完全不符合，但我们的凶手又不可能知道。”

“你打算怎么做？”

霍奇斯告诉了她。

14

他们都不需要等明天的早报。十一点晚间新闻的头条是唐纳德·戴维斯，他本来就是警方怀疑的杀妻凶手，现在又主动承认公路老乔也是他。霍奇斯和简妮在床上看新闻。对霍奇斯来说，梅开二度固然辛苦，但简直爽上了天。他还在喘息，浑身是汗，需要洗澡，但他有很久没这么开心、没这么感觉完整了。

播音员开始讲一条卡在排水管里的小狗，简妮用遥控器关掉电视。“好了：有可能成功。但是我的天，太冒险了。”

霍奇斯耸耸肩：“我不能动用警方的资源，想向前推进，这大概是最好的一条路了。”他觉得没问题，因为这正是他想选择的前进道路。

他有一瞬间想到了衣柜抽屉里的自制武器，装满小钢珠的菱形格袜子，虽然简单，但非常好用。那个狗娘养的开着全世界最重的轿车撞进毫无防备的人群，要是能用简易警棍收拾他一顿就好了。恐怕不太可能，但也并非绝对不可能。在这个最理想（也是最不理想）的世界上，大多数事情都是这样。

“你怎么看我母亲最后的那段话？奥莉薇亚听见鬼魂说话。”

“我需要再想一想。”霍奇斯说，其实他已经想过了。如果他是正确的，那他就多了一条抓住梅赛德斯先生的路。假如要他选，他肯定不愿继续让杰罗姆·罗宾逊卷入此案，但要是他还想跟进沃顿夫人临别时的那段话，他大概也只能如此。他认识五六个和杰罗姆一样精通电脑的警察，但他不能打电话找他们帮忙。

鬼魂，他心想，机器里的鬼魂。

他起身下地，说：“假如允许我过夜的邀请还算数，那我这会儿最需要的就是冲个澡了。”

“当然算数，”她凑过来闻了闻他的脖子侧面，一只手抓住他的上臂，他舒服得打了个哆嗦，“确实需要。”

霍奇斯洗完澡，穿上拳击短裤，请她打开电脑。简妮坐在他身旁，聚精会神地看着屏幕，他登陆黛比的蓝雨伞网站，给梅赛德斯杀手留言。十五分钟后，简妮·帕特森偎依在他身旁，他睡着了……自从童年到现在，他第一次睡得这么香甜。

15

布莱迪漫无目标地乱逛了几个钟头，回家时已经很晚了。后门口贴着一张字条：你去哪儿了，我的小蜜糖？烤箱里有我做的千层面。光看那向下歪斜的颤抖笔迹就知道她写字条时已经酩酊大醉。他撕下字条，开门进去。

通常他会先去看看母亲的情况，但烧焦的气味扑面而来，他连忙走进厨房，发现里面弥漫着蓝色的雾霭。谢天谢地，厨房的烟雾报警器失灵了（他早就想换个新的，但总是忘记，他需要操心的事情太多了）。同样需要感谢的还有烤箱的强力排风扇，它吸走了足够多的烟雾，否则就会触发其他房间的烟雾报警器。不过，他要是不尽快换气，那些报警器就会开始叫唤了。烤箱设置的是三百五十度。他关掉烤箱，打开水槽上方的窗户，然后回去开后门。他们放清洁用品的工具柜里有个落地扇。他取出来面对失控的烤箱放好，然后开到最高一挡。

做完这些，他最后走进客厅查看母亲。她在沙发上睡着了，身穿家居服，上半身敞开着，下半身掀开露出大腿。她的鼾声响亮而均匀，像是空转的链锯。他转开视线，回到厨房里，低声骂着我操我操我操。

他坐在餐桌前，垂下脑袋，手掌按住太阳穴，手指插进头发里。为什么坏事总是接二连三？他不由想到莫顿食盐的广告词：“不下则已，下辄倾盆。”

换气五分钟后，他提心吊胆地打开烤箱。他看着里面冒烟的那团黑炭，回家时的一丝食欲烟消云散。洗是洗不干净这个烤盘的，用钢丝球擦上一个小时也洗不干净，用工业激光多半都救不回来了。这个烤盘已经完蛋。纯粹是因为走运，他回到家才没有看见消防车停在门口，老妈在请消防员喝伏特加果子酒。

他看够了核熔毁的现场，关上烤箱，走进客厅看着母亲。尽管眼睛上上下下地打量她赤裸的双腿，但他的脑子在想，要是她死了反而好。对她好，对我也好。

他下楼，用声控打开电灯和电脑阵列。他在3号电脑前坐下，把光标移到蓝雨伞的图标上……然后犹豫了。不是因为担心会没有退休胖警察的留言，而是担心他真的发来了回复。假如有留言，肯定不会是他想看见的内容。按照事情发展的方向，肯定不是。他的脑袋已经一团糟了，何必弄得自己更痛苦呢？

但退休胖警察为什么会去湖畔大道的那套公寓呢？他必须知道答案。他在盘问奥莉薇亚·特莱劳尼的妹妹吗？有可能。老胖子六十二岁了，绝对不可能和她上床。

布莱迪点击鼠标，一眼看见：

> 科密特青蛙19想和你聊天！
> 你想和科密特青蛙19聊天吗？
> 是，否

布莱迪把光标移到“否”上，用食指的指肚绕着鼠标的弧线画圈。他问自己敢不敢按下去，就在此时此地结束这番挣扎。他显然无法像对付特莱劳尼夫人那样诱骗退休胖警察自杀，所以有什么不好的呢？不看难道不是更明智吗？

但他必须知道答案。

更重要的是，不能让退休胖警察占上风。

他把光标移到**是**上，点击鼠标，留言出现在屏幕上——这次的回复相当长。

我的冒名认罪朋友，你怎么又来了？我都不该回复你的，你这种人一毛钱能买一打，但正如你指出的，我退休了，只要你比菲尔医生和深夜电视购物节目稍微强点儿，我就愿意和你聊几句。再看一场三十分钟的魔净洗衣粉广告，我估计就和你一样疯了，**哈哈哈**。还有，我欠你一个人情，因为你介绍我上这个网站，要是没你的介绍，我无论如何也不能自己发现它。我已经结识了三个新（而且不疯的）朋友。其中一个是一位女士，她的脏话说得那叫一个让人开心！！！所以，好的，我的“朋友”，就让我提点一下你好了。

首先，只要你看《犯罪现场调查》剧集，就会猜到梅赛德斯杀手肯定戴了发网，而且会用漂白水清洗小丑面具。明白吗？**傻子**。

其次，假如你真的偷走了特莱劳尼夫人的梅赛德斯，就肯定会提到仆人钥匙[①]。这一点你看多少《犯罪现场调查》都猜不到。所以，请允许我重复一遍：明白吗？**傻子**。

☺

第三（希望你在记笔记），今天我的老搭档打电话给我。他逮住了一个坏人，这个坏人擅长的是**真**认罪。看看新闻吧，我的朋友，猜一猜这家伙下星期会认什么罪。

祝你晚安。哦，对了，还有，你还是另外找个人去灌输你的奇思妙想吧。

布莱迪模糊记得某个动画角色（好像是来亨鸡，一只南方口音的大公鸡）狂怒的时候，脖子和脑袋会变成温度计，温度从“烘焙”到“炙烤”最后到“核爆”不断上升。布莱迪读着这条傲慢、侮辱和让

---

① 一些车型配有的专用钥匙，可以打开车门和发动引擎，但打不开手套箱、车尾箱和其他地方的锁。

人愤怒的留言，心中就有这种感觉。

仆人钥匙？

仆人钥匙？

“你在胡说什么？”他说，声音介于耳语和号叫之间，“你他妈的到底在胡说什么？”

他站起身，晃晃悠悠地满地转圈，两条腿像是变成了高跷，他使劲揪头发，直到淌出眼泪。他忘记了母亲，忘记了烧黑的千层面，他忘记了一切，脑子里只有这条可恶的回复。

他居然有胆子加了个笑脸符号。

笑脸符号！

布莱迪猛踢椅子，踢得脚趾剧痛，椅子滚过房间，撞在墙上。他转身跑回三号电脑前，像秃鹫似的趴在电脑上。冲动之下，他的第一个念头是立刻回复，说狗娘养的老警察是骗子，是白痴，肥胖让他早早得上了阿尔茨海默症，是屁眼勇士，专舔他那个黑鬼小厮的大屌。但紧接着，一丝像是理智的东西（脆弱而飘忽不定）拦住了他。他把椅子拉回来坐下，打开本市报纸的网站。他都不需要点击**重大新闻**的链接，就看见了霍奇斯在胡扯什么：明天早报的头版就是这条消息。

布莱迪一向关注本地的犯罪新闻，对唐纳德·戴维斯的名字和他棱角分明的英俊面容都不陌生。布莱迪知道警察一直在盯着戴维斯，想确定是谁杀了他的妻子，布莱迪认为无疑就是那家伙自己。现在这个白痴去认罪了，而且不只是妻子那一桩案件。根据新闻所述，戴维斯还供认他强奸并杀害了另外五名女性。简而言之，他承认他就是公路老乔。

刚开始，布莱迪无法把这篇新闻和退休胖警察虚张声势的回复联系起来。但灵感随即迸发，他想到了一个可怕的念头：唐尼·戴维斯被袒露心扉的情绪控制，还打算认下市民中心大屠杀，甚至有可能已经这么做了。

布莱迪像苦行僧似的转圈，一圈、两圈、三圈。他的脑袋疼得要裂开了，胸口、脖子、太阳穴的血管突突直跳，连牙龈和舌头都能感觉到。

戴维斯提到了仆人钥匙吗？所以老警察才会这么说？

“没有什么仆人钥匙。”布莱迪说……但他怎么能够确定呢？要是真的有呢？要是真的有……要是警察把案子挂在唐纳德·戴维斯头上，夺走布莱迪·哈茨费尔德的荣耀……他冒了那么大的风险……

他忍不住了。他回到3号电脑前，回复**科密特青蛙**19。留言很短，但他的手抖得太厉害，他花了近五分钟才写完。他懒得再读一遍，写完就发送了出去。

妈的死浑蛋你满嘴胡话。对，钥匙不在点火装置上，但也没有什么仆人钥匙。手到箱里有备用钥匙，至于我是怎么开琐的**就需要你个傻逼去琢磨了**。这个案子不是唐纳德·戴维斯犯下的。我再说一遍，**这个案子不是唐纳德·戴维斯犯下的**。你要是敢告诉别人说就是他，我就宰了你，虽杀你这么一个老糊涂都不恁算杀人。

落款：

真正的梅赛德斯杀手

又：你老妈是婊子，最爱被操屁眼 & 下阴沟舔精液。

布莱迪关电脑上楼，没有扶母亲回卧室，而是任着她在沙发上打鼾。他吞下三粒阿司匹林，想了想又加了一粒，然后躺在自己的床上，瞪着眼睛，浑身颤抖，直到第一缕曙光爬上东方的天际。最后他睡着了两个小时，但睡得很浅，很不踏实，充满了噩梦。

16

星期六的早晨，霍奇斯正在炒蛋，简妮走进厨房，她身穿白色浴袍，刚洗过澡，头发湿漉漉的。她的头发向后梳，露出整张脸，显得比之前还要年轻。霍奇斯心想：四十四？

“我想找培根，但没找到。当然了，多半还是有的。我前妻说绝大多数美国男性都患有冰箱盲的疾病。不知道这个毛病有没有求助热线。”

简妮指了指他的腹部。

“好吧。”他说。她似乎听了很高兴，于是他又说：“对。”

“说起来，你的胆固醇怎么样？”

他微笑道：“吐司？全麦的。不过你应该知道，因为是你买的。”

“一片。不要黄油，一丁点果酱就好。你今天有什么打算？”

“还没想好。”不过他在考虑去一趟蜜糖高地，找拉德尼·皮泊斯聊聊，当然前提是拉德尼今天当班，而且依然警惕。他还要找杰罗姆聊聊电脑。这方面有着无穷的可能性。

“你看过蓝雨伞了吗？”

“我想先给你做早饭，还有我自己，”这是真的，他醒来时只想喂饱身体，而不是填补脑袋里的空洞，“再说我也不知道你的密码。”

“就是简妮。”

“听我一句好吗？换掉它。其实是给我做事的那小子的建议。”

“杰罗姆，对吗？”

“对，就是他。”

他炒了六个蛋，两人平分，吃得干干净净。他有点想问昨晚的事情她后不后悔，但觉得她既然愿意一起吃早饭，就已经回答了这个问题。

他们把盘子放进水槽，到电脑前打开蓝雨伞网站，默默地坐了将近四分钟，一遍又一遍读着梅赛德斯杀手的回复。

“我的天，”她最后说，“你想给他上发条，我看这下算是上满了。你看见那些错字了吗？”她指了指手到箱和开琐[①]，“这也是他的——你怎么说的来着？——风格伪装吗？”

“我不这么认为。”霍奇斯看着不恁微笑道。他忍不住要微笑。鱼儿在尝试鱼钩，鱼钩深深地陷进了肉里。痛。很痛。“我认为一个人气疯了才会这么打字。他最不希望的就是遇到可信性问题，所以他气得发疯。”

“呃。”她说。

“怎么了？”

“气得他更疯。再回复他一条，比尔，继续刺激他。他活该。”

“好。”他想了想，然后开始打字。

---

① 原文分别为：“Complartment”和“uynloeked”，都有拼写错误。

17

霍奇斯穿好衣服，简妮送他出门，在电梯口给了他一个长吻。

“我还是不敢相信昨晚是真的。”霍奇斯说。

“哦，当然是真的。只要你不犯错，就有可能再次成真，”她用那双蓝眼睛扫视他的脸，“但承诺和长期约定就免了，可以吗？咱们走一步看一步。”

“到了我这把年纪，我对什么事情都是这个态度。”电梯门开了，他走进去。

“保持联系，老牛仔。”

“好的，”电梯门开始关闭，他伸手挡住，“还有，记住时刻警惕，牛仔姑娘。”

她严肃地点点头，但他看见了她眼角的笑纹：“简妮会时刻警惕得你没话说。”

“手机别离身，最好把911放在快速拨号里。”

他垂下手，简妮送他一个飞吻。他还没来得及还她一个，电梯门就关上了。

他的车还在原处，但咪表肯定在免费停车开始前就到时间了，因为雨刷底下有一张罚款单。他打开手套箱，把罚款单塞进去，然后掏出手机。他很擅长提醒简妮，自己却不遵守。自从离开岗位之后，他就总是忘记带这只该死的诺基亚——对手机来说，它早就是史前怪物了。最近很少有人打电话给他，但今天早晨他有三条语音留言，全都来自杰罗姆。第二条和第三条，一条是昨晚九点四十，另一条是十点三刻，两条听上去都很不耐烦，问他在什么地方和为什么不打电话。语气倒是杰罗姆的平常语气。第一条留言是昨晚六点半，以泰隆·好心情・狂欢的夸张语气开始。

“霍奇斯先撒，你在哪儿啊？俺得跟你唠唠！”然后变回杰罗姆，“我认为我知道他是怎么做的了——他是怎么偷车的。打给我。”

霍奇斯看看手表，星期六早晨，杰罗姆这会儿多半还没起床。他打算先回家取笔记，然后去找杰罗姆。他打开收音机，鲍勃・西格尔在唱《旧时光摇滚》，他跟着吼叫：取下架子上的老唱片。

18

在移动应用、iPad、三星手机和快如闪电的4G世界出现之前，生活曾经简单得多，周末是折价电子城一周中最繁忙的日子。但如今年轻人不再来买CD，而是上iTunes下载“吸血鬼周末”乐队，他们的长辈不是在eBay购物，就是在Hulu上追剧。

折价电子城桦山购物中心分店的星期六上午宛如荒原。

东尼斯在店堂前面，企图把一台已经过时的高清电视卖给一位老妇人。弗雷迪·林克莱特在后门外，一根接一根地抽万宝路红标，多半正在排练最新版的同性恋权利演说。布莱迪坐在店堂后面的一台电脑前，这是一台古老的Vizio，他设置得不会留下任何按键记录，使用历史就更不用说了。他瞪着霍奇斯最新的回复，左眼开始不规则地快速抽搐。

> 别拿我母亲出气好吗？☺你扯那么多没脑子的谎被我揭穿又不是她的错。偷了手套箱里的钥匙，对吧？说得好，可惜奥莉薇亚·特莱劳尼的两把钥匙都在。丢失了的是仆人钥匙。她用一个磁性小盒子藏在后保险杠底下，肯定是被**真正的**梅赛德斯杀手找到了。
>
> 我认为我没兴趣再写给你了，智障，你的**乐趣指数**就快跌到零点了。另外，我得到了确切的消息，唐纳德·戴维斯打算认下市民中心杀人案的罪行。所以你还有什么出路？大概只能继续过你的屎烂无聊小日子了吧。在结束我们有趣的通信之前，我还有一句话要说。你威胁要杀死我。这是一项重罪，但你猜怎么着？我不在乎。哥们，你只是一个普普通通的狗屎二货而已，互联网

上全是这种东西。愿意来我家（我知道你知道我住在哪儿）面对面威胁我吗？敢吗？我看不敢。最后，请让我用两个字结束这个回复吧，简单得连你这种傻瓜应该都能看懂。

滚开。

布莱迪愤怒得无以复加，觉得像是冻僵在了座位上。另一方面，他胸中又怒火万丈，灼热不已。他认为自己会永远这么趴在这台狗屁不如的 Vizio 上（促销价便宜得可笑，只要八十七块八毛七），直到他要么被冻死要么被烧死，或者两者同时发生。

墙上出现了一个黑影，布莱迪发现他还是能动弹的。就在弗雷迪弯腰看屏幕的前一瞬间，他关掉了退休胖警察的回复。“你在看什么，布莱迪？你隐藏画面的动作太快了。”

“《国家地理》的纪录片，名叫《女同性恋者来袭》。”

“你的幽默感，”她说，“大概只比你的精子数低一点，但我看还是低估你了。”

东尼斯·弗罗比舍走过来。“接到一个报修电话，在艾奇蒙大道，”他说，“你们谁想去？”

弗雷迪说：“一个是去山里人天堂修电脑，一个是把野生黄鼠狼塞进我的屁眼，我肯定选黄鼠狼。”

“我去。”布莱迪说。他决定了，他有事要去办，已经等不及了。

19

霍奇斯来到罗宾逊家，杰罗姆的妹妹和几个朋友在车道上跳绳。她们都身穿亮闪闪的T恤，上面印着某个男孩乐队的头像。他穿过草坪，一只手拿着案件卷宗。芭芭拉跑过来和他击掌，亲了他一口，然后跑回去抓住长绳的一头。杰罗姆穿短裤和市立大学的短袖T恤，坐在门廊台阶上喝橙汁。奥戴尔趴在他身旁。他说老爸老妈去超市了，他们回来前他得照看妹妹。

“倒不是说她现在还需要保姆，她比我们爹妈想象中要懂事得多。”

霍奇斯在他身旁坐下，说：“这种事可不能想当然，杰罗姆，信我一句。”

“什么意思？”

“先说说你发现了什么。”

杰罗姆没有回答，而是指着霍奇斯的车说：“哪年出厂的？”车停在路边，免得妨碍女孩们的游戏。

“2004年。不怎么起眼，但里程不算多。想买？”

“我就算了。你锁好了吗？”

“当然。”尽管这是个好社区，而且他就坐在能看见车的地方，但毕竟积习难改。

“把你的车钥匙给我。”

霍奇斯从口袋里掏出车钥匙递给他。杰罗姆看着遥控器点点头。“PKE，”他说，“20世纪90年代投入使用，刚开始是可选配件，但从两千年开始就变成了标准装置。你知道这三个字母代表什么吗？”

身为市民中心大屠杀专案组的头儿，也因为曾经多次盘问奥莉薇亚·特莱劳尼，霍奇斯当然知道："被动无钥门禁系统。"

"对。"遥控器上有两个按钮，杰罗姆按下其中一个，丰田车的停车灯闪了一下。"现在车门开了。"他按下另一个。停车灯又闪了一下。"现在锁上了。钥匙在你手上，"他把钥匙放在霍奇斯的手里，"安全稳妥，对吧？"

"既然你在和我讨论这个，看起来并不是。"

"我在大学里认识几个人，他们有个电脑俱乐部。我不会告诉你他们是谁，所以你也别问。"

"想都不会想。"

"他们不是坏人，但知道坏人所有的花招——黑客、克隆、信息窃取，诸如此类的。他们说 PKE 系统基本上就是个摆设。你揿按钮锁车和开锁的时候，遥控器会发出低频信号。那是个指令码。假如你能听见，差不多就像是快速拨出传真号码的那种嘟嘟滴滴声。明白吗？"

"目前都还能听懂。"

车道上的女孩在唱《巷子里的莎莉》，芭芭拉·罗宾逊跳进跳出绳圈，结实的棕色小腿闪闪发亮，马尾辫起起落落。

"我的朋友们说，只要有合适的工具，你很容易就能截获那个指令码。车库门或电视机的遥控器改装一下就行，但想用这些东西，你必须离得非常近才行。大概二十码之内吧。不过，做一个功率更大的也不难。所有元器件都能在普通的电器商店里买到，加起来也就百来块钱吧，影响范围能到一百码。你看着目标车辆的司机下车。她揿下锁门按钮的时候，你的小工具捕捉到信号，保存下来。她转身走开，等她看不见了，你再揿一下按钮。车门解锁，你上车。"

霍奇斯看一眼车钥匙，然后看着杰罗姆说："真能行？"

"那是当然。我的朋友们说现在越来越困难了，因为厂商更新了系统，每次你揿按钮时发出的信号都是不一样的，但也并不是不可能。人脑设计的系统一定能被人脑攻破。明白吗？"

霍奇斯几乎没有听见他在说什么，更别说明不明白了。他想到了成为梅赛德斯先生之前的梅赛德斯先生。凶手有可能购买了杰罗姆说的这种小工具，但更有可能是自己做的。特莱劳尼夫人的梅赛德斯是他第一次偷车吗？不太可能。

得查一下市区的汽车失窃案件，他心想。从……就从 2007 开始，直到 2009 年早春。

霍奇斯在档案科有个欠他人情的朋友，玛洛·埃弗雷特。霍奇斯相信玛洛不会多问就能帮他私下里查一下。假如她发现有多个案件的调查警员最后都定论为“有可能是失主忘记锁车门了”，那他就可以确定了。

他在心里已经确定了。

“霍奇斯先生？”杰罗姆看着他，眼神有点犹豫。

“怎么了，杰罗姆？”

“你负责市民中心案件的时候，没有问过负责车辆盗窃的警察吗？他们肯定知道 PKE 的事情。不是新鲜事。我的朋友们说这种手段甚至有个专门的名字：窥窃法。”

“我们问过梅赛德斯经销商的机修工领班，他说凶手是用钥匙开锁的。”霍奇斯说。他自己都觉得这么回答是个无力的自辩，往坏里说就是在承认无能。机修工领班只是想当然地认为凶手是用钥匙开锁的，所有人都是这么认为的。他们全都不喜欢的一个蠢女人把钥匙忘在了点火装置上。

杰罗姆露出讥讽的笑容，这个笑容出现在他年轻的脸上显得很古怪，像是放错了地方：“霍奇斯先生，汽车经销商才不会告诉你这种事情呢。他们并不会撒谎，只是禁止这种念头进入脑海。就好像气囊弹出虽然能救命，但同时也有可能敲碎眼镜，刺破眼睛而导致失明。就好像某些 SUV 的翻车概率特别高。就好像窃取 PKE 信号有多么简单。但负责车辆盗窃的警察肯定知道，对吧？他们不可能不知道。”

可怕的事实是霍奇斯不知道。他应该知道，但他确实不知道。他和彼得永远在外面跑，一天值两个班，每晚只睡五个小时。文书工作堆得比山高。就算收到过偷车组的备忘录，多半也被直接塞进了某个卷宗。他不敢问老搭档，但他明白很快就必须向彼得和盘托出——假如他一个人破不了这个案子。

另外一方面，必须让杰罗姆知道所有事情，因为霍奇斯在撩拨的这个家伙是疯子。

芭芭拉跑过来，满头大汗，气喘吁吁说："杰，我能和希尔达还有托尼娅看《天兵公园》吗？"

"去吧。"杰罗姆说。

她搂住杰罗姆，用面颊贴着他的脸说："最最亲爱的哥哥，能给我们做煎饼吃吗？"

"不能。"

她松开手，退了半步说："你是坏人，而且很懒。"

"你为什么不去佐尼超市买盒松饼呢？"

"还能为什么？当然是因为没钱。"

杰罗姆从口袋里掏出一张五块钱递给她，于是他又得到了一个拥抱。

"我还是坏人吗？"

"不，你是好人！有史以来最好的哥哥！"

"要去就和小姐妹一起去。"杰罗姆说。

"带上奥戴尔。"霍奇斯说。

芭芭拉笑着说："我们每次都会带上奥戴尔。"

霍奇斯目送身穿同款T恤的女孩们蹦蹦跳跳走远（叽叽喳喳聊天，把奥戴尔的狗绳传来传去），心中深感不安。他不可能把罗宾逊一家关进家门保护起来，但这三个女孩实在太幼小了。

"杰罗姆？要是有人企图对她们下手，奥戴尔能——？"

"保护她们吗？"杰罗姆认真起来，"它会拼命保护她们，霍先生，用它的一条性命。你有什么想法吗？"

“你能继续为我保密吗？”

“当然！”

“好，我有一些很重要的事要告诉你。作为回报，你必须答应我，从现在开始叫我比尔。”

杰罗姆考虑片刻，说：“需要一点时间适应，但没问题。”

霍奇斯把几乎所有事情都告诉了他（除了在哪儿过夜），时不时参考一下拍纸簿上的笔记。他说完的时候，芭芭拉和朋友们也从小超市回来了，她们来回扔着一盒松饼，笑得非常开心。她们回到室内，对着电视吃点心。

霍奇斯和杰罗姆坐在门廊台阶上讨论鬼魂。

20

艾奇蒙大道的样子像是战区，不过这条路位于下石楠大道以南，所以至少是个以白人为主的战区。居民主要是肯塔基和田纳西的山地乡巴佬后裔，二次大战之后，那些山里人迁居至此，在制造厂里工作。现在那些制造厂已经关门了，这儿的很大一部分人口是毒虫，吸不起越来越贵的羟可酮，只能换成黑焦油海洛因。艾奇蒙大道上，酒吧、当铺和支票兑换点比比皆是，但在这个周六的上午，还都大门紧锁。开门的店铺只有两家，一家是佐尼超市，另一家是巴托尔面包房，也就是布莱迪要来修电脑的地方。

布莱迪在店门口停车，要是有人企图撬开他的赛博巡警甲壳虫，他在店里一眼就能看见。他背着工具箱走进店门，好闻的香味扑面而来。柜台里的油腻佬指着写有**电脑故障，只收现金**的牌子，正在和一个挥舞着信用卡的顾客争吵。

巴基崽的电脑遭遇了恐怖的屏幕冻结。布莱迪每隔三十秒就扫一眼他的甲壳虫，手上施展出冻屏解除大法，也就是同时按下 ctrl、alt 和 del 三个键。任务管理器随即出现，布莱迪立刻看见资源管理器的状态为“无响应”。

“糟糕吗?”巴基崽紧张地问，“千万别说很糟糕。”

换了其他日子，布莱迪会慢慢吊他的胃口，不是因为巴托尔这种人会给小费（事实上他们从来不给），而是就想让他们多淌几滴油汗，但今天不行。接单修电脑只是个帮他离开店里的借口，他想尽快解决问题，去一趟购物中心。

“小问题，巴托尔先生，马上就好。”他说。他点击**结束任务**按钮，重启巴基崽的电脑。没多久，收银机就又能工作了，四种信用卡的图标全都点亮。

“你真是天才！”巴托尔叫道。有那么一瞬间，布莱迪惊恐地以为这个浑身香水味的龟孙子要拥抱他了。

21

布莱迪离开山里人天堂，朝着机场向北而去。桦山购物中心也有家居用品部门，肯定有他想买的东西，但他还是选择了航线购物中心。他正在做的事情鲁莽、有风险却不必要，去与折价电子城仅有一条走廊之隔的店面买东西只会雪上加霜。吃饭的地方不能拉屎，就是这个道理。

布莱迪走进航线购物中心的园艺世界，立刻知道他的决定非常明智。店面很大，在这个早春周末的上午时分，店里挤满了购物者。布莱迪在购物车里放了些其他商品打掩护（肥料、腐殖土、种子和短柄园艺耙），然后来到杀虫剂区域，拿起两罐灭鼠强放进购物车。他已经在网上买了毒药，几天内就会送到他的安全投递点，再来亲自买毒药简直是发疯，但他等不及了，绝对等不及了。他在周一前多半不会找到机会毒死黑鬼家的狗，甚至有可能要等到周二或周三，但他非得做点什么不可。他需要感觉到他……莎士比亚是怎么说的来着？挺身反抗人世的无涯苦难。

他推着购物车排队，在心里告诉自己，假如女收银员（又一个油脂球，这座城市要被他们淹没了）对灭鼠强说些什么，哪怕只是这东西确实管用这种没营养的废话，他就立刻放弃这个念头。被记住和认出的可能性太高了：啊，对，就是这个紧张的年轻人，他买了园艺耙和灭鼠毒药。

他心想，也许我应该戴墨镜的。一点也不显眼，因为这儿有半数男人戴着墨镜。

不过为时已晚，他把雷朋墨镜留在了桦山购物中心他的斯巴鲁里，现在只能继续排队。他命令自己不许流汗，这就像命令一个人不许想蓝色北极熊。

我注意到他是因为他在出汗，油脂球女收银员（要布莱迪说，她说不定是面包师巴托尔的亲戚）会这么对警察说。也因为他买的是灭鼠毒药。这种毒药含番木鳖碱。

他有一瞬间险些拔腿就跑，但这会儿他前后都有人，假如他脱离队列，会不会被人注意到？他们会不会想——

背后有人推推他："哥们，轮到你了。"

布莱迪没得选了，只能推着购物车向前走。筐底的两罐灭鼠强发出耀眼的黄色，要布莱迪说，这个颜色代表的正是疯狂，所以配毒药正合适。他来这儿就是发疯。

紧接着，一个鼓舞人心的念头出现了，像冰凉的手贴在发烧的额头上一样安慰人：开车撞进市民中心的人群比这个要疯狂得多，但我还是逃掉了，对吧？

对，这次他同样能逃掉。油脂球看都没看他一眼，一件一件拿起他购物车里的东西扫码。她问他付现金还是用信用卡，依然没有抬头看他。

布莱迪付现金。

他还没那么疯狂。

布莱迪回到大众车里（停在两辆卡车之间，几乎完全遮住了荧光绿的车身），坐在方向盘前。他做了几次深呼吸，直到心跳稳定下来。他想着前方要走的道路，越来越冷静。

首先是奥戴尔。蠢狗要死得非常痛苦，退休胖警察会知道这都是他的错，哪怕罗宾逊一家不知道也行。（从纯粹科学研究的角度而言，布莱迪很有兴趣知道退休警探会不会去坦白。他认为霍奇斯不会。）其次就轮到他本人了。布莱迪会给他几天时间，让他沉浸在自己的罪孽之中，然后，谁知道呢？他说不定就自我了断了。但也许不会，这样布莱迪就只能亲自弄死他，手段尚未确定。第三……

玩一票大的。要让一百年后的世界还记得他。问题在于，什么才算得上一票大的呢？

布莱迪用钥匙点火，把甲壳虫的烂收音机调到 BAM-100，每周末这个电台都是摇滚连播节目。他赶上了 ZZ Top 时间的尾巴，正要换到 KISS-92 频道，他的手突然停下了。他没有换台，而是调大了音量。命运在对他讲话。

主持人告诉布莱迪，全国最热门的男孩乐队即将来到本市，只演一场——对，下周四，“此时此地”乐队将在文艺馆开唱。“门票已经基本卖完，孩子们，但 BAM-100 的好人保留了十二张，从星期一开始，我们将两张两张送出门票，所以请关注本节目，听到信号就打电话进来——”

布莱迪关掉收音机。他陷入沉思，视线遥远而朦胧。本市百姓管中西部文化与艺术馆叫文艺馆。它占据了一整个街区，有个巨大的演艺厅。

他心想，能这么告别真是太棒了。哎呀我的天，多么了不起啊。

他心想，文艺馆的明戈演艺厅能容纳多少人？三千？还是四千？他今晚要上网查一查。

22

霍奇斯就近找了个小餐馆吃午饭（色拉，而不是肠胃最渴望的加料汉堡），然后回到家里。昨晚愉悦的疲累这会儿现出原形，尽管他该给简妮打电话，看起来他们要去一趟特莱劳尼夫人的蜜糖高地豪宅了，但他决定调查的下一步是先打个盹。他看了一眼客厅里的电话答录机，但**待取留言**显示屏上显示的数字是零。他打开黛比的蓝雨伞网站，发现梅赛德斯先生还没有回复。他到床上躺下，将脑内的闹钟设为一小时。闭上眼睛前，他的最后一个念头是他又把手机忘在丰田车的手套箱里了。

我该去取手机，他心想，我把两个号码都留给她了，但她不是守旧派，而是新一代，要找我会先打手机。

但他立刻睡着了。

叫醒他的是守旧派的固定电话。他翻身去抓听筒，发现在他当警察那些年里从未辜负过他的脑内闹钟显然也退休了。他一觉睡了近三个小时。

“哈啰？”

“你就从来不查留言的吗，比尔？”是简妮。

他有一瞬间想说他手机没电了，但撒谎可不是一段关系的好开始，哪怕只是露水情缘呢。再说这个并不重要。她的声音模糊而沙哑，像是刚刚吼过几嗓子。或者一直在哭。

他坐了起来，问道：“怎么了？”

“我母亲今天上午中风了。我在华沙县纪念医院，离阳光牧场最近的医院就是这儿。”

他把两条腿放在地上：“天哪，简妮。严重吗？”

“严重。我打电话通知了我在辛辛那提的夏洛特姨妈和坦帕的亨利舅舅。他们都会来。夏洛特姨妈肯定会拖上我的霍莉表姐，”她哈哈一笑，但笑声里没有喜悦，“他们当然会来了，老话说得好，有钱能使鬼推磨。”

“我能来吗？”

“当然，但我不知道该怎么向他们介绍你，总不能说你是我刚认识就拖上床的男人吧。要是我说我雇你调查奥莉的死亡，消息不到明天就会出现在亨利舅舅某个孩子的脸书上。说到传闲话，亨利舅舅比夏洛特姨妈还可怕，两个人都不是什么守秘模范。还好霍莉只是脾气古怪，”她带着哭腔深吸一口气，“天哪，我这会儿很需要朋友陪着。我有好几年没见过夏洛特和亨利了，他们都没出席奥莉的葬礼，也没兴趣关心我的生活轨迹。”

霍奇斯想了想，说：“就说我是你的朋友好了。我曾经为蜜糖高地的警惕安保公司工作。你回来清点姐姐的遗物，和律师处理遗嘱，就在那时候认识了我。好朋友。”

“律师姓施隆，”她带着哭腔又深吸一口气，“应该可以。”

肯定可以。谈到一本正经地编故事，谁能比警察更擅长呢？“我这就来。”

“可是……你在市里不是还有事情要处理吗？调查案件？”

“先放一放也没问题。我一个小时就能到。周六不堵车，说不定还会更早。”

“谢谢，比尔，真心的。假如我不在大厅里——”

“我能找到你的，我是训练有素的侦探。”他穿上鞋。

“既然你要来，最好带上替换衣物。我在同一条街上的假日酒店订了三个房间。我也会给你订一间的。有钱就有这个好处，有运通白金卡就更方便了。”

“简妮，开车回市里很方便的。”

“没错，但她也许撑不住了。假如是明天或后天的话，那我就肯定需要有个朋友陪着。为了……你明白的……”

眼泪让她说不下去了。霍奇斯不需要她说完，因为他知道她想说什么：为了安排后事。

十分钟后，他开车上路，向东去阳光牧场和华沙县纪念医院。他以为简妮会在重症病房的等候室里，但她在医院外，坐在一辆救护车的保险杠上。霍奇斯在她旁边停车，她坐进丰田里，看见她憔悴的面容和深陷的眼窝，他就什么都知道了。

她强作镇定，霍奇斯在访客车位停好车，她终于崩溃。霍奇斯搂住她。她说伊丽莎白·沃顿在中部夏令时三点一刻过世了。

就是我穿鞋的那个时候，霍奇斯心想，将她抱得更紧了。

23

小联盟赛季激战正酣，布莱迪在麦金尼斯公园度过了这个阳光灿烂的周六下午，三片场地都在打比赛。天气温暖，生意很好。很多十几岁的傻姑娘来看弟弟打比赛，她们排队买冰激凌的时候似乎只有一个话题（好吧，是布莱迪能听进去的唯一话题）：文艺馆下周四“此时此地”乐队的演唱会。她们似乎都会去。布莱迪心想，我也会去。他只需要想出办法，穿着他的特质背心（塞满了小钢珠和塑胶炸药）进入演艺厅。

我的谢幕演出，他心想，几十年的头版消息。

这个念头让他心情愉快。不到四点钟就卖掉了整整一车包括果汁棒冰在内的冷饮同样让他心情愉快。回到冰激凌工厂，他把钥匙还给雪莉·奥顿（她似乎从不下班），问他能不能和星期天下午的鲁迪·斯坦霍普换班。星期天，只要天气合适，生意就总是很好，罗布的三辆卡车不仅服务麦金尼斯公园，也在本市的另外四个大型公园摆摊。伴随着这个请求，他还送上了男孩般的羞涩笑容，雪莉特别吃他这一套。

“换句话说，”雪莉说，“你想连休两个下午。”

“正是如此。”他解释说他母亲想去探望她哥哥，至少要待一个甚至两个晚上。当然了，他母亲根本没有哥哥，而谈到观光旅行，他母亲最近有兴趣的线路只有一条，那就是从沙发到酒柜然后再回到沙发上。

“鲁迪肯定会答应的，你为什么不自己打给他？”

“假如是你的请求，他就百分之百会答应。”

小婊子吃吃傻笑，长满粉刺的皮肤恶心地蠕动。布莱迪换回便服的时候，她打了电话。鲁迪很高兴地用周日换了布莱迪的周二，于是布莱迪就有了两个下午供他去佐伊超市蹲守。两个下午应该足够了，要是女孩两天都没有带狗来，周三他就打电话请病假——那是迫不得已的办法，但他不认为他需要等那么久。

离开罗布公司，布莱迪去了趟超市。他买了两人需要的五六件日用品，鸡蛋、牛奶、黄油、巧克力泡芙等等，然后到肉制品柜台挑了一磅汉堡肉。九分瘦。毕竟是奥戴尔的最后一顿饭，就让它吃顿好的吧。

回到家，他打开车库，放下他在园艺世界买的所有东西，很小心地把两罐灭鼠强放在最高的架子上。他母亲很少来这儿，但风险这东西能不冒就不冒。工作台底下有个迷你冰箱，那是布莱迪花七块钱在旧货摊上买的，便宜得就像白捡的。他的软饮料都放在这儿。他把汉堡肉藏在可乐和激浪背后，然后拎着剩下的物品进屋。他在厨房里看见了令人愉快的一幕：他母亲在向看起来很美味的吞拿鱼色拉上撒辣椒粉。

她看见布莱迪的眼神，哈哈大笑："我想弥补一下昨天的千层面。对不起，但我实在累得太厉害了。"

醉得太厉害才是实话，他心想，但她至少还没有完全放弃。

她噘起刚涂过口红的嘴唇："来，给妈咪一个吻，我的小蜜糖。"

小蜜糖搂住她，给了她一个迟迟不愿放开的吻。口红尝起来甜丝丝的。她轻轻拍了一下他的臀部，说你先下去玩电脑，晚餐好了我叫你。

布莱迪给警察留了一条一句话的简短回复：**我要搞死你，死老头**。然后他开始打《生化危机》，直到母亲叫他上去吃饭。吞拿鱼色拉很好吃，他吃了两份。她愿意的时候做饭很有一手。她给自己斟了今晚的第一杯酒，这一杯特别大，足有她下午喝的两三杯那么大（她拒绝承认自己下午喝过酒），布莱迪没说什么。九点钟，她又在沙发上打鼾了。

布莱迪抓住机会上网研究下周的“此时此地”乐队演唱会。他看了一段 YouTube 视频，一群女孩傻笑着讨论五个男孩哪个最性感。最终结论是凯姆，他是《看着我的眼睛》一曲的领唱，这首歌简直是听觉上的呕吐物，布莱迪记得他去年好像在收音机里听到过。他想象钢珠将那些欢笑的面孔撕成碎片，相同款式的盖斯牛仔裤化作燃烧的破布。

后来，他搀扶母亲回床上睡觉。他确定母亲彻底失去了知觉后，从冰箱里取出汉堡肉放进一个碗里，倒入两量杯灭鼠强搅拌。要是这还毒不死奥戴尔，他就开着冰激凌卡车碾死那只鬼东西。

这个念头让他窃笑不已。

他把有毒的汉堡肉放进塑料袋，放到迷你冰箱的最里面，小心翼翼地用汽水罐挡住。他用热肥皂水仔细清洗双手和搅拌毒药用的大碗。

那天晚上布莱迪睡得很香。他没有头疼，也没有梦见死去的弟弟。

24

医院在连接大厅的走廊里给霍奇斯和简妮找了个可以打电话的房间，两人开始为老妇人安排后事。

霍奇斯负责联系殡仪馆（索玛斯，奥莉薇亚·特莱劳尼的葬礼也是他们操办的），确定医院已经准备好了，灵车一来就可以移交遗体。简妮从本市报纸的网站下载了讣告表格，她使用 iPad 的轻松和娴熟让霍奇斯嫉妒不已。她飞快地填写表格，打字时偶尔低声说两句什么，霍奇斯有一次听见她喃喃说出敬献花圈这几个字。她将填写完毕的表格发回报社，从手袋里取出母亲的地址簿，打电话给老妇人为数不多的在世朋友。她的语气热情而冷静，但说得很简洁。她的声音只颤抖了一次，那是她打给艾尔希娅·格林的时候，在近十年的时间里，格林太太是她母亲的护士和最亲密的同伴。

六点钟（几乎就在同一个时候，布莱迪·哈茨费尔德回到家里，看见母亲正在最后装点吞拿鱼色拉），所有事情都安排得差不多了。六点三刻，一辆白色凯迪拉克灵车开上医院的车道，绕向楼后。车上的人很清楚该去哪儿，他们来过许多次了。

简妮望向霍奇斯，她脸色苍白，嘴唇颤抖："我不知道我能不能——"

"我来吧。"

交接实际上没什么特殊的，他把医生签字的死亡证明交给殡葬师和助手，他们给他收据。他心想，这就和买车一样嘛。他回到医院大厅，看见简妮在外面，又坐在了救护车的保险杠上。他过去在她身旁坐下，抓住她的手。她使劲握住霍奇斯的手指。两人望着白色灵车，直到它消失不见。霍奇斯拉着她回到他的车上，开了两个街区去假日酒店。

八点钟，亨利·西罗伊斯到了，他是个胖子，用潮乎乎的手和霍奇斯握手。一小时后，夏洛特·吉伯尼到了，驱赶着拿满了大包小包的门童走在她前头，一见面先抱怨航班上的服务有多么糟糕。还有又哭又闹的婴儿，她说，你都不想知道。霍奇斯和简妮确实不想知道，但她还是说了一通。她兄弟有多胖，她就有多瘦，她用水汪汪的眼睛狐疑地打量着霍奇斯。夏洛特姨妈的女儿霍莉悄无声息地站在她身旁，这个老处女与简妮年龄相仿，但没有简妮的美貌。霍莉·吉伯尼的音量从不超过嘟囔，她似乎无法和其他人对视。

夏洛特姨妈毫无感情地抱了一下外甥女，然后大声说："我想见贝蒂。"她大概以为沃顿夫人就躺在酒店大堂里，头上戴着百合花的花环，脚边放满康乃馨。

简妮说遗体已经移交给索玛斯殡仪馆了，伊丽莎白·沃顿的躯壳将在周三下午火化。在此之前，周二会举办告别仪式，周三上午是一场非宗教的简短追悼会。

"火化太野蛮了。"亨利舅舅大声说。这两个人无论说什么似乎都要扯着嗓门。

"这是她的要求。"简妮平静而有礼貌地答道，但霍奇斯看见她的脸色开始发红。

他以为他们会找麻烦，比方说要看指定火化遗体的书面文件，但两人居然忍住了。也许他们想起了简妮从她姐姐那儿继承来的几百万美元——愿不愿意分享全看简妮的心情。亨利舅舅和夏洛特姨妈大概还想起了姐姐临终前饱受煎熬的这些年里，他们从没来探望过她。这些年坚持探望沃顿夫人的唯有奥莉薇亚，夏洛特姨妈不肯直呼其名，只叫她"有问题的那个谁"。而最后陪在病床前的是简妮，她还没完全摆脱糟糕的婚姻和互相仇视的离婚带来的创痛。

五个人在几乎空无一人的酒店餐厅吃了顿深夜晚餐。天花板上的扬声器里，赫伯·艾尔伯特呜呜地吹着小号。夏洛特姨妈要了色拉，没完没了地抱怨色拉酱，色拉酱按她的要求分开上。“他们当然可以倒在小壶里上，但超市的瓶装货终究还是超市的瓶装货。”她大声说。

她女儿嘟嘟囔囔地点菜，听上去像是鸡丝哈巴，去死，结果是“芝士汉堡，全熟”。亨利舅舅要了奶酱意大利宽面，吸溜吸溜三两口就吃完了，效率堪比大功率的扫地机，快到终点的时候，他的额头上冒出了一层汗珠。他用一大块涂黄油的面包擦干净剩下的酱汁。

霍奇斯负责说话，他讲了些当初在警惕安保公司工作时的故事。这份工作是虚构的，但案件大部分是真事，来自他多年的警察生涯。他讲了个窃贼的故事，他企图钻进地下室的窗户，却在钻窗户的时候扯掉了裤子（霍莉露出一丝笑容）；讲了个十二岁少年的故事，他藏在卧室门背后，用棒球棒打昏了入室盗窃犯；讲了个管家的故事，她偷了雇主的几件珠宝，但在上晚餐的时候从内衣里掉了出来。更黑暗的故事当然有，而且有很多，但他没有讲。

吃甜点的时候（霍奇斯没有要，亨利舅舅毫不客气地狼吞虎咽，向他证明了榜样的力量），简妮邀请他们明天搬到蜜糖高地的大宅去住。三个人晃晃悠悠地走向简妮付过钱的房间。夏洛特和亨利似乎很高兴，因为终于有机会能看看有钱人是怎么生活的了。至于霍莉……天晓得。

他们的房间在一楼。简妮和霍奇斯的房间在三楼。两人走到相邻的房间门口，她问霍奇斯能不能陪她睡。

“不做爱，”她说，“我这辈子都没这么性冷淡过。主要是我不想一个人待着。”

霍奇斯觉得没问题，再说他也怀疑自己能不能硬起来。经过昨晚的放纵，他腹部和腿部的肌肉还在酸痛，虽说——他提醒自己——昨晚主要是她在动。两人躺在被单底下，简妮偎依在他身旁。他难以相信她是这么温暖和实在，这么具有存在感。对，此刻他确实没有欲望，但他很高兴老太太能大发善心，在他成事之后而不是之前中风而去。这么想当然不对，但事实如此。他前妻科琳经常说，你们男人生下来就满脑子精虫。

她枕着霍奇斯的肩膀说："很高兴你能来。"

"我也是。"百分之百的真话。

"你觉得他们知道我们一起睡吗？"

霍奇斯想了想说："夏洛特姨妈知道，但就算我们不睡，她也会这么想。"

"你这么肯定，因为你是个训练有素的——"

"对。睡吧，简妮。"

她睡着了。半夜里他醒来，想去上厕所，却发现她坐在窗口，望着停车场抹眼泪。霍奇斯用一只手按住她的肩膀。

她抬起头："我吵醒你了，对不起。"

"没那事，我三点钟必须起来撒尿。你还好吧？"

"嗯，还好，"她微笑着用攥成拳头的手背擦眼睛，样子像个小孩，"只是觉得我不该送母亲去阳光牧场。"

"但你说过，是她自己想去的。"

"是啊，她自己想去的，但也改变不了我的感觉，"简妮望着他，眼神凄冷，泪光闪烁，"还觉得我不该让奥莉薇亚做那么多苦活儿，而我却待在加州。"

"身为一名训练有素的侦探，我推测你当时正忙着挽救婚姻。"

她无力地笑了笑："你是好人，比尔。去上厕所吧。"

霍奇斯回来的时候，她已经蜷缩在床上了。霍奇斯搂住她，偎依着睡到天亮。

25

星期天清晨，简妮去洗澡前，先教了霍奇斯怎么使用 iPad。霍奇斯登上黛比的蓝雨伞，看见梅赛德斯先生的新回复。言简意赅：**我要搞死你，死老头**。

“行啊，但先说说你的真实感受吧。”他说，惊讶于自己居然会放声大笑。

简妮裹着毛巾从浴室出来，她背后蒸汽缭绕，像是好莱坞的电影特效。她问霍奇斯在笑什么。霍奇斯让她看那句留言。简妮不觉得有什么可笑的。

“希望你知道你在干什么。”

霍奇斯也这么希望。有一点他可以确定：等他回到家里，他会从卧室保险箱里取出格洛克点四零佩枪，再次随身携带。简易警棍已经不够了。

双人床旁边的电话响了。简妮拿起听筒，简单地说了几句，然后挂断。“夏洛特姨妈。她建议观光团二十分钟后一起吃早饭。我猜她等不及了，只想去蜜糖高地清点银器。”

“好的。”

“她还抱怨了几句床实在太硬，泡沫床垫害得她不得不吃了一粒抗过敏药。”

“嗯哼，简妮。对了，简妮，奥莉薇亚的电脑还在蜜糖高地的家里吗？”

“当然。就在她以前的书房里。”

“能锁上那个房间吗？不让他们进去。”

她正在扣胸罩，听到这句话忽然停下了，有一瞬间就保持着那个姿势，两条手臂的肘部向后拉，宛如女性原型。“去他的，我会告诉他们不准进去。那个女人吓不住我。你觉得霍莉怎么样？你听得懂她的话吗？”

“昨天晚饭她好像点的是鸡丝哈巴。”霍奇斯说。

简妮坐进椅子里，霍奇斯半夜醒来时看见她就坐在那把椅子里哭泣，但此刻她笑道：“亲爱的，你这个侦探太坏了——坏在这儿的意思是好。”

“等葬礼结束，他们走了——”

“最晚星期四，”她说，“他们敢多待一天，我就要杀人了。”

“人世间不会有任何法官判你有罪。等他们走了，我想带我的朋友杰罗姆去看看那台电脑。应该早点带他去的，但——”

“他们会围着他不放。还有我。”

霍奇斯想到夏洛特姨妈的包打听眼神，不得不同意。

“蓝雨伞网站的内容应该都没有了吧？不是说每次离开网站，所有记录都会清空吗？”

“我感兴趣的不是黛比的蓝雨伞，而是你姐姐夜里听见的鬼魂。”

26

他们走向电梯，他问了简妮一个问题，自从昨天下午她打来电话，这个问题就一直在折磨他："你觉得会不会是我打听奥莉薇亚导致了你母亲中风？"

简妮耸耸肩，看上去很不开心："谁知道呢？她年纪很大了，她比夏洛特姨妈至少大七岁，持续不断的疼痛打垮了她。"然后她不情愿地说："或许也有那方面的原因吧。"

霍奇斯用手捋着匆忙梳理过的头发，头发又被他搞乱了。"唉，天哪。"

电梯门叮咚一声开了，两人走进去。简妮转身面对他，抓住他的双手，语气急切："但我必须告诉你。假如让我再选一遍，我还是会这么做。我母亲活了很久，但奥莉应该多活几年才对。她活得不太开心，但在那个狗娘养的找上她之前也不算糟糕。那个……疯子，偷了她的车，杀死八个人，重伤谁知道多少个人，然后还嫌不够？对，不够，他还要夺走奥莉的理智。"

"所以我们要查下去。"

"妈的当然要，"她握紧霍奇斯的手，"这是我们的使命，比尔。你明白吗？我们的使命。"

他本来也不可能就此止步，他早就下定了决心，但她声音里的激烈还是鼓舞了他。

电梯门开了。霍莉、夏洛特姨妈和亨利舅舅在大堂里等他们。夏洛特姨妈犹如乌鸦的包打听眼睛打量着两人，多半在找霍奇斯的老搭档所谓的"炮后"脸色。她问他们怎么这么久才来，然后没等他们回答就说自助餐看起来很没吃头，他们要是想点煎蛋卷，可就没这个运气了。

霍奇斯心想，简妮·帕特森接下来的几天会很漫长。

27

和昨天一样，星期天也阳光灿烂，像是夏天。和昨天一样，布莱迪四点钟就卖完了冷饮。离晚餐时间还有至少两个小时，公园里的人渐渐少了起来。他考虑要不要打电话回家，问母亲晚上想吃什么，最后决定去海滋客买外卖，给她一个惊喜。她很喜欢炸虾球。

结果吃了一惊的反而是布莱迪。

他从车库走进家里，他打招呼的喊声——嘿，老妈，我回来了！——凝固在了嘴唇上。今天她没有忘记关烤箱，但午餐时烤肉的气味还没散掉。客厅里传来发闷的咚咚声和奇怪的咯咯叫声。

煤气炉上有个长柄锅。他瞥了一眼，看见烧焦的汉堡肉碎像小火山岛似的升出凝结的油脂。厨台上有半瓶苏托力伏特加和一罐蛋黄酱，她喜欢用这两样配汉堡吃。

沾着油花的外卖口袋脱手掉在地上。布莱迪根本没有注意到。

不，他心想，不可能是真的。

但确实是真的。他拉开厨房冰箱，看见那一袋下毒的汉堡肉就放在顶层架子上，但已经少了一半。

他傻乎乎地看着装肉的口袋，心想：她从来不去看车库的迷你冰箱啊。从来不去看。那是我的冰箱。

另一个念头接踵而至：你怎么知道你不在家的时候她有没有去看过？你明明知道她翻过你的所有抽屉，甚至看过你的床垫底下。

咯咯的叫声再次响起。布莱迪跑向客厅，把一个海滋客的口袋踢到了餐桌底下，冰箱门也忘了关。他母亲直直地坐在沙发上。她身穿蓝色丝绸睡衣，夹杂着血丝的呕吐物浸透了衬衣的上半部。她的腹部向外鼓胀，纽扣紧绷，像是七个月孕妇的腹部。她脸色惨白，头发乱蓬蓬地根根竖起。她的鼻孔充满血块，眼睛凸出。她没有看见他，至少他一开始这么认为，但她随即伸出了双手。

“妈妈！妈妈！”

布莱迪的第一个念头是猛拍她的后背，但紧接着他看见了咖啡桌上的东西：一块差不多吃完了的汉堡肉饼，旁边是一大杯喝得见底了的伏特加兑橙汁。他知道拍后背不会有任何用处。有毒的肉块没有卡在她的喉咙口，无论他怎么希望都没用。

他刚进门时听见的咚咚声再次响起，她的双脚像气缸活塞似的起起落落，就好像她在正步走。她弓起后背，高举双臂。她像是同时在正步走和示意射门得分有效。她一脚踢在咖啡桌上，酒杯翻倒。

“妈妈！”

她的身体回到沙发靠垫上，然后俯身向前。她痛苦地盯着布莱迪，嗓子里咯咯发出的声音或许是在呼唤他的名字。

中毒者该怎么急救？生鸡蛋？可口可乐？不，可乐只能缓解胃部不适，而她的问题没那么简单。

要把手指戳进她的喉咙，他心想，让她呕吐。

但她的牙齿也动了起来，他连忙收回试着伸出去的手，捂住自己的嘴巴。他看见她已经把下嘴唇咬成了碎肉，衬衫上的血就是从那儿来的——至少一部分是。

“布莱维！”她哽咽着拼命吸气，紧接着从喉咙深处发出声音，但布莱迪能听懂，“打……假……压……幺！”

打911。

他跑过去拿起听筒，但立刻想到他不能报警。他想到警察肯定会问一些他不愿回答的问题。他放下电话，转身看着她。

“你为什么要去乱翻呢，妈妈？为什么啊？”

“布莱维！假压幺！”

“你是什么时候吃的？过去多少时间了？”

她没有回答，又开始正步走。她猛地抬起头部，凸出的双眼盯着天花板看了一两秒，然后头部又翻回原位。她的背部一动不动，就好像她的头是装在轴承上似的。咯咯的声音再次响起——像是企图向堵得严严实实的管道里冲水。她张开嘴巴，呕吐物喷射而出。呕吐物哗地落在大腿上，天哪，有一半是鲜血。

他想到他有多少次希望她死掉。但绝对不是这么个死法，他心想，绝对不是。

一个念头跃入脑海，就像风暴海洋上亮起了一盏明灯。他可以上网搜索该怎么治疗她，网上什么都有。

"交给我处理，"他说，"但我必须下楼去一趟，几分钟就好。你……你先忍一忍，妈妈。尽量……"

他险些说*尽量放松*。

他跑进厨房，奔向通向控制室的那扇门。他要去底下搜索拯救她的办法。就算找不到，他也不必在这儿看着她死去。

28

开灯的关键词是控制，但他说了三遍，地下室依然一片漆黑。布莱迪意识到声纹识别程序认不出他的声音，因为他听起来不像是平时的自己。就不能出现个奇迹吗？随便什么奇迹？

他手动开灯，跑下楼，先关好门，隔绝了客厅传来的惨烈声音。

他没有尝试用声控打开电脑阵列，径直过去用显示器后的按钮打开三号电脑。彻底擦除前的倒数出现，他输入密码中止程序。但他没有开始搜索解毒剂——早就来不及了。既然他已经来到了安全的地方，他终于允许自己认清现实。

他也能猜到事情是怎么发生的。她昨天表现不错，保持清醒的时间足够她为两人做了顿好饭菜，于是她今天就想奖赏一下自己，喝个酩酊大醉。但再一想，她决定先吃点东西中和一下烈酒，等她的小蜜糖回家。储藏室和厨房冰箱里都没找到她感兴趣的东西。唔，等一等，车库不是还有个迷你冰箱吗？她对软饮料没兴趣，但说不定有什么零食呢。她找到的东西比零食好：整整一袋新鲜的汉堡肉。

布莱迪不由得想起一句老话：可能出错的事情都必将出错。是彼得原理吗？他上网搜索，查找后发现不是彼得原理，而是墨菲定律。因一个叫爱德华·墨菲的男人得名。这家伙是造飞机零件的。真是天晓得。

他又逛了几个网站——事实上，是好几个网站，然后打了几把纸牌游戏。楼上传来特别响亮的砰砰声，他决定打开 iPod 听几首歌。听点欢快的，比方说斯特普合唱团。

《尊重自己》在耳畔播到一半，他打开黛比的蓝雨伞，看退休胖警察有没有回复。

29

布莱迪再也忍不住了，他轻手轻脚地上楼。天已经亮了。烤肉的味道已经基本散尽，但呕吐物的气味依然浓郁。他走进客厅。咖啡桌翻倒在地，母亲躺在旁边的地上。她的眼睛盯着天花板，嘴唇咧开，露出一个大大的狞笑。她的手指握成钩爪。人已经死了。

布莱迪心想，你饿了为什么非得去车库呢？唉，妈妈，我的妈咪，你究竟是着了什么魔？

可能出错的事情都必将出错，他心想，他看着她制造出的遍地狼藉，心想不知道家里还有没有干净的地毯。

要怪就怪霍奇斯。归根结底，全都是他的错。

他会解决掉老警察，很快就会下手，但这会儿他有个更紧迫的问题。他开始思考，坐的是偶尔陪母亲看电视时坐的那把椅子。他忽然想到母亲再也没法看真人秀了。多悲哀……但也有好玩的一面。他想象杰夫·普罗斯特送花吊唁，卡片上写着《*幸存者*》*全体老友敬上*，他忍不住吃吃地笑了。

他该怎么处理她？邻居不会想念她，因为她说邻居都是势利眼，她从来不和他们打交道。她也没有朋友，连酒吧里一起喝两杯的那种朋友都没有，因为她只在家里喝酒。有一次，在她罕有地自我批评时，她说她不愿意去酒吧是因为酒吧里全是她这种酒鬼。

“所以你才没有觉得不舒服就停下，对吧？”他问尸体：“你他妈的醉得太厉害了。”

真希望家里有冰柜。那样的话，他就可以把尸体塞进去了。他在某部电影里见过这个情节。他不敢把尸体放在车库里，不知道为什么，车库似乎有点太接近公共场合了。他觉得他可以用地毯包裹尸体，然后拖进地下室，她肯定能被塞进楼梯底下的空间，但要是知道尸体就在那儿，他还怎么做事呢？他知道，哪怕被裹在地毯里，她的眼睛依然闪闪发亮。

再说地下室是他的地盘。他的控制室。

最后，他意识到他只有一条出路。他从腋下抱住尸体，拖着母亲走向楼梯。好不容易走到那儿，母亲的睡裤已经滑了下来，露出她有时候称之为（曾经称之为，他提醒自己）“洞洞”的部位。有一次，他和她睡在床上，她在帮他解决特别严重的头疼，他企图摸她的洞洞，她一把拍开他的手。狠狠拍开。绝对不行，她曾经说，你就是从那儿出来的。

布莱迪拖着她上楼梯，一次一个台阶。睡裤滑到脚踝，卡在了那儿。他想起她咽气前如何坐在沙发上原地踏步，多么可怕。但是，和杰夫·普罗斯特送花一样，那一幕也有好笑的一面，虽说你不可能向别人解释为什么好笑。就像禅意。

穿过走廊，来到她的卧室。他直起腰，后腰痛得他龇牙咧嘴。天哪，她可真重，就好像死神往她身体里塞了些神秘的压缩肉块。

别想了，快做事。

他给她穿好裤子，帮她恢复仪态，虽说睡衣浸透呕吐物的尸体仪态好不到哪儿去。他把母亲抬上床，腰背的又一阵疼痛让他呻吟起来。这次直起腰的时候，他能感觉到脊骨咔咔作响。他考虑要不要帮她脱掉睡衣，换一身干净衣服，比方说她有时候会穿的加大码T恤衫，但那意味着又要扛起尸体，搬动骨骼衣架上的上百磅死肉。要是扭了腰怎么办？

他至少可以帮她脱掉上衣，因为大部分呕吐物都沾在上半身，但那样他就会无可避免地看见她的胸部。她倒是允许他摸，但这种情况很少。我英俊的孩子啊，那种时刻她会这么说着，用手指捋过她的头发，按摩他的脖颈上头疼栖息、蹲伏和盘踞的部位。我英俊的小蜜糖。

最后，他只是拉起床单，盖住她的整个身体，尤其是那双瞪视的发亮眼睛。

“对不起，妈妈，”他低头看着白色的尸体轮廓说，“不是你的错。”

对，全是退休胖警察的错。没错，布莱迪买灭鼠强是为了毒狗，但那只是为了逼迫霍奇斯，扰乱霍奇斯的脑袋。结果被扰乱的反而是布莱迪的脑袋。还有客厅。他在楼下有许多事情要做，但首先他必须完成一件事情。

30

他重新控制住自己，语音识别这次没有出问题。他没有浪费时间，直接在3号电脑前坐下，登录黛比的蓝雨伞。他写给霍奇斯的留言简短而明白。

我要杀了你。

你都不知道你是怎么死的。

V　召唤死者

1

星期一，伊丽莎白·沃顿去世后两天，霍奇斯再次走进德玛西奥意大利餐厅。上次来是为了和老搭档共进午餐。这次来是吃晚饭，同伴是杰罗姆·罗宾逊和简妮尔·帕特森。

简妮称赞他的正装打扮，虽说他才减了几磅，但衣服已经开始合身（腰间的格洛克几乎看不出来）。杰罗姆喜欢他的新帽子，简妮今天一时兴起，给霍奇斯买了这顶棕色软呢帽，郑重其事地当礼物送给他。因为你现在是私家侦探了，她说，每个私家侦探都该有一顶能盖住眉头的软呢帽。

杰罗姆试了试，歪戴到某个角度，问道："怎么样？像鲍嘉吗？"

"真不想让你失望，"霍奇斯说，"但鲍嘉是白种人。"

"白得都开始发光了。"简妮添油加醋。

"够了。"杰罗姆把帽子扔给霍奇斯，霍奇斯把帽子放在椅子底下，提醒自己离开时别忘记拿，也别一脚踩上去。

两位同伴很快就打成了一片，霍奇斯很高兴。杰罗姆（霍奇斯总觉得他的头脑比身体老成得多）用帽子的傻玩笑破冰之后，立刻做了件最正确的事情：他用双手握住简妮的一只手，说他为她痛失至亲感到痛惜。

"她们两个人，"他说，"我知道你还失去了你的姐姐。换了是我，我肯定会变成全世界最伤心的人。虽说芭芭拉是个讨厌鬼，但我爱她胜过爱自己。"

她微笑着说谢谢。杰罗姆还没到能合法饮酒的年龄，所以三个人都点了冰茶。简妮问他对大学有什么打算，杰罗姆说有可能会选哈佛，她翻个白眼说："一个哈法人。哎呀我的天。"

“霍奇斯先撒得给自个儿找个新小厮了！”杰罗姆慨叹道，简妮笑得太开心，不得不把嘴里的虾肉吐到餐巾里。她不由脸红，但霍奇斯很高兴能听见她的笑声。虽说她仔细化了妆，但怎么都盖不住苍白的脸色和黑眼圈。

他问夏洛特姨妈、亨利舅舅和嘟囔霍莉在蜜糖高地的大宅过得怎么样，简妮双手抱住脑袋，像是发作了世上最可怕的头疼。

“夏洛特姨妈一天打六个电话。我不夸张，六个。第一次是说霍莉半夜醒来，不知道自己在哪儿，于是惊恐发作。夏姨妈说她险些就要叫救护车了，还好亨利舅舅跟她聊纳斯卡赛车，帮她镇定下来。她喜欢赛车喜欢得发疯，据我所知，电视转播一场不落。她的偶像是杰夫·戈登，”简妮耸耸肩，“你自己想吧。”

“这个霍莉多少岁？”杰罗姆问。

“和我年纪差不多，但不幸有些……怎么说呢？情感障碍的问题。”

杰罗姆沉思片刻，然后说：“她大概应该考虑一下凯尔·布什。”

“谁？”

“没事。”

简妮说夏洛特姨妈还打电话慨叹月度电费账单如何如何——肯定高得惊人；抱怨邻居们似乎非常冷淡；宣称屋里的油画多得吓人，但现代艺术统统不合她的口味；指出（虽说听起来依然是宣称）假如奥莉薇亚认为那些灯全都真是虹彩玻璃的，那她肯定是被人骗了一笔大的。最后一次电话是简妮出发来餐厅前接到的，也是最惹人生气的。姨妈说，亨利舅舅要简妮知道，他仔细想过了这件事情，现在改变火化的主意还不算晚。她说火化让她弟弟非常生气，他说那是“维京人的葬礼”，霍莉甚至连谈都不愿意谈，因为想一想就毛骨悚然。

“他们确定周四走，”简妮说，“我已经在一分钟一分钟数时间了。”她握了握霍奇斯的手，说：“不过也有好消息，夏姨妈说霍莉很喜欢你。”

霍奇斯微笑道:“肯定是因为我长得像杰夫·戈登。”

简妮和杰罗姆要了甜点。霍奇斯很自制地没有要。喝咖啡的时候,他开始谈正经事。他带来了两个文件夹,分别递给两位伙伴。

“我的所有笔记,尽我所能整理好了。你们留着,免得我出什么事。”

简妮显得有点惊慌:“他在网站上又跟你说什么了?”

“没什么。”霍奇斯说,这句谎话说得流畅而可信,“只是以防万一。”

“你确定?”杰罗姆问。

“百分之百确定。这些笔记里没什么确定性的结论,但不代表我们没有取得进展。我看见了一条路,也许——我重复一遍,只是也许——能带我们找到那家伙。另一方面,你们也必须时刻关注周围发生的事情。”

“可劲儿地时刻警惕。”简妮说。

“对,”他转向杰罗姆,“说说看,你应该注意什么?”

杰罗姆答得迅速而自信:“多次出现的车辆,尤其是由比较年轻的男性驾驶的,二十五到四十岁之间。不过我认为四十岁就相当老了,所以啊,比尔你已经是老古董了。”

“嘴巴太坏是不讨人喜欢的,”霍奇斯说,“年轻人,经验会给你上一课的。”

老板娘伊莱恩过来问他们吃得怎么样。他们说一切都好,霍奇斯请她再上一轮咖啡。

“马上就来,”她说,“你看上去比上次来的时候精神多了,霍奇斯先生,请允许我这么说。”

霍奇斯当然允许。他自己也觉得比上次来的时候好多了,减掉七八磅体重只是其中一部分原因。

伊莱恩离开后,侍者过来倒了一轮咖啡,简妮隔着餐桌凑近他,盯着霍奇斯的眼睛说:“你看见了一条什么路?快告诉我们。”

他不由想到唐纳德·戴维斯，他不但供认杀死了妻子，还在中西部的高速公路休息站杀了另外五个女人。英俊的戴维斯先生很快就会被关进州立监狱，无疑将在牢房里度过余生。

霍奇斯以前也见过这种事。

他没那么天真，会认为每一起杀人案都能告破，但总体而言，大部分谋杀案确实会水落石出。会有某些线索浮出水面（比方说，一具像某人老婆的尸体出现在某个废弃的采石坑），就好像有某种笨拙但强大的宇宙力量在起作用，它永远在尝试拨乱反正。负责调查杀人案的警探阅读报告、盘问目击者、打电话、研究科学证据……等待那种力量发挥作用。等它活跃起来（只要它能活跃起来），道路就会出现。这条路往往直接通向凶手，梅赛德斯先生在来信中称为罪人的那些家伙。

霍奇斯问餐桌上的两位伙伴：“要是奥莉薇亚·特莱劳尼真的听见了鬼魂呢？”

2

来到停车场里，他们站在一辆牧马人吉普车旁边，这辆旧车是杰罗姆父母送他的十七岁生日礼物。杰罗姆对简妮说很高兴认识她，然后亲吻她的面颊。她吃了一惊，但显得很开心。

杰罗姆转向霍奇斯："你没问题吧，比尔？明天需要我干什么吗？"

"只需要你先查一查我们讨论过的事情，做好准备去看奥莉薇亚的电脑。"

"交给我了。"

"很好。别忘了替我向你父母问好。"

杰罗姆笑嘻嘻地说："告诉你吧，我会替你向我老爸问好，至于我老妈……"泰隆跳出来露了一面，"俺有个把星期会绕着那女人走。"

霍奇斯挑起眉毛："和你母亲吵架了？听起来可不像你。"

"没那事，她心情不好而已。我会看脸色行事。"杰罗姆窃笑道。

"什么意思？"

"哎呀，哥们。周四晚上文艺馆有个演唱会，傻兮兮的男孩乐队，叫什么'此时此地'。虽说我觉得他们就是一群软蛋白小子，但芭芭拉和她的朋友希尔达还有另外几个伙伴想去都想疯了。"

"你妹妹几岁了？"简妮问。

"九岁，快十岁了。"

"这个年纪的女孩喜欢的就是软蛋白小子。说话的这个人，十一岁的时候喜欢'湾市狂飙者合唱团①'都喜欢疯了，"杰罗姆满脸困惑，她哈哈大笑，"你要是知道他们是谁，我都会看不起你的。"

---

① 湾市狂飙者合唱团（Bay City Rollers），是一个由五名苏格兰男孩组成的乐队团体，于20世纪70年代受到英国本地年轻人的疯狂喜爱。

“总而言之，她们都没去看过现场演出，明白吧？当然，《恐龙巴尼》和《芝麻街》这种不能算。所以她们苦苦哀求，甚至连我都没放过，最后母亲们商量了一下，认为那场演出的时间比较早，虽说星期四是上学的日子，女孩们也还是可以去，不过要在其中一位母亲的陪同之下。她们真的是抽签决定的，结果我老妈输了。”

他摇摇头，脸色沉重，但眼神闪亮：“我老妈去文艺馆，和三四千个尖叫的八到十四岁的少女一起看演唱会。还需要解释我为什么要躲着她吗？”

“她肯定会玩得很开心的，”简妮说，“没多少年之前，她多半还会为马文·盖伊[①]和阿尔·格林[②]尖叫呢。”

杰罗姆跳上牧马人，朝他们挥挥手，开上下石楠大道。几近夏日的夜色中，霍奇斯和简妮站在霍奇斯的轿车旁。上弦月爬上分隔下城区和更富裕区域的立交桥。

“小伙子人不错，”简妮说，“你运气不错，能找到他帮忙。”

“是啊，”霍奇斯说，“我运气不错。”

她摘下霍奇斯头上的软呢帽，戴在自己头上，微微歪戴的样子很撩人。“接下来呢，警探？你家？”

“你真是我希望的那个意思吗？”

“我不想一个人睡觉，”她踮起脚，把帽子放回原处，“假如我必须拿出肉体交换，那也只能这样了。”

霍奇斯揿下按钮打开车门锁，说：“千万别说我占心情不好的女士的便宜。”

“你又不是什么绅士，先生。”她说。然后补充道：“谢天谢地。咱们走吧。”

---

① 马文·盖伊（Marvin Gaye，1939—1984），美国摩城唱片著名歌手、曲作者，有“摩城王子”之称，对许多灵魂歌手影响巨大。

② 阿尔·格林（Al Green，1946—　），美国灵魂音乐史上最伟大的人物之一，是“节奏与布鲁斯开拓奖”终身成就大奖得主。

3

这次更加顺利，因为他们更了解彼此了，渴望取代了焦急。激情过去，她穿上霍奇斯的衬衫（尺码太大，完全遮住了她的胸部，下摆垂到了膝头），开始参观他的小房子。霍奇斯跟着她，有点紧张。

回到卧室，她宣读裁决："就单身汉的小窝来说，还不赖。水槽里没有脏盘子，浴缸里没有毛发，电视机上没有色情影碟。我甚至在保鲜格里看见了一两颗绿色蔬菜，可以加分。"

她从冰箱里拿来了两听啤酒，用手里那听碰了碰他的那一听。

"我没想到这儿还能有招待女人的一天，"霍奇斯说，"当然，我女儿除外。我们打电话发邮件，但艾莉有好几年没来看过我了。"

"离婚时她站在你前妻那一边吗？"

"应该是吧，"霍奇斯没从这个角度考虑过问题，"不过就算是，她大概也有这么做的道理。"

"你对自己太严格了。"

霍奇斯喝着啤酒。味道不错。他又喝一口，忽然有了个念头。

"简妮，夏洛特姨妈有这儿的号码吗？"

"怎么可能有？虽然这不是我不回公寓而是来你家的原因，但要是说我完全没有这个念头，那肯定也是在撒谎，"她看着霍奇斯正色道，"星期三来参加追悼会吗？快说你来。我需要有个朋友陪着。"

"当然来。星期二的告别仪式我也会来。"

她显得既惊又喜："你真是好得超乎我的想象了。"

但对霍奇斯来说并不是这样。他已经进入了百分之百的侦探模式，参加涉案人员（哪怕只是间接有关）的葬礼是警方的标准程序。他不认为梅赛德斯先生会在告别仪式和追悼会上露面，但也并非绝对不可能。霍奇斯还没有看今天的报纸，但说不定会有哪个机灵的记者把沃顿夫人和奥莉薇亚·特莱劳尼联系在一起，她女儿在车辆被用作杀人凶器后自尽身亡。这种联系固然算不上什么新闻，但林赛·洛翰滥用毒品和酒精难道算吗？霍奇斯认为至少会有一篇简短报道。

“我想去，”他说，“骨灰安排好了吗？”

“殡葬师管骨灰叫骨殖，”她说，皱起鼻子，就像她学着霍奇斯说是哦时的样子，“不觉得恶心吗？听着像是加在咖啡里的什么东西。不过也有好处，夏洛特姨妈和亨利舅舅都不会跟我抢。”

“对，不需要。会有招待会吗？”

简妮叹息道：“夏姨妈坚持要有。追悼会是十点，然后在蜜糖高地的家里举办冷餐会。我们吃外送的三明治，交换各自最喜欢的伊丽莎白·沃顿轶事，殡仪馆的人负责火化。他们三个星期四离开后，我再决定该怎么处理骨灰。他们连骨灰坛都不需要看一眼。”

“好主意。”

“但我实在不想举办什么冷餐会。不是因为格林夫人和我母亲的几个老朋友，而是因为他们。要是夏洛特姨妈闹起来，霍莉多半会崩溃。你会参加的，对吧？”

“只要你让我把手伸到你那件衬衫里面去，你要我干什么我都答应。”

“一言为定，纽扣就交给我了。”

4

科密特·威廉·霍奇斯和简妮尔·帕特森睡在哈珀路的那幢屋子里，区区几英里之外，布莱迪·哈茨费尔德正坐在他的控制室里。今晚他面前是工作台，而不是电脑阵列，但他没有在做任何事情。

不远处，在乱七八糟的小工具、线缆和电脑元件之间，放着星期一的报纸，报纸卷还没有打开，外面裹着一层塑料袋。他从折价电子城回家的路上买了报纸，但仅仅是出于习惯，他对新闻毫无兴趣。他有许多其他事情要思考，比如他该怎么干掉老警察，他该怎么身穿认真制作的自杀背心混进文艺馆看演唱会。当然，前提是他真的想那么做。这会儿看起来，他有那么多事情需要做，好大一片地需要犁，好高一座山需要爬，好……一……

但他想不到其他的类比了。还是比喻？

也许，他郁闷地心想，我现在干脆自杀，一了百了算了。摆脱这些可怕的念头，这些来自地狱的快照。

快照，比方说他母亲吃了本来要喂罗宾逊家那条狗的毒肉，在沙发上抽搐吐血。妈妈，双眼凸出，睡衣衬衫浸透了呕吐物——这张照片放进家庭影集会怎么样？

他需要思考，但他的脑袋里在刮龙卷风，卡特里娜般的五级飓风，所有东西都在飞舞。

他的童子军睡袋铺在地下室的地上，底下垫着他从车库里翻出来的充气床垫。床垫有点漏气。虽说生命剩下的时间不多了，但要是还想继续睡在地下室里，他就只能换掉这个床垫了。再说他还能去哪儿睡觉？他实在鼓不起勇气去二楼自己的房间，因为他母亲的尸体就躺在隔壁房间的床上，腐烂的液体大概已经渗入了床单。他打开了母亲房间的空调，把温度设定在**极冷**，但他不会幻想这么做会真的有用——只是时间长短的问题罢了。他也不可能去客厅睡沙发。虽说他已经尽量清理过了，还把坐垫翻了过来，但依然能闻到呕吐物的臭味。

不，只能是这儿，他的特殊场所，他的控制室。当然了，地下室也有它自己的不愉快历史。他的弟弟就死在这儿。单单一个“死”字是个委婉的说法，但这会儿说这些已经有点晚了。

布莱迪想到他在黛比的蓝雨伞上写留言给奥莉薇亚·特莱劳尼时用的是弗兰奇的名字，感觉就好像弗兰奇又短暂地活了过来。随着特莱劳尼那个老婊子的自杀，弗兰奇也死去了。

再次死去。

“我反正根本就没喜欢过你。”他说，望着楼梯的底部。这是个童稚的怪异声音，尖细而颤抖，但布莱迪没有注意到。“我只能这么做，”他停了停，“我们只能这么做。”

他想到母亲，想到以前的她多么美丽。

以前的好时光。

5

黛博拉·安·哈茨费尔德属于比较少见的那种前啦啦队队长，哪怕在生下两个孩子之后，她依然保持着往日的好身材，与以前在周五夜晚灯光下沿着边线跳舞和腾跃时没什么区别：高挑、丰满，蜂蜜色的头发。刚结婚的那几年，她顶多每天晚饭喝一杯红酒。清醒时的生活是那么精彩，为什么要喝醉呢？她有丈夫，有北城的住宅——算不上什么宫殿，但第一套住宅还能要求什么？——她还有两个儿子。

母亲变成寡妇的时候，布莱迪只有八岁，弗兰奇三岁。弗兰奇相貌平平，反应有点慢。但布莱迪就不一样了，他长得好看，智力超群，而且非常迷人。母亲溺爱他，他也同样爱母亲。他们盖着毛毯偎依在沙发上一起度过漫长的周六下午，看老电影，喝热巧克力，而诺曼在车库忙活，弗兰奇在地毯上爬来爬去，玩积木和小消防车，他特别喜欢那辆消防车，甚至给它起名叫萨米。

诺曼·哈茨费尔德是中部电力公司的巡线工。爬电线杆的薪水很不错，但他还有更远大的志向。那天在 51 号公路旁，也许他就是被这些远大志向迷住了眼睛，忘了注意手上的工作，也可能他只是不小心失去平衡，在尝试稳住身体时倒向了错误的方向。原因并不重要，总之结果是一条生命。他的搭档报告说他们找到断点、抢修就快结束的时候，他听见了噼啪一声脆响。中部电力公司的火力发电站输出的二十千伏电流注入诺曼·哈茨费尔德的躯体。搭档抬起头，恰好看见诺曼飞出移动升降台，摔下四十英尺的高度，落地时左手已经烧融，制服的袖管燃起火苗。

哈茨费尔德一家和 20 世纪末美国中部的大部分居民一样，生活也严重依赖信用卡，存款还不到两千块。这点存款少得可怜，但诺曼有一份很好的保险，电力公司又额外赔了七千块，用这笔钱换取黛博拉·安的签名，所签署的文件免除了公司在诺曼·哈茨费尔德死亡一事上的全部责任。在黛博拉·安眼中，这像是很大一箩筐钞票。她还清了房屋贷款，买了新车，但一秒钟也没想过，某些箩筐只会装满一次。

她遇见诺曼时是个美发师，诺曼死后又重操旧业。丧夫后六个月左右，她开始和她在银行认识的一个男人约会——只是个底层经理，她对布莱迪说，但他有她所谓的远大前程。她带这个男人回家。他揉乱布莱迪的头发，叫布莱迪伙计。他揉乱弗兰奇的头发，叫弗兰奇小伙计。布莱迪不喜欢他（他有一口尖牙，就像恐怖片里的吸血鬼），但没有表现出来。他已经学会了保持笑容，把感情都埋在心里。

一天晚上，黛博拉·安的男朋友在带她出去吃饭前对布莱迪说，你母亲很迷人，你也一样。布莱迪微笑着说谢谢你，心里却希望他出车祸死掉——只要母亲不在车上就行。满嘴尖牙的男朋友没资格取代他的父亲。

那是布莱迪的任务。

弗兰奇在看《蓝调兄弟》[①]时吃苹果呛住了。按理说这是一部喜剧片，布莱迪不明白它有什么好笑的，但他母亲和弗兰奇笑得都快裂开了。他母亲心情很好，打扮得漂漂亮亮的，因为她要和男朋友出去吃饭。再过一会儿保姆就会到。保姆是个愚蠢的贪婪婆娘，经常撅着个肥屁股翻他们家的冰箱，看黛博拉·安有没有留下什么好吃的。

咖啡桌上有两个零食碗，一个装着爆米花，一个装着撒了肉桂粉的苹果切片。电影演到一群人在教堂里大合唱，蓝调兄弟里的一个沿着中央过道一路翻跟头。弗兰奇坐在地上，看着两兄弟里的胖子翻跟头，笑得前仰后合。他吸了一口气，想继续大笑，结果把一口撒肉桂

---

① 《蓝调兄弟》（*The Blues Brothers*），是1980年在美国上映的音乐喜剧片，由约翰·兰迪斯执导。电影内容改编自电视综艺节目《周末夜现场》中的音乐闹剧桥段。

粉的苹果吸进了气管。笑声戛然而止。他拼命挣扎，抓挠咽喉。

布莱迪的母亲尖叫着抱住弗兰奇，使劲挤压他的身体，想把那块苹果推出来。苹果不肯出来。弗兰奇的脸色越来越红。她把手指伸进弗兰奇的嘴里去掏喉咙，想把那块苹果挖出来，但还是不成功。弗兰奇的脸色由红转白。

“我的天哪。”黛博拉·安哭叫着跑向电话。她拿起听筒，扭头对布莱迪吼道：“别傻逼似的坐着！拍他的后背！”

布莱迪不喜欢被人这么吼，而且他母亲从没叫过他“傻逼”，但他还是开始拍打弗兰奇的后背。他拍得很用力，可那块苹果没有出来。弗兰奇的脸色由白转青。布莱迪有了个点子。他抓住弗兰奇的脚踝拎起弟弟摇晃，弗兰奇的头发擦着地毯。那块苹果依然没有出来。

“你别这么讨厌，弗兰奇。”布莱迪说。

弗兰奇还在呼吸——算是还在呼吸，发出带着哨音的轻微气喘声音——几乎坚持到了救护车赶到的时候，但最后呼吸停止了。救护车上的人冲进房间，他们穿黑色衣服，上衣绣着黄色标记。他们把布莱迪赶进厨房，所以布莱迪没有看见他们做了什么，但他母亲嚎了几嗓子。他后来在地毯上看见了血滴。

但没看见那块苹果。

然后所有人都上了救护车，只留下布莱迪一个人。他坐在沙发上吃着爆米花看电视。不是《蓝调兄弟》，《蓝调兄弟》太傻了，就是人们唱歌跳舞跑来跑去。他找到了一部电影，说的是一个疯子绑架了学校大巴上的一群孩子，相当刺激。

胖保姆姗姗来迟，布莱迪说：“弗兰奇吃苹果呛住了。冰箱里有冰激凌，香草味加巧克力碎屑，你愿意吃多少就吃多少。”要是你吃了足够多的冰激凌，他心想，说不定会心脏病发作，我就可以打911了。

或者就让这个白痴娘们躺在地上，这样大概更好，他可以看着她死去。

十一点，黛博拉·安终于回到家里。胖保姆已经逼着布莱迪上床了，但他没有睡着。他穿着睡衣下楼，母亲紧紧拥抱他。胖保姆问弗兰奇怎么样，装得一脸关切。布莱迪之所以知道那是装的，是因为既然他都不在乎，胖保姆为什么要在乎呢？

“他会好起来的。”黛博拉·安说，笑得很灿烂。等胖保姆走了，她却哭得像是疯了。她从冰箱里取出红酒，但没有拿过杯子斟酒，而是抱着酒瓶往下灌。

“他也许不会好了，”她擦掉下巴上的红酒，对布莱迪说，“他陷入了昏迷。你知道昏迷是什么吗？”

“当然，医疗剧里演过。”

“对。”她单膝跪下，面对面看着布莱迪。靠得这么近，闻着她为了那场永远也不会发生的约会而喷的香水，他的身体里有了骚动。很古怪，但也挺舒服。他盯着她眼皮上的一抹蓝色。很古怪，但也挺好看。

“在急救人员打开气管之前，他停止呼吸的时间太长了。医院的医生说就算他能从昏迷中醒来，也很可能会留下脑损伤。”

布莱迪觉得弗兰奇本来就有脑损伤——他蠢得出奇，永远带着那辆小消防车——但他没说什么。他母亲身穿低胸罩衫，露出小半截奶子。这同样让他的身体里阵阵骚动。

“假如我告诉你一些话，你能答应我不告诉别人吗？绝对不会告诉另一个活人？”

布莱迪答应了。他很擅长保守秘密。

“他要是死了反而更好。因为他要是醒来，真的脑损伤了，我根本不知道我们该怎么办。”

说完，她搂住布莱迪，头发擦着他的面颊，香水的气味非常浓烈。她说：“谢天谢地不是你，我的小蜜糖。谢天谢地。”

布莱迪也搂住她，用胸膛贴住她的奶子。他勃起了。

弗兰奇确实醒来了，也确实脑损伤了。他本来就不聪明（“他父亲遗传的。”黛博拉·安这么说过），但比起他现在的样子，被苹果呛住前的他都算得上天才了。他很晚（快三岁半了）才学会自己上厕所，现在又重新裹起尿布。他的词汇表只剩下十几个单词。他忘了怎么走路，瘸着腿拖着脚在屋里蹭来蹭去。有时候他会突然跌倒，陷入沉睡，但只有白天会这样。到了夜里，他总喜欢四处游荡，而且在半夜探险之前，永远要脱掉尿布。有时候他会爬上母亲的床，更多时候他会爬上布莱迪的床，布莱迪会在被尿湿的床上醒来，发现弗兰奇瞪着他，眼神里饱含痴呆但恐怖的爱意。

弗兰奇必须经常去看医生。他的呼吸始终不正常，好起来也只是带着水音的呼哧呼哧喘息，坏起来，比方说在他经常性的感冒时，就变成了急促的哇哇叫声。他没法吃固体食物，食物必须打成泥，让他坐在喂食椅上喝下去。玻璃杯当然是不可能的，他只能回去用婴儿吸杯。

银行的男朋友早就跑了，胖保姆也没做多久。她说很抱歉，但她实在伺候不了现在的弗兰奇。黛博拉·安雇了一段时间的全职保姆，但全职保姆要的钱比黛博拉·安在美发店的薪水还要高，她只好让全职保姆走人，自己辞职回家。他们一家人全靠积蓄过日子。她喝得越来越多，从红酒变成伏特加，她说伏特加的服用效率比较高。布莱迪会坐在沙发上，喝着可乐陪她。他们看着弗兰奇爬来爬去，一只手拎着消防车，另一只手拿着也装着可乐的蓝色吸杯。

“它就像冰山似的越来越小，”黛博拉·安会说，布莱迪已经不需要问“它”是什么了，“等它没了，我们就只能流落街头了。”

她去找律师（就在同一家购物中心，几年后，布莱迪弹了一个熊孩子的喉咙），花一百块换了一场咨询。她带上了布莱迪。律师姓格林史密斯。他穿廉价西装，总在偷看黛博拉·安的奶子。

“我可以告诉你发生了什么，”他说，“见过这种事。那块苹果卡在气管里，但留下了足够的空间供他呼吸。你不该用手指捅进他喉咙的，就这么简单。”

“我是想把那块苹果挖出来！”黛博拉·安怒道。

“我知道，称职的母亲都会这么做，但实际上你反而把那块苹果推得更深了，彻底堵住了他的气管。假如是急救人员干的，肯定可以起诉。至少能赔几十万，甚至一百五十万。见过这种事。但实际上是你干的，而且你还告诉了急救人员，对吧？”

黛博拉·安承认她说了。

“他们给他做了气管切开手术？”

黛博拉·安说他们做了。

“很好，可以起诉了。他们给他打开了气流通道，但在此过程中，他们把那块坏苹果推得更深了。”他向后一靠，展开手指按在略微泛黄的白衬衫上，又看了一眼黛博拉·安的奶子，也许只是想确定它们没有滑出她的胸罩逃之夭夭。“因此，致使脑损伤。”

“所以你愿意接了？”

“非常乐意，但案子会在法院之间辗转五年时间，你要花得起这笔费用。因为医院和保险公司会在一路上一步一步地阻挡你。见过这种事。”

“多少钱？”

格林史密斯报了个数字，黛博拉·安抓着布莱迪的手，离开了他的办公室。两人坐在当时还很新的本田里，她哭了。发泄完之后，她让布莱迪听收音机，她要去办点事。布莱迪知道那是什么事：买一瓶服用效率更高的玩意儿。

在接下来的那些年里，她无数次复述她和格林史密斯的那次会面，永远以同一句怨毒的评语告终：“我花了一百块我不该花的钱，见了个穿男士衣仓西装的律师，结果只发现我花不起和大保险公司打官司的钱，争取不到我应该得到的东西。”

接下来的那些年有五年之久。他们家有个吞噬生命的怪物，这个怪物名叫弗兰奇。他有时候会碰倒东西，吵醒打瞌睡的黛博拉·安，她会打他屁股。有一次她彻底失控，一拳打在他的脑袋侧面，他跌倒在地，翻着白眼抽搐晕厥。她抱起弗兰奇，哭着说对不起，但一个女人能承受的毕竟有限。

她尽量抽时间去今日美发厅当帮工。每当这种时候，她就打电话到学校给布莱迪请病假，让他在家里照顾弟弟。有时候布莱迪会撞见弗兰奇去拿他不该碰的东西（或者属于布莱迪的东西，例如雅达利手持游戏机），他会打弗兰奇的掌心，直到弗兰奇哭出来。只要弗兰奇开始哭嚎，布莱迪就会提醒自己，这不是弗兰奇的错，那块该死的——不，操蛋的——苹果害得他弟弟脑损伤，混杂了愧疚、愤怒和悲哀的情绪就会淹没他。他会把弗兰奇抱在膝头，摇着弟弟说对不起，但一个男人能承受的毕竟有限。对，他是男人了，妈妈这么说：你是这个家里的男子汉。他越来越擅长给弗兰奇换尿布，但看见粑粑（不，是屎，不是粑粑，而是屎），他有时候还是忍不住会掐弗兰奇的大腿，吼叫着要他躺下别动，该死，你不许动。哪怕弗兰奇本来就躺着没动。躺在哪儿，把消防车萨米抱在胸口，脑损伤的愚蠢大眼睛望着天花板。

那一年充满了“有时候”。

有时候他会抱住弗兰奇，亲吻他。

有时候他会抓着弟弟使劲摇晃，说这都是你的错，我们要流落街头了，这都是你的错。

有时候，黛博拉·安在美发店忙碌一天回到家里，会在小男孩的胳膊和腿上看见瘀青。有一次甚至在他的喉咙上，喉咙上有一道伤疤，那是急救人员做气管切开术时留下的。她对此没有说过任何话。

有时候布莱迪爱弗兰奇。有时候他恨弗兰奇。大多数时候他既爱又恨，害得他头痛。

有时候（主要是喝醉酒之后），黛博拉·安会唠叨她的人生如何脱轨。“市政府、州政府还有该死的联邦政府都不肯救助我，为什么？因为保险金和赔偿剩下的钱还太多，这就是为什么。有谁关心钱像流水似的出去，却没多少进来吗？没有。等钱用完了，我们住进下石楠大道上的游民安置所，那时候我才有资格申请救助，这生活真是太美妙了。”

有时候布莱迪会看着弗兰奇心想，碍事的就是你。碍事的就是你，弗兰奇，你他妈的太碍事了。

有时候（经常）布莱迪会憎恨这个该死的他妈的狗屎世界。假如真有什么上帝，就像电视上主日布道的那些家伙说的，他老人家难道不该带弗兰奇去天堂吗？好让布莱迪的母亲全职工作，他们就不必流落街头了。或者搬去下石楠大道，他母亲说那儿住满了黑鬼毒虫。假如真有什么上帝，他老人家为什么会让弗兰奇被那块苹果呛住？然后又让他醒来，变成脑损伤的弱智？把一件坏事变成该死的他妈的狗屎烂事。不，根本不存在上帝。你只需要看着弗兰奇抓着该死的萨米满地爬，站起来瘸着腿走几步，然后趴下去继续爬，就会知道上帝有可能存在的念头简直他妈的荒谬绝伦。

最后，弗兰奇死了。事情发生得很快，从一定的角度说，有点像开车碾死市民中心的那些人。不存在预谋，只存在必定会发生些什么的隐约预感。你甚至可以说那是意外，或者是命数。布莱迪不相信上帝，但他相信命数，既然是家里的男子汉，他就必须成为命运的左右手。

他母亲在做晚餐吃的薄煎饼。弗兰奇在和萨米玩。地下室的门开着，黛博拉·安在甩卖商店买过两箱没牌子的廉价厕纸，箱子放在地下室里。卫生间需要补充厕纸了，所以她派布莱迪下去拿。他抱着厕纸上来，腾不出手关门。他以为老妈会关门，但他在楼上装好厕纸后下来，却发现门还开着。弗兰奇推着萨米在地上爬，嘴里发出呜呜的声音。他穿着一条红裤子，三层纸尿布塞得裤裆鼓鼓囊囊的。他离敞开的门和底下的楼梯越来越近，但黛博拉·安毫无去关门的意思。她也没有叫正在摆桌子的布莱迪去关门。

“呜呜，”弗兰奇说，“呜呜。”

他推了一把消防车。萨米滚到地下室的门口，撞在门框上停下了。

黛博拉·安从炉子前走到地下室门口。布莱迪以为她会弯下腰，捡起消防车还给弗兰奇，但她没有，而是一脚踢飞了消防车。消防车顺着楼梯叮叮当当地一路滚到底。

“哎呀，”她说，“萨米到底下去了。”她的声音非常单调。

布莱迪走过去。他觉得很有意思。

“妈妈，你为什么这么做？”

黛博拉·安把双手放在屁股上，一只手里的锅铲立在半空中。她说：“因为我受够了听他发出那种声音。”

弗兰奇张开嘴，开始哇哇叫。

“够了，弗兰奇。”布莱迪说，但弗兰奇不肯停下，而是爬到楼梯顶上，望向底下的暗处。

黛博拉·安用同样单调的声音说：“打开灯，布莱迪。这样他就能看见萨米了。”

布莱迪打开灯，站在他哇哇大叫的弟弟背后向下张望。

“对，”他说，“看见了，就在楼梯底下。弗兰奇，你看见了吗？”

弗兰奇又向前爬了一点，嘴里还在哇哇叫。他向下看。布莱迪望向母亲。黛博拉·安微不可察地轻轻点了一下头。布莱迪没有多想，一脚踢在弗兰奇裹了三层尿布的屁股上，弗兰奇笨拙地翻着跟头滚了下去，布莱迪不由想起蓝调兄弟里的胖子在教堂过道里翻跟头的桥段。翻第一个跟头的时候，弗兰奇还在哇哇叫，但翻到第二个跟头，他的脑袋撞上台阶尖角，哇哇叫声顿时停止，就好像弗兰奇是一台收音机，有人关掉了电源。非常可怕，但也有好玩的一面。又是一个跟头，双腿软绵绵地飞起来，摆出一个“Y”字形。最后，他头朝下地摔在地下室的地面上。

“啊我的天哪，弗兰奇掉下去了！”黛博拉·安叫道。她扔开锅铲，跑下楼梯。布莱迪紧随其后。

弗兰奇的脖子断了，布莱迪一眼就看得出，因为他的脖子弯弯曲曲的，但他还活着。他吭哧吭哧地呼吸，鲜血涌出鼻孔，头部侧面也涌出鲜血。他的双眼前后转动，但没有别的动静了。可怜的弗兰奇。布莱迪开始哭泣，他母亲也开始哭泣。

“我们该怎么办？”布莱迪问，“妈妈，我们该怎么办？”

“上楼，给我拿一个沙发上的靠垫来。”

他按母亲说的做。回到地下室，消防车萨米已经放在了弗兰奇的胸口。“我想让他抱住它，但他做不到。”黛博拉·安说。

“是啊，”布莱迪说，“他多半瘫痪了。可怜的弗兰奇。”

弗兰奇向上看，先看母亲，然后看哥哥。“布莱迪。”他说。

“一切都会好的，弗兰奇。”布莱迪说着，把靠垫递给母亲。

黛博拉·安接过去，按在弗兰奇脸上。没多久就结束了。她打发布莱迪上楼，把靠垫放回沙发上，然后拿一块湿毛巾下来。“顺便替我关掉炉子，”她说，“煎饼烤焦了，我能闻到。”

她擦干净弗兰奇脸上的鲜血。布莱迪觉得这么做很贴心，很有母性。几年后他才想通，她同时也想确保弗兰奇脸上不会留下靠垫的线头或纤维。

擦干净弗兰奇之后（但头发里还有鲜血），母亲和布莱迪坐在台阶上看着他。黛博拉·安搂着布莱迪的肩膀，说：“我还是打911吧。”

“好。”

“他使劲一推萨米，萨米掉到楼下去了。然后他想下去拿，结果失去了平衡。我在做煎饼，你在楼上装厕纸。你什么都没看见。等你再回到地下室，他已经死了。”

“好的。”

“说给我听听。”

布莱迪说了一遍。他是优等生，擅长记忆。

“无论谁问你，你都只说这么多。不要添油加醋，也不要改变细节。”

“好的，但我能说你哭了吗？”

她微笑着亲吻他的额头和面颊，然后亲吻他的嘴唇：“能，我的小蜜糖，你可以这么说。”

“我们现在会好起来了吧？”

“对，”她的语气里毫无犹疑，“我们会好起来的。”

她说得对。警察只提了几个问题，而且都不难回答。他们举办了葬礼，葬礼很体面。弗兰奇身穿正装，躺在弗兰奇尺寸的棺材里。他看上去不像脑损伤，而只是睡得很沉。合上棺材之前，布莱迪亲吻弟弟的面颊，把消防车萨米放在弟弟的身旁，棺材里恰好有足够的空间。

那天夜里，布莱迪第一次体验到了严重的头疼。他忍不住要想弗兰奇就在床底下，结果头疼更加剧烈了。他下楼去母亲的房间，躺在她身旁。他没有说他害怕弗兰奇躲在床底下，只说他的头疼得太厉害，他觉得都要爆炸了。母亲拥抱他，亲吻他，他贴着她的身体蠕动。这么蠕动很舒服，能减轻头疼。他们一起入睡，第二天家里只有他们两个人，生活变得美好了。黛博拉·安又得到了以前的工作，但再也没有男朋友了。她说她只要布莱迪一个男朋友。他们从不谈起弗兰奇的意外，但布莱迪有时候会梦见。他不知道他母亲会不会梦见，但她的伏特加越喝越多，最后害得她再次丢掉工作。不过问题不大，因为那时候他已经可以工作了。他也并不想上大学。

大学是给不知道自己很聪明的人准备的。

6

布莱迪从回忆中返回现实（白日梦过于深沉，几乎像是被催眠了），发现大腿上满是塑料碎片。刚开始他不知道塑料是从哪儿来的，然后他看见了工作台上的报纸，才知道他在想到弗兰奇的时候，用指甲撕碎了包报纸的塑料袋。

他把塑料碎片放进废纸篓，然后拿起报纸，茫然地盯着头条消息。墨西哥湾的原油仍在泄露，英国石油公司的管理层声称正在尽力抢救，说大众对他们过于苛刻。尼达尔·哈桑，狗屁心理学家，胡德堡枪击事件的凶手，将在明后天出庭受审。（你应该也去搞一辆梅赛德斯，尼达尔好哥们，布莱迪心想。）保罗·麦卡特尼，前披头士成员，布莱迪母亲在世时叫他“老狗眼”，将在白宫获颁勋章。为什么，布莱迪有时候会想，只有那么一丁点天赋的人也能得到一切？只能再次证明这个世界已经疯狂。

布莱迪决定拿着报纸去厨房读政论栏目。政论，加上一粒褪黑素胶囊，应该就能让他睡一觉了。楼梯爬到一半，他把报纸翻过来，想看另半边有什么消息，然后就愣住了。两个女人的照片映入眼帘。一个是奥莉薇亚·特莱劳尼；另一个的年纪要大得多，但相似之处显而易见，尤其是贱货的那对薄嘴唇。

奥莉薇亚·特莱劳尼之母去世，通栏标题这么说。底下是：坚持认为女儿受到“不公平的对待”，声称媒体报道“摧毁了她的生活”。

接下来是只有两段的小短文，实际上仅仅是找个借口，翻出去年的大悲剧（你们愿意用这个词就随便你们吧，布莱迪暗自讥讽），放回正被互联网慢慢勒死的报纸的头版上。短文指引读者去看二十六版的讣告，布莱迪在餐台旁坐下，飞快地翻到那个版面。自从母亲死后就包裹着他的晕眩和阴郁被一扫而空。他的大脑飞速运转，念头聚合又散开，然后像拼图碎片似的再次聚合。他很熟悉这个过程，知道它还会继续下去，直到最终咔嗒一声合为一体，清晰的画面就会出现。

伊丽莎白·西罗伊斯·沃顿于2010年5月29日在华沙县纪念医院安详辞世，享年八十七岁。她出生于1923年1月19日，是马塞尔和凯瑟琳·西罗伊斯的女儿。她留下了弟弟亨利·西罗伊斯、妹妹夏洛特·吉伯尼、外甥女霍莉·吉伯尼和女儿简妮尔·帕特森。伊丽莎白的丈夫埃尔文·沃顿和至爱女儿奥莉薇亚未能看到这一天。6月1日星期二上午十点到下午一点将在索玛斯殡仪馆举办告别仪式，6月2日星期三上午十点将在索玛斯殡仪馆举办追悼会。追悼会结束后，遗属将为亲友在蜜糖高地丁香公路729号举办招待会。遗属敬请宾客不要献花，若要表达哀思，请向沃顿夫人钟爱的慈善机构美国红十字会或救世军捐赠财物。

布莱迪仔仔细细阅读，脑子里出现了几个相关的问题：退休胖警察会参加告别仪式吗？会参加追悼会吗？招待会呢？布莱迪猜测三个场合他都会出现。寻找罪人。寻找他。因为警察就会这么做。

他想起他发给老警探霍奇斯的最后一条留言。此刻他微笑着大声背诵：“你都不知道你是怎么死的。”

“要确保他做不到。”黛博拉·安·哈茨费尔德说。

布莱迪知道她不可能在这儿，但他几乎能看见她坐在餐台对面，身穿黑色筒裙和他特别喜欢的蓝色罩衫，那件罩衫特别薄，隔着它能看见内衣的影子。

“因为他会寻找你。”

“我知道，”布莱迪说，“别担心。”

“我当然会担心，”她说，“我必须担心。你是我的小蜜糖。”

他下楼钻进睡袋。漏气的床垫嗤嗤响。声控关灯前他做的最后一件事情是把 iPhone 闹钟设在六点半。明天他会非常忙碌。

除了标志着电脑正在休眠的小红灯外，地下控制室里一片漆黑。他母亲在楼梯底下开口说话。

“我在等你，我的小蜜糖，不要让我等太久。”

“我很快就会来，妈妈。”布莱迪微笑着闭上眼睛。两分钟后，他开始打起鼾。

7

第二天早晨，简妮过了八点才走出卧室。她穿的是昨晚那身长裤套装。霍奇斯还是穿着拳击短裤，正在打电话。他朝简妮摆了摆一根手指，意思既是早上好也是稍等片刻。

“没什么大不了的，”他说，“就是总让你不得安宁的那种小事。要是你愿意帮忙查一查，那我可就感激不尽了。”他听了一会儿。“不，我不想去麻烦彼得，你也一样。唐纳德·戴维斯的案子已经让他忙得不可开交了。”

他又听了一会儿。简妮坐在沙发扶手上指指手表，比着口型说告别仪式！霍奇斯点点头。

“没错，”他对着电话说，“就当是2007年秋天到2009年春天吧。湖畔大道附近的闹市区，就是新建的高档公寓扎堆的地方。”他朝简妮使个眼色。“谢谢，玛洛，你真是个好宝贝。我保证不会告诉叔叔们的，好吗？”听了一会儿，点点头。“嗯，好了，我得走了，替我问候菲尔和孩子们。我们很快就会见面的。午饭。当然是我请客。对。再见。”

他挂断电话。

“你得赶紧穿衣服了，”她说，“先送我回公寓，好让我化个该死的妆，然后一起去殡仪馆。估计还需要换套内衣。来吧，你换正装的速度能有多快？”

“非常快。还有，你并不需要化妆。”

她翻个白眼：“你跟夏洛特姨妈说去。她完全就是个鱼尾纹警察。快，动起来。对了，带上剃须刀，你可以在我家刮胡子。”她又看一眼手表。“我有五年没睡到过这个时间了。”

他走向卧室去穿衣服。简妮在门口抓住霍奇斯，把他转过来，用手掌抱着他的面颊，亲吻他的嘴唇："高品质的性爱是最好的安眠药。我大概是忘了这个。"

他搂住简妮，把她举了起来。他不知道这段情缘能维持多久，但既然这会儿还在，那他就应该愉快地沉醉其中。

"记得戴上帽子，"她低头看着霍奇斯，微笑道，"那顶帽子我真是买对了，非常适合你。"

8

他们过于享受彼此的陪伴，过于专注地想在魔鬼亲戚们之前赶到殡仪馆，因此忘了时刻警惕，但即便是在红色警报的情况下，他们大概也不会注意到任何有可能引起警觉的东西。哈珀路和汉诺威街路口的小购物中心已经停了二十几辆车，布莱迪·哈茨费尔德那辆泥巴色的斯巴鲁是其中最不显眼的。他花了些心思挑选停车的位置，因此退休胖警察就出现在后视镜的正中央。假如霍奇斯打算参加老妇人的告别仪式，那他肯定会沿着山坡下来，到汉诺威街左转。

不出意料，刚过八点半他就出现了，比布莱迪的预估要早一些，因为告别仪式要到十点才开始，而殡仪馆离他家只有二十分钟左右的车程。霍奇斯的车左转弯，布莱迪发现退休胖警察居然不是一个人，他更加惊讶了。乘客座上是个女人，尽管布莱迪只看见了一眼，但足以让他认出那正是奥莉薇亚·特莱劳尼的妹妹。她拉下了遮阳板，好对着镜子梳理头发。显而易见的推理是她在退休胖警察的单身小窝过了夜。

布莱迪像是被雷劈了。老天在上，她为什么会这么做？霍奇斯又老又胖又难看，她不可能和他上床吧？这个想法完全超乎想象，但随即他想到母亲如何为他缓解他最严重的头疼，不情愿地意识到在性爱这件事上，没有什么配对是超乎想象的。不过，想到霍奇斯和奥莉薇亚·特莱劳尼的妹妹上床，他依然怒火中烧（首先一点，可以说正是布莱迪本人撮合了他们）。霍奇斯应该坐在电视前考虑自杀才对，他甚至没有资格享受凡士林和自己的右手，更别说一个好看的金发女人了。

布莱迪心想，她大概在床上睡，他睡的是沙发。

这个想法至少还算符合逻辑，也让他的心情好了一点。霍奇斯要是想和好看的金发女人睡觉应该也没问题，但必须花钱买才对。婊子还得加收超重费，他心想，笑着发动汽车。

开走之前，他打开手套箱，取出 2 号物品放在乘客座上。从去年开始他就没再用过 2 号物品，但今天他会用它。不过多半不会在殡仪馆用，因为他估计他们不会现在就去殡仪馆。时间还太早。布莱迪估计他们会先去湖畔大道的公寓，他不必赶在他们之前到那儿，只需要等他们出来时在不远处就行。他很清楚他将怎么下手。

就像是回到了从前。

在市区的一个红灯前，他打电话给折价电子城的东尼斯·弗罗比舍，说他今天不去上班了，大概这一周都没法去。他用指节捏住鼻子，带着浓浓的鼻音说他得了流感。他想着周四晚文艺馆的“此时此地”演唱会，想着自杀炸弹背心，想象着说下周我就不会得流感了，因为我死了。他挂断电话，把手机放在座位上的二号物品旁边，放声大笑。他看见隔壁车道有个一身职业装的女人盯着他。布莱迪笑得涕泗横流，朝女人竖起中指。

9

“刚才那是你在档案科的朋友？”简妮问。

“对，玛洛·埃弗雷特。她总是早到。彼得·亨特利，我的老搭档，曾经信誓旦旦地说她就从来不下班。”

“你给她编了个什么故事？说来听听。”

“我说我有几个邻居看见一个男人试着拉车门，看有没有上锁。我说我好像记得几年前市区有过一系列偷车案，犯人一直没有落网。”

“嗯哼，你说你保证不会告诉叔叔们，那是什么意思？”

“叔叔们指的是不肯放弃工作的退休警察。他们看见天晓得为什么觉得可疑的车牌，就会打电话请玛洛查档案。也可能是觉得某个家伙不对劲，跑上去盘问他，叫他出示证件。然后打给玛洛，请她查有没有人头上有通缉令和搜查令。”

“她介意吗？”

“哈，她总唠叨说不合规矩什么的，但我不认为她真的介意。几年前有个叫肯尼·谢斯的老头子打电话报6-5——代表举止可疑，9·11后的新代码。他盯上的家伙不是恐怖分子，只是个逃犯，1987年在堪萨斯杀死了全家人。”

“哇。他没得个奖章吗？”

“没有，只有一句‘干得好’，他要的也只有这么多。过了半年左右，他死了。”吞枪自杀，在肺癌夺去他那条老命前扣动了扳机。

霍奇斯的手机响了。声音发闷，因为他又把手机忘在了手套箱里。简妮掏出手机递给他，笑容有点嘲弄的意思。

“哈啰，玛洛，动作真快，你查到什么了吗？随便什么都行。”他听了一会儿，不停点头说嗯哼，在晨间拥挤的车流中见缝插针。最后他说谢谢，挂断电话，把手机还给简妮，简妮却摇摇头。

“放在你口袋里，说不定会有其他人打给你。我知道这对你是个陌生的念头，但尽量适应一下吧。查到了什么吗？”

“从 2007 年 9 月开始，市区发生了十几起汽车失窃案件。玛洛说有可能不止这么多，但要是没有丢失值钱的东西，车主往往不会报警称车辆被盗。有些人甚至都不会意识到。最后一次报案是 2009 年 5 月，不到三周后就是市民中心大屠杀。作案的就是凶手，简妮，我很确定。我们发现了他以往的踪迹，也就是说我们离他又近了一步。”

“很好。”

“我认为我们会找到他的。要是找到了，你的律师施隆就去市局向彼得·亨特利报告。剩下的都交给他。这一点咱们的共识还在，对吧？”

“对。但在此之前，他都是我们的。这一点咱们的共识也还在，对吧？”

“那是当然。”

他沿着湖畔大道前行，已故沃顿夫人的公寓楼门前有个空位。好运气来了，谁也挡不住。霍奇斯倒进车位，心想不知道奥莉薇亚·特莱劳尼用过多少次这同一个车位。

霍奇斯往咪表里塞硬币，简妮紧张地看看手表。

“放松，”他说，“我们有的是时间。”

简妮走向楼门，霍奇斯按下遥控器上的**上锁**按钮。他没有多想什么，脑子里只有梅赛德斯先生，但积习难改。他收好钥匙，赶上简妮，好帮她拉开大门。

他心想，我要变成软蛋了。

然后他又想，那又怎样？

10

五分钟后，一辆泥巴色的斯巴鲁开上湖畔大道。驶过霍奇斯的丰田车时，斯巴鲁放慢车速，慢得几乎停了下来。布莱迪打开左转弯指示灯，开进马路对面的停车库。

第一层和第二层有很多空车位，但都是贴墙的位置，对他毫无用处。他在几乎全空的第三层找到了想要的位置：靠近车库东侧，直接俯瞰湖畔大道。他停好车，走过水泥车挡，望向底下马路对面霍奇斯的丰田车。他估计距离大约是六十码，中间没有东西遮挡信号，这点距离对二号物品来说是小菜一碟。

布莱迪无事可做，回到车里打开 iPad，研究中西部文化与艺术馆的网站。明戈演艺厅是整座建筑物里最大的场馆。很合理，布莱迪心想，因为它多半是文艺馆里唯一挣钱的部门。到了冬天，本市的交响乐团会在那里演奏，还会举办芭蕾、演讲和诸如此类的其他狗屁活动，但从 6 月到 8 月，明戈演艺厅就基本上完全属于流行音乐了。根据网站的说法，“此时此地”乐队的演唱会之后，将有一场全明星夏日赛歌会，出席人士包括“老鹰”乐队、斯汀、约翰·梅伦坎普、艾伦·杰克逊、保罗·西蒙和布鲁斯·斯普林斯汀。听上去不错，但布莱迪认为买了全年套票的人会大失所望。明戈演艺厅今年夏天将只有一场演出，这场演出将很短暂，以一首名为《死吧，你们这些没用的龟孙子》的朋克小调结束。

网站说演艺大厅可容纳四千五百名观众。

还说“此时此地”乐队演唱会的门票已被抢购一空。

布莱迪打给冰激凌工厂的雪莉·奥顿。他再次捏住鼻子，说看来你本周得让鲁迪·斯坦霍普做好顶班的准备了。他说他尽量周四或周五回来上班，但别抱太大希望，因为他染上了流感。

不出所料，流感这两个字吓住了雪莉：“你要是拿不出医生开的证明，说你的流感已经没有传染性了，那就千万别靠近我们这儿。有流感的人不能卖冰激凌给孩子们。”

“我明白，”布莱迪捏着鼻子说，“对不起，雪莉。应该是我老妈传给我的，我没办法，只能帮她睡下。”这句话挠到了他的痒处，他的嘴唇开始抽搐。

“哎，你自己保重——”

“我得挂断了。”他说，赶在又一阵歇斯底里的狂笑袭击他之前挂断电话。对，他没办法，只能帮他母亲睡下。对，就是流感，但不是猪流感或禽流感，而是名叫灭鼠强流感的新品种。布莱迪笑得前仰后合，猛捶仪表盘。他捶得过于用力，弄伤了自己的手，他反而笑得更起劲了。

这一阵发作持续了很久，直到他笑得肚子疼，觉得有点想呕吐。狂笑的势头刚开始减缓，他就看见马路对面公寓楼的门开了。

布莱迪抓起 2 号物品，滑动电源开关。黄色“待命”指示灯亮了起来。他举起粗短的天线，从车里出来，悄无声息地再次走过水泥车挡。这会儿他不笑了，他的动作很谨慎，始终藏在离他最近的支撑柱的影子里。他把大拇指按在启动开关上，将 2 号物品指向下方。他瞄准的不是丰田车，而是正在裤子口袋里翻钥匙的霍奇斯。金发女人站在他身旁，身上还是早些时候的那一身裤装，但换过了鞋子和手袋。

霍奇斯掏出钥匙。

布莱迪按下 2 号物品的启动开关，“待命”的黄灯变成了“运行中”的绿灯。霍奇斯那辆车的车灯闪了一次。与此同时，2 号物品上的绿灯也闪了一下。它捕捉到了丰田车的 PKE 指令码保存下来，就和它捕捉特莱劳尼夫人那辆梅赛德斯的指令码一样。

布莱迪使用 2 号物品已经近两年了，他窃取 PKE 指令码，打开车锁，搜寻值钱的物品和现金。这些冒险带来的收入时多时少，但那份刺激从不减退。他在特莱劳尼夫人的梅赛德斯的手套箱里发现了备用钥匙（同用户手册和登记证一起放在塑料袋里），他的第一个念头是偷车兜风，逛遍全城。但本能命令他什么都别动，就这样保持原状。本能说这辆梅赛德斯可以扮演一个更重要的角色，事实也的确如此。

布莱迪跳进车里，把 2 号物品放进手套箱。他对今天上午的收获很满意，但这个上午尚未结束。霍奇斯和奥莉薇亚的妹妹要去参加遗体告别仪式。布莱迪也有他的地方要去。文艺馆这会儿已经开门了，他想去踩踩盘子，看看他们的安保水平如何，看看摄像头都安装在哪儿。

布莱迪心想，我会找到办法进去的。运气来了，谁也挡不住。

他还要上网搞一张周四演唱会的门票。忙，真是忙啊。

他开始吹口哨。

11

十点差一刻，霍奇斯和简妮·帕特森走进索玛斯殡仪馆的安息堂，多亏简妮催着他快点儿，所以他们是最先赶到的。灵柩上半部没有盖上，下半部用蓝色丝绸花饰包裹着。伊丽莎白·沃顿身穿白色长裙，长裙上镶着与花饰相配的蓝色小花。她闭着眼睛，面颊红润。

简妮沿着两排折叠椅之间的过道快步走上前，短暂地看了一会儿母亲，又快步走回来。她的嘴唇在颤抖。

“亨利舅舅喜欢说火化是异教徒的把戏，但瞻仰遗体才是真正的邪教仪式呢。她一点也不像我母亲，而是像个展览标本。”

“那为什么——”

“这是不得已的折中，为了让亨利舅舅别再反对火化。老天在上，要是他撩开花饰看，就会发现棺材是模压纸板，涂成铁灰色冒充金属。这样才能……你明白的……”

“我明白的。”霍奇斯说，用一条胳膊搂住她。

已故女士的朋友逐渐到来，首先到的是沃顿的护士艾尔希娅·格林和管家哈里斯夫人。十点二十左右（时髦的迟到病，霍奇斯心想），夏洛特姨妈挽着弟弟的胳膊走进安息堂。亨利舅舅领着她沿过道走上前，他飞快地看了一眼遗体，随即退开。夏洛特姨妈盯着面对天花板的那张脸，俯身亲吻死者的嘴唇。她用几不可闻的声音说：“唉，姐姐，唉，姐姐。”自从认识她到现在，霍奇斯第一次对她有了恼火之外的感觉。

有些人聚在一起，有些人小声交谈，偶尔有人低声大笑。简妮走来走去，和所有人交谈（只有十来个人，全都是霍奇斯的女儿会称之为“好老人”的那种人），向他们表达谢意。亨利舅舅陪着她，在安慰格林太太的时候，简妮泣不成声，亨利舅舅用一条胳膊搂住她。看见这一幕，霍奇斯很高兴。血浓于水，他心想。碰到这种时候，血毕竟浓于水。

他在这儿是多余的，于是决定出去透透气。他在门前的台阶上站了一会儿，扫视停在马路对面的车辆，寻找单独坐在车里的男人。他没有找到，忽然想到他今天还没有见过嘟囔霍莉。

他绕到访客停车场，看见她坐在后门的台阶上。她穿一条特别不合身的垂到小腿的棕色长裙，头发在头部两侧梳成特别不好看的两团。霍奇斯觉得她像是吃了一年凯伦·卡朋特减肥餐的莉亚公主。

她在水泥地上看见霍奇斯的影子，吓了一跳，连忙捂住一件什么东西。霍奇斯走过去，发现那件东西是一根吸到一半的香烟。她眯着眼睛担忧地望着霍奇斯。霍奇斯觉得这个眼神属于一条经常挨打的狗，餐桌底下铺着报纸供它撒尿。

“别告诉我母亲。她以为我戒掉了。”

“你的秘密万无一失，”霍奇斯说，心想霍莉早就过了担心老妈赞不赞成她小小恶习的年纪，更何况那多半是她唯一的不良嗜好，“能让我坐下吗？”

“你怎么不在里面陪着简妮？”但她还是给霍奇斯让出了位置。

“出来透透气。里面那么多人，我就认识简妮一个。”

她用孩童般毫不掩饰的好奇眼神打量霍奇斯：“你和我表妹是情人吗？”

霍奇斯有些尴尬，不是因为问题本身，而是因为他想笑的邪恶冲动。他有点希望自己没来打扰她偷偷摸摸地抽烟。“呃，”他说，“我们是好朋友。暂且这么说就行了。”

她耸耸肩，从鼻孔吐出烟气：“我无所谓。我认为一个女人只要愿意就可以有情人。不过我本人没有，男人对我不感兴趣。不是说我是同性恋，你别往那儿想。我写诗。”

“嗯？是吗？”

“是的，”她毫无停顿地说了下去，就仿佛前后是同一件事，“我母亲不喜欢简妮。”

“是吗？”

“她认为简妮不该得到奥莉薇亚所有的钱。她说不公平。也许确实不公平，但我本人不在乎。”

她咬住嘴唇，霍奇斯不由产生了让他坐立不安的既视感，他只花了一秒钟就意识到了原因：奥莉薇亚·特莱劳尼在接受警方盘问时也这么咬嘴唇。血浓于水。血毕竟浓于水。

“你没有进去。”他说。

“对，我也不会进去，她不能强迫我进去。我过去没见过尸体，今天也不想见。尸体会让我做噩梦。”

她在台阶立面上熄灭香烟，不是搓灭，而是揿熄，戳得火花飞溅，过滤嘴劈裂。她脸色惨白，开始颤抖（膝盖真的撞在了一起），要是再那么继续咬下嘴唇，下嘴唇就会被嚼碎。

“这是最糟糕的时刻。”她说，这会儿说话不嘟嘟囔囔的了。事实上，要是她的声音再这么继续升高，她很快就要开始尖叫。“这是最糟糕的时刻，这是最糟糕的时刻，这是最糟糕的时刻！”

霍奇斯抬起一条胳膊，搂住她颤抖的肩膀。颤抖有几秒钟变成了全身抖动。霍奇斯本以为她会起来逃跑（说不定还会逗留片刻，骂他动手动脚，扇他耳光），可颤抖逐渐减退，她把头部靠在了霍奇斯的肩膀上，呼吸急促。

“你说得对，”他说，“这是最糟糕的时刻。明天就会好得多。”

“灵柩会合上吗？”

“对。”他会告诉简妮，灵柩必须合上，否则她的表姐又会坐在外面看灵车了。

霍莉毫不掩饰地望着他。她没有任何心眼，霍奇斯想，没有哪怕一丁点灵智，也没有哪怕一丁点恶意。日后他会后悔此刻的误判，但此刻他不由再次想起奥莉薇亚·特莱劳尼。想到媒体如何对待她，想到警察如何对待她。他如何对待她。

“你保证会合上吗?”

“保证。”

“双重保证?”

“拉钩保证，假如你需要。”他的脑子里依然是奥莉薇亚和梅赛德斯先生喂给她的电脑毒饵，他问：“霍莉，你没有忘记吃药吧?”

她瞪大眼睛：“你怎么知道我吃来士普[①]？是她告诉你的?”

“谁也没有告诉我，也不需要别人告诉我。我以前是侦探，”他微微收紧胳膊，友好地轻轻晃了晃她的身子，“现在回答我的问题。”

“在我的包里。我今天还没吃，因为……”她发出尖细的吃吃笑声，“因为吃药让我总想撒尿。”

“我去给你拿杯水，你现在就吃好不好?”

“好的。为了你，”霍莉又毫不掩饰地看着他，眼神像是小孩在打量大人，“我喜欢你。你是好人。简妮运气好。我这辈子的运气一直不好。我从没有过男朋友。”

“我去给你倒水。”霍奇斯说着，站起身。走到拐角的时候，他扭头张望。霍莉在点烟，但她抖得太厉害，所以很难做到。她用双手握住一次性打火机，就像警局靶场上的射手。

回到里面，简妮问他去哪儿了。霍奇斯告诉了她，并问明天追悼会时能不能合上灵柩。“想让她进来，我认为这是唯一的办法。”他说。

简妮望向姨妈，姨妈站在一群年长女人的中央，她们聊得正起劲。“老贱人都没发现霍莉不在，”她说，“告诉你吧，我决定了，明天灵柩不会出现在这儿。我会请殡仪馆老板把灵柩放到后面去，要是夏姨妈不喜欢，那就随便她唠叨去吧。你去告诉霍莉，好吗?”

在场内悄然服侍的殡仪馆老板领着霍奇斯来到隔壁房间，饮料和

---

① 一种抗抑郁药物。

零食已经摆在桌上。他拿着一瓶矿泉水回到停车场，将简妮的决定告诉霍莉。他坐在霍莉旁边，看着她吞下一粒白色的快乐药。霍莉吃完药，微笑着对霍奇斯说：“我真的很喜欢你。”

霍奇斯用上警方训练出的最为可信的撒谎能力，友好地答道：“我也喜欢你，霍莉。”

12

中西部文化与艺术馆，简称文艺馆，报纸和本地商会称之为“中西部的卢浮宫”（这个中西部城市的居民叫它“卢瓦宫”）。整个场馆在市中心占据了六英亩的土地，最显眼的是个圆形建筑物，布莱迪觉得它很像《第三类接触》末尾出现的巨型飞碟。那就是明戈演艺厅。

他闲逛到后面的装卸区，这儿忙碌得像是夏天里的蚂蚁窝。卡车匆匆忙忙地来来去去，工人卸下各种物品，包括（奇怪但确实有）看着像是组成摩天轮的几段部件。还有一些布景板（他记得是叫这个来着），图案是繁星夜空和白色沙滩，情侣手拉手走在水边。他注意到工人都有证件，或者挂在脖子上，或者扣在衬衫上。不妙。

装卸区入口处有个保安岗亭，这就更不妙了，但布莱迪还是走了过去，心想不入虎穴焉得虎子。保安有两个，一个在里面，吃着百吉饼，盯着十几个监控屏幕。另一个走出来拦住布莱迪。他戴着墨镜。布莱迪在镜片上看见了自己的倒影，他满脸“哎呀这可真好玩”的笑容。

“有什么事情吗，先生？”

“好奇而已，”布莱迪说，他指着装卸区说，“那东西看着像个摩天轮。”

“周四晚上有一场大型演唱会，”保安说，“乐队在宣传新专辑，好像就叫《游乐场之吻》。”

“天，他们可真能折腾，对吧？”布莱迪惊叹道。

保安嗤之以鼻：“唱得越烂，场地就越炫。知道吗？去年9月托尼·贝奈特来开演唱会，就他一个人，连乐队都没带。市立交响乐团给他伴奏。那才叫演出。没有嚎得声嘶力竭的小孩。真正的音乐。能想象吗？”

“我能进去看一眼吗？比方说用手机拍张照片？”

“不行，”保安打量他的眼神过于仔细，布莱迪不喜欢这样，“说实话，你都不该站在这儿的。所以……”

“懂了，我懂了。”布莱迪说，笑得更灿烂了。他该走了。再说这儿也没什么可利用的。既然连现在都有两个人守门，周四晚上多半会有五六个。“谢谢你抽空陪我聊天。”

“小事情。”

布莱迪对他竖起大拇指。白痴保安也对他竖起大拇指，站在岗亭门口目送他离开。

他沿着停车场的边缘闲逛，巨大的停车场这会儿空荡荡的，但周四晚上无疑会爆满。他的笑容不见了。他想到了九年前开飞机撞世贸中心的那群头巾智障。他认为（没有一丝嘲讽的意思），他们毁掉了我们其他人的乐趣。

五分钟的步行后，他来到一排大门前，周四晚上，观众将从这里进入演艺厅。他被迫掏了五块“建议捐赠费”才进去。大堂是个有回声的拱顶厅堂，这会儿站满了艺术爱好者和学生团体。正前方是礼物商店。左手边是通向明戈演艺厅的走廊，宽比双车道的公路，正中央有一根铬合金的立柱，挂着写有**禁止携带拎包、背包和盒子**的牌子。

没有金属探测器。有可能是因为还没开始安装，但布莱迪确信不会使用金属探测器。到时候将有四千多名观众向里挤，要是金属探测器滴滴答答叫个不停，就会造成噩梦般的拥堵。但会有许多保安，一个个都和守装卸区的墨镜一样满腹疑心和多管闲事。在六月里一个温暖的夜晚，一个男人身穿鼓鼓囊囊的棉背心会立刻引起他们的注意。事实上，任何男人，只要他身边没有马尾辫的未成年女儿，大概都会引起注意。

先生，您能过来一下吗？

当然了，他可以立刻引爆背心，炸死百来号人，但那可不是他想要的。他想要的是回家上网搜索，搞清楚“此时此地”乐队最热门的歌曲是什么，等现场的这首歌唱到一半，小婊子们声嘶力竭地嚷嚷，小脑袋狂热得忘乎所以，他就拨动开关。

但障碍也确实很难克服。

他站在大堂里，周围是拿着导游手册的退休老人和蠢得不会用鼻子呼吸的初中生，布莱迪心想，真希望弗兰奇还活着。要是他还活着，我一定会带他来看演出。他足够蠢，肯定会喜欢这种东西。我甚至会让他带上消防车萨米。这个念头让他心里充满了深切而真实的悲哀，他想到弗兰奇时往往会这样。

也许我该先去干掉退休胖警察，然后自杀算了，职业生涯到此结束。

他揉着太阳穴，头疼在那里开始蓄积（但现在没有老妈帮他减压了），布莱迪穿过大堂，走进哈罗·弗洛伊德画廊，显眼的横幅宣布**6 月属于莫奈**。

他不太清楚莫奈是谁——大概和梵高一样，也是以前的什么法国画家——但有几幅油画确实不错。他对静物画没多少兴趣（老天在上，谁会浪费时间画一只甜瓜？），但其余的画里有几张蕴含着几近野蛮的暴力感。一幅画描绘了死去的斗牛士，布莱迪目不转睛地看了差不多五分钟，双手扣在背后，不理会挤过身旁或在他背后看画的其他人。斗牛士的死状并不凄惨，但左肩下流淌出的鲜血比布莱迪在所有暴力电影里（他看过很多）见过的血浆都要真实。这幅画让他心境平和，头脑清楚。到他终于走开时，他心想，肯定有办法做得像这幅画一样。

他一时兴起，走进礼物商店，买了一堆“此时此地”乐队的周边。十分钟后他走出商店，拎着印有**文艺馆抢劫了我**的购物袋，再次望向通向明戈演艺厅的走廊。后天夜里，那条走廊将变成喂牛滑槽，挤满了笑闹推搡、兴奋得发疯的少女，大多数孩子还会有心不甘情不愿的家长陪同。从这个角度望过去，他能看见走廊右侧墙壁的尽头用天鹅绒长绳隔开了一片区域。那一小段隔出来的走廊头上还有一根铬合金立柱，上面挂着又一块牌子。

布莱迪读了一遍，心想：哎呀我的天。

哎呀……我……的……天！

13

回到曾经属于伊丽莎白·沃顿的公寓里，简妮踢掉高跟鞋，跌坐进沙发里。“谢天谢地，总算结束了。怎么觉得像是过了一千年，还是两千年？”

“两千年，”霍奇斯说，“你看着像是需要睡一觉了。”

“我今天睡到八点才起床。”她抗议道，但霍奇斯觉得她说的没什么底气。

“但好主意仍然是好主意。”

“考虑到今晚我要和亲戚们在蜜糖高地共进晚餐，侦探先生，你说的也有几分道理。说到这个，晚餐就放过你了。我猜他们想谈每个人最喜欢的音乐喜剧——《简妮的百万美元》。”

“我并不吃惊。”

“我打算和他们平分奥莉的遗产，从正中间一切为二。”

霍奇斯正要大笑，却又停下来，因为他意识到简妮是认真的。

简妮挑起眉毛：“有意见吗？觉得区区三百五十万不够把我养到老死？”

“应该足够吧，但……那是你的钱。奥莉薇亚的遗嘱是留给你。”

“对，而且这份遗嘱牢不可破，施隆律师向我保证过。但那并不代表奥莉立遗嘱的时候神志清楚，你很清楚这一点。你见过她，和她交谈过，”她隔着袜子按摩脚底，“再说了，分给他们一半，我就能欣赏他们如何你争我夺了。你想想那有多么美妙。”

“确定今晚不用我陪你去？”

“今晚不用，但明天一定要。追悼会我一个人应付不来。”

“我九点一刻来接你。当然了，除非你愿意去我家再过一夜。”

“听着很诱人，但还是算了。今晚完全为家族娱乐而准备。对了，趁着你没走，还有一件事，非常重要的事。”她从手袋里翻出记事簿和笔，写了一会儿，撕下一张纸递给霍奇斯。霍奇斯看见的是两组数字。

简妮说：“第一组能打开蜜糖高地那幢屋子的大门，第二组能关闭防盗系统。星期四上午，你和你的朋友杰罗姆去看奥莉的电脑，我送夏洛特姨妈、霍莉和亨利舅舅去机场。要是如你所料，凶手对她的电脑做过手脚……而他安装的程序还在……我不认为我能忍受得了。”她恳求地望着霍奇斯。“能理解吗？快说你能。”

“我理解。”霍奇斯说着，在她身旁单膝跪下，就像他前妻喜欢读的爱情小说里的求婚姿势。他有一部分心思觉得很荒谬，但大部分心思并不这么觉得。

“简妮。”他说。

她望着他，想露出笑容，但做不到。

“我很抱歉——因为所有的事情。非常、非常抱歉。”他想到的不只是她和她已故的姐姐，那个饱受折磨和难以打交道的女人。他还想到了市民中心的罹难者，尤其是那个女人和她的婴儿。

霍奇斯晋升警探时，他的导师是个名叫弗兰克·斯莱奇的家伙。霍奇斯当时觉得他是个老头子，但那会儿的斯莱奇比现在的霍奇斯还年轻十五岁。*永远别让我听见你管他们叫受害者*，斯莱奇对他说，*这个狗屁名词是给浑球和废物准备的。要记住他们的名字。用名字称呼他们。*

克雷母女，他心想。她们是克雷母女。珍妮丝和帕特里夏。

简妮拥抱他。她说话时呼吸吹得他的耳朵发痒，让他浑身战栗，有点勃起。“等这些事情结束了，我会返回加州。我没法留在这儿。你对我非常重要，比尔，要是我留在这儿，说不定就会爱上你，但我不想那么做。我需要一个全新的开始。”

“我明白。”霍奇斯向后退开，抓住她的肩膀，这样就可以看见她的面容了。这是一张美丽的脸，但今天显出了真正的年纪。“没问题的。”

她从手袋里翻出面巾纸，擦干眼泪，说：“你今天征服了一座险峰。”

“征服了……？”他忽然明白了，“霍莉。”

“她认为你非常好。她告诉我的。”

“她让我想起奥莉薇亚，和她交谈像是得到了第二次机会。”

“做正确的事情？”

“对。”

简妮对他皱起鼻子，笑着说：“是哦。”

14

那天下午，布莱迪外出采购。他开的是已故黛博拉·安·哈茨费尔德的本田，因为本田是一辆掀背车。但即便如此，有一件物品还只是勉强塞了进去。回家的路上，他考虑要不要去一趟快邮信箱，看看他化名拉尔夫·琼斯订购的灭鼠强有没有送到，但那似乎已经是一千年前的事情了，现在究竟还有什么意义呢？他的那部分人生已经过去了，其余的部分也很快就会过去，何等的解脱啊！

他将采购物品中最大的一件靠在车库墙上，回到屋里，在厨房里休息片刻，闻了闻空气（没有腐烂的味道，至少目前还没有），然后下楼去控制室。他用魔词打开电脑阵列，但仅仅是出于习惯。他没兴趣上黛比的蓝雨伞网站，因为他已经不想和退休胖警察说话了。他的那部分人生同样过去了。他看看手表，发现这会儿是下午三点半，算出退休胖警察还有差不多二十个钟头的寿命。

假如你真的在睡她，霍奇斯警探，布莱迪心想，趁你的那话儿还在，就抓紧时间多用用吧。

他打开壁橱门上的挂锁，走进去，自制塑胶炸药那略带油腥味的干爽气味扑鼻而来。他望着装满炸药的鞋盒，选中了他脚上这双马飞仕图的盒子，这双鞋是去年他母亲送的圣诞礼物。他从隔壁架子上装手机的鞋盒里取出一部手机，连同塑胶炸药一起拿到房间中央的工作台上。他开始装配，他把手机放进炸药盒，连上用 AA 电池驱动的微型雷管。他点亮手机，确保它能正常工作，然后重新关机。要是有人误拨这只一次性手机的号码，就会把他的控制室炸上天，可能性虽然微乎其微，但何必冒险呢？他母亲找到毒肉做成午饭吃下去的可能性同样微乎其微，但你看最后是个什么结果。

不，这个宝贝儿要保持关机状态，直到明天上午十点二十分。布莱迪将在那个时候走进索玛斯殡仪馆背后的停车场。假如停车场里有人，布莱迪就说他以为穿过停车场可以去隔壁那条马路，那条马路上有个公共汽车站（这是真的，他在地图网站上查过）。但他不认为停车场里会有人。他们都在里面参加追悼会，闹得不可开交。

他将使用2号物品打开退休胖警察的车锁，把鞋盒放在驾驶座背后的地板上。他将再次锁好丰田车，然后回到自己车上。等待。看着老警察经过。让他开到下一个十字路口，布莱迪确定他布莱迪将会相对安全，不会被飞溅的碎片击伤。然后嘛……

“轰隆，”布莱迪说，“他们只能用鞋盒给你下葬。”

俏皮话很好玩，他大笑着回到壁橱里取出自杀背心。他把下午剩下的时间用在了拆背心上。布莱迪不再需要背心了。

他有个更好的点子。

15

2010年6月2日，星期三，天气温暖，万里无云。根据日历，现在应该还是春天，本地的学校也没有放假，但这些细节无法改变一个事实，那就是美国腹地的这座城市迎来了夏日里完美的一天。

比尔·霍奇斯已经穿好了正装，但还没有打上领带。他在书房里浏览玛洛·埃弗雷特用传真发给他的车辆失窃案件清单。他打印了一份城区地图，用红点标出每一起案件的发生地点。他预感到自己要实地走访，假如奥莉薇亚的电脑里没有找到线索，说不定会有大量这种工作，但车辆失窃案件的部分受害者也许会提到见过同一辆车。因为梅赛德斯先生必须能看见目标车辆的车主。霍奇斯对此很确定。他必须确定他们离开了，然后再用小工具打开车锁。

他监视他们，就像他监视我，霍奇斯心想。

这让他想到了什么，火花陡然亮起，某些事情一下子联系上了，但还没等他看清楚火花究竟照亮了什么，它就已经熄灭了。没关系，假如真的存在什么线索，他以后还会想到的。另一方面，他不停查看地址和标出红点。他还有二十分钟，然后就必须系好领带去找简妮了。

布莱迪·哈茨费尔德在控制室里。今天他没有头疼，平时经常混乱不堪的头脑清楚得像是电脑上的《日落黄沙》屏保。他取下了自杀背心上的塑胶炸药块，小心翼翼地拆开引线。有几块已经装进了一个亮红色坐垫，坐垫上顽皮地印着**臀部停泊处**。他将另外两块捏成圆柱形，没有拆掉引线，塞进一个亮蓝色的尿袋。做完这些事情，他小心翼翼地在尿袋上贴了一块不干胶标贴——他昨天在文艺馆礼品商店里买了不干胶标贴和一件纪念T恤。标贴上印着**此时此地乐迷一**

号。他看看手表，快九点了。退休胖警察还有一个半小时可活，也许更短。

霍奇斯的老搭档彼得·亨特利在一间审讯室里，并不是因为他要盘问什么人，而是因为这儿远离晨间的喧嚣和大开间的人来人往。他有一堆记录需要查看。十点钟他要主持记者发布会，宣布唐纳德·戴维斯揭出的又一轮黑暗真相，他可不想搞砸。市民中心大屠杀的凶手，梅赛德斯先生，只在他脑海最偏僻的小角落里。

下城区的某家当铺，人们买枪卖枪，自以为神不知鬼不觉。

杰罗姆·罗宾逊在电脑前，听着“听起来不错”网站上的音频片段。他听一个女人歇斯底里狂笑。他听一个男人用口哨吹《丹尼男孩》。他听一个男人咕噜咕噜漱口，听一个女人冲上高潮顶峰。最后，他终于找到了他要找的片段。标题很简单：**婴儿哭泣**。

楼下，杰罗姆的妹妹芭芭拉冲进厨房，奥戴尔紧随其后。芭芭拉穿着闪闪发亮的小裙子、笨重的蓝色木底鞋和性感少年头像的T恤衫。少年灿烂的笑容和漂亮的头巾底下是一行字：**我永远爱凯姆！**她问母亲穿这一身去看现场会不会太幼稚。她母亲（大概想到了她第一次看现场的打扮）微笑着说非常漂亮。芭芭拉问能不能借母亲的和平标志耳环戴上。行，没问题。口红呢？呃……好吧。眼影呢？对不起，不行。芭芭拉发出试试也无妨的笑声，使劲拥抱母亲。“我都等不及明天晚上了。”她说。

霍莉·吉伯尼在蜜糖高地大宅的卫生间里，希望她可以不用参加追悼会，但知道母亲绝对不会允许。假如她辩称说感觉不舒服，母亲就会使出霍莉从小听到大的一句教训：*别人会怎么想？*要是霍莉说她不在乎别人怎么想，反正这辈子都再也不会见到那些人了（简妮除外）？母亲看她的眼神会像是她在用外语说话。她吃了来士普，但刷牙时一阵反胃，又呕了出来。夏洛特大声问她准备好了没有。霍莉大声说就快好了。她冲掉马桶，心想，至少简妮的男朋友也会出席。比尔。他挺好的。

简妮·帕特森在已故母亲的公寓里梳妆打扮：黑色长筒袜，黑色长裙，黑色上衣，深蓝色罩衫。她想到她对比尔说的话，要是留在这儿，她也许会爱上他。这句话鲁莽地道出了实情，因为她已经爱上他了。心理医生肯定会微笑着说这是恋父情结什么的。他要是真敢这么说，简妮会微笑着说那都是弗洛伊德的胡扯。他父亲是个秃头会计，哪怕坐在旁边也没什么存在感。而比尔·霍奇斯有一点是你无法否认的，那就是他的存在感。她喜欢他就是因为这个。她也很喜欢她买给他的那顶帽子，菲利普·马洛的软呢帽。她看看手表，九点一刻。他最好快点来。

他要是敢迟到，她就宰了他。

16

他没有迟到，而且是戴着那顶帽子来的。简妮说他模样不错。他说她模样更不错。她微笑着亲吻他。

“咱们来结束这件事吧。”他说。

简妮皱起鼻子，说：“是哦。”

他们开车去殡仪馆，今天他们依然是第一个到的。霍奇斯陪着她走进安息堂。她环顾四周，点头赞许。追悼会的程序说明放在每一把折叠椅上。灵柩搬走了，换成有点像圣坛的台子，上面摆满了春天的鲜花。音响系统在播放勃拉姆斯，音量调到几乎听不清。

“可以吗？”霍奇斯问。

“应该可以，”她深吸一口气，重复二十分钟他说过的话，“咱们来结束这件事吧。”

来的差不多还是昨天那些人。简妮在门口迎接他们，和他们握手、拥抱、寒暄。霍奇斯站在附近，扫视经过门前的车辆。他看见的车辆都没有什么异样，其中也包括某辆泥巴色的斯巴鲁，它开过殡仪馆时没有减速。

一辆租来的雪佛兰绕向楼后的停车场，雪佛兰的侧面挡风玻璃上粘着“赫兹租车”的标贴。没多久，亨利舅舅出现了，挺着一个微微抖动的将军肚。夏洛特姨妈和霍莉跟着他，夏洛特用一只戴着白手套的手抓着女儿的肘部上方。在霍奇斯眼中，夏姨妈像是女看守带囚犯（多半还是个有毒瘾的囚犯）去拘留所。霍莉的脸色比昨天还要白，虽说这似乎是不可能的。她穿的还是那件没形状的棕色破麻袋，已经舔掉了大部分口红。

她向霍奇斯露出羞怯的笑容。霍奇斯伸出手，她惊恐地紧紧握住，直到夏洛特拖着她走进死者殿堂。

一位年轻的牧师主持追悼会，他来自沃顿夫人病重无法出门前每周日去的教堂。他朗诵《箴言》里可想而知的段落，就是有关德行高洁的女性的那段。霍奇斯很想说死者大概比红宝石更有价值，但他怀疑她有没有花过哪怕一分钟拾掇羊绒和麻线。不过这段话还是很有诗意的，等牧师诵完，很多人都流出了眼泪。他年纪虽然不大，但足够明智，没有大肆歌颂一个他几乎不认识的人，而是邀请对已故的伊丽莎白拥有“宝贵记忆”的人上台说几句。有几个人上去了，第一个是护士艾尔希娅·格林，最后是她留在世间的女儿。简妮态度冷静，说得很简短。

“我只希望我们能有更多的时间相处。”她最后这么说。

17

十点零五分，布莱迪转过殡仪馆停车，往咪表里塞硬币，一直塞到**足额**跳出来才停下。你要知道，萨姆之子最后落网就是因为一张停车罚单。他拿起后座上的布拎袋，拎袋上印着**克罗格超市**和**重复使用我！拯救一棵树！**里面是那个马飞仕图鞋盒，2 号物品放在鞋盒上。

他下车拐过转弯，轻快地走过殡仪馆，俨然是个上午外出办事的普通市民。他表情沉静，但心脏像气锤似的怦怦狂跳。殡仪馆外空无一人，大门紧闭，但退休胖警察没有和其他悼念者待在一起的可能性依然存在。他或许会在里面的某个房间，寻找举止可疑的人。换句话说，就是在蹲守他。布莱迪很清楚这个。

不入虎穴，焉得虎子，我的小蜜糖，他母亲喃喃道。对，确实如此。再说他评估下来，认为风险极低。假如霍奇斯在睡那个金发贱货（或者想睡），他就不可能离开她的身旁。

布莱迪转身朝对面拐角走了过去，然后毫不犹豫地拐上殡仪馆的车道。他听见微弱的音乐声，好像是什么狗屁古典音乐。他看见霍奇斯的丰田车停在后围栏前，车头向外，仪式结束后可以尽快离开。老警察最后一次开车了，布莱迪心想，朋友啊，你也开不了多远。

他走到两辆灵车中比较大的那辆的背后，灵车挡住了殡仪馆的后窗，就算有人向外张望也看不见他。他从购物袋里取出 2 号物品，拉开天线。他的心跳比刚才更快了。小工具有过失灵的时候，虽说次数极少。无论绿灯怎么闪，车锁就是不肯弹开。程序或芯片存在随机出现的小故障。

要是小工具失灵，就把鞋盒塞到车底下，他母亲这么建议他。

对。一样能完成任务，或者说差不多一样，但毕竟不够优雅。

他按下开关。绿灯一闪，丰田的车头灯也闪了一下。成功！

他走向退休胖警察的车，样子好像那就是他的车。他拉开后车门，取出购物袋里的鞋盒，打开手机电源，把鞋盒放在驾驶座背后的地板上。他关上车门，走向马路，逼着自己走得缓慢而稳当。

转过殡仪馆的拐角，黛博拉·安·哈茨费尔德再次开口。我的小蜜糖，你是不是忘了什么？

他停下脚步，从头回忆了一遍。他走回拐角处，将二号物品的天线瞄准霍奇斯的丰田车。

绿灯一闪，车门重新上锁。

18

追思和一分钟的默哀（“随你们的意愿使用”）后，牧师请上帝祝福他们、保佑他们、赐他们平安。衣物飒飒摩擦，程序说明被塞进手袋或上衣口袋。霍莉似乎挺好，直到她沿着过道走到一半，忽然膝盖一弯倒了下去。霍奇斯冲上前去，赶在她摔倒前扶住她；对他这么大的块头来说，他的动作快得出奇。霍莉的眼珠向上翻，有一瞬间整个人完全陷入朦胧状态。紧接着，眼珠回到原位，视线重新聚焦。她看见霍奇斯，无力地笑了笑。

“霍莉，别这样！”她母亲严厉地说，就好像她女儿不是险些昏过去，而是说了什么不合时宜的粗俗笑话。霍奇斯心想，要是能反手一耳光扇在夏姨妈那张涂脂抹粉的脸上就好了。说不定能打醒她，他想。

“我没事，妈妈。”霍莉说，然后对霍奇斯说：“谢谢。”

他说：“霍莉，你吃早饭了吗？”

“她吃了燕麦粥，”夏洛特姨妈大声说，“配黄油和红糖，我亲手做的。你有时候就喜欢吸引视线，霍莉，对不对？”她转向简妮：“快走吧，亲爱的。亨利碰到这种事毫无用处，我一个人可没法招待那么多人。”

简妮挽住霍奇斯的胳膊：“我也没指望你。”

夏洛特姨妈抿着嘴唇对她微笑，简妮报以灿烂的笑容。霍奇斯心想，她决定将继承到的一半遗产分给他们，这么做确实明智。等他们拿到钱，她就再也不必见到这个讨厌的女人了，甚至不需要接她打来的电话。

前来吊唁的人们走到外面的阳光下，在门前台阶上纷纷感叹这个追悼会办得多么贴心，然后绕向殡仪馆后的停车场。亨利舅舅和夏洛特姨妈一左一右夹着霍莉，同样走向停车场。霍奇斯和简妮跟在后面。来到殡仪馆背后，霍莉突然挣脱两位看守，转向霍奇斯和简妮。

“让我坐你们的车吧，我想坐你们的车。”

夏洛特姨妈的嘴唇抿得都快看不见了。她在女儿背后阴森森地说：“小姐，我一天内对你的叫嚷和脾气的忍耐是有限的。”

霍莉没有理会她。她用冰凉的手抓住霍奇斯的一只手道：“求求你。求求你了。”

“我没问题，”霍奇斯说，“要是简妮不介——”

夏洛特姨妈开始呜咽。多么难听的声音，仿佛玉米地里乌鸦的嘶哑叫声。霍奇斯想起她俯身凑近沃顿夫人，亲吻死者冰冷的嘴唇，他忽然想到了一种令人不快的可能性。他看错了奥莉薇亚这个人，他同样有可能看错了夏洛特·吉伯尼这个人。看人毕竟不能只看表面。

“霍莉，你都不认识这个人！”

简妮用温暖得多的手按住霍奇斯的手腕。“比尔，不如你坐夏洛特和亨利的车吧？那辆车很宽敞，你可以在后排陪着霍莉。”她扭头问表姐：“这样可以吗？”

“好的！”霍莉还抓着霍奇斯的手，“那就太好了！”

简妮扭头问她舅舅：“没问题吧？”

“当然，”他喜滋滋地拍了拍霍莉的肩膀，“人越多越开心嘛。”

“好极了，你们就这么惯着她吧，”夏洛特姨妈说，“她就喜欢这样。对吧，霍莉？”她没有等待回答，径直走向停车场，高跟鞋嗒嗒地敲出表达愤怒的摩尔斯电码。

霍奇斯望向简妮问：“我的车怎么办？”

“我开吧。给我钥匙。”他把钥匙交给简妮。简妮说：“我还要一件东西。”

“什么？”

她摘下霍奇斯头上的软呢帽，戴在自己头上，把一边拉下来遮住左眉。她对霍奇斯皱起鼻子，说：“是哦。”

19

布莱迪的车停在离殡仪馆不远的马路上，心脏跳得越来越快。他拿着手机，连接丰田车上炸弹的一次性手机的号码写在手腕上。

他望着吊唁者站在人行道上寒暄。退休胖警察非常显眼，他身穿黑色正装，块头大得像一幢房屋，或者一辆灵车。他戴着一顶可笑的老式帽子，就是20世纪50年代黑白侦探片里警察戴的那种。

人们绕向殡仪馆后的停车场，过了一会儿，霍奇斯和金发贱人也朝那儿走去。布莱迪估计汽车爆炸时，金发贱人也会在车上。这就叫一网打尽：母亲和两个女儿。一切优雅得像是所有变量都被解开的方程式。

车辆开始离开停车场，全都朝他的方向驶来，因为这是去蜜糖高地的必经之处。阳光照在挡风玻璃上，反光强烈，他看不清车里的人，但退休胖警察的丰田车不可能看错，它出现在殡仪馆的车道尽头，停顿片刻，然后拐弯驶向他。

亨利舅舅租来的雪佛兰开过布莱迪的身旁，布莱迪连一眼也没看它。他的全部注意力都放在退休胖警察的车上。丰田驶过他身旁，他有一瞬间非常失望。金发贱人肯定在亲戚的车上，因为丰田车上只有驾驶员一个人。布莱迪只瞥见了一眼，尽管反光强烈，但那顶愚蠢的帽子实在太好认了。

布莱迪输入号码："我说过你都不会知道你是怎么死的。我说的对不对，浑球？"

他按下**拨号**。

20

简妮伸手去开收音机，却听见了手机的铃声。她在尘世间最后发出的是一声大笑——每个人都该这么幸运来着。白痴，她怀着爱意心想，你怎么又忘了带手机？她伸手去看手套箱。这时她听见了第二声铃响。

铃声不是从手套箱里传来的，而是来自后——

然后就没有声音了。就算有，她也没有听见。一瞬间她只感觉到一只巨手推了一把驾驶座。紧接着，整个世界变成了白色。

21

霍莉·吉伯尼，外号“嘟囔霍莉”，她也许有心理问题，但她吃的精神药物和偷吸的香烟都没有让她的身体变得迟钝。亨利舅舅猛踩刹车，爆炸声尚在回响的时候，她就从雪佛兰上跳了下去。

霍奇斯紧随其后，他拼命奔跑。他胸口一阵剧痛，他以为自己要心脏病发作了。他有一部分心思希望那是真的，但疼痛很快就过去了。行人的表现一如既往，每当习以为常的世界被暴力捅出一个窟窿，他们就都是这样。有些人趴在人行道上抱住脑袋，有些人像雕像似的愣在那里。有几辆车停下，大多数车辆加速逃离现场，其中有一辆泥巴色的斯巴鲁。

霍奇斯跟着简妮精神不稳定的表姐奔跑，梅赛德斯先生发来的最后一条留言回荡在脑海里，仿佛仪式上的鼓声：*我要杀了你。你都不知道你是怎么死的。我要杀了你。你都不知道你是怎么死的。我要杀了你。你都不知道你是怎么死的。*

他拐过路口停下，很少穿的正装皮鞋的鞋底很滑，他向前滑了一小段，险些撞上霍莉。霍莉一动不动地站在那里，耷拉着肩膀，手袋挂在一只手上。她盯着霍奇斯那辆车的残骸。丰田的车身被炸得和车轴分了家，正在遍地玻璃碴之中熊熊燃烧。后座侧躺在二十英尺外，破碎的座椅正在燃烧。一个男人捂着流血的头部，踉踉跄跄地穿过马路。一个女人坐在礼品店外的路边上，礼品店的橱窗被炸得粉碎。霍奇斯有一瞬间以为那是简妮，但那女人身穿绿色裙装，头发花白，她当然不是简妮，也不可能是。

他心想，这都是我的错。要是我两周前用我父亲的枪了结自己，她就不会出事了。

他身体里还有足够多的警察理性，可以推开这个念头（虽说它并不是很愿意让步）。冰冷而震惊的明悟随即取而代之：这不是他的错，而是放炸弹的那个龟孙子的错。正是这个王八蛋，开着一辆偷来的轿车，撞向市民中心门外的求职者人群。

霍奇斯看见一团血泊中有一只黑色高跟鞋，看见排水沟里有一条残缺的手臂，袖管还在闷烧冒烟，仿佛什么人乱扔的垃圾。他的思路顿时变得清晰。亨利舅舅和夏洛特姨妈很快就会赶到，因此他没有多少时间。

他抓住霍莉的肩膀，把她转了过来。她的莉亚公主发髻已经散开，发丝贴着面颊。她瞪大的眼睛茫然地盯着霍奇斯。霍奇斯知道（他的头脑前所未有地冷静），这个样子的霍莉对他毫无用处。他扇了霍莉一耳光，然后又是一下。他打得并不重，但足以让她眨着眼睛清醒过来。

有人在尖叫。有车在鸣笛，有几辆车拉响了防盗警铃。他闻到汽油、橡胶燃烧和金属熔化的气味。

“霍莉，霍莉，听我说。”

她看着他，但她在听他说话吗？霍奇斯不知道，但也没时间确定了。

“我爱她，但你不能告诉别人。*你不能告诉任何人我爱她*。以后也许可以，但现在绝对不行。听懂了吗？”

她点点头。

“我需要你的手机号码。我也许还需要你。”他冷静的头脑希望他不需要，希望蜜糖高地的大宅今天下午不会有人，但他不认为真会是那样。霍莉的母亲和舅舅肯定会离开，至少会离开一段时间，但夏洛特不会希望女儿跟他们走。因为霍莉有心理问题，霍莉精神脆弱，霍奇斯心想，不知道她崩溃过多少次，有没有尝试过自杀。这些念头像流星似的划过脑海，前一瞬间还在，下一瞬间就没了。此刻他没有时间考虑霍莉脆弱的精神状态。

“你母亲和舅舅去警察局的时候，你告诉他们说你不需要别人陪，说你一个人待着就行。能做到吗？”

她点点头，但她肯定不明白他在说什么。

“有人会给你打电话。有可能是我，也有可能是个叫杰罗姆的年轻人。*杰罗姆*。能记住这个名字吗？”

她点点头，打开手袋，取出眼镜盒。

不会有用的，霍奇斯心想，就好比灯亮着，但家里没人。可是，他必须努力尝试。他抓住霍莉的肩膀。

“霍莉，我想抓住做这件事的人，我要让他付出代价。你能帮助我吗？”

她点点头，面无表情。

“来，说一遍。说你会帮助我。”

她没有说。她从眼镜盒里取出墨镜戴上，就好像马路上没有汽车在燃烧，排水沟里没有简妮的一条手臂，就好像不存在人们的惨叫声和逐渐接近的警笛声，就好像这只是沙滩上的普通一天。

他轻轻摇晃霍莉：“我需要你的手机号码。”

她点头同意，但没有说话。她合上手袋，转身面对燃烧的轿车。前所未有的巨大失望感淹没了霍奇斯，让他胃里翻腾，扰乱了刚才彻底清醒了三四十秒的神智。

夏洛特姨妈拐过路口，头发（上面是黑色，但发根是白色）在背后飘飞。亨利舅舅紧随其后。他的胖脸一片苍白，只有面颊上有两团小丑般的红晕。

“夏丽，停下！”亨利舅舅叫道，“我要发心脏病了！”

他的妹妹没有理睬他。她抓住霍莉的胳膊肘，拽着霍莉转过身，使劲搂住女儿，把霍莉并非不起眼的鼻子压在胸口。“**别看！**”夏洛特吼道，“**别看，亲爱的，别看！**”

“我都喘不上气了，”亨利舅舅大声说，他在路边坐下，耷拉着脑袋，“天哪，我别是要死了。”

更多的警笛声陆续响起。人们开始向前走，好仔细看一眼马路中间燃烧的残骸。有几个人拿出手机拍照。

霍奇斯心想，他有足够的炸药摧毁一辆车。他还有多少爆炸物?

夏洛特姨妈死死地抱着霍莉，吼叫着命令女儿不许看。霍莉没有挣扎，但她的一只手放在背后，手里有一件东西。虽说霍奇斯知道这多半是痴心妄想，但他希望霍莉是想把那件东西交给他。他接过她手里的东西。那是她放墨镜的眼镜盒，上面用金字烫印了她的姓名和住址。

还有一个电话号码。

22

霍奇斯从上衣内袋掏出诺基亚，打开翻盖的时候，他心想，要不是简妮温柔的嘲弄，这只诺基亚现在应该是丰田车手套箱里一团被烧融的塑料和线缆。

他用快速拨号打给杰罗姆，祈祷那小子肯接电话，他没有失望。

“霍奇斯先生？比尔？我们好像听见了一声剧烈的爆——”

“闭嘴，杰罗姆，听我说。”他沿着遍地玻璃碴的人行道向前走。警笛声越来越近，警察很快就会赶到，他现在只能完全靠直觉做事了，除非事实上，他的潜意识已经联系上了各种线索。这种事以前也发生过，他能得到那么多嘉奖，靠的可不是分类目录。

“我听着呢。”杰罗姆说。

“你对市民中心案件一无所知，你对奥莉薇亚·特莱劳尼和简妮·帕特森一无所知。”当然，他们三个人曾经在德玛西奥共进晚餐，但他不认为警方能查到那一步，就算能，也不是一天两天的事情。

“我什么都不知道，”杰罗姆说，声音里没有不信任和犹豫，“谁会来问？警察？”

“晚些时候也许会，但首先是你父母。因为你听见的是我的车爆炸了。简妮在开车。我们在最后一分钟换了车。她……走了……”

“天哪，比尔，你必须告诉 5-0！你的老搭档！”

霍奇斯想到她说他是我们的。这一点我们的共识还在，对吧？

对，他心想，这一点我们的共识还在，简妮。

“现在还不行。现在我要自己查下去，我需要你帮助我。那个王八蛋杀了简妮，我要他的命，我说到做到。愿意帮忙吗？”

“愿意。”他没说我会给自己惹上多少麻烦，没说这会彻底毁掉我上哈佛的机会，没说这种事就别找我了。只是两个字，愿意。上帝保佑你，杰罗姆·罗宾逊。

“你替我登上黛比的蓝雨伞，给做这事的龟孙子发一条信息。还记得我的用户名吗？”

“记得。科密特青蛙 19。我拿张纸记——”

“没时间了，记住精髓就行。至少一小时后再发出，他必须知道我不是在爆炸前发出的。他必须知道我还活着。”

杰罗姆说：“说吧。”

霍奇斯说出留言，没有道别就挂断了电话。他把手机连同霍莉的眼镜盒一起塞进裤袋。

消防车拐过路口，两辆警车紧随其后。三辆车飞速驶过索玛斯殡仪馆，殡葬师和主持伊丽莎白·沃顿追悼会的牧师站在人行道上，抬起手遮住炽烈的阳光和车辆燃烧的热浪。

霍奇斯会有许多话要说，但此刻他还有更重要的事情。他脱掉上衣，跪在地上，盖住排水沟里的那条手臂。他感觉到泪水在刺痛眼睛，他逼着自己吞下眼泪。以后再哭也不迟，眼泪不符合他此刻想要讲述的故事。

两个单独开车的年轻警察从车上下来，霍奇斯不认识他们。“警官们——”他说。

“先生，必须请您离开这片区域，”一名警察说，“但假如你目击了——”他指着丰田车还在燃烧的残骸，“——那就请您不要走远，我们会有人来录您的证词。”

“我不只看见了，开车的本应该是我，”霍奇斯取出钱包翻开，出示盖着**退休**章的警察证件，“去年秋天退休前，我的搭档一直是彼得·亨特利，你们应该立刻通知他。”

另一名警察说：“那是您的车吗，先生？”

“对。”

前一位警察说：“那么，开车的是谁？”

23

布莱迪赶在中午前回到家，他的问题全都解决了。住在马路对面的比森老先生站在草坪上，向他问道："你听见了吗？"

"听见什么？"

"市区什么地方传来一声很响的爆炸，冒了很多烟，不过现在已经没了。"

"我的收音机开得很响。"布莱迪说。

"我猜是旧油漆厂爆炸了，我就是这么想的。我敲了你母亲的门，但我猜她肯定睡着了。"他的眼神里闪烁着潜台词：醉得人事不省了。

"大概吧。"布莱迪说。爱刺探的老狗来敲门，他可不喜欢这种事。布莱迪·哈茨费尔德心中的好邻居就是没有邻居。"我得走了，比森先生。"

"替我向你母亲问好。"

他打开门锁，进屋，转身锁好门。闻闻空气，没有异味，或者……没什么异味。稍微有一丝不那么好闻的味道，就像死鸡在水槽下的垃圾筒里放了几天。

布莱迪上楼去母亲的房间。他掀开被单，露出下面惨白的面容和瞪视的眼睛。他现在已经没那么介意了，就算比森先生喜欢刺探，那又怎么样？布莱迪只需要再坚持两天而已，去他妈的比森先生。她这双瞪视的眼睛也见鬼去吧。他没有杀死她，她是自杀的。就好像退休胖警察应该自杀，但他迟迟不肯下手，又能怎么办呢？他这会儿也死了，所以退休胖警察就见鬼去吧。那位警探这下可算是真的退休了。安详退休，霍奇斯警探。

"我做到了，老妈，"他说，"我成功了。你帮了我。只在我的脑袋里，但……”但他并不敢百分之百确定。也许确实是他老妈提醒他重新锁好退休胖警察的车门呢？他根本没往这个方向想过。

“总而言之，谢谢了，”他无力地说，“反正就是谢谢了。你死了，我很抱歉。”

那双眼睛凝视着他。

他伸出手，学着电影里的样子，试着用指尖合上她的眼睛。眼皮合上了几秒钟，随即又像失去弹性的旧百叶窗似的慢慢张开，瞪视的灼人眼神重现于世。那眼神在说：你杀了我，我的小蜜糖。

真是扫兴，布莱迪用被单重新盖住她的脸。他下楼打开电视，心想至少会有一个本地电视台在现场报道爆炸事件，但它们全都没有。太让人不愉快了。他们难道不知道一颗汽车炸弹就在他们眼皮底下爆炸了吗？不，显然不。显然蕾切尔·雷认为她最喜欢的肉糕更他妈重要。

他关掉白痴盒子，下楼去控制室，用*混乱*打开电脑，*黑暗*关闭自杀程序。他跳了会儿舞，双拳举过头顶摇晃，根据记忆唱《叮咚，女巫死了》，但把*女巫*换成了*警察*。他以为这样会改善他的心情，实际上却没有。在比森先生的长鼻子和母亲的瞪视眼神之间，他的好心情（*他为之奋斗的*好心情，*他应该享有的*好心情）已经悄然溜走。

无所谓。一场演唱会即将开始，他必须做好准备。他在长工作台前坐下。本来装在自杀背心里的小钢珠现在放进了三个蛋黄酱瓶子，瓶子旁边是一盒一加仑容量的食品储存袋。他用小钢珠装满食品袋，但没有装得太满。这个任务让他心情平静，好心情渐渐回来了。就在快要装完的时候，房间里响起了蒸汽船的汽笛声。

布莱迪皱起眉头，抬起视线望向电脑。那是他在3号电脑里编制的特别提醒信号，他在蓝雨伞网站上收到留言时就会响起这个声音，但怎么可能呢？他最近在蓝雨伞上只和一个人有联系，那就是科密特·威廉·霍奇斯，别名退休胖警察，别名永远退休了的警探。

他用脚带着办公椅来到3号电脑前。蓝雨伞的图标上多了个小红圈，里面是数字1。他点击图标，目瞪口呆地看着屏幕上的消息。

科密特青蛙19想和你聊天！

你想和科密特青蛙19聊天吗？

是，否

布莱迪很想认为这条留言是昨晚或今天上午霍奇斯和金发娘们出门前发送的，但他做不到。他刚刚亲耳听见了提醒的铃声。

他鼓起勇气——这比直视母亲尸体的眼睛要恐怖多了——点击“是”，开始阅读。

没炸死我。

☺

傻逼，有一点你给我记住了：我就像你的后视镜，明白吗？**物体实际上比看起来离你更近**。

我知道你是怎么进入她的梅赛德斯的，并不是仆人钥匙，但我这么说的时候你还是相信了，对不对？你肯定相信了，因为你是个傻逼。

我有一张清单，列出了你从2007年到2009年偷窃的其他车辆。

我还有其他的线索，但这会儿不想告诉你，但有一点**我很愿意**告诉你：是**罪犯**，而不是**罪人**。

为什么要告诉你这个？因为我已经不打算逮住你交给警察了。我为什么要那么做？我已经不是警察了。

我要宰了你。

回头见，妈宝仔。

虽说满脑子震惊和怀疑，但吸引住了布莱迪视线的是最后一行字。

他迈开像是踩着高跷的两条腿走进壁橱。才关好门，他就开始尖叫，用拳头捶打架子。他没有毒死黑鬼家的狗，却害死了自己的母亲，这已经很糟糕了。现在他想弄死警察，却炸死了其他什么人，这就更加糟糕了。死的多半是那个金发贱人。金发贱人戴着退休警探的帽子，其中的诡异原因恐怕只有另一个金发贱人才会明白。

但有一点他能确定：这个住处已经不再安全。霍奇斯声称他已经很近了，这多半是在耍弄他，但也有可能是真的。他知道 2 号物品的存在，知道车辆盗窃案件。他说他还知道别的事情。还有——

回头见，妈宝仔。

他必须离开这儿，尽快，但有些事情必须先处理好。

布莱迪回到楼上，走进母亲的卧室，几乎没有看盖着被单的尸体。他走进母亲的卫生间，在化妆品抽屉里找到女用剃刀，然后开始忙碌。

24

霍奇斯又回到了4号审讯室，他的幸运房间，但这次他坐在了台子的另一侧，面对彼得·亨特利和彼得的新搭档，她很漂亮，有着红色长发和青灰色的眼睛。盘问的气氛很友好，但无法改变最基础的事实：他的车被炸毁了，一个女人不幸遇难。另外一个事实是：盘问毕竟是盘问。

“事情和梅赛德斯杀手有关系吗？”彼得问：“你怎么看，比利？这是最有可能的，你说呢？因为受害者是奥莉薇亚·特莱劳尼的妹妹。”

那三个字：受害者。他以为他已经活到了这辈子再也不会和女人睡觉的年纪，却和这个女人上了床。这个女人让他开怀大笑，抚慰他的心情。这个女人是他最后一个案件里的搭档，就像从前的彼得·亨特利。这个女人皱起鼻子对他笑，学着他说是哦。

别让我听见你管他们叫受害者，弗兰克·斯莱奇曾经这么对他说……但现在他只能接受。

“我看不出怎么可能会是那样，”他淡然道，“我知道看起来像，但有时候雪茄只是一根烟，巧合也只是碰上了而已。”

“你怎么——”伊莎贝拉·杰恩斯说，然后摇摇头，“不对，我不该这么问。你为什么会和她见面？你是在自己调查市民中心案件吗？”大概是看在彼得的面子上，她没有问你是不是在大扮特扮叔叔。他们盘问的毕竟是彼得的老搭档，这个肥胖的老男人，身穿皱皱巴巴的正装裤和血迹斑斑的白衬衫，今天早晨戴上的领带这会儿拉开一半，耷拉在粗壮的胸口中央。

“开始前能让我喝杯水吗？我还没缓过神来。她是个很好的女人。”

简妮岂止是很好二字能形容的，但他脑海里冰冷的一部分暂时将炽烈的一部分关进了笼子，正在对他说这才是正确的道路，沿着这个方向走，你剩下的故事就能从狭窄的上匝道开进四车道的高速公路了。彼得起身出去。伊莎贝拉一句话也不说，只是用青灰色的眼睛盯着霍奇斯，直到彼得回来。

霍奇斯一口喝掉半杯水，然后说：“好。事情得从我们在德玛西奥餐厅吃午饭讲起，彼得，你还记得吗？”

“当然。”

“我问你我退休前和你一起办的那些案件，就是那些大案，但我真正感兴趣的是市民中心大屠杀，你应该知道。”

彼得没有说话，只是微微一笑。

“还记得我问你有没有想过特莱劳尼夫人的事情吗？尤其是假如她说的是实话，她确实没有备用钥匙？”

“嗯哼。”

“我真正在想的是我们有没有公正地看待她，我们会不会因为她这个人而戴上了有色眼镜。”

“因为她这个人是什么意思？”伊莎贝拉问。

“她这个人很不讨人喜欢——紧张，傲慢，很容易被冒犯。我们换个角度，想一想唐纳德·戴维斯声称自己无辜的时候，为什么有许多人会相信他。为什么？因为他不紧张、不傲慢、不容易被冒犯。他很好地扮演了一个悲痛欲绝、心情沉重的丈夫，另外，他长得好看。我在电视六台看见过他一次，金发美女播音员的两条大腿都快绞成麻花了。”

“恶心。”伊莎贝拉说，但脸上有了笑意。

“对，但事实如此，他很迷人。奥莉薇亚·特莱劳尼恰恰相反，非常不迷人。于是我忍不住开始想，我们有没有公正考虑过她的说法。”

“我们考虑过。”彼得断然道。

“也许吧。然后我呢，反正退休了，有大把的时间用不完，多得没处用。有一天，其实就是我邀请你吃午饭的前一天，彼得，我对自己说，假如她说的是实话呢？如果是这样，第二把钥匙会在哪儿？吃完那顿饭，我上网开始搜索。知道我发现了什么吗？一种高科技手段，名叫‘窥窃法。’”

“那是什么？”伊莎贝拉问。

“天哪，”彼得说，“你真的认为有什么电脑天才窃取了她的电子钥匙信号？然后凑巧在手套箱里或者座位底下发现了藏在那儿的备用钥匙？而且是她忘记了的备用钥匙？也未免太牵强了，比尔。尤其是这女人的照片应该出现在字典里，就摆在 A 型人格的词条旁边。”

霍奇斯非常冷静，就好像不到三小时前，他并没有用自己的上衣盖住他深爱的女人的一条残肢。他大致复述了一遍杰罗姆找到的窥窃法的资料，包装成自己的研究成果。他说他去湖畔大道的公寓去找奥莉薇亚·特莱劳尼的母亲（“想知道她是不是还活着——我也不敢肯定”），结果发现奥莉薇亚的妹妹简妮尔住在那儿。他没提他去过蜜糖高地，和警惕安保公司的保安拉德尼·皮泊斯谈过，因为那将引出他不愿回答的一些问题。他们迟早会发现，但他离梅赛德斯先生已经很近了，他很确定。他需要的只是一点时间。

希望如此。

“帕特森女士说她母亲在一家疗养院，离市区大约三十英里，名叫阳光牧场。她说可以带我去见她母亲，好让我问几个问题。”

“她为什么要那么做？”伊莎贝拉问。

“因为她认为我们有可能害得她姐姐走投无路，导致她自杀。”

“胡扯。”彼得说。

“我不想和你吵这个，但你能理解她的想法，对吧？她希望澄清姐姐的疏忽罪名。”

彼得示意他接着说。霍奇斯喝完那杯水，继续说了下去。他想离开警局。梅赛德斯先生这会儿应该已经读到了杰罗姆的留言。假如确实如此，那他就有可能采取行动。霍奇斯很喜欢这样。比起一个躲起来的人，一个行动中的人要显眼得多。

“我问了问老太太，但一无所获，只是惹得她很生气。没过几天，她就中风去世了，”他叹息道，“帕特森女士——简妮尔——非常伤心。”

“她难道不生你的气吗？”伊莎贝拉问。

“没有，因为她也赞成。她母亲去世后，她在本市只认识她母亲的护士，但护士的年纪也很大了。我给她留过我的号码，于是她打给我，说她需要帮助，因为有一群她都不怎么认识的亲戚要来。我愿意帮这个忙，所以简妮尔写讣告，我安排其他事情。”

“你的车爆炸时她为什么在车上？”

霍奇斯解释说那是因为霍莉精神崩溃。他没提简妮在最后一刻抢走了他的新帽子，不是因为那样会动摇他说法的根基，而是因为过于痛苦。

“好吧，”伊莎贝拉说，“你认识了奥莉薇亚·特莱劳尼的妹妹，你挺喜欢她，都开始直呼其名了。这个妹妹帮你找她母亲问话。母亲中风去世，说不定是因为重温往事刺激得她过于兴奋。葬礼过后，这个妹妹在你的车里被炸死，但你依然不确定事情和梅赛德斯杀手有没有联系？”

霍奇斯摊开双手：“凶手怎么会知道我在查问？我又没有在报纸上登广告。”他扭头对彼得说：“我没有和任何人讨论过，甚至包括你。”

彼得脸色阴沉，显然还在考虑他们对奥莉薇亚·特莱劳尼的看法会不会真的影响了调查。霍奇斯并不在乎，因为事实确实如此。彼得说：“对，吃饭的时候全是你在问我。”

霍奇斯对他露出一个大大的笑容，胃却像折纸似的揪成了一团。“喂，”他说，“毕竟是我请客，对吧？”

“还会有谁想把你炸到来世去？”伊莎贝拉问，“你上了圣诞老人的黑名单？”

“要我赌的话，我会押阿巴斯奇亚家族。彼得，2004 年我们用贩枪案抓了他们多少人？”

“十几个吧，可是——”

“对，一年后用有组织犯罪法又抓了两倍多的人。我们把他们碾成了碎片，绞索法比说他们不会放过我们两个人。”

“比利，阿巴斯奇亚家族已经动不了任何人了。法布里齐奥死了，他弟弟在精神病院，认为自己是拿破仑还是什么人，其他成员都在监狱里。”

霍奇斯只是瞪着他。

“好吧，”彼得说，“我承认蟑螂是杀不光的，但这还是很疯狂。恕我直言，哥们，你只是个退休的条子而已，已经不在职了。”

“对，所以他们可以来搞我，不会掀起任何风波。但你就不一样了，钱包里还别着金盾呢。”

“太荒唐了。”伊莎贝拉说，在胸前抱起双臂，像是在说“没必要胡扯下去了”。

霍奇斯耸耸肩：“有人企图炸死我，我才不相信梅赛德斯杀手有特异功能，觉察到我在调查什么钥匙消失的谜案。就算他发现了，又为什么会来找我？事情和我有什么关系？”

“呃，因为他是疯子？”彼得说，“这个理由还不够吗？”

“够，但我还是想说，他怎么可能知道？”

“不清楚。听我说，比利，你没有隐瞒什么吧？真的没有吗？”

“没有。”

“我认为有，”伊莎贝拉说，歪了歪脑袋，“喂，你不会在和她睡觉吧？”

霍奇斯将视线转向她：“你认为呢，伊莎贝拉·杰恩斯？看着我。”

她和霍奇斯对视片刻，然后垂下视线。霍奇斯都不敢相信她几乎猜中了真相。女性的直觉，他心想，然后又想：还好我没减掉太多的体重，或者往头上抹“男性专用”染发素。

“听我说，彼得，我想歇一歇，回家喝个啤酒，让脑子清醒一下。”

“你发誓你没有隐瞒任何事情吗？现在说就仅限你我知道。”

霍奇斯毫不犹豫地放弃了最后一个清白上岸的机会：“完全没有。”

彼得说保持联系，明天或周五过来正式录口供。

“没问题。还有，彼得，假如我是你，每次开车前我都会仔细检查一遍车辆。”

来到门口，彼得搂住霍奇斯的肩膀，给他一个拥抱。“抱歉，”他说，“因为发生的事情，也因为那些问题。”

“没事，这是你的工作。”

彼得搂紧霍奇斯，在他耳畔说：“你在隐瞒什么。你以为我吃了傻瓜药吗？”

霍奇斯有一瞬间想重新考虑他的选择，但随即又想起简妮的话：他是我们的。

他抓住彼得的手臂，直视彼得的双眼，说：“我和你一样摸不着头脑，相信我。”

25

霍奇斯穿过警探科的大开间，收获了无数好奇的视线。他板着脸应对问候，只有一次例外。凯西·辛，彼得休假时他通常和她搭档，她说：“你看看你，居然还活着，而且越来越难看。”

他微笑道：“这不是凯西·辛吗？肉毒杆菌女王。”她拿起桌上的镇纸挥舞，他抬起胳膊假装抵挡。这种感觉既虚假又真实，就像下午电视节目里的少女对打。

大厅里，零食和饮料自动贩卖机旁有一排椅子。夏洛特姨妈和亨利舅舅占据了其中的两把。霍莉没和他们在一起，霍奇斯不自觉地摸了摸裤子口袋里的眼镜盒。他问亨利舅舅有没有感觉好一点。亨利舅舅说好多了，谢谢你。他转向夏洛特姨妈，问她怎么样。

“我没事。我担心的是霍莉。我认为她在自责，因为要不是她……你明白的。”

霍奇斯当然明白。要不是她，开车的就不是简妮了。当然，简妮还是会在车上，但他不认为这个事实能改变霍莉的想法。

“我希望你能和她谈谈。不知道为什么，你和她挺合得来，”她的视线闪着令人不快的光芒，“就像你和简妮尔一样。你对女人肯定很有一套。”

“我会和她谈谈的。”霍奇斯说。他当然会，但杰罗姆会先找到她——前提是眼镜盒上的号码能打得通。天晓得，那个号码说不定属于某部固定电话，在……哪儿来着？辛辛那提？克利夫兰？

“希望不需要我们辨认尸体。”亨利舅舅说，他的一只手里拿着一次性杯子装的咖啡。咖啡没怎么动过，霍奇斯并不吃惊，因为警局咖啡出了名地难喝。“怎么可能认得出？她都被炸碎了。”

“别傻了，”夏洛特姨妈说，“他们不会要我们辨认的。他们不能那么做。”

霍奇斯说：“绝大多数人都在什么地方留过指纹，假如她也留过，警察就可以确定身份了。他们也许会让你们看衣物照片，或者属于她的首饰。”

“我们怎么可能知道那是她的首饰？”夏洛特姨妈哭叫道，一个正在买饮料的警察扭头看她，“我都没注意她今天穿的是什么！”

霍奇斯猜她估算过简妮的每一件衣服值多少钱，但没说什么。“他们也许还有其他的问题，”和他有关的问题，“用不了多久的。”

警局有电梯，但霍奇斯选了楼梯。他向下走了一段台阶，靠在墙上，闭上眼睛，颤抖着深呼吸了五六次。眼泪流了出来，他用袖子擦掉。夏洛特姨妈表达了对霍莉的关心（霍奇斯也同样关心霍莉），但对被炸成碎片的外甥女毫无哀悼之情。夏洛特姨妈这会儿对简妮的兴趣大概就是想知道她继承到的大笔金钱会怎么分配了。

希望简妮把钱留给了宠物医院，他心想。

霍奇斯一屁股坐下，喘息着闷哼一声。他把一级台阶当作写字台，先放下眼镜盒，然后从钱包里取出一张皱巴巴的纸，上面写着两组号码。

26

“哈啰?”电话里的声音柔和而犹豫,“哈啰,是谁?”

“我叫杰罗姆·罗宾逊,女士。比尔·霍奇斯应该说过,我会打电话给你。”

沉默。

“女士?”杰罗姆坐在电脑旁,安卓手机都快被他捏碎了,“吉伯尼小姐?”

“我在,”声音轻得像一声叹息,“他说他想逮住杀死我表妹的凶手。发生了一起可怕的爆炸。”

“我知道。”杰罗姆说。隔壁房间里,芭芭拉在第一千次播放“此时此地”乐队的新唱片,名叫《游乐场之吻》。他目前还没有被逼疯,但每多听一遍,他就离发疯更近一步。

另一方面,电话那头的女人开始哭泣。

“女士?吉伯尼小姐?请节哀顺变。”

“我几乎不认识她,但她是我的表妹,她对我很好。霍奇斯先生也一样。你知道他问我什么吗?”

“呃,不知道。”

“问我有没有吃过早饭。他是不是很贴心?”

“当然。”杰罗姆说。一起吃过饭的那位活泼女士居然就这么死了,他还是不敢相信。他记得她大笑时眼睛如何闪闪发亮,记得她如何学着比尔说是哦。这会儿他在和一个他从未见过的女人打电话,光是听声音就知道她很奇怪了,和她交谈就像拆炸弹。“女士,比尔请我去一趟你那儿。”

“他会和你一起来吗?”

“他现在来不了，他还有别的事情要做。”

又是一阵沉默，然后霍莉用轻微和羞怯得他几乎听不清的声音说：“你可靠吗？因为我害怕见人。非常害怕。”

“请放心，女士，我很可靠。”

“我想帮助霍奇斯先生。我想帮他抓住凶手。肯定是个疯子，你说呢？”

“是的。”杰罗姆说。隔壁房间，另一首歌开始播放，芭芭拉和朋友希尔达欢乐地尖叫，声音足以震碎玻璃。他想到明晚会有三四千个芭芭拉和希尔达齐声尖叫，谢天谢地，重任落在了老妈的肩上。

“你可以来，但我不知道该怎么让你进来，”她说，“亨利舅舅出去前打开了防盗系统，我不知道密码。我猜他还锁上了大门。”

“这些都交给我了。”杰罗姆说。

“你什么时候来？”

“半小时后到。”

“假如你碰到霍奇斯先生，能替我给他带句话吗？”

“当然可以。”

“就说我很伤心，”她顿了顿，“还有，我吃过来士普了。”

27

星期三下午晚些时候，布莱迪用拉尔夫·琼斯名下的一张信用卡，住进机场附近的一家大型6号汽车旅馆。他带着一个手提箱和一个背包。背包里有一身替换衣服，他的生命只剩下几十个小时了，他只需要这么多衣服。手提箱里是**臀部停泊处**坐垫、尿袋、一张带框的照片、几个自制雷管引爆器（他只需要一个，但备品总是多多益善）、2号物品、几个装满小钢珠的食品储存袋和足以夷平旅馆和附属停车场的自制炸药。他回到斯巴鲁里，取出一件更大的东西（费了些力气，东西是他好不容易塞进车里的），抱回房间靠在墙上。

他在床上躺下，贴着枕头的脑袋感觉有点奇怪。赤裸。不知为何，还有点性感。

他心想，霉运接二连三，但我闯过来了，我还没有倒下。

他闭上眼睛，很快就鼾声大作。

28

杰罗姆停下牧马人，车头几乎贴上了丁香公路 729 号紧闭的大门。他下车，按下“呼叫”按钮。要是蜜糖高地的保安巡逻车过来问他，他有他能出现在这儿的理由，但前提是屋里的女人可以证明他的身份，而他不敢确定自己能不能指望她。他早些时候和那位女士通过电话，觉得往好里说她也顶多是半边车轮着地。不过现实没有难为他，他在门口站了几秒钟，尽量让自己看起来就该出现在这儿（现在就是他感觉他黑色的皮肤格外显眼的那种时刻），霍莉终于答话了。

“怎么了？你是谁？”

“吉伯尼小姐，我是杰罗姆，比尔·霍奇斯的朋友。”

一阵沉默，长得他险些再次去按“呼叫”按钮，霍莉说：“你有开大门的密码吗？”

“有。”

“好吧。既然你是霍奇斯先生的朋友，那你也可以叫我霍莉。”

他输入密码，大门开了。他开车进去，看着大门在背后关上。到现在还挺顺利。

霍莉在屋子的正门内，透过一扇侧窗注视着他，模样像是高度警戒的探视区里的一名囚犯。她在睡衣外穿了一件家居服，头发乱蓬蓬的。杰罗姆的脑海里闪过一幕噩梦场景：她揿下防盗系统控制面板上的紧急按钮（控制面板肯定就在她站立的位置旁边），保安迅速赶到，她指控他企图盗窃，或者是迷恋法兰绒睡衣的强奸魔。

正门锁着，他指了指门。有好几秒钟，霍莉站在那儿一动不动，像是没了电的机器人。然后，她拉开插销。杰罗姆打开门，刺耳的滴滴声突然响起，她一连后退几步，用双手捂住嘴巴。

“别害我惹麻烦！我不想惹麻烦！”

她比他还要紧张两倍，杰罗姆反而放松下来。他在防盗系统上输入密码，然后按下“解除”按钮。滴滴声停下了。

霍莉瘫坐在一把精致的雕花木椅上，这把椅子看起来够付一所好大学的一年学费了（不过哈佛也许还不行）。她的头发贴在脸上，像是潮湿的翅膀。“天哪，今天肯定是我这辈子最糟糕的一天，”她说，“可怜的简妮。可怜的简妮啊。”

“我很抱歉。”

“但至少不是我的错，”她抬起头，带着一丝让人怜悯的反抗说，“谁也不能说是我的错。我什么都没做。”

“当然不是你的错。”杰罗姆说。

这话说得很虚伪，但她还是露出了半分笑意，所以他大概没说错话。“霍奇斯先生没事吧？他是个特别、特别好的人，虽说我母亲不喜欢他，”她耸耸肩，“但她喜欢谁呢？”

“他挺好。”杰罗姆说，但他猜实情并非如此。

“你是黑人。”她瞪大眼睛看着他。

杰罗姆低头看着双手说：“呃，是啊，怎么了？”

她爆发出一阵神经质的大笑说：“对不起，我太没礼貌了。你是黑人，我没问题。”

“黑是酷的颜色。”杰罗姆说。

“对，当然，非常酷，”她站起身，咬了会儿下嘴唇，然后突然伸出手，像是倾注了巨大的意志力，“握一下吧，杰罗姆。”

他和她握手，她的手黏糊糊的，感觉像是羞怯的小动物的爪子。

“我们必须抓紧时间。要是我母亲和亨利舅舅回来撞见你，我的麻烦可就大了。”

你的麻烦可就大了？杰罗姆心想，黑小子难道就没麻烦了吗？

“以前住在这儿的那位女士，她也是你的表姐妹，对吗？”

“对，奥莉薇亚·特莱劳尼，从我上大学就没再见过她了。她和我母亲合不来，”她严肃地看着杰罗姆，“我后来不得不退学。我有问题。”

杰罗姆知道她肯定有，而且现在也没好。但他挺喜欢她的某些地方，天晓得究竟是什么，反正肯定不是像指甲刮黑板的笑声。

“知道她的电脑在哪儿吗？”

“知道，我带你去。你能快点儿吗？”

我必须要快，杰罗姆心想。

29

已故奥莉薇亚·特莱劳尼的电脑有密码保护，很弱智，因为他把键盘翻过来，一眼看见底下用记号笔写着 OTRELAW。

霍莉站在门口，紧张地把家居服的衣领翻上翻下，嘟囔着他听不清的什么话。

“什么？”

“我问你在找什么。”

“等我找到，你就知道了。”他打开搜索器，输入**哭泣婴儿**。没有匹配项。他输入**哭闹幼儿**。没有匹配项。他输入**尖叫女人**。没有匹配项。

“有可能隐藏起来了。”这次他听得很清楚，因为她的声音就在耳畔响起。他吓了一小跳，但霍莉没有注意。她弯下腰，双手隔着家居服撑住膝盖，眼睛盯着电脑屏幕：“试试**音频文件**。”

好主意，他试了试，但还是没有匹配项。

“好，”她说，“打开**偏好设置**，看**音频**。”

“霍莉，音频只是控制输入和输出的，没有其他功能。”

“说得好，但还是试试看吧。”她不再咬嘴唇了。

杰罗姆打开偏好设置下的音频窗口，菜单列出**音响棒**、**耳机**和**LogMeIn 音频驱动**。输入下有**内置麦克风**和**线路输入**。没什么出乎意料的东西。

“还有什么想法？”他问。

“打开**音效**，左边那儿。”

他扭头看着她说：“咦，你很熟悉这东西嘛。”

“我上过电脑课，在家里，通过 Skype，很有意思。快，打开**音**

效看看。”

杰罗姆打开**音效**窗口，看见了意料之外的东西。除了**青蛙**、**敲玻璃**、**叮**、**噗**和**喵**这些正常音效外，还有一个名叫**幽灵**的列表项。

“从来没见过那一个。”

“我也是。”她依然不肯直视杰罗姆的脸，但态度发生了天翻地覆的变化。她拖过一把椅子，在杰罗姆旁边坐下，把潮湿的头发掖到耳后。“而我非常熟悉苹果电脑上的程序。”

“算你厉害。”杰罗姆说，举起一只手。

霍莉盯着屏幕，抬起手和他击掌。“演奏吧，山姆。”

他笑道：“《卡萨布兰卡》。”

“对。我看过七十三遍。我有一本电影日记。我看到什么都会记下来，我母亲说那是强迫症。”

“人生就是强迫症。”杰罗姆说。

霍莉没有笑，答道：“算你厉害。”

杰罗姆选中**幽灵**，按下回车键。奥莉薇亚电脑左右两边的立体声音响棒里，一个婴儿开始哭泣。霍莉还能接受，直到听见女人尖叫*你为什么让他杀死我的宝贝？*她才紧紧抓住杰罗姆的肩膀。

“我操！”杰罗姆叫道，握住霍莉的手。他连想也没想就这么做了，霍莉也没有缩回她的手。两人盯着电脑，像是它突然长出牙齿，咬了他们一口。

片刻寂静过后，婴儿再次哭叫，女人又尖叫一声。程序循环第三次，然后停下。

霍莉终于扭头看着杰罗姆，眼睛瞪得都快掉出来了：“你知道会找到这种东西？”

“天哪，不知道。”也许应该找到一些什么东西，否则比尔就不会派他跑这一趟了，但谁能想到会发现这个呢？“你能查到这是个什么程序吗，霍莉？比方说安装在什么地方？要是不行，也无所——”

“换人。”

杰罗姆很擅长电脑，但霍莉玩键盘就像在弹钢琴。她东翻西找了几分钟，然后说："看起来是去年 7 月 1 号安装的，那天安装了一大堆程序。"

"有可能被设置在特定的时间播放，你说呢？循环三次，然后退出？"

她不耐烦地看了杰罗姆一眼："那当然。"

"那最近这几天为什么没有播放呢？我是说，你们一直住在这儿。要是播放了，你们肯定会听见。"

她疯狂点击鼠标，调出另一幅画面给他看："我已经发现了。这是个从动程序，隐藏在**邮件联系人**程序里。我猜奥莉薇亚根本不知道它的存在。它叫**窥镜**。你没法用它打开电脑，至少据我所知不行，但只要电脑开机，你就可以从自己的电脑上远程操纵各种功能。打开文件、阅读邮件、看查询历史……还有关闭程序。"

"比方说在她去世后。"杰罗姆说。

"唉。"霍莉哀叹。

"安装程序的人为什么会留下痕迹？为什么不干脆删除掉？"

"不知道，也许只是忘了。我经常忘记事情，我母亲说要是我的脑袋不是连在脖子上，我迟早会忘记脑袋放在哪儿。"

"哈，我老妈也经常这么说。但这个人是谁呢？我们讨论的会是一个什么人？"

她思考片刻。两人同时沉默下去。过了大约五秒钟，两人同时开口。

"她的电脑人员。"杰罗姆说。霍莉同时说："她的技术怪胎。"

杰罗姆开始翻电脑桌的抽屉，寻找名片、电脑服务的收据或标有**已付**的账单。这种东西肯定应该有，但他没有找到。他跪下爬到桌子底下，但依然一无所获。

"看看冰箱，"他说，"有些人会用磁贴把联系方式贴在冰箱上。"

"磁贴有很多，"霍莉说，"但冰箱上只有房产中介和警惕安保公司的名片。我猜其他的肯定都被简妮取掉了，多半是扔掉了。”

“有保险箱吗？”

“应该有，但我表妹为什么要把修电脑的名片放在保险箱里？名片又不值钱。”

“有道理。”杰罗姆说。

“要是有，肯定就在电脑附近。她不会把名片藏起来的，明白吗？她的密码就写在键盘底下。”

“有点傻。”杰罗姆说。

“太傻了。”霍莉似乎突然意识到两人靠得太近了。她站起来，回到门口，又开始把家居服的衣领翻上翻下。“你现在打算怎么办？”

“我给比尔打电话。”

他取出手机，但还没有拨号，就听见她叫他的名字。杰罗姆望向霍莉，看见她站在门口，翻上翻下衣领放松心情，像是陷入了思索。

“这个城市有，呃，几百万个修电脑的吧？”她说。

不可能有那么多，但确实不少。他知道，霍奇斯也知道，因为这是杰罗姆告诉他的。

30

霍奇斯仔细听着杰罗姆的话。杰罗姆对霍莉称赞有加，他很高兴（希望霍莉也很高兴，要是她在听的话），但得知没有线索能查到究竟是哪个修电脑的对这台机器做过手脚，他深感失望。杰罗姆认为是因为简妮扔掉了维修人员的名片，但霍奇斯早被训练得怀疑一切的头脑认为梅赛德斯先生肯定想办法让奥莉薇亚没有拿到他的名片。但这不符合一般情况。要是维修人员的水平很高，你难道不会问他要名片吗？然后就放在手边？除非……

他请杰罗姆让霍莉听电话。

“哈啰？”声音微弱得他不得不竖起耳朵听。

“霍莉，奥莉薇亚的电脑里有没有地址簿？”

“稍等。”他听见敲打键盘的嗒嗒声。她的声音再次响起，似乎有些困惑。“没有。”

“不觉得奇怪吗？”

“嗯，有点奇怪。”

“插入闹鬼音效的人会不会删除了她的地址簿？”

“哦，当然有可能，很容易的。霍奇斯先生，我吃过来士普了。”

“非常好，霍莉。你能查到奥莉薇亚是不是经常使用电脑吗？”

“当然能。”

“你查一下，让我和杰罗姆说几句。”

杰罗姆接过电话，说非常抱歉，他们没能查到更多的线索。

“不，哪儿的话，你们做得好极了。你翻电脑桌的时候，有没有找到记地址的小本子？”

“没有，但现在很多人都不用小本子记了，而是记在电脑和手机里。你知道的，对吧？”

霍奇斯心想我应该知道，但现如今世界变化得太快了。他甚至不知道该怎么编程设置他的数字视频录像机。

“等一下，霍莉又要和你说话。”

“你和霍莉挺合得来？”

“我们挺好。她来了。”

“奥莉薇亚安装了各种程序，收藏了许多网站，”霍莉说，“她是Hulu和Huffpo的重度用户。她的搜索历史……她在网上花的时间比我还多，而我已经够多了。”

“霍莉，一个严重依赖电脑的人怎么会不把维修人员的名片放在手边呢？”

“因为她去世后，那家伙溜进来，偷走了名片。”霍莉建议道。

“有可能，但你想想其中的风险，尤其是邻里安保服务时刻盯着异常情况。他必须知道大门密码、防盗系统的密码……即便如此，他还需要屋子的钥匙……”他的声音小了下去。

“霍奇斯先生？你还在吗？”

“在。你还是叫我比尔吧。”

但她不肯，或许是不能。“霍奇斯先生，他是什么犯罪大师吗？就像詹姆斯·邦德电影里的大反派？”

“我认为他只是精神不正常。”正因为不正常，所以他有可能根本不在乎风险。他在市民中心开车撞向人群，所冒的风险可想而知。

但感觉还是不对劲。

“再找一下杰罗姆，谢谢。”

她把电话交给杰罗姆，霍奇斯告诉他现在该走了，免得夏洛特姨妈和亨利舅舅回来，发现他在和霍莉一起鼓捣电脑。

“比尔，你打算怎么做？”

他望向街道。暮色渐沉，快七点了。“先睡一觉。”他说。

31

上床休息前，霍奇斯在电视前待了四个小时。节目进入了他的眼睛，但在抵达大脑前就消散了。他尽量什么都不想，因为这样能敞开头脑，点子会自己跳出来。正确的点子永远来自正确的联系，有一条联系正在等待形成，他能感觉到。也许不止一条。他不允许简妮进入脑海。以后当然会想，但此刻她只会阻塞思路。

奥莉薇亚·特莱劳尼的电脑是整件事的关键。电脑里被安装了闹鬼音效，头号嫌犯是帮她维护电脑的人。那么，她为什么会没有他的名片？他或许可以远距删除电脑上的地址簿，霍奇斯敢打赌他已经这么做了，但他会在她自杀后为了偷走区区一张*名片*闯进那幢屋子吗？

他接到报纸记者的电话，接到六频道的电话。媒体的第三个电话过后，霍奇斯关闭了手机。他不知道是谁泄露了他的号码，但他希望那家伙卖了个好价钱。

还有一个细节不停闯进脑海，它和其他事情都毫无关系：*她认为他们就混在我们中间。*

他翻阅笔记，找到这句话是谁说的：写贺卡的波芬格先生。他和波芬格坐在草坪躺椅上，霍奇斯记得他很高兴自己能在阴凉地里休息一会儿。当时他正在沿街排查，看有没有谁见过多次出现的可疑车辆。

她认为他们就混在我们中间。

波芬格说的“她”是马路对面的墨尔本太太。墨尔本太太属于一个飞碟迷组织：全美空中现象调查委员会。

霍奇斯觉得这只是往事的回响，就像一小段流行音乐，大脑过度紧张时就会奏响。他脱掉衣服躺下，简妮进入他的脑海，简妮皱起鼻子说是哦。自从童年以来第一次，他哭着睡了过去。

他在星期四的凌晨醒来，上了趟厕所，正要回去睡觉，突然停下脚步，瞪大双眼。他在寻找的那条联系豁然出现，显眼得就像摆在面前。

你不想保留名片是因为你不需要名片。

因此那家伙不是个体户，在家里经营小本生意，而是某家公司的职员。这样的话，任何时候你想找他，直接打电话给公司就行了，因为公司的号码很容易记，比方说555-9999，或者转换成字母能拼成单词**电脑**。

假如他为一家公司工作，那么他就会开公司的车辆上门维修。

霍奇斯回到床上，他以为这下他再也睡不着了，但事实并非如此。

他心想：他有足够的炸药摧毁我的车，那他肯定还有更多的爆炸物。

然后他又沉入了梦乡。

他梦到简妮。

Ⅵ　游乐场之吻

1

星期四清晨六点，霍奇斯醒来，给自己做了一份盛大的早餐：两个煎蛋、四片培根、四片吐司。他没什么胃口，但逼着自己吃完，告诉自己这是身体的汽油。他今天或许能找到机会再吃些东西，但也有可能找不到机会。洗澡和毅然吃完所有食物的时候（现在没人注意他的体重了），脑海里不停浮现出一个念头，也是他半夜入睡前的最后一个念头。这个念头就像鬼魂般纠缠着他。

他还有多少爆炸物?

这就引出了另外几个令人不快的问题。比方说，这个人（罪人）打算怎么使用那些爆炸物。还有，什么时候使用。

他得出结论：今天就是最后一天。他要亲手找到梅赛德斯先生，和他对质。杀了他？不，不行（应该不行），但揍得他屁滚尿流应该没问题。为了奥莉薇亚。为了简妮。为了珍妮丝和帕特里夏·克雷。为了梅赛德斯先生一年前在市民中心杀死和致残的其他人。他们那么渴求工作，愿意半夜起床，站在浓雾中等待招聘会开始。为了他们失去的生命、失败的希望、失落的灵魂。

对，他必须找到那个狗娘养的。要是今天找不到，他就把所有情报移交给彼得·亨特利和伊莎·杰恩斯，然后承担后果……他很清楚，结果很可能是蹲监狱。无所谓。已经有沉重的分量压在他的良知上了，再承担一点分量也无妨。但绝对不能是再一场大规模杀戮，那会摧毁他剩下的一丁点理智。

他决定把给自己的时间限制在今晚八点之前，那就是沙地上的终点线。在这十三个小时之内，他能做到的事情与彼得和伊莎贝拉·杰恩斯一样多。很可能更多，因为他不受程序和规则的限制。今天他要带上父亲的点三八，还有简易警棍——对，也带上。

警棍塞进运动上衣的右口袋，左轮在左胳膊底下。他走进书房，拿起越来越厚的梅赛德斯先生卷宗回到厨房。他在厨房再次阅读，并用遥控器打开厨台上的电视，调到六频道看七点钟新闻。头条新闻是起重机在湖畔倾覆，砸得一艘满载化学品的驳船半沉入湖中，他不禁松了一口气。他不希望已经严重污染的湖水继续遭受荼毒（假如还能比现在更糟糕的话），但化学品泄漏将汽车炸弹事件推到了第二位。这是好消息。坏消息是报道中提到了当事人的身份：他是曾带领市民中心大屠杀专案组进行调查的退休警探，被炸死的女性是奥莉薇亚·特莱劳尼的妹妹。屏幕上出现了他和简妮站在索玛斯殡仪馆门口的照片，天晓得是什么人拍摄的。

“警方没有证实案件与去年市民中心的大规模杀人案是否存在联系，”播音员沉痛地说，“但值得注意的是，市民中心案件的凶手至今尚未落网。再看一则犯罪新闻，唐纳德·戴维斯将出庭……”

霍奇斯早就不关心唐纳德·戴维斯怎么样了。他关掉电视，继续研究黄色拍纸簿上的笔记。刚读到一半，电话响了——不是手机（但今天他会带上手机），而是墙上的固定电话。是彼得·亨特利打来的。

“你和鸟儿起得一样早。”彼得说。

“侦探的工作做得不错嘛。有什么事情？”

“我们昨天找亨利·西罗伊斯和夏洛特·吉伯尼谈过，谈得很有意思。你认识他们对吧？简妮尔·帕特森的姨妈和舅舅。”

霍奇斯等着他继续说下去。

“那位姨妈尤其有意思。她认为伊莎贝拉·杰恩斯说得对，你和帕特森远不止认识那么简单。她认为你们是好朋友。”

“有话直说，彼得。”

“妖精打架。滚床单。做功课。炒饭。吞香肠。巫山——”

“我明白了。我跟你说说夏洛特姨妈这个人吧。她看见贾斯汀·比伯和伊丽莎白女王谈话，都会说比伯和她有一腿。‘你看他们的眼神就知道。’她会这么说。”

“所以你们没有。”

“没有。”

“我就当你说的是实话吧——主要是看在老朋友的面子上。但我还是想知道你在隐瞒什么，因为实在太显眼了。”

“来，看着我的嘴唇：我没有……隐瞒……任何事情。”

电话那头沉默下去。彼得在等霍奇斯觉得不安，主动打破沉默，他显然忘了这个花招是谁教他的。

最后他放弃了：“我看你是在自掘坟墓，比利。我劝你还是扔掉铁锹吧，免得洞挖得太深爬不出来。”

“谢谢，老搭档。大清早七点一刻最适合听人生教训了。”

“今天下午我要再和你谈谈，这次我大概要背套话给你听了。”

他的意思是米兰达法则。

“很愿意配合你。打我的手机吧。”

“咦？你退休后就从来不带那东西。”

“我今天会带的。”对，肯定会。因为在接下来的十二到十四个小时里，他将不再是一名退休警探。

他挂断电话，继续读笔记，沾湿食指翻页。他圈出一个名字：拉德尼·皮泊斯。他在蜜糖高地和警惕安保公司的这名警卫谈过一次。只要皮泊斯不算太失职，他就肯定掌握着打开梅赛德斯先生之谜的钥匙。但他不可能忘记霍奇斯这个人，因为霍奇斯首先逼他拿出公司证件，然后又盘问了他。他会知道霍奇斯今天是个新闻人物。他还有时间考虑该怎么解决这个问题。霍奇斯不想在正常工作时间之前打电话给警惕安保公司，因为这个电话必须让人感觉像是例行公事。

他接到的第二通电话来自夏洛特姨妈，这次响起的是手机。她打来电话，霍奇斯并不吃惊，但不吃惊不等于高兴。

“我不知道该怎么办！”她叫道，“霍奇斯先生，你必须帮帮我！”

“什么事情你不知道该怎么办？”

“遗体！简妮尔的遗体！我甚至不知道遗体在哪儿！”

霍奇斯听见滴滴一声，他拿开手机看了一眼打进来的号码。

“吉伯尼夫人，又有个电话进来，我必须接。”

“我不明白你为什么不能——”

“简妮哪儿都不会去的，所以你等着就好。我回头再打给你。”

她的抗议叫到一半，霍奇斯挂断电话，接起杰罗姆的电话。

“我认为你今天也许需要个司机，”杰罗姆说，“考虑到你目前的处境。”

霍奇斯有一瞬间不知道他在说什么，随即想起他的丰田已经变成了一堆烧黑的废铁。车辆残骸目前归警局鉴证科保管，今天晚些时候，穿白大褂的技师会开始检查，判断究竟是什么炸药将车炸成了碎片。他昨晚是坐出租车回家的，他确实需要交通工具。另外，杰罗姆或许还能派上其他的用场。

“那当然好，”他说，“但学校怎么办？”

“我的平均分有3.9，”杰罗姆耐心地说，“我还为公民联合会工作，教贫困儿童学电脑。我逃学一天也没什么大不了的。我已经跟我老妈老爸说清楚了。他们叫我问你会不会还有人想把你炸上天。”

“说起来，并不是没有这个可能性。”

“稍等，”霍奇斯模糊地听见杰罗姆叫道，“他说绝对没有。”

尽管有着各种各样的烦心事，霍奇斯还是笑了。

“我很快就到。”杰罗姆说。

“别违反限速法规，九点就好。利用这段时间练练你的演戏能力。”

“是吗？我要演什么角色？”

“律师事务所的见习生，”霍奇斯说，“还有，杰罗姆，谢谢。”

他挂断电话，走进书房打开电脑，搜索姓“施隆”的本地律师。这个姓氏不常见，他很快就找到了。他记下事务所的名字和施隆的全名：乔治·施隆。他回到厨房，打给夏洛特姨妈。

“霍奇斯，”他说，“我回来了。”

“我可不喜欢被人挂电话，霍奇斯先生。”

“就像我不喜欢你跟我老搭档说我在操你外甥女。”

他听见惊呼，然后是一阵寂静。他很希望她挂断了电话——事实上并没有，他把她想知道的事情告诉了她。

“简妮的遗体会被送到休伦县停尸房。你今天没法认领，明天大概也不行。警方要验尸，虽说从死因看挺荒唐的，但程序就是这样。”

“你不明白！我的航班都订好了！”

霍奇斯望向窗外，慢慢地数到五。

“霍奇斯先生？你还在吗？”

“要我说，吉伯尼夫人，你有两个选择。第一个，留下，按规矩办事。第二个，坐你订好的航班回家，交给市政府处理。”

夏洛特姨妈开始啜泣：“我看见你看她的眼神了，还有她看你的眼神。我只是回答了那个女警察的问题。”

“怀着十二万分的欣然吧？毫无疑问。”

“怀着什么？”

他叹息道：“没什么。我建议你和弟弟亲自去一趟县停尸房。事先别打电话，让他们看清你们的面容。找一位盖尔沃思医生。要是他不在，就找帕泰尔医生。面对面请求他们尽快办手续，当然你们的态度一定要好，他们就会尽量帮助你们。报我的名字。我从上世纪九十年代就开始和他们共事了。”

“我们只能留下霍莉一个人了，”夏洛特姨妈说，“她把自己锁在房间里，抱着笔记本电脑敲个没完，怎么都不肯出来。”

霍奇斯发现他在情不自禁地揪头发，命令自己停下。“你女儿多少岁了？”

一段长久的沉默。“四十五。”

“那么你不用雇保姆应该也可以放心走开了，”他尽量忍住不说接下来的话，但终究没有做到，“想一想你能省下多少钱吧。”

“我不敢指望你能理解霍莉的情况，霍奇斯先生。我女儿的精神状态不稳定，同时还非常敏感。”

霍奇斯心想：所以你待她才那么苛刻吗？这次他忍住了没有说出口。

“霍奇斯先生？”

“我在。”

“你不会凑巧知道简妮尔有没有留下遗嘱吧？”

他挂断了电话。

2

布莱迪关着灯在旅馆淋浴房里待了很久。他喜欢这种子宫般的温暖和持续不断的哗哗水声。他也很喜欢这种黑暗，他喜欢就对了，因为没多久他就会拥有他想要的所有东西了。他还愿意相信会有一场美妙的母子重聚，甚至有可能是母子情欲戏码，但他的心底里知道那是不可能的。他可以假装相信，但……不，不会有的。

只会有黑暗。

他并不担心上帝，也不担心会因为罪孽而永远经受慢火煎烤。不存在天堂，也不存在地狱。只要你还有半个脑子，就该知道那些东西都不存在。神祇要有多么残忍，才会创造出这么一个糟烂的世界？连电视福音传道人和恋童黑袍嘴里的报复成性的上帝也不存在，动不动就用雷劈人的家伙为什么不因为布莱迪做的事情而惩罚他？是布莱迪·哈茨费尔德抓住他父亲的手，让他握住通电的高压线，电死了他吗？不是。是布莱迪·哈茨费尔德把那块苹果塞进了弗兰奇的喉咙吗？不是。是布莱迪·哈茨费尔德没完没了唠叨他们迟早会坐吃山空直到沦落到进收容所吗？不是。是布莱迪·哈茨费尔德煎了个有毒的汉堡肉饼然后说*快吃吧，老妈，非常美味哟*吗？

挺身反抗把他变成这个样子的世界难道也有错吗？

布莱迪认为没有。

他想着撞倒世贸中心的恐怖分子（他经常琢磨他们）。那些小丑还真的以为自己会进天堂，永远过着仿佛奢华饭店里的生活，成群的美貌处女服侍他们。真是好玩，最好笑的一点是什么？笑话的主角是他们，但他们却不知道。他们得到的只是看见一眼大厦的窗户和最后一道闪光，然后他们和数以千计的受害者就死了。噗的一声没了。鳄鱼先生，再见了。去吧，杀人者和被杀者，离开这个孤零零的蓝色星球和它忙碌的愚蠢居民，去包围着这颗星球的虚无宇宙吧。所有的宗教都在撒谎，所有的道德规则都是欺骗，连星辰都是幻象。真实存在的只有黑暗，唯一重要的就是在进入黑暗前声明个人的观点。割开世界的皮肤，留下一道伤疤。历史这东西说到底无非就是疤痕组织。

3

布莱迪穿上衣服，开车出门，在机场附近找到一家二十四小时药店。他在浴室镜子里发现母亲的电子剃刀理得不够干净，他的脑壳需要进一步的修饰。他买了一次性刮胡刀和剃须泡沫，又拿了些电池，因为电池这东西怎么都不嫌多。他从旋转架上挑了一副平光眼镜，选择角质框是因为能让他显得像个学生。至少在他眼中是这样。

走向收银台的路上，他停下脚步，看着一个硬纸板展板，上面是“此时此地”乐队那四个相貌英俊的小男生。这张海报上印着**打扮起来，迎接6月3日的盛大演出！**有人划掉了6月3日，在底下写上**今晚**二字。

布莱迪身材瘦削，T恤通常穿中号，但他拿起一件特大号，和要买的其他物品放在一起。没必要排队，时间还早，他是唯一的顾客。

“今晚要去看演唱会？”收银的女孩问。

布莱迪露出灿烂的笑容：“当然。”

回旅馆的路上，布莱迪开始考虑他的车——担心他的车。拉尔夫·琼斯的身份完全没问题，但这辆斯巴鲁注册在布莱迪·哈茨费尔德名下。假如退休警探搞清楚他的名字，通知老搭档，那就会造成问题。汽车旅馆很安全，他们现在不问你的车牌号码了，只要求你出示驾驶执照，但他的车不安全。

退休警探离你没那么近，布莱迪对自己说，他只是企图吓唬你。

但也可能不是虚张声势。这位警探在退休前解决了许多案件，看样子他的那些技能还没完全丢掉。

布莱迪没有直接返回6号旅馆，而是拐进机场，拿了张停车票，然后把斯巴鲁留在长期停车区。他今晚会需要开车，但这会儿就让它待在这儿吧。

他看一眼手表，九点差十分。离演出开场还有十一个小时，他心想。再过十二个小时，天大概就黑了。有可能早点，也有可能晚点，但不会太晚。

他戴上新眼镜，拎起购物袋，吹着口哨走了半英里回到旅馆。

4

霍奇斯打开前门，杰罗姆首先盯上了肩套里的点三八："你不会打算干掉什么人吧？"

"难说。就当是幸运符吧，我父亲留给我的。另外，假如你有疑问的话，我想说我有持枪许可。"

"我纳闷的是，"杰罗姆说，"枪里有没有子弹。"

"当然有。否则万一真的需要开枪，你认为我该怎么用它？拿它砸人不成？"

杰罗姆叹了口气，挠着一头黑发说："事情越来越严重了。"

"想退出吗？再给你一个机会。我现在还可以去租车。"

"不，我没问题。我担心的是你。你的眼睛底下不是眼袋，简直是手提箱。"

"我能行，再说也就只有今天了。要是我到天黑还找不到那家伙，我就去见老搭档，一五一十全告诉他。"

"你会惹上多大的麻烦？"

"不知道，也不在乎了。"

"我会惹上多大的麻烦？"

"零。要是我不确定，你这会儿就在学代数了。"

杰罗姆怜悯地看着他："我四年前就学完代数了。说说要我做什么。"

霍奇斯告诉了他，杰罗姆很愿意，但仍有疑虑。

"上个月——你可别告诉我爹妈啊——我们几个人企图混进'潘趣和朱迪'，闹市区新开的劲舞俱乐部。守门的家伙连看都没看我那么漂亮的假身份证，直接挥手叫我别排队了，找个地方去喝奶昔吧。"

霍奇斯说："我不吃惊。你那张脸只有十七岁，但算我运气好，你的声音至少有二十五了。"他塞给杰罗姆一张纸，上面写着一个电话号码。"打吧。"

警惕安保公司的前台接起电话，杰罗姆说他叫马丁·隆斯伯利，坎顿—希尔佛—梅克佩斯—杰克逊事务所的见习律师。他说他为初级合伙人乔治·施隆工作，负责收尾已故奥莉薇亚·特莱劳尼名下产业的一些未完手续，其中之一与特莱劳尼夫人的电脑有关。他今天的任务是找到曾修理过那台电脑的技师，警惕安保公司在蜜糖高地区域的一名员工应该能帮他找到那位先生。

霍奇斯用大拇指和食指打出 OK 手势，示意杰罗姆说得不错，然后递给他一张字条。

杰罗姆读完，然后说："特莱劳尼夫人的一名邻居海伦·威尔考克斯夫人提到了一位叫罗德尼·皮泊斯的先生？"他听了一会儿，然后点点头，"哦，对，拉德尼。多么有趣的名字。要是不麻烦的话，您能请他打电话给我吗？我的老板有点暴躁，我就像活在他的枪口底下，"他听了一会儿，"好的。哎呀，那就太好了。非常感谢。"他把他的手机号码和霍奇斯的固定电话号码告诉前台，挂断电话，假装擦掉额头上的汗水："真高兴我说完了。哇！"

"干得不错。"霍奇斯向他保证。

"要是她打给坎顿—希尔佛—啥啥啥事务所查证怎么办？然后发现根本没马丁·隆斯伯利这个人？"

"她的工作是传话，不是调查打电话来的人。"

"要是那个皮泊斯去求证呢？"

霍奇斯不认为他会去求证。他认为海伦·威尔考克斯这个名字足以拦住他。那天在蜜糖高地和皮泊斯谈话时，霍奇斯有一种强烈的直觉，知道皮泊斯和海伦·威尔考克斯的关系肯定不是柏拉图式的。也许多一点，也许多很多。他认为皮泊斯会好好配合，只要能打发马丁·隆斯伯利就行。

“现在怎么办？”杰罗姆问。

现在要做的事情是霍奇斯花了至少一半职业生涯时间所做的事情：“等。”

“多久？”

“等到皮泊斯或其他保安打来电话。”警惕安保公司似乎是他目前最好的线索。要是得不到有用的情报，那他们就只能去蜜糖高地问邻居了。考虑到新闻帮他创造的知名度，这可不是他期待的前景。

这时霍奇斯不禁又想起了波芬格先生，还有住在马路对面的那位脑袋不太对劲的女士，墨尔本太太。墨尔本太太谈论神秘的黑色SUV，对飞碟很感兴趣，很适合在希区柯克电影里担任一个诡异的配角。

她认为他们就混在我们中间，波芬格曾经这么说，顺便讽刺地挑了挑眉毛，这个画面为什么会一次又一次地跃入脑海呢？

十点差十分，杰罗姆的手机响了。铃声是AC/DC名曲《地狱钟声》的片段，两人都吓了一跳。杰罗姆抓起电话。

“显示**号码被屏蔽**，比尔，我该怎么办？”

“接电话。应该是他。记住你是谁。”

杰罗姆接通电话，说：“哈啰，我是马丁·隆斯伯利。”他听了一会儿，然后又说道：“哎呀，哈啰，皮泊斯先生。非常感谢您能打给我。”

霍奇斯写了一张字条，隔着桌子推过去。杰罗姆扫了一眼。

“嗯哼……对……威尔考克斯夫人对您称赞有加，简直都夸到天上去了。不过我的任务和已故特莱劳尼夫人有关。我们在清点她名下的财产，电脑也必须登记进去，结果……对，我知道已经过了六个月了。这种事情办得总是特别慢，对吧？我们去年有个客户啊，有七万块遗产要分给他，结果他穷得只能去申请食物补助了。”

别太夸夸其谈了，杰罗姆，霍奇斯心想。他的心脏怦怦直跳。

“不，不是那样的。我只需要为她维修电脑的技师的名字，剩下的就是我老板的事情了。”杰罗姆听了一会儿，眉毛皱成一团：“你不知道？天，真是该——”

但皮泊斯又开始说了。杰罗姆脑门上的汗水不再只存在于想象中了。他隔着桌子抓起霍奇斯的笔，开始写字。他一边写，一边不停地“嗯哼”、“好的”和“我明白了”。最后：

“哎呀，太好了，真是太好了。施隆先生肯定会满意的。您真是帮了我好大一个忙，皮泊斯先生。那么我就……”他又听了一会儿，“对，非常可怕。相信咱们说话的这会儿，施隆先生正在处理……呃……事情的某些部分，但我实在不清楚……是吗？哇！皮泊斯先生，您真是太厉害了。对，我一定会告诉他的。我向您保证。谢谢，皮泊斯先生。”

他挂断电话，用掌根按着太阳穴，像是要止住头疼。

“朋友，他真是太热情了。他想聊昨天发生的事情，还请我转告简妮的亲戚，警惕安保公司时刻准备尽他们所能提供援助。”

“非常好，我保证他的档案里会多一朵小红花，但——”

“他还说他和车被炸飞的那家伙交谈过。他今天早上在新闻里看见了你的照片。”

霍奇斯并不吃惊，这会儿也不在乎：“问到名字了吗？快说你问到了。”

“没问到维修人员叫什么，但问到了他为哪家公司工作。公司叫赛博巡警。皮泊斯说他们开着绿色甲壳虫上门修电脑。他说经常能在蜜糖高地看见他们，一眼就能认出。他见过一个女人和一个男人开绿色甲壳虫，都是二十来岁。他说那女人‘有点男人婆’。”

霍奇斯从没考虑过梅赛德斯先生实际上是梅赛德斯小姐的可能性。从理论上说当然有可能，放在阿加莎·克里斯蒂小说里会是个出其不意的好结局，但这毕竟是现实生活。

“他有没有说那个男人长什么样子？”

杰罗姆摇摇头。

“跟我去书房。你操作电脑，我当副驾驶。”

不到一分钟，他们就看见了一排三辆绿色甲壳虫，车身上喷印了**赛博巡警**这几个字。“赛博巡警”不是一家独立运作的公司，而是属于折价电子城连锁店。折价电子城在市区的桦山购物中心有很大一家店面。

“朋友，我在那儿买过东西，”杰罗姆说，“买过很多东西。电子游戏、电脑配件、一大堆打折促销的DVD。”

甲壳虫照片底下是个链接：**专家风采**。霍奇斯从杰罗姆背后伸出手，拿过鼠标点击链接。三张照片出现在屏幕上。第一张是个女孩，面孔瘦削，黑金色头发。第二张是个胖子，戴约翰·列侬式的圆眼镜，表情严肃。第三张是个长相端正的小伙子，头发整整齐齐地向后梳，露出拍照时的敷衍笑容。照片底下的名字分别是：**弗雷迪·林克莱特**、**安东尼·弗罗比舍**和**布莱迪·哈茨费尔德**。

“现在怎么办?”杰罗姆问。

“现在咱们开车跑一趟。先让我拿点东西。”

霍奇斯走进卧室，用密码打开壁橱里的小保险箱。里面除了两份保险合同和几份其他的财务文件，还有用橡皮筋扎在一起的一叠塑封卡片，这些卡片都很像他钱包里的那张。本市警局每两年换一次证件，每次领到新证件，他就把旧证件放进保险箱。最重要的区别是这些旧卡片上没有敲红色的**退休**印章。他取出钱包里的退休证件，抽出2008年12月过期的证件放进去。当然了，出示过期证件同样是犯法：根据本州法律190.25条，冒充警员是E级重罪，可处以两万五千块罚款或五年监禁或以上两者，但他此刻懒得担心这些。

他把钱包塞进臀部口袋，正要关上保险箱的时候，又犹豫了。保险箱里还有一件他或许用得上的东西：一个扁平的皮面小匣子，像是满世界跑的人放护照的那种东西。它同样来自他父亲。

霍奇斯把它塞进衣袋，和简易警棍放在一起。

5

布莱迪刮干净头发楂，戴上新买的平光眼镜，下楼去6号汽车旅馆的值班室，续了一天房间。他回到房间里，展开星期三买的轮椅。花了不少钱，但谁在乎呢？钱对他已经不再是问题了。

他把装满炸药的**臀部停泊处**坐垫放在轮椅座位上，划开靠背口袋的衬里，又塞了几块自制塑胶炸药进去。每块炸药上都插着一个叠氮化铅电雷管。他把导线收到一起，用金属夹子固定好。导线的端头剥掉了塑料外皮，露出铜线，今天下午他会把它们编成一股主引线。

真正的引爆器将是二号物品。

他将装满小钢珠的食品袋逐个固定在轮椅座位底下，用胶带横一条竖一条地交错粘牢。做完这些，他在床尾坐下，认真地望着他制作出的成品。他完全不知道他能不能把这个带轮子的炸弹弄进明戈演艺厅……但另一方面，上次他也完全不知道完事后能不能从市民中心逃掉。上次他成功了，这次说不定也能成功。毕竟这次他不需要逃跑，因此他只有半场仗要打。就算警卫的脑筋转得快，扑上来企图抓他，大堂里也会挤满来看演唱会的观众，他能带走的性命会比八条多得多。

轰隆一声我走了，布莱迪心想，轰隆一声我走了，去你妈的霍奇斯警探。去你十八辈祖宗他妈的。

他在床上躺下，考虑要不要打个手枪。也许应该趁他还有那话儿可打的时候打一发。但还没等他解开牛仔裤的拉链，他就睡着了。

他身旁的床头柜上有一张带框的照片。弗兰奇在照片里微笑，将消防车萨米抱在大腿上。

6

将近十一点，霍奇斯和杰罗姆赶到桦山购物中心。停车场有许多空位，杰罗姆把牧马人停进正对折价电子城的空位，折价电子城的所有橱窗都贴着显眼的**促销**二字。一个少女坐在店前的路缘上，膝盖并在一起，双脚分开，弯着腰捧着一台 iPad，左手夹着一根袅袅冒烟的香烟。走到近处，霍奇斯才看清这个少女的头发里有灰色发丝。他的心不禁一沉。

“霍莉？”杰罗姆说，霍奇斯同时说：“你怎么会在这儿？”

“我猜你们也会想到的，”她说，揿熄烟头，站起身，“但我已经有点担心了。要是你们十一点半还没出现，我就打电话给你们。霍奇斯先生，我吃过来士普了。”

“我很高兴听你这么说。现在回答我的问题，告诉我你怎么会在这儿。”

她的嘴唇开始颤抖，尽管她努力去看霍奇斯的眼睛，但视线还是落向了自己的脚尖。霍奇斯对他刚开始以为她是个少女并不吃惊，因为她在许多方面就是个少女。她缺乏安全感，时时刻刻需要在情绪的钢丝上保持平衡，因此限制了她的成长。

“你们生我的气了？请不要生我的气。”

“我们没有生气，”杰罗姆说，“只是吃惊。”

说是震惊才对，霍奇斯心想。

“今天早上我待在房间里，浏览本地的 IT 社区。我们没有想错，做这一行的公司数以百计。我母亲和亨利舅舅出去找人了，应该是去安排简妮的后事吧。大概要再举办一场葬礼了，但我实在不愿去想能有什么放进灵柩的。我一想就哭个没完。”

是的，大颗大颗的泪珠已经滚滚而下。杰罗姆搂住她，她害羞而感激地看了他一眼。

“我母亲在附近的时候，我有时候没法思考，就好像她干扰了我的大脑。我这么说听上去是不是很疯狂？”

“我不觉得，”杰罗姆说，“我妹妹也让我这么觉得，尤其是她放那些该死的男孩乐队 CD 的时候。”

“他们出去之后，屋子里很安静。我有了个主意。我去打开奥莉薇亚的电脑，查看她的电子邮件。”

杰罗姆猛拍脑门道：“妈的！我怎么没想到要看她的邮箱。”

“别担心，邮箱是空的。她有三个账户，Mac 邮件、G-mail 和 AOL，但三个文件夹都是空的。也许是她自己删除的，但我不这么认为，因为——”

“因为她的桌面和硬盘里塞满了各种东西。”杰罗姆说。

“对。她的 iTunes 里有《桂河大桥》[①]。我还没看过，有时间了我该试试看。”

霍奇斯望向折价电子城。橱窗反射阳光，所以很难说有没有人在看他们。他觉得自己像是石块上的虫子，暴露在敌人的视线下。“咱们走一走吧。”他说，领着两人走向萨伏伊鞋店、巴诺书店和惠特尼欢乐优格小店。

杰罗姆说：“别吊我们胃口，霍莉，我都要急疯了。”

听杰罗姆这么说，霍莉笑了，顿时显得没那么年轻，反而更接近本来的年龄了。从折价电子城的橱窗前走开，霍奇斯的感觉顿时好多了。杰罗姆见到霍莉显然很开心，他其实也一样（虽然多多少少不愿承认），但被一个依赖来士普过日子的紧张症患者击败，毕竟还是很丢人的。

“他既然会忘记删除**幽灵**程序，那我就想，他说不定也会忘记清

---

① 《桂河大桥》(*The Bridge On the River Kwai*)，是由大卫·里恩（David Lean）导演的一部战争题材的经典电影，1957 年在英美上映，1958 年获第三十届奥卡斯卡金像奖的最佳导演奖。

空奥莉薇亚的垃圾邮件。我没猜错。她有四五十封折价电子城的邮件。有一些是促销通知，就像他们现在的这次促销，不过我敢打赌卖剩下的 DVD 没什么好货，多半是韩国片什么的。有一些是八折优惠券。她还有几张七折优惠券。七折券是供她下次呼叫赛博巡警上门服务用的，”她耸耸肩，“然后我就来了。”

杰罗姆瞪着她：“就这么简单？只是看了一眼她的垃圾邮件？”

“有什么好吃惊的？”霍奇斯说，“萨姆之子落网只是因为一张停车罚单。”

“我绕到停车场等你们，”霍莉说，“他们的网站上说赛博巡警一共只有三个技师，三辆绿色甲壳虫都在这儿，所以我猜那家伙今天在上班。你打算逮捕他吗，霍奇斯先生？”她又开始咬下嘴唇了，“要是他反抗怎么办？我不希望你受伤。”

霍奇斯拼命思考。赛博巡警有三名电脑技师：弗罗比舍和哈茨费尔德，还有瘦巴巴的金发女郎林克莱特。霍奇斯几乎可以肯定凶手不是弗罗比舍就是哈茨费尔德，不管是谁，他都不会料到科密特青蛙 19 会径直从大门走进来。就算梅赛德斯先生不逃跑，他也无法隐藏第一眼看见霍奇斯时的震惊。

“我进去一趟，你们两个留在这儿。”

“没人支援，一个人进去？”杰罗姆问，“天哪，比尔，我不觉得这么做很明——”

“我不会有事的，我会打他一个猝不及防，但十分钟内我要是不回来，你就打 911。记住了？”

“记住了。”

霍奇斯指着霍莉说：“你待在杰罗姆身边，再也不准一个人单独行动了。”我该和你谈谈，他心想。

她顺从地点点头。没等他们有机会再说什么，霍奇斯就走开了。来到折价电子城的门口，他解开运动上衣的纽扣。父亲那把枪的分量贴着肋骨，帮他镇定下来。

7

他们目送霍奇斯走进电子商店，杰罗姆忽然想到一个问题：“霍莉，你是怎么来的？出租车吗？”

她摇摇头，指了指停车场。与牧马人隔了三排的车位上停着一辆灰色梅赛德斯。“我在车库里发现的，”她看见杰罗姆的震惊表情，立刻开始为自己辩护，“我会开车，你知道的。我有未过期的驾驶执照。我从没出过事故，而且有司机保险。你知道演好事达保险电视广告的那个人在《二十四小时》里演过总统吗？”

“那辆车就是……”

她皱起眉头，困惑地道：“怎么了，杰罗姆？车在车库里，钥匙在前厅的小筐里。你到底大惊小怪什么？”

撞击的凹痕已经没了，杰罗姆注意到，车头灯和挡风玻璃也已经换掉。看起来完全是辆新车，你绝对不会猜到它曾经被用来杀过人。

“杰罗姆？你难道认为奥莉薇亚会介意？”

“不，”他说，“应该不会。”他想象着满是鲜血的进气格栅，想象着格栅上挂着被撕碎的衣服。

“刚开始没法启动，电池没电了，但车库里有个应急启动电源，我知道怎么用，因为我父亲以前也有一个。杰罗姆，要是霍奇斯先生没有抓到他，咱们能去一趟优格小店吗？”

他几乎没有听见她在说什么，眼睛死死地盯着梅赛德斯。警察把车还给了她，他心想，对，他们当然要还给她，那毕竟是她的财产。她甚至修好了损坏的地方。但他敢打赌，她再也不会开这辆车了。要是真的存在幽灵，幽灵只会在车里，这会儿多半还在惨叫。

“杰罗姆？地球呼叫杰罗姆。”

“啊？”

“要是不出什么事，咱们就去优格小店吧。我坐在太阳底下等你们，热得要命。我想吃点什么。我很喜欢冰激凌，但……”

他没有听见剩下的话。他的脑袋里只有冰激凌。

他脑海里响起咔嗒一声，响亮得让他浑身一抖。他在霍奇斯的电脑上看见那三个赛博巡警时就觉得其中一个有点眼熟，此刻他终于知道为什么了。他两腿发软，连忙扶住过道的一根支撑柱，否则就会摔倒在地。

“我的天哪。”他说。

“怎么了？”她使劲摇晃杰罗姆的手臂，使劲咬住下嘴唇，“怎么了？你不舒服吗，杰罗姆？”

但一时间他只能再重复一次：“我的天哪。”

8

霍奇斯觉得折价电子城桦山分店怎么看都像一家只剩三个月可活的企业。许多货架已经撤空，剩下的商品也都显得孤独而无人问津。差不多所有顾客都聚在家庭娱乐区，那里挂着荧光粉的标牌，上面印着**哇！DVD 全部清仓！所有碟片统统对折！包括蓝光！**虽说结账口有十个，但开放的只有三个，收银的女人身穿带黄色公司徽标的蓝色工作服。两个女人在看窗外，第三个在读《暮光之城》。还有两名员工在过道里走来走去，基本上无所事事。

霍奇斯想找的不是他们，但很快就看见了他想找的三个人中的两个。安东尼·弗罗比舍，也就是戴列侬式圆眼镜的胖子，正在和一名顾客交谈，顾客一只手拎着装满减价 DVD 的购物篮，另一只手抓着一把优惠券。弗罗比舍的领带说明他不但是一名赛博巡警，很可能也是这家店的经理。面孔瘦削、黑金色头发的女孩坐在店堂深处的一台电脑前，耳朵上夹着一根香烟。

霍奇斯顺着 DVD 清仓区的中央过道向前走。弗罗比舍看见他，举起手示意*我马上就来*。霍奇斯微笑，摆摆手示意没问题。弗罗比舍转向拿着优惠券的顾客。他没有认出霍奇斯。霍奇斯走向店堂深处。

黑金色头发的姑娘抬起头看了他一眼，然后低头继续盯着正在使用的电脑。她同样没有认出他。她没有穿折价电子城的制服 T 恤，她的 T 恤上写着**假如我想要我的意见，我一定会全都塞给你**。霍奇斯发现她在玩《超级陷阱》的升级版。二十五年前，这个游戏的早期版本曾迷得他女儿艾莉森废寝忘食。潮流总是来来去去，霍奇斯心想，还真有点禅意呢。

“除非你有电脑的问题，否则请找东尼斯，”她说，“我只负责电脑。”

“东尼斯就是安东尼·弗罗比舍？”

“对。打领带的时髦先生。”

“你一定是弗雷迪·林克莱特吧？赛博巡警里的一个？”

“对。”她暂停游戏，正在跃过毒蛇的主角悬在半空中。她仔细打量霍奇斯，霍奇斯向她出示警官证，用大拇指巧妙地遮住了有效日期。

“哦，”她说，伸出双手，把柴火棍似的两个手腕架在一起，“我是个坏姑娘，活该戴上手铐。抽我，揍我，逼着我写悔过书吧。”

霍奇斯笑了笑，收起证件：“你们这个快乐小组里的第三位是布莱迪·哈茨费尔德吧？怎么没看见他？”

“流感请假了，他说的。想知道我的看法吗？”

“说来听听。”

“我认为他终于不得不把老妈送去戒酒了。他说她酗酒，差不多每天都必须照看她。所以他才泡不到马子。知道马子是什么吧？”

“好像是知道的。”

她饶有兴致地打量着霍奇斯，眼神明亮而讽刺：“布莱迪惹麻烦了？我怎么就不吃惊呢？他有点，呃，你明白的，古怪。”

“我只是想和他谈谈。”

安东尼·弗罗比舍，也就是她口中的“东尼斯”，走了过来：“先生，有什么能帮助您的吗？”

“是条子，”弗雷迪说，她对弗罗比舍露出灿烂的笑容，露出满嘴急需清洁的小牙齿，“他发现里屋的病毒作坊了。”

“闭嘴，弗雷迪。”

她夸张地做个拉拉链封嘴的手势，最后还比画着转了一下钥匙，但没有继续玩游戏。

霍奇斯口袋里的手机响了，他用大拇指调到静音。

“我是比尔·霍奇斯警探，弗罗比舍先生。我有几个问题想问布莱迪·哈茨费尔德。”

“他流感请病假了。他干了什么?”

“东尼斯是个诗人，但自己不知道，”弗雷迪·林克莱特说，“不过从脚上能看得出，因为它们是朗费——”

“闭嘴，弗雷迪，就当我求你了。”

“能给我找一下他的地址吗?谢谢。”

“没问题，我去抄给你。”

“我能张嘴说几句吗?”弗雷迪问。

霍奇斯点点头。她揿下一个按钮，游戏画面消失了，取而代之的是标题为**店铺人员**的电子表格。

“简单吧?”她说，“榆树街 49 号，在——”

“北城，”霍奇斯说，“谢谢二位。你们很帮忙。”

他转身离开，弗雷迪·林克莱特在他背后喊道：“肯定和他老妈有关，我敢打赌。他对她怪怪的。”

9

霍奇斯才走进明媚的阳光，就被杰罗姆一把抓住。霍莉紧跟在杰罗姆背后。她这会儿咬的不是嘴唇，而是换成了看起来饱受摧残的指甲。“我打电话找你，”杰罗姆说，“你为什么不接？”

“我正在问事情啊。你们怎么了？为什么激动成这样？”

“那个叫哈茨费尔德的在吗？”

霍奇斯惊讶得说不出话来。

“天哪，就是他，”杰罗姆说，“肯定是他。你说得对，他一直在监视你，我现在知道他是怎么做到的了。就像霍桑的那个短篇，被盗的信件就藏在你眼皮子底下。”

霍莉拿开指甲说：“是爱伦·坡的短篇。现在学校里到底还教什么？”

霍奇斯说：“慢点说，杰罗姆。”

杰罗姆深吸一口气，说道：“他有两份工作，比尔。两份。他白天在这儿，但三四点就下班了，然后为罗布开车。”

“罗布？就是——”

“对，冰激凌公司。他开美味先生的卡车，就是摇铃铛的那辆。我买过他的冰激凌，我妹妹也买过。所有孩子都买过。他经常在这片城区出没。布莱迪·哈茨费尔德就是冰激凌小贩！”

霍奇斯意识到他最近听见欢快的叮当铃声的次数要比以前多。春天抑郁的那段时间里，他瘫坐在懒人沙发上，看着下午的电视节目（偶尔把玩此刻贴着肋骨的左轮手枪），他似乎每天都会听见那个铃声。听见但置之不理，因为只有孩子才会特别关注冰激凌小贩。但他思想深处有某个部分并没有彻底置之不理。正是那个部分一次又一次想起波芬格和波芬格对墨尔本太太的挖苦话。

她认为他们就混在我们中间，波芬格先生说，但霍奇斯走访邻居时，墨尔本太太担心的并不是太空异形，而是黑色 SUV、正骨师和汉诺威街上半夜大声播放音乐的那些人。

还有美味先生的售货员。

那个人很可疑，她这么说。

今年春天他似乎总在这附近转悠，她这么说。

一个可怕的问题浮现在脑海中，就像伏在地上等待陷阱哈利的那种毒蛇：假如他更认真地对待墨尔本太太，而不是把她当作一个没什么危害的疯婆子（就像他和彼得对待奥莉薇亚·特莱劳尼那样），简妮会不会还活着？他不认为会是这样，但他永远也不可能得到答案了，而他知道这个问题会在未来几个星期甚至几个月的许多个不眠之夜折磨他。

甚至几年。

他望向停车场……见到了一个鬼魂。灰色的鬼魂。

他扭头去看杰罗姆和霍莉，两人肩并肩站在那儿，他甚至不需要开口问。

“对，”杰罗姆说，“是霍莉开来的。”

“登记证和车牌上的年检贴都稍微有点过期了，”霍莉说，“请别生我的气，好吗？我必须要来。我想帮忙，但我知道要是打电话给你，你只会拒绝我。”

“我没生气。”霍奇斯说。事实上，他不知道他该用什么心情面对。他觉得自己像是走进了一个时钟全都向回走的梦幻世界。

“现在怎么办？”杰罗姆问，“通知警察？”

但霍奇斯还不打算放手。照片上那个年轻人满脸和蔼可亲的笑容，底下多半是沸腾冒烟的一大锅疯狂杂烩，但霍奇斯和这种变态狂打过交道，知道若是打他一个措手不及，他多半会像蒲公英似的崩溃四散。这种货色只能威胁到没有武器、毫无防备的人，就像 2009 年

4 月清晨等着找工作的那些无辜百姓。

“咱们去一趟哈茨费尔德先生的住处，”霍奇斯说，“开那辆车去。”

“可是……要是他看见我们，难道不会认出这辆车吗？”

霍奇斯露出鲨鱼般的笑容，杰罗姆 · 罗宾逊从没见过他的这一面。“我就希望这样，”他伸出手，“霍莉，给我车钥匙，可以吗？”

她抿紧饱受摧残的嘴唇：“可以，但我也要去。”

“没门，”霍奇斯说，“太危险了。”

“假如对我来说太危险，那么对你也同样危险，”她不愿直视霍奇斯，视线滑过他的面颊，但她的声音很坚定，“你可以逼我留在这儿，但要是那样，等你们一走，我就打电话给警察，告诉他们布莱迪 · 哈茨费尔德的地址。”

“你不知道他的地址。”霍奇斯说，自己都觉得很没底气。

霍莉没有回答，算是给他面子。她都不需要到店里去问那位黑金色头发的姑娘。既然已经知道了名字，她打开恶魔般的 iPad，就能搜索出哈茨费尔德住在哪儿。

妈的。

“好吧，你可以来，但由我开车。等我们到了，你和杰罗姆只能待在车里。没意见吧？”

“没有，霍奇斯先生。”

这次她的视线终于落在了霍奇斯脸上，足足停留了三秒钟。大概算是向前迈出了一步吧，他心想，但对霍莉来说，谁知道呢？

10

由于预算从去年开始大规模削减，因此市局的大部分巡逻车都只有一名警察驾驶，只有下城区例外。下城区的每辆车都有两个人，理想的搭配是其中至少一个是有色人种，因为到了下城区，少数族裔才是多数。6月3日刚过中午，拉沃蒂和罗萨里奥沿着下石楠大道行驶，所在位置离霍奇斯阻止巨魔抢劫小个子的立交桥只有半英里。拉沃蒂是白人，罗萨里奥是拉丁裔。他们的警车编号是CPC54，局里都管他们叫托蒂和马尔登，名字来自老剧集《54号车，你们在哪儿？》里的警察搭档。阿玛瑞利斯·罗萨里奥有时候为了逗蓝衣骑士同事们开心，会在点名时大喊："哦，哦，托蒂，我有个主意！"加上她的多米尼加口音，听起来特别好玩，每次都能引起哄堂大笑。

但在巡逻时，她就变成了公事公办小姐。他们两个人都很严肃。身处下城区，你必须这样。

"我看过一次蓝天使飞行队的航空表演，路口那些小子就让我想起他们。"她说。

"怎么说？"

"看见我们接近，他们就像脱离编队似的散开。看，又来了。"

他们来到下石楠大道和罢工街路口，有个小子正在路口消磨时间。他穿一件克利夫兰骑士队的保暖夹克（尺码过大，对这个天气来说更是多余），见到他们，他突然撤离路口，沿着罢工街一溜烟地跑远。他看上去顶多十三岁。

"也许他只是忽然想到今天要上学。"拉沃蒂说。

罗萨里奥笑道："说得跟真的似的。"

他们开近下石楠大道和马丁·路德·金大道的路口。马丁·路德·金大道是这片贫民窟的另一条主干道，这次有六个路口小子忽然想起来还有其他事情要做。

“确实是编队飞行，我承认，”拉沃蒂说，他笑了两声，虽说并没有多好笑，“对了，中午想吃什么？”

“去伦道夫街那家小餐厅吧，”她说，“今天有点想吃玉米卷饼。”

“那就卷饼先生吧，”他说，“但豆子就免了好吗？我们还有四个小时要坐在……呃，罗西，你看，好像不对劲。”

前方有个男人走出一家店铺，他拿着一个装花的长盒子。不对劲的地方在于那不是一家花店，而是勇王典当借贷行。不对劲的地方还在于那是个白人，但这儿是下城区黑人最密集的区域。男人走向一辆脏兮兮的福特爬山虎，这辆厢式货车停在黄色路缘上：应该罚款二十块。拉沃蒂和罗萨里奥很饿，满脑子都是卷饼先生台子上的美味辣酱，他们也许会看过就算。多半就该这么做。

可是。

大卫·伯克维兹落网是因为一张停车罚单。泰德·邦迪落网是因为一盏损坏的车尾灯。今天就轮到一个封口处没插好的装花盒子改变世界了。男人掏出钥匙开车锁（就算蒙古帝国的皇帝来了下城区，也不敢不锁车门就离开），盒子向下倾斜，底部忽然打开，一件东西滑出了半截。

男人一把抓住那东西，没等它落在地上就塞了回去，但杰森·拉沃蒂曾在伊拉克服役两期，一眼就认得出火箭筒。他打开警灯，径直开到那男人背后，男人转过头来，满脸惊诧。

“有武器！”他对搭档叫道，“当心！”

两人跳下车，双手握住格洛克，枪口指着天空。

“放下盒子，先生！”拉沃蒂叫道，“放下盒子，双手放在车身上！趴着别动！别磨蹭！”

有一瞬间，那男人（四十左右，浅棕色皮肤，有点驼背）像婴儿似的抱紧了装花的盒子。罗萨里奥将枪口瞄准他的胸口，他放下了盒子。盒子落在地上散开，拉沃蒂扫了一眼，大致认出那是俄国制的哈希姆反坦克火箭筒。

“我操！”罗萨里奥说，然后：“托蒂，托蒂，我有个主——”

“二位警官，请放下武器。”

拉沃蒂盯着拿火箭筒的男人，罗萨里奥转过身，看见一个穿蓝色上衣的灰发白人。灰发白人戴着耳机，手里也拿着一把格洛克。她还没来得及开口，街上就冒出来了许多蓝衣男人，全都跑向勇王典当借贷行。其中一个人拎着斯汀格破门锤——警察所谓的“微型攻城锤”。她看见蓝色上衣的背后印着 ATF[1]，忽然有了一脚踩中狗屎的不妙感觉。

“二位警官，请放下武器。我是枪爆局的詹姆斯·科辛斯基探员。”

拉沃蒂说：“随便问一句，需要我们先把他铐上吗？”

枪爆局探员涌入当铺，就像黑色星期五冲进沃尔玛的圣诞购物者。马路对面开始聚集人群，这会儿他们还太震惊，没有开始把污言秽语（以及石块）投向执法人员。

科辛斯基叹了口气。“随便你，”他说，“马儿已经离开了马厩。”

“我们不知道你们在办案。”拉沃蒂说。另一边，拿火箭筒的男人已经从车身上拿开双手，手腕交叠地放在背后。这显然不是他第一次被捕。“他在开车锁，我看见那东西从盒子里掉出来。你说我该怎么做？”

“你当然没做错，”当铺里传来玻璃破碎和喊叫的声音，然后是破门锤轰轰撞击的巨响，“这样吧，你们来都来了，先把卡维利先生关到你们车上，然后进去看看我们发现了什么。”

拉沃蒂和罗萨里奥带着犯人走向警车，科辛斯基注意到了车辆编号。

“咦，”他说，“你们谁是托蒂谁是马尔登？”

---

① 美国烟酒、武器和爆炸品管理局的缩写。

11

在科辛斯基探员的指挥下，枪爆局突击小组开始清点勇王典当借贷行那简朴外表下藏匿的库存。就在这个时候，一辆灰色梅赛德斯轿车开到榆树街49号门口靠边停下。开车的是霍奇斯。霍莉坐在副驾驶座位上，因为她（不无道理地）说这辆车属于她，而不是他们。

“家里有人，”她指着门口说，“车道上有一辆保养得很糟糕的本田。”

霍奇斯看见一位老先生拖着脚从马路对面的屋子走了过来。“我和好心市民谈谈。你们两个别出声。”

他摇下车窗问：“先生，需要帮忙吗？”

“我觉得我应该能帮你一把，”老先生说，他明亮的眼睛忙着打量霍奇斯和两名乘客，还有这辆车——霍奇斯并不吃惊，这是一辆非常好的高级轿车，“假如你要找布莱迪，那你的运气可不怎么好。车道上那辆是哈茨费尔德太太的车，有几个星期没见它动过了，不知道还能不能开。哈茨费尔德太太大概和他一起出去了，因为今天没见过她。平时总能见到她出来取邮件。”他指着49号门口的信箱。“她喜欢看邮购目录。大多数女人都喜欢。”他伸出一只骨节嶙峋的手，“汉克·比森。”

霍奇斯握了一下他的手，亮出警官证，没忘记用大拇指盖住有效日期。“很高兴认识你，比森先生。我是比尔·霍奇斯警探。能说说哈茨费尔德先生开一辆什么车吗？牌子和型号？”

“一辆棕色斯巴鲁，型号和年份就帮不上忙了。东方人的车我看着都一个样。”

“嗯哼。现在我必须请您先回去了，先生。等会儿也许会过来再请教几个问题。”

“布莱迪做了什么坏事吗？”

“只是例行公事，”霍奇斯说，“请回去吧，谢谢。”

比森没有回去，而是弯腰看着杰罗姆说：“你也是警察吗？”

“我在接受训练，”杰罗姆说，“先生，请按照霍奇斯警探说的做。”

“我这就走，这就走，”但他又从头到尾地打量了一遍三个人，“什么时候市局警察开着梅赛德斯—奔驰上街了？”

霍奇斯没法回答这个问题，但霍莉能：“这是反黑行动的车，全称是有组织犯罪控制法。我们没收他们的财产，愿意怎么使用就怎么使用，因为我们是警察。”

“呃，哦，好吧。有道理。”比森显得既满意又困惑。他转身走向住所，但很快又出现在视线内，这次他趴在窗口向外张望。

“反黑行动是联邦调查局的。”霍奇斯不紧不慢地说。

霍莉朝偷看他们的老人摆了摆脑袋，总被牙齿摧残的嘴唇露出一丝笑容：“你觉得他会知道吗？”霍奇斯和杰罗姆都没有回答。她正色道：“现在怎么办？”

“假如哈茨费尔德在家，那我就行使公民逮捕权。假如他不在而他母亲在，那我就和她谈谈。你们两个留在车里。”

“我不确定这是不是个好主意。”杰罗姆说，但从表情看（霍奇斯能在后视镜里看见他），他知道反对也没用。

“我只有这一个主意。”霍奇斯说。

他开门下车。霍莉赶在他关门前探身说：“家里没人。”霍奇斯没有说话，但霍莉只当他回答了，点头道：“你感觉不到吗？”

事实上，他能感觉到。

12

霍奇斯走上车道，注意到宽大的前窗拉着窗帘。他望向本田，没有看见任何值得关注的东西。他试了试前排乘客座的车门。车门应手而开，车里的空气炽热而污浊，还带着淡淡的烈酒气味。他关上车门，爬上门廊台阶，按响门铃。他听见屋里响起叮咚一声。没人来开门。他又按了一下，然后敲敲门。还是没人来开门。他用拳头砸了几下，很清楚马路对面的比森先生看得一清二楚。仍旧没人来开门。

他走到车库前，隔着门上的一扇窗户向内张望。几件工具，一个迷你冰箱，其他就没什么了。

他掏出手机打给杰罗姆。榆树街的这个街区一片寂静，电话接通，他听见了微弱的 AC/DC 铃声。他看见杰罗姆接听。

“请霍莉用 iPad 上税务局网站查一下榆树街 49 号的屋主姓名。她能做到吗？”

他听见杰罗姆问霍莉。

“她说她尽力而为。”

“很好，我绕到后面去看看。别挂电话。我每隔三十秒向你报个信。假如你超过一分钟听不见我的声音，就打 911。”

“比尔，你确定你要这么做吗？”

“确定。告诉霍莉，知不知道屋主姓名都没什么大不了的。我不希望她变得太紧张。”

“她很冷静，”杰罗姆说，“已经开始打字了。你一定要保持联系。”

“那还用说。”

他穿过车库和屋子之间的空隙。后院很小，但收拾得挺整齐，正中间有个圆形花坛。霍奇斯心想，不知道种花的是母亲还是儿子。他爬上后门廊的三级木台阶。铝合金纱门里还有一扇真正的门。纱门没锁，屋子的门锁着。

“杰罗姆？我在。一切正常。”

他隔着窗户向里看，见到的是厨房。厨房同样很整齐。水槽旁的沥干架上有几个盘子和杯子。烤箱把手上挂着一块叠得方方正正的洗碗布。桌上有两块餐垫。没有老爸的餐垫，完全符合他写在黄色拍纸簿上的侧写特征。他敲敲门，然后砸门。同样没人来开门。

“杰罗姆？我在。一切正常。”

他把电话放在后门廊的栏杆上，取出皮面小盒子，很高兴自己能想到这一点。盒子里是他父亲的开锁工具：三根银色小杆，顶端有不同尺寸的钩子。他取出中等尺寸的一根。他没选错，小杆很容易就插进了锁眼。他试了试力道，先朝一个方向转动，然后换个方向转动，用手指感觉里面的构件。他正要停下，向杰罗姆报平安，小杆忽然卡紧了。他按照父亲的教导，迅速而用力地转动了一下，厨房一侧的锁钮咔嗒一声弹了起来。手机里传来杰罗姆叫他名字的声音。他拿起手机。

“杰罗姆？一切正常。”

“害得我担心了，”杰罗姆说，“你在干什么？”

“闯空门。”

13

霍奇斯走进哈茨费尔德家的厨房。那股味道立刻扑面而来。很淡，但确实存在。他左手拿着手机，右手拿着父亲的点三八，跟随气味先走进客厅——没有人，但看见电视遥控器和咖啡桌上散放的邮购目录，他知道这是哈茨费尔德夫人在楼下的栖息地。他爬上楼梯。气味越来越浓烈。还不算恶臭，但正朝这个方向发展。

楼上有一小段走廊，右手边有一扇门，左手边有两扇门。他先看了看右手边的房间。这是一间客房，但很久没有客人住过了。干净得像是手术室。

他再次向杰罗姆报平安，然后打开左手边的第一扇门。气味的源头就是这儿。他深吸一口气，一步跳进房间，然后立刻蹲下，直到确定门背后没有藏人。他打开壁橱——壁橱门是从中央铰链展开的那种——拉开衣物。没有人。

“杰罗姆？我在。”

“里面有人吗？”

唔……算是有吧。双人床上，被单盖着一个形状很容易辨认的物体。

“稍等。”

他查看床底下，只见到了一双拖鞋、一双粉色运动鞋、一只白色短袜和几团灰尘。他掀开被单，布莱迪·哈茨费尔德的母亲出现在眼前。她的皮肤呈蜡白色，稍微有点发绿。她张着嘴巴。眼睛浑浊而无神，深陷在眼窝中。他抬起尸体的一条手臂，弯曲了一下，然后松开手。尸僵出现过，但已经解除。

“听我说，杰罗姆。我找到了哈茨费尔德夫人。她死了。”

“我的天哪，”杰罗姆平时听起来很像成人的声音变了调，“你在——”

“稍等。”

“你刚才就这么说。”

霍奇斯把手机放在床头柜上，将被单向下一直拉到哈茨费尔德夫人的脚底。她身穿蓝色丝绸睡衣。上衣沾着像是呕吐物和血迹的东西，看不见弹孔或刀伤。她面部肿胀，但颈部没有带状印痕和瘀伤。肿胀只是从死亡到腐烂的正常过程。霍奇斯撩开睡衣，查看她的腹部。和面部一样，腹部也有些肿胀，但肯定是因为腹内的气体。他弯下腰，查看她的口腔，不出所料地在舌头上和牙龈与面颊间的沟槽里看见了凝结的血块。他估计她喝醉了，吃最后一顿饭时呕吐，然后像摇滚明星似的死去。血液有可能来自喉咙，也有可能来自严重的胃部溃疡。

霍奇斯拿起手机说：“有可能是被他毒死的，但更有可能是自杀。”

“醉酒？”

“很有可能，但不做尸检就没法确定。”

“你要我们怎么做？”

“坐着别动。”

“还是不报警？”

“暂时不。”

“霍莉有话要和你说。”

片刻寂静之后，电话里响起霍莉的声音，清晰得像是钟声。她听上去很冷静。事实上，比杰罗姆冷静得多。

“她叫黛博拉·哈茨费尔德。结尾有个 H 的黛博拉（Deborah）。”

“干得好。让杰罗姆听电话。”

杰罗姆的声音很快响起：“希望你知道你在干什么。”

我不知道，他心想，走过去检查卫生间。我发疯了，想要恢复正常，唯一的办法就是放手。你自己也知道。

但他想到简妮送他的新帽子，那顶可爱的私家侦探软呢帽，他知道他做不到，也不愿意……

洗手间很干净……算是很干净。水槽里有毛发。霍奇斯看见了，但没有放在心上。他在考虑意外死亡和谋杀的区别有多么至关重要。假如是谋杀，那么情况就很糟糕，因为杀死近亲往往意味着疯子要做最后的挣扎了。假如是意外或自杀，在这起案件中只怕也差不多。布莱迪很可能正躲在某处，思考接下来该怎么办。

很像我这会儿正在做的事情，霍奇斯心想。

楼上的最后一个房间是布莱迪的卧室。床铺没有整理。桌上乱糟糟地堆满书籍，大多数是科幻小说。墙上贴着《终结者》的海报，施瓦辛格戴着墨镜，拿着未来派风格的猎象枪。

我会回来的，霍奇斯看着海报心想。

“杰罗姆？我在。”

“街对面的那家伙还在看我们。霍莉认为我们应该进屋。”

“现在还不行。”

“什么时候行？”

“等我确定屋里一切安全。”

布莱迪有自己的卫生间，整洁得像是检查日里的兵营衣物箱。霍奇斯大致扫了一眼，然后回到楼下。客厅侧面有个凹室，恰好能放下一张小桌。桌上放着一台笔记本电脑，椅背上挂着一个手袋。墙上有一张带框的大幅照片，照片上是楼上那个女人和青春期的布莱迪·哈茨费尔德。他们站在某处的海滩上，搂着彼此，面颊贴在一起，千金难买的笑容几乎一模一样。他们更像男女朋友，而不是母亲和儿子。

霍奇斯好奇地望着梅赛德斯先生的青葱岁月。那张脸上看不出任何杀人狂的前兆，但话也说回来，这种东西几乎从来都看不出。两人的相似之处不多，主要集中在鼻子的形状和头发的颜色上。她是个漂亮的女人，离美丽只差一小步，不过霍奇斯敢打赌布莱迪的父亲就没那么好看了。照片的男孩显得很……平凡。你在街上和他擦肩而过，绝对不会回头再看一眼。

他多半就喜欢这样，霍奇斯心想。隐身人。

他回到厨房里，发现炉子旁边还有一扇门。他打开门，发现有一道陡峭的楼梯通往底下的黑暗。要是底下有人，他站在这儿就是个完美的靶子，霍奇斯连忙躲到一旁，摸索着找到电灯开关。他打开灯，端着枪再次走到门口。他看见一张工作台，再往前贴墙摆着齐腰高的架子。架子上是一排电脑。他不禁想起了卡纳维拉尔角的行动指挥中心。

“杰罗姆？我在。”

他没有等待回答就开始下楼，一手持枪，一手拿电话，很清楚他多么严重地违反了警方的搜查程序。布莱迪说不定正拿着枪躲在楼梯底下，准备朝霍奇斯的脚腕开枪，崩掉他的脚。他说不定设下了什么陷阱。他有这个能力，霍奇斯现在很清楚这一点。

他没有碰到绊索，地下室空无一人。这儿有个储藏壁橱，门开着，但里面没有东西，他只看见空荡荡的架子。一个角落里堆着几个鞋盒，鞋盒也同样是空的。

从屋内的情形来看，霍奇斯心想，不是布莱迪杀死了母亲，就是他回家发现她死了。无论是哪种情况，他随后都撤离了这儿。假如他确实还有其他的爆炸物，那它们很可能就放在壁橱架子上（多半是鞋盒里），他离开时带走了爆炸物。

霍奇斯回到楼上。该让新搭档进来了。他不希望让他们在这件事里陷得太深，但楼下那些电脑他可伺候不来，他对电脑几乎一无所知。“到后面来，”他说，“厨房门开着。”

14

霍莉走进屋子，闻了闻空气，说："呃，那是黛博拉·哈茨费尔德吗？"

"对。别去想它，跟我下去，有些东西需要你们帮我看看。"

来到地下室，杰罗姆摸着工作台说："无论这家伙是什么人，爱干净是跑不了的。"

"你打算报警吗，霍奇斯先生？"霍莉又开始咬嘴唇了："你应该报警，我拦不住你，但我母亲会对我非常生气的。另外，报警似乎不太公平，因为是我们搞清楚了他的身份。"

"我还没决定，"霍奇斯说，但她说得对，报警似乎非常不公平，"不过我现在很想知道那些电脑里有什么东西。也许能帮我下定决心。"

"他肯定和奥莉薇亚不一样，"霍莉说，"他会用很难破解的口令。"

杰罗姆随便挑了一台电脑（布莱迪的6号，上面没存什么东西），揿下显示器后的隐藏式按钮。这是一台苹果电脑，但没有响起叮咚提示音。布莱迪讨厌喜气洋洋的叮咚声，他关掉了所有电脑上的提示音。

6号电脑的显示屏变成灰色，表示正在启动的圆圈开始转动。过了五秒钟左右，灰色变成蓝色。现在应该出现的是输入口令的界面，连霍奇斯都知道，但实际上出现的却是一个大大的数字20。20随即变成19、18、17。

他和杰罗姆傻乎乎地盯着屏幕。

"不，不！"霍莉几乎尖叫起来，"快关掉！"

两人都没有反应过来，霍莉扑上去，按住显示器后的电源按钮不放，直到屏幕再次变暗。她长出一口气，露出笑容。

“我的天！好险！”

“你在想什么？”霍奇斯问，“倒数到头就会爆炸？”

“也许只是锁定，”霍莉说，“但我猜多半是运行自杀程序。倒数到零，这种程序就会删除数据。所有数据。也许只是这一台电脑，但要是这些电脑都连在一起——事实很可能是这样——那么所有电脑上的数据就全没了。”

“怎么阻止删除？”杰罗姆问，“输入命令？”

“有可能。也有可能是声控。”

“声什么？”霍奇斯问。

“声控命令，”杰罗姆解释道，“布莱迪说麦丽素或者内衣，倒数就会停下。”

霍莉捂着嘴咯咯笑，轻轻地推了一把杰罗姆的肩膀。“你好傻。”她说。

15

他们在餐桌前坐下，敞开后门换气。霍奇斯用胳膊肘撑着餐垫，手掌捂住额头。杰罗姆和霍莉一言不发，让他思考前因后果。最后，他抬起头。

“我必须报警了。我不愿意，假如事情仅限于哈茨费尔德和我之间，我大概也不会报警。但我要为你们两个着想——”

“别为了我报警，”杰罗姆说，“假如你看见有什么其他出路，我一定支持你。”

你当然会支持我，霍奇斯心想，你以为你知道你在冒什么风险，实际上你并不知道。你才十七岁，未来还完全是个未知数。

至于霍莉……在此之前，他会说她就像一块电影幕布，脑袋里的每一个念头都会投在脸上，但这会儿他完全看不懂她的表情。

“谢谢，杰罗姆，但……”但这么做很困难。放手是一件很困难的事情，而这将是他第二次放弃追捕梅赛德斯先生。

可是。

“我要考虑的不只是我们，明白吗？他很可能还有更多的爆炸物，要是他用来危害人群……”他望着霍莉，“……就像他用你奥莉薇亚表姐的梅赛德斯去撞人群，那我就必须为此负责。我不愿意冒这么大的风险。”

霍莉开口了，每个音节都发得清清楚楚，就仿佛要弥补她这一辈子的嘟嘟囔囔说话：“除了你，没有人能抓住他。”

“谢谢，但不是这样的，”霍奇斯平静地说，“警方掌握着许多资源。他们可以全境通缉他的车辆，包括他的车牌号码。我就不能这么做。”

听起来很有道理，但他并不这么认为。只要布莱迪不像市民中心时那样疯狂冒险，那他做事就会精明谨慎得多。他会找个地方把车藏起来，也许是市区的某个停车场，也许是机场的某个停车场，也许是数不胜数的购物中心停车场。他那辆车又不是梅赛德斯—奔驰，而是一辆普普通通的屎黄色斯巴鲁，一两天时间根本找不到它。说不定到下周都还没找到，而且就算能找到，布莱迪也不会就在附近。

“只有你能做到，”她重复道，“而且必须有我们的帮助。”

“霍莉——”

“你怎么能放弃？”她对霍奇斯叫道，她攥起拳头，敲打自己的额头中央，留下一道红色印痕，“你怎么可以？简妮喜欢你！她甚至算是你的女朋友！现在她死了！就像楼上那个女人！她们两个都死了！”

她又要打自己，杰罗姆抓住她的手。“别这样，”他说，“别打自己，我看了很难过。”

霍莉开始哭泣，杰罗姆笨拙地抱住她。他是黑人，她是白人，他十七岁，她四十多，但在霍奇斯眼中，杰罗姆像是父亲，正在安慰跑回家说没人邀请她参加春季舞会的女儿。

霍奇斯望着哈茨费尔德家狭小但整洁的后院。他的心情也很不好，不只是因为简妮，虽说简妮的惨死给他带来了巨大的冲击。他也为市民中心的罹难者感到难过。他为简妮的姐姐感到难过——警察不肯相信她，媒体侮辱诽谤她，最后被住在这里的男人活活逼死。他甚至为自己感到难过，因为他没有留意墨尔本太太的话，他知道彼得·亨特利会原谅他的这个错误，但反而让他感到更难过了。为什么？因为彼得当警察不如他那么出色，现在依然如此，以后也不可能，哪怕是在他的全盛时期也不行。彼得是个好人，热爱工作，但是……

但是。

但是，那么多的但是。

“但是”改变不了任何事情。他必须报警，虽说感觉像是去死。你扫开所有事情，剩下的只有一点关键：科密特·威廉·霍奇斯进了死胡同。布莱迪·哈茨费尔德还没落网。这些电脑里或许有线索，能揭示出他此刻在什么地方和他还有什么大阴谋，但霍奇斯看不到电脑里有什么。他也找不到理由去继续隐瞒市民中心大屠杀的凶手的姓名和外貌特征。霍莉也许说得对，布莱迪·哈茨费尔德也许会逃过追捕，犯下新的暴行，但科密特青蛙19已经没得选了。他唯一能做的只有尽他所能地保护杰罗姆和霍莉。但现在他说不定连这个都做不到了，因为街对面的刺探老头已经见到了他们。

他出门站在门廊上，打开诺基亚，今天他用手机的次数比他退休以后加起来的还要多。

他心想，这他妈的算什么事？然后用快速拨号打给彼得·亨特利。

16

铃响第二声，彼得接起电话。“老搭档！”他兴奋地叫道。背景里传来沸腾的欢呼声，霍奇斯刚开始还以为彼得在酒吧里，已经喝得半醉，正在走向酩酊大醉。

“彼得，我要和你谈谈——”

“好的，好的，你要我吃乌鸦我都肯，但现在就别说了。谁给你打的电话？伊莎？”

“亨特利！”有人喊道：“局长五分钟后就到！还有媒体！该死的PIO在哪儿？”

PIO，公共信息官的缩写。彼得不在酒吧里，也没有喝酒，霍奇斯心想，他只是开心得都他妈的快上天了。

“没人打给我，彼得。怎么了？”

“你不知道？”彼得笑道：“本市历史上缴获的最大一批军火！搞不好是美国历史上最大的一批。M2、HK91机关枪、火箭筒、激光炮，都他妈的数以百计，好几箱全新的拉提L35、俄制AN-9，连机油都没擦掉……那些军火足够武装二十个东欧民兵组织。还有弹药！天哪！堆了足足两层楼高！要是那家当铺不小心失火，整个下城区都得上天！”

警笛。他听见了警笛声。更多的是叫喊声。有人在指挥什么人搬开路障。

“什么当铺？”

“勇王典当借贷行，马丁·路德·金路口往南。知道那地方？”

“知道……”

“你猜业主是谁？”但彼得太兴奋了，都不给他机会猜，“阿隆佐·莫瑞蒂！明白了吗？”

霍奇斯不明白。

“莫瑞蒂是法布里奇奥·阿巴斯奇亚的孙子，比尔！绞索法比！现在看明白了吧？”

一时间他还是不太明白，因为彼得和伊莎贝拉盘问他的时候，他只是随便从脑海中的旧案堆里掏出这个名字，因为阿巴斯奇亚很可能对他怀有敌意……这么多年来，他积累的敌人大概数以百计。

“彼得，勇王的所有权绕了很多弯，里面有各种各样的勾当。”

“他妈的太对了。牌子上挂的是贝尔托内·劳伦斯的名字，但又转租给了别人。劳伦斯只是个幌子，他这会儿全都说出来了。知道最带劲的是什么吗？这次的功劳也有我们一份，因为两名巡警提前引发了行动，否则枪爆局那帮人还要再监控一周左右呢。局里的所有警探都在这儿。局长快到了，他带来的媒体大部队比感恩节游行队伍还要盛大。联邦那帮人没法独吞这个大功劳了！想也别想。”他笑得像个疯子。

局里的所有警探，霍奇斯心想，谁还有时间管梅赛德斯先生呢？不会有人了。

“比尔，我得挂了。这事情……哥们，太他妈的了不起了。”

“好的，但先说清楚和我有什么关系。”

“你说过的啊。汽车炸弹是报复。莫瑞蒂想报复他祖父的血债。除了步枪、机关枪、手榴弹、手枪和其他武器，这儿还有四五十箱亨德里克斯化学品公司的片状炸药。知道那是什么吗？”

“胶质炸药。”他终于开始明白过来了。

“对。通常用叠氮化铅雷管引爆，我们已经知道引爆你那辆车上的炸药就是这东西。我们还没有分析爆炸物本身，但结果肯定就是片状炸药，我敢打包票。比尔，你真是个狗运滔天的老东西。”

“这话没错，”霍奇斯说，“确实如此。”

他能想象勇王当铺外的场景：到处都是警察和枪爆局探员（多半

正在争抢管辖权），越来越多的执法人员陆续到场。下石楠大道已经封闭，马丁·路德·金大道多半也一样。看热闹的人群正在聚集。警察局长和各路要员正在路上。市长不会错过发表演讲的机会。还有各种各样的记者、电视报道组和直播车。彼得正在兴头上，就算霍奇斯开始讲述一个漫长而复杂的故事——有关市民中心大屠杀、名叫黛比的蓝雨伞的网络聊天室、一个很可能饮酒过量而死的母亲和一名在逃的电脑维修技师——他难道听得进去吗?

不，他心想，我不这么认为。

于是，他祝彼得好运，揿下**挂断**按钮。

17

他回到厨房里，霍莉不在，但能听见她的声音。嘟囔霍莉似乎变成了激昂传教士霍莉，连声音都带上了万能上帝见证的那种特别语气——至少此刻是这样。

“我和霍奇斯先生还有他的朋友杰罗姆在一起，”她说，“妈妈，他们是我的朋友。我们一起吃了一顿很好的午饭。现在我们要去观光，今晚还要一起吃一顿很好的晚饭。我们在谈论简妮。我愿意这么做，所以我就要这么做。”

虽说霍奇斯还在头疼目前的处境，简妮逝去的哀痛仍未消散，但听见霍莉勇敢地反抗夏洛特姨妈，他还是挺高兴的。他不知道这是不是她的第一次反抗，但老天在上，很可能确实就是。

“谁给谁打的电话？”他问杰罗姆，朝霍莉的方向摆摆头。

“霍莉打过去的，不过是我的主意。她不想接母亲的电话，所以关掉了手机。她本来不肯打的，但我说她母亲说不定会报警。”

“我就开出来了怎么着？”霍莉说，“车是奥莉薇亚的，我也没有偷车。我今晚就回来，妈妈。在此之前，你别再烦我了！”

她回到厨房里，面颊涨红，满脸的不服气，看起来年轻了好几岁，而且还挺漂亮的。

“算你厉害，霍莉。”杰罗姆说，举起手想和她击掌。

她没有理会杰罗姆。她盯着霍奇斯，眼神依然凌厉：“假如你报警了，让我惹上麻烦，我也不在乎。但如果你还没打电话，那就不该报警。警察找不到他。我们能。我知道我们能。”

霍奇斯忽然想到，假如还有谁比他更急于抓住梅赛德斯先生的话，那么这个人就是霍莉·吉伯尼。这很可能是她一生中第一次做一件有意义的事情，而且和她一起做事的人还喜欢她和尊重她。

“我打算再隐瞒一小段时间。主要是因为警方今天下午腾不出人手。有趣的地方在于——不，应该说讽刺的地方在于，他们认为事情和我有关。”

“你在说什么？”杰罗姆问。

霍奇斯看一眼手表，发现已经两点二十分了。他们在这儿待得太久了。“咱们先回我家，我路上告诉你们，然后咱们再研究一遍案情。要是什么都想不出来，我就只能打电话叫我搭档来了。我可不想拿又一场恐怖袭击冒险。”

但风险已经存在了，他看着杰罗姆和霍莉，从他们的表情看得出他们也明白。

“我刚才去客厅旁边的小书房打电话给我母亲，”霍莉说，“哈茨费尔德夫人有一台笔记本电脑。假如我们要去你家，那么我想带上那台电脑。”

“为什么？”

“我或许能搞清楚该怎么进入他的电脑。她也许记下了按键提示或声控口令。”

“霍莉，这不太可能。布莱迪这种精神病患会费尽力气向所有人隐藏他们的真面目。”

“我知道，”霍莉说，“我当然知道。因为我就是精神病患，我非常努力地隐藏这一点。”

“哎，霍莉，别这样。”杰罗姆想去抓她的手。她一把甩开，从衣袋里掏出香烟。

“我确实是，我知道我是。我母亲也知道，她总是盯着我。她刺探我的所有事情，因为她想保护我。哈茨费尔德夫人肯定也一样。他毕竟是她的儿子。”

“要是折价电子城那个叫林克莱特的女人没说错，”霍奇斯说，“哈茨费尔德夫人绝大多数时候都喝得烂醉。”

霍莉答道："她说不定是个有高度行动力的酒鬼。再说你难道有什么更好的主意吗？"

霍奇斯只好让步："好吧，拿上笔记本电脑。随便你。"

"等一下，"她说，"给我五分钟。我想抽根烟。我去门廊上抽。"

她走出去，坐下，点燃香烟。

霍奇斯隔着纱门说："霍莉，你什么时候变得这么凶了？"

她头也不回地说："大概是我看见表妹的尸块在街上燃烧的那一刻吧。"

18

当天下午两点三刻，布莱迪想透口气，他走出6号汽车旅馆的房间，看见公路对面有一家鸡舍快餐。他穿过公路，给自己点了最后的一顿饭：咯咯精选加浓汤和卷心菜色拉。用餐区几乎空无一人，他端着托盘来到窗口，在阳光里坐下。用不了多久，阳光对他来说就不存在了，趁现在还有肉身，还是尽量多享受一会儿吧。

他吃得很慢，想着他曾经无数次从鸡舍快餐带外卖回家，他母亲总是要咯咯精选加双份卷心菜色拉。他刚才连想都没想就点了同样的食物。他不禁热泪盈眶，他用餐巾纸擦掉眼泪。可怜的妈妈！

阳光很舒服，但带来的快乐转瞬即逝。布莱迪想象着黑暗将会带来多么持久的快乐。再也不用听弗雷迪·林克莱特的同性恋女权主义狂言了。再也不用听东尼斯·弗罗比舍说他**对这家店有责任**，所以不能外出修电脑，但实际上就算硬盘崩溃咬了他的鸡巴，他也认不出那是啥东西。再也不用在8月里开着美味先生的卡车上街，冷气打到最高挡，冻得他感觉连肾脏都要结冰了。再也不用猛拍斯巴鲁的仪表盘，企图唤醒突然失灵的收音机了。再也不用琢磨母亲的蕾丝内裤和她修长的大腿了。再也不用因为被忽视和不被当回事而愤怒了。再也没有头疼了。再也没有不眠之夜了，因为过了今天，他将长眠不醒。

连梦都不做。

布莱迪吃完饭（吃得干干净净），收拾好桌子，用另一块餐巾纸擦掉溅在桌上的浓汤，起身倒掉垃圾。柜台的姑娘问他没事吧？布莱迪说他很好，心想等到爆炸撕碎他的肠胃，把里面的东西炸得到处乱飞的时候，不知道刚才吃下去的鸡肉、浓汤、甜饼和卷心菜色拉能消化掉多少。

他们会记住我的，他心想，站在路边等待空当，过街返回汽车旅馆。有史以来的最高分。老子会青史留名。他很高兴他没有杀掉退休胖警察。霍奇斯应该活着目睹今晚的壮举。应该让他记住我。应该让他活着承受这一切。

回到房间里，他看着轮椅、装满爆炸物的坐垫和装满爆炸物的尿袋。他打算早一些去文艺馆（不能太早，他最不希望发生的事情就是引起注意，因为他是男性，而且早就过了十三岁），但离出发还有一点时间。他带着笔记本电脑，没什么特别的理由，仅仅是习惯使然，这会儿他很高兴自己带了电脑。他开机连上旅馆的无线网络，登入黛比的蓝雨伞。他在网站上留下遗言，算是他的保险措施吧。

做完该做的事情，他走到机场的长期停车场取回斯巴鲁。

19

快到三点半的时候，霍奇斯带着两位侦探学徒回到哈珀路的家里。霍莉好奇地看了一圈，然后拎着已故哈茨费尔德夫人的电脑走进厨房，打开电源。杰罗姆和霍奇斯站在旁边，都希望不需要输入登录口令……但事与愿违。

“试试她的名字。”杰罗姆说。

霍莉输入她的名字。画面一抖：不对。

“好，试试黛比（Debbie），”杰罗姆说，“ie 和 i 结束的两种拼法都试一试。”

霍莉撩开遮住眼睛的一绺鼠灰色头发，让杰罗姆看清楚她有多么气恼：“找点事情去做，杰罗姆，谢谢。别趴在背后盯着我。我不喜欢那样。”她扭头问霍奇斯：“我能抽烟吗？我想抽烟。能帮助我思考。香烟帮助我思考。”

霍奇斯给她一个碟子：“吸烟灯亮着。杰罗姆和我去书房。要是发现什么就吼一嗓子。”

但是希望渺茫，他心想，事实上，一切都希望渺茫。

霍莉没有回答。她已经在点烟了。激昂传教士的声音又变回了嘟嘟囔囔：“希望她留下了什么提示。我有提示的希望。提示的希望是霍莉有的。”

哎呀我的天，霍奇斯心想。

走进书房，他问杰罗姆知不知道她说的提示是什么。

“尝试三次之后，有些电脑会给出口令提示。搅动记忆，防止机主忘记口令，但必须要事先做过设置才行。”

厨房里传来激烈的叫声，口齿清晰得不得了：妈的！两个妈的！三个妈的！

霍奇斯和杰罗姆面面相觑。

“看来是没有。”杰罗姆说。

20

霍奇斯打开他的电脑，告诉杰罗姆他想找什么：接下来七天内的所有公共集会。

“没问题，”杰罗姆说，“但你应该先看一眼这个。”

“哪个？”

“有一条留言。蓝雨伞下。”

“点开。”霍奇斯的双手攥成拳头，但看见梅赛杀手的最后一条回复，拳头慢慢地松开了。留言很短，虽说无法立刻帮上什么忙，但也蕴含着一丝希望。

永别了，**傻逼**。

又及：享受你的周末吧，我知道我会的。

杰罗姆说：“比尔，看来你收到了一封分手信。”

霍奇斯也这么认为，但他不在乎。他的注意力放在“又及”上。他知道这可能依然是条红鲱鱼，但如果不是，那他们就还有一些时间。

厨房里飘来一缕烟气和又一阵激烈的叫骂。

“比尔？我有个很不好的念头。”

“什么？”

“今晚的演唱会。那个男孩乐队，‘此时此地’。明戈演艺厅。我妹妹和母亲都会去。”

霍奇斯开始思考。明戈演艺厅能容纳四千观众，今晚会有百分之八十是女性，主要是母亲带着十几岁的女儿。男性也会有，但几乎每一个都是陪女儿和女儿的朋友去的。布莱迪·哈茨费尔德是个相貌英俊的男人，三十岁左右，假如他一个人去看演唱会，无疑会非常显眼。21 世纪的美国，单身男性出现在为未成年女性举办的活动现场，肯定会引来注意和怀疑。

还有：享受你的周末吧，我知道我会的。

“你认为我该打电话给老妈，叫她别让姑娘们出门吗？”杰罗姆想到未来，面露苦色，“芭芭拉大概一辈子都不会和我说话了。还有她的朋友希尔达和另外几个……”

厨房里传来叫声：“啊，该死的鬼东西！投降吧！”

霍奇斯还没来得及回答，杰罗姆就说：“但另一方面，看留言的意思，他打算在周末做什么事情，而今天才星期四。还是说他希望我们这么认为？”

霍奇斯倾向于认为那句奚落是真话。“你把赛博巡警里的哈茨费尔德照片再调出来一下。就是点击**专家风采**出来的那张。”

杰罗姆去找那张照片，霍奇斯打给档案科的玛洛·埃弗雷特。

“嘿，玛洛，又是我，比尔·霍奇斯。我……嗯，对，下城区闹得够带劲的，我听彼得说了。警局有一半人马在那儿，对吧？……嗯哼……好，不会打扰你太久的。问你一件事，拉瑞·温顿是不是还在文艺馆负责安保？对，没错，光头党拉瑞。好，我等着。”

等玛洛回话的当口，他告诉杰罗姆说拉瑞·温顿是个提前退休的警察，因为文艺馆请他负责安保工作，薪水有警探的两倍高。他没有说这不是温顿二十年就离职的唯一原因。玛洛回来了。对，拉瑞还在文艺馆。她连文艺馆安保部的电话号码都有。他正要说再见，玛洛问是不是出什么事了。“因为今晚文艺馆有一场大型演唱会。我侄女要去，她爱死那几个小屁孩了。”

“没事，玛洛，只是有点以前的事情要找他。”

“替我带个话给拉瑞，今天我们很需要他，”玛洛说，“大开间空空荡荡，一个警探都看不见。”

“保证带到。”

霍奇斯打给文艺馆安保部，自称比尔·霍奇斯警探，说他要找温顿。等待电话接通的时候，他盯着布莱迪·哈茨费尔德。杰罗姆把照片放大到了占满整个屏幕。霍奇斯被那双眼睛迷住了。照片放大之前，和另外两名同事放在一起的时候，这双眼睛显得挺正常，但照片占满屏幕之后，情况就不一样了。他的嘴巴在微笑，但眼睛里毫无笑意。那双眼睛淡然而冷漠，就像死人。

狗屁，霍奇斯对自己说（责骂自己）。这是典型的事后偏见：因为最近知道的事情而觉得自己早就发现了什么征兆，就像银行劫案的目击者说罪犯还没拔枪我就感觉他看上去很可疑了。

听上去不错，听上去很专业，但霍奇斯并不认同。他认为屏幕上的那双眼睛属于躲在石头底下的蟾蜍。或者，躲在一把被丢弃的蓝雨伞下。

温顿接起电话。他的嗓门特别大，你和他说话的时候总想把电话拿到两英寸外，他今天和以往一样能说。他想知道下午那个大案究竟是怎么回事。霍奇斯说那是个超级大案，但除此之外他就什么都不知道了。他提醒拉瑞记住他退休了。

但是。

“局里现在忙得焦头烂额，”他说，“算是彼得·亨特利叫我打给你的，希望你别介意。”

“天哪，当然不介意。咱们都退休了，我很想找你喝一杯，比利，聊聊旧时光什么的。你懂的，说点悄悄话，骂骂人。”

“那敢情好。”只可能是一场煎熬。

“有什么要我帮忙的？”

“彼得说你们今晚有一场演唱会，某个热门男孩乐队，就是小女生都爱到死的那种。”

“哎呀呀，确实是。已经开始排队了。正在热身呢。有人嚷嚷某个小男生的名字，一帮姑娘跟着叫唤。还没走出停车场就开始叫了。简直像是当年的披头士狂热，只是就我听见的那几首歌而言，这个乐队可不是披头士。你有炸弹威胁还是什么？千万别说你有。女孩们会把我撕成碎片，妈妈们能把我活吃了。”

“我有一条线索，有个恋童狂今晚说不定会落到你手上。一个非常、非常坏的小子。”

“姓名？特征？”语气凌厉，反应迅速，再也不胡扯了。他离开警队是因为他太喜欢动拳头。用警局心理学家的话说是愤怒控制问题，用同事们的话说是光头党倾向。

“他叫布莱迪·哈茨费尔德。我把他的照片用邮件发给你，”霍奇斯望向杰罗姆，杰罗姆点点头，比个 OK 手势，“大概三十岁左右。假如你看见他，先打电话给我，然后再抓他。千万小心。龟孙子要是反抗，就当场制服他。”

“乐意之至，比利。我会通知我的手下的。他有可能会带……怎么说呢？……什么掩饰吗？比方说一个少女或者更小的女孩？”

“不太可能但并非完全不可能。拉瑞，要是你在人群中看见他，记住要打他一个措手不及。他有可能带着武器。”

“他会来看演唱会的可能性有多大？”语气有点迫不及待，真是拉瑞·温顿的本色。

“不太大，”霍奇斯对此相当确定，不只是因为哈茨费尔德在蓝雨伞上暗示说周末会如何，而且因为他肯定知道在全女性的观众群里他会有多么显眼，“总而言之，你明白局里为什么没法派警察来，对吧？因为下城区的案子太大了。”

“我也不需要，”温顿说，“我今晚有三十五个弟兄，正式员工大部分都是退休警察。我们知道我们在干什么。”

“我知道，”霍奇斯说，“记住，先打电话给我。咱们退休人士没什么活动，捞到机会可不能放过。”

温顿哈哈大笑：“这话我爱听。把照片发给我。”他念出邮箱地址，霍奇斯记下来，递给杰罗姆。“我们看见他就抓住他。然后嘛，就是你的功劳了……比尔*叔叔*。”

“去你妈的，拉瑞*叔叔*。”霍奇斯说，挂断电话，转向杰罗姆。

“照片发给他了。”杰罗姆说。

“很好。”然后，霍奇斯说了将在余生中不断折磨他的一段话，“假如哈茨费尔德有我想象中那么精明，那他今晚就会尽量远离明戈演艺厅。我认为你母亲和妹妹可以放心去看演唱会。假如他企图闯进演出现场，还没等他摸到门，就会被拉瑞的人扑倒。”

杰罗姆微笑道：“很好。”

“看看你还能发现什么。主要是周六和周日，但下周的活动也不能放过。还有明天，因为——”

“因为周末从周五开始。明白了。”

杰罗姆忙活起来。霍奇斯去厨房看霍莉的进展，结果被他见到的场景惊呆了。“借来的”笔记本电脑旁边摆着一个红色钱包，黛博拉·哈茨费尔德的证件、信用卡和收据散放在餐台上。霍莉已经在抽第三根香烟，在蓝色烟雾中眯着眼睛审视手里的一张万事达信用卡。她望向霍奇斯，眼神既惊恐又不服气。

“我只是想找到她该死的口令！她的手袋就挂在办公椅的椅背上，钱包摆在最上面，我看见就揣进口袋了。因为有时候有些人会把口令记下来放在钱包里，尤其是女人。我不想要她的钱，霍奇斯先生。我自己有钱。我有我的零花钱。”

零花钱，霍奇斯心想，天哪，霍莉。

泪水涌出她的双眼，她又开始咬嘴唇了。“我从不偷东西。”

“没问题，”他说，他想拍拍她的手背，但觉得这会儿不能这么做，“我明白。”

再说了，老天在上，有什么大不了的？从那封该死的信掉进邮件投递口的那一刻起，他已经做了那么多出格的事情，偷拿死者的钱包简直就不值一提。等事情捂不住了（肯定会有那么一天），霍奇斯会说钱包是他拿走的。

但霍莉还没有说完。

“我有我自己的信用卡，钱我也有。我连支票户头都有。我用

iPad 买游戏和应用。我买衣服。还有耳环，我喜欢耳环。我有五十六副耳环。我自己买香烟，虽说香烟现在越来越贵。说起来你也许有兴趣知道，纽约市一包烟现在要卖十一块。我尽量不当别人的包袱，因为我无法工作。她说我不是包袱，但我知道我是——”

“霍莉，别说了，这些话还是留给心理医生吧——你有心理医生，对吧？”

“我当然有，”她朝哈茨费尔德夫人不肯让步的口令输入界面露出惨淡的笑容，“我一塌糊涂，你难道没发现？”

霍奇斯决定不回答这个问题。

“我想找记着密码的纸条，”她说，“但钱包里没有。然后我试了她的社保号，先是从前往后，然后从后往前。还有信用卡号。我连信用卡的安全码都试过了。”

“还有什么想法吗？”

“有几个。先别管我，”他走出厨房，霍莉接着说，“对不起，弄得烟雾腾腾的，但抽烟真的能帮助我思考。”

21

霍莉占据了厨房，杰罗姆占据了书房，霍奇斯只好坐进客厅里的懒人沙发，盯着没有打开的电视机。这是个糟糕的位置，也许是最糟糕的。他大脑里逻辑驱动的部分知道所有这些烂事都是布莱迪·哈茨费尔德的错，但坐在懒人沙发里，想到有许多个无聊的下午，他浸泡在电视的世界里，觉得自己毫无用处，离他在工作中认为理所当然的自我存在越来越远，逻辑就丧失了它的力量。爬进脑海取代逻辑的是个可怕的念头：我，科密特·威廉·霍奇斯，犯下了渎职的罪行，从而协助并教唆梅赛德斯先生继续大开杀戒。他们是电视真人秀《比尔和布莱迪杀害女人》的明星主角。因为当霍奇斯回顾往事时发现，受害者几乎都是女性：简妮、奥莉薇亚·特莱劳尼、珍妮丝·克雷和女儿帕特里夏……还有黛博拉·哈茨费尔德，她很可能是被毒死而非自杀的。还有，他心想，我还没算上霍莉呢，这件事结束后，她的情况只怕会变得更加糟糕，要是她想不出开机口令……或者即便她想出来了，老妈的电脑上也没有任何线索能帮他们找到儿子——说真的，这个可能性恐怕更大。

霍奇斯坐在沙发上，知道他应该起来，但就是动弹不得。他想着自己和女性打交道的毁灭性历史。他的前妻之所以会变成前妻是有原因的。他长年近乎酗酒是一部分原因，但对科琳来说（她自己也喜欢喝个两三杯，现在大概依然如此），这并不是首要原因。首要原因是冷漠，冷漠悄悄钻进婚姻的裂缝，最后彻底将其封冻。首要原因是他把科琳关在心门之外，对自己说这是为了她好，因为他的工作是那么肮脏和压抑。首要原因是他用十几种或大或小的方式告诉她，在她和工作之间的竞赛中，科琳·霍奇斯永远排在第二位。至于他女儿……

唉，天哪。艾莉每年都会寄给他生日和圣诞卡片（但从十年前开始就不寄情人节卡片了），她很少会忘记在周六晚上打电话问候他，但她有好几年没来看过他了。这已经足以证明父女关系被他搞得多么差劲了。

他的思绪开始飘散：女儿小时候真是漂亮啊，面颊上的小雀斑，乱蓬蓬的红发——他的小胡萝卜。他下班回家，她会啪嗒啪嗒跑过走廊，毫无畏惧地跳起来，知道他会扔掉手上的无论什么东西，抱住她。简妮说过她曾经疯狂地喜欢湾市狂飙者，而艾莉也有她最喜欢的泡泡糖男孩乐队。她用零花钱买他们的唱片，转动孔比数据段还大的单曲碟。唱歌的都是什么人？他不记得了，只记得那些歌曲没完没了地播放，唱你的一举一动一颦一笑。是香蕉女郎还是汤普森孪生兄弟[①]？他不记得了，但他知道他从没带女儿去看过演唱会，不过科琳好像带她去看过辛迪·劳帕。

想到艾莉，想到她喜欢的流行音乐，他忽然有了个新念头。他直直地坐了起来，瞪大双眼，手指紧紧地抓住懒人沙发的软垫扶手。

他会让艾莉去看今晚的演唱会吗？

答案是绝对不会。不可能。

霍奇斯看一眼手表，发现已经快四点了。他站起身，想去书房让杰罗姆给他母亲打电话，让她别带女孩们去文艺馆，无论她们如何生气和抱怨都不行。他要打电话给拉瑞·温顿，采取预防措施。但预防措施只是预防措施，他绝对不可能把艾莉的性命交到光头党的手上。想也不要想。

他朝书房才走了两步，就忽然听见杰罗姆的叫声："比尔！霍莉！快过来！我好像发现了什么！"

---

① 汤普森孪生兄弟（Thompson Twins），1977年在英国成立的流行音乐乐团。

22

霍奇斯和霍莉站在杰罗姆背后，霍奇斯在他左肩后，霍莉在他右肩后。霍奇斯的电脑屏幕上是一份新闻稿。

新力奇集团、花旗银行和三家连锁餐饮公司，共同在尊盛酒店举办中西部今夏最盛大的招聘会

实时新闻。今年最盛大的招聘会将于2010年6月5日举办，欢迎职业经理人和退伍军人前来参加。本活动旨在刺激经济衰退时期的就业市场，举办地点为新力奇一号广场的尊盛酒店。欢迎事先注册，但并非必须。您可以在花旗银行网站、本地麦当劳、汉堡王、鸡舍快餐和新力奇网站预览数以百计的高薪职位。招聘岗位包括客户服务、零售、安保、管道、电气、会计、财务分析、电话销售和收银。届时将有训练有素的职业规划师提供帮助，所有会议室都将举办有益于您的研讨会。本次活动不收取任何费用。开门时间为上午八时。请携带简历并着正装出席。请记住，事先注册有助于加快办理并提高您找到心仪工作的机会。

让我们一起击败这次衰退！

“你觉得呢？”杰罗姆问。

“我觉得你找到了。”霍奇斯仿佛心头一块大石落地。不是今晚的演唱会，不是市区某个人挤人的夜店，也不是明晚小联盟的灰狗对泥鸡比赛，而是尊盛酒店的这场招聘会。肯定是，百分之百符合所有线索。布莱迪·哈茨费尔德的疯狂行为自有其模式，对他来说，阿尔法就等于欧米茄。哈茨费尔德用屠杀求职人士开始了他的职业生涯，现在又打算用同样的大规模屠杀结束一切。

霍奇斯扭头想看看霍莉的反应，但霍莉已经走出了书房。她回到厨房里，坐在黛博拉·哈茨费尔德的笔记本电脑前，盯着要求输入口令的画面。她耷拉着肩膀，手旁的碟子里，一根香烟已经烧到了过滤嘴，留下整整齐齐的一段烟灰。

他冒着风险拍了拍她的肩膀："没关系，霍莉，口令已经不重要了，因为我们已经知道地点了。过两个小时，等下城区的事情稍微安定下来，我就打电话给我的老搭档，把事情全部告诉他。警局会对哈茨费尔德和他的车辆发出全境通缉令。哪怕他在星期六之前没有落网，他敢靠近求职大会就会被抓住。"

"那今晚我们就没事可做了吗？"

"我正在思考。"事情倒是有一件，但希望过于渺茫，只能算是碰碰运气。

霍莉说："要是你们猜错了，不是求职大会怎么办？要是他打算今晚炸某家电影院怎么办？"

杰罗姆走进厨房："今天是星期四，霍莉，而且暑期大片都还没有上映。绝大多数观影厅只会有十几个观众。"

"那么演唱会呢？"她说，"也许他不知道去的全都是少女？"

"他肯定知道，"霍奇斯说，"他是个心血来潮的怪物，但并不代表他很蠢。他下手前肯定会事先做好计划。"

"能再给我一点时间，让我继续破解口令吗？求求你了？"

霍奇斯看一眼手表，四点十分："没问题。到四点半，可以吗？"

她的眼睛里闪出讨价还价的神色："四点三刻？"

霍奇斯摇摇头。

霍莉叹息道："我的香烟抽完了。"

"抽烟害死人。"杰罗姆说。

她淡淡地看了杰罗姆一眼："对！这就是香烟的魅力之一。"

23

霍奇斯和杰罗姆开车去哈珀路和汉诺威街路口的小购物中心，既是为了给霍莉买香烟，也是让明显想要独处的霍莉一个人待着。

回到灰色梅赛德斯车上，杰罗姆在两手之间扔着温斯顿香烟，说：“这辆车让我毛骨悚然。”

“我也是，”霍奇斯承认道，“但霍莉似乎没什么感觉，对吧？她那么敏感的一个人。”

“你认为她会不会正常下去？我是说，等事情结束以后。”

换作一周前，甚至两天前，霍奇斯多半会闪烁其词地说些政治正确的话，但他和杰罗姆这几天经历的事情已经够多了。“能维持一段时间吧，”他说，“然后……就很难了。”

杰罗姆叹了口气，一个人对未来的模糊预感被证实时就会这么叹息。“妈的。”

“是啊。”

“现在怎么办？”

“我们回家，把棺材钉给霍莉，让她抽一根。然后我们收拾好她从哈茨费尔德家里拿的东西。我开车送你们两个去桦山购物中心。你开牧马人送霍莉回蜜糖高地，然后回家。”

“什么也不说，就让老妈带着芭芭拉和她的朋友们去看演唱会。”

霍奇斯吐出一口气：“要是能让你感觉好一点的话，那就请你母亲中止今晚的计划。”

“要是我这么做了，事情就瞒不住了，”他还在抛接香烟，“我们今天做的一切。”

杰罗姆是个聪明的孩子，霍奇斯不需要证实他的推测。也不需要提醒他，这些事情迟早都会泄露。

“比尔，你有什么打算？”

“回北城。离哈茨费尔德家一两个街区停车——完全为了安全起见。我把哈茨费尔德夫人的电脑和钱包放回去，然后监视那幢屋子。万一他又回来了呢。”

杰罗姆明显不这么认为：“地下室看起来清理得干干净净的。你觉得可能性有多大？”

“几乎不存在，但我也只有这个指望了。然后我就去找彼得坦白。”

“你真的很想抓住他，对吧？”

“对。”霍奇斯叹道，“对，非常想。”

24

他们回到家，霍莉趴在桌上，脑袋埋在双臂中。黛博拉·哈茨费尔德钱包里的东西像小行星带似的环绕着他。笔记本电脑还开着，屏幕上依然是久攻不下的口令输入画面。墙上的挂钟显示现在是四点四十。

霍奇斯以为她会反对送她回家的计划，但霍莉只是坐起来，打开一包香烟，慢吞吞地取出一根。她没有哭，但显得疲惫而沮丧。

“你尽力而为了。”杰罗姆说。

“我总是尽力而为，杰罗姆，但永远不够好。”

霍奇斯拿起红色钱包，把信用卡一张一张插回去，也许没有按照哈茨费尔德夫人放信用卡的顺序，但谁会在意呢？她肯定不会了。

钱包里有几张照片，放在折叠式透明夹层里，霍奇斯漫不经心地翻看着。一张照片是哈茨费尔德夫人挽着一个穿蓝色工作服的魁梧男人的手臂——大概就是缺席的哈茨费尔德先生。一张是哈茨费尔德夫人站在几位开怀大笑的女士旁边，地点似乎是一家美容院。一张是个胖乎乎的小男孩，抱着消防车的玩具——大概是三四岁的布莱迪。最后一张照片也摆在哈茨费尔德夫人的电脑桌上，只是这张尺寸比较小：布莱迪和母亲脸贴脸。

杰罗姆点了点照片，说：“知道让我想起什么吗？黛米·摩尔和那个谁来着……阿什顿·库切。”

“黛米·摩尔是黑头发，”霍莉一本正经地说，“除了《魔鬼女大兵》，电影里几乎看不见她的头发，因为她在接受海豹突击队的训练。那部电影我看了三遍，一次在电影院，一次放录像带，一次在 iTunes 上。非常好看。哈茨费尔德夫人是金发。”她想了想，又说：“曾经是。”

霍奇斯从夹层里取出照片，仔细看了看，然后翻过来。照片背面一笔一画地写着：妈妈和她的小蜜糖，沙角海滩，2007 年 8 月。他拿着照片在掌心顿了一两次，正要放回去，但转念一想，把照片反面朝上推到霍莉面前。

“试试这个。”

她皱着眉头问：“试试哪个？”

“小蜜糖。”

霍莉输入，按下回车……发出非常不像霍莉的惊喜叫声。因为他们进去了，口令就这么简单。

电脑桌面上没有特别值得关注的东西，只有地址簿、标有**好菜谱**的文件夹、标有**保存邮件**的文件夹、保存在线付费收据的文件夹（她似乎喜欢在线付账单）和相册（主要是从小到大的布莱迪）。iTunes 里有许多电视节目，但只有一张音乐专辑《艾尔文与花栗鼠欢庆圣诞》。

“天哪，”杰罗姆说，“我不想说她死了活该，但——”

霍莉向他投去厌恶的视线：“不好笑，杰罗姆。别说这种话。”

杰罗姆举起双手：“对不起，对不起。”

霍奇斯飞快地扫了一遍保存邮件，发现没什么感兴趣的。大多数似乎都是哈茨费尔德与高中伙伴的通信，他们称她为“黛布斯”。

“没有和布莱迪有关的东西，”他说，看了一眼挂钟，“我们该走了。”

“别急。”霍莉说，打开搜索程序。她输入**布莱迪**，电脑给出一些结果（主要出现在菜谱里，有些标为“布莱迪喜欢的”），但依然没什么值得注意的。

“试试**小蜜糖**。”杰罗姆建议道。

她搜索“小蜜糖”，找到一条结果——这个文档隐藏在硬盘深处。霍莉点击文档。里面有布莱迪的衣服尺寸，有过去十年间她送给布莱迪的圣诞和生日礼物清单，大概是防止自己买重。她记下了布莱迪的社保号，还有车辆登记证、车辆保险卡和出生证明的扫描件。她列出了布莱迪在折价电子城和罗布冰激凌工厂的同事姓名。“雪莉·奥顿”旁边有一条注释，布莱迪看见了大概会笑到抽筋：也许是他的女朋友？

“这是什么鬼东西？”杰罗姆问，“我的天，他是成年人了。”

霍莉阴森森地微笑道：“如我所说，她知道他不正常。”

小蜜糖文档的最底下是个标有**地下室**的文件夹。

“就是这个，”霍莉说，“肯定是。打开，快打开！”

杰罗姆点击**地下室**。里面的内容只有十几个字。

控制等于开灯。

混乱？黑暗？

为什么我不行？？？

他们盯着屏幕看了一会儿，谁也不说话。最后霍奇斯开口道：“我看不懂。杰罗姆，你呢？”

杰罗姆摇摇头。

霍莉似乎被死去女人留下的信息催眠了，她只说了两个字，声音轻得几乎听不见。“也许……”她犹豫片刻，咬了咬嘴唇，又说，“也许。”

25

六点差几分，布莱迪来到中西部文化与艺术馆。尽管演出要过一个多小时才开始，停车场已经停满了四分之三。通往大堂的门前排起长队，而且还在变得越来越长。少女们喊得声嘶力竭。也许是在表达她们有多么快乐，但布莱迪觉得那声音像是荒弃古宅里的鬼魂。看着越来越庞大的排队人群，他不可能不回想起市民中心的那个四月清晨。布莱迪心想，要是我开的不是这辆日本烂车，而是一辆悍马，我就以每小时四十英里的速度冲进人群，先碾死五六十个，然后按下开关，把其他人炸上同温层。

但他开的不是悍马，他有好一会儿不知道接下来该怎么办了——最后做准备的时候，他绝对不能被人看见。他在停车场最里面的角落里看见了一辆拖车。车头不在，车厢架在千斤顶上。车身上画着摩天轮，标有**此时此地演出支持小组**的字样。这是他来侦察时在装卸区见到的卡车之一。演出结束后，车厢将重新接上车头，开到场馆背后装载设备，但这会儿车上似乎没人。

他在拖车靠内的一侧停车，拖车至少长五十英尺，完全隔开了斯巴鲁和人来人往的停车场。他从手套箱里取出平光眼镜戴上，下车后先飞快地走了一圈，确定拖车里是不是真的没有人。结果让他很满意，于是他回到斯巴鲁车上，打开后厢盖取出轮椅。这个活儿可不轻松。本田会更适合一些，但他对没保养过的发动机不太放心。他把**臀部停泊处**坐垫放在轮椅座位上，将从**停**字中央戳出来的导线与从侧面口袋里延伸出来的导线连接起来，其余的塑胶炸药都放在侧袋里了。另一条导线连接背后口袋里的一块塑胶炸药，他在椅背上打过一个孔，导线从孔里穿过去。

布莱迪大汗淋漓，开始做最后的接线工作。他将导线铜芯编成一股，绕在接线柱上，用他预先扯断贴在胸口的黑色胶带裹好。他身穿一大早在药店买的加大码“此时此地”乐队T恤，T恤上也印着拖车上的摩天轮。摩天轮上方的文字是*游乐场之吻*，下方是*我爱凯姆、博伊德、斯蒂夫和彼得！*

忙活了十分钟（时不时停下来，从拖车的边缘向外张望，确定停车场的这个角落只有他一个人），导线连接成的蜘蛛网出现在轮椅座位上。装满爆炸物的尿袋无法连接导线，至少他这会儿想不出办法，但问题不大，其他东西爆炸时肯定能引爆它。

不过到底能不能真的引爆，他对这个问题的答案也不是那么确定。

他走回去，从斯巴鲁里取出八乘十的带框照片——霍奇斯也见过这张照片：弗兰奇抱着消防车萨米，傻乎乎的笑容像是在说我他妈的这是在哪儿。布莱迪亲吻相框玻璃：“我爱你，弗兰奇。你爱我吗？”

他假装弗兰奇说爱。

“你愿意帮我一个忙吗？”

他假装弗兰奇说愿意。

布莱迪回到轮椅前，坐在**臀部停泊处**坐垫上。现在只剩下主导线还露在外面了，主导线从轮椅座位前方伸出来，悬在他分开的两条大腿之间。他把主导线和2号物品连在一起，先深吸一口气，然后打开电源。要是AA电池的电流泄露出来……哪怕只是一丁点……

但电流没有泄露，只有表示“待命”的一盏黄灯悄然亮起。离他不远但完全是另一个世界的某处，小女生在快乐地嘶喊。她们中有许多人很快就将化为乌有，更多人将失去胳膊或腿，因为痛苦而惨叫。哎呀，至少她们能听着最喜欢的音乐迎接这场大爆炸。

他当然有可能失败。他知道他的计划有多么粗糙和将就，好莱坞最缺乏天赋的愚蠢编剧都能做得比他强。布莱迪记得他看见通往演艺厅的走廊上有**禁止携带拎包、背包和盒子**的告示牌。他没有携带这些东西，但只要有哪个眼尖的警卫看见一根没藏好的导线，就会破坏他的整个计划。就算导线都藏好了，万一有谁一时好奇，看一眼轮椅的储物袋，就会发现这是一颗会动的炸弹。布莱迪在一个储物袋里插了一面“此时此地”乐队的三角旗，但除此之外就没花什么心思藏炸药了。

他并不为此担心。他不知道这么做算是有自信还是听天由命，但似乎也无所谓。说到底，自信和听天由命其实是一码事，对吧？他在市民中心碾死那么多人，结果还是逃掉了，那时候他事先也没怎么计划，只准备了面具、发网和能消灭 DNA 证据的漂白水。他其实都没想到他真能逃掉，而今天他的期待更是降到了零。在这个无所谓的世界上，他即将成为最无所谓的一个人。

他把 2 号物品塞进加大号 T 恤里。稍微凸起一块，隔着薄薄的棉布，他能看见黯淡的黄色灯光。他把弗兰奇的照片放在大腿上，彻底挡住了凸起和灯光。他准备好了。

平光眼镜顺着汗津津的鼻梁向下滑，他把眼镜推回原处。他微微扭头，在斯巴鲁乘客座一侧的反光镜里看见了自己。剃光头发，戴上眼镜，他和原先完全是两个人。最重要的一点是他显得病恹恹的，脸色苍白，满脸油汗，顶着两个黑眼圈。

布莱迪摸着头顶光滑的皮肤，发根再也不会有机会长出来了。他推动轮椅，退出停车位，慢吞吞地穿过宽阔的停车场，驶向越来越密集的人群。

26

霍奇斯被堵在下班高峰的车流中，过了六点才回到北城。杰罗姆和霍莉依然和他在一起，两人都想看到这件事的结局，无论什么后果都愿意承担。既然两人都明白会面对什么样的后果，那么霍奇斯也就找不到理由拒绝他们了。当然，他也没什么选择；霍莉不肯吐露她发现了什么——更准确地说，她认为她发现了什么。

霍奇斯开着奥莉薇亚·特莱劳尼的梅赛德斯，还没在哈茨费尔德家的车道上停稳，汉克·比森就走出屋子，穿过马路过来了。霍奇斯叹了口气，放下司机座的车窗。

“我很想知道究竟发生了什么，”比森先生说，“和下城区的那些闹腾有关系吗？”

“比森先生，”霍奇斯说，“我很感谢您的关注，但你必须回自己家——”

“不，等一等，”霍莉说，她趴在梅赛德斯的中央控制台上，抬起头看着比森的脸，“告诉我，哈茨费尔德先生听起来什么样。我需要知道他的声音听起来是什么样的。”

比森困惑道：“和普通人一样吧。怎么了？”

“低沉吗？呃，就像男中音？”

“你是说唱歌剧的胖子吗？”比森笑道，“天哪，不像。你这算是什么问题？”

“但也不高得刺耳吧？”

比森对霍奇斯说：“你的搭档疯了吗？”

稍微有一点，霍奇斯心想。“回答她的问题，先生。”

“不低沉，也不高得刺耳。就是普通人！到底怎么了？”

“有口音吗？”霍莉继续问他，“比方说……呃……南方口音？新英格兰？或者布鲁克林？”

“没有，我说过了，他听上去就是个普通人。”

霍莉坐回原处，看起来像是满意了。

霍奇斯说：“请回到自己家里去，比森先生，谢谢配合。”

比森嗤之以鼻，但还是退开了。走到门口的台阶前，他扭头瞪了他们一眼。这种眼神霍奇斯见得多了：*你们的薪水是我们纳税人给的，浑蛋*。他回到室内，恶狠狠地摔上门，确保霍奇斯明白他的意思。很快，他就又抱着胳膊出现在了窗口。

“他要是给警察局打电话，问我们为什么来这儿怎么办？”后座上的杰罗姆问。

霍奇斯微微一笑，冷漠但发自肺腑：“今天晚上嘛，就祝他好运了。咱们走。”

他领着两人穿过屋子和车库间的狭窄过道，他看了一眼手表：六点一刻。他心想，有事可做的时候可真是时光飞逝。

他们走进厨房。霍奇斯打开地下室的门，伸手去开灯。

“不，”霍莉说，“别开。”

霍奇斯疑惑地看着她，但霍莉转向杰罗姆。

“只能是你了。霍奇斯先生年纪太大，而我是女的。”

杰罗姆有几秒钟还不明白，但随即醒悟过来：“控制等于开灯。”

霍莉点点头，表情紧张：“只要你和他的声音还算接近，就应该能成功。”

杰罗姆走到门口，不自觉地清清嗓子，然后说：“控制。”

地下室依然漆黑一片。

霍奇斯说：“你的声音天生低沉。不是男中音，而是低沉，所以你打电话的时候显得比实际年龄要老几岁。你稍微提高一点试试看。”

杰罗姆再次说出“控制”，地下室的灯亮了。霍莉·吉伯尼，这辈子都没活得这么像是电视剧过，她哈哈大笑，拼命鼓掌。

27

六点二十分，塔尼亚·罗宾逊来到文艺馆，她和其他入场车辆一起排队，后悔没有听女孩们的请求，提前一小时出门。停车场已经满了四分之三。穿橙色马甲的男人在指挥交通，其中之一示意她左拐。她向左转弯，开得很慢，因为她为今晚的活动借了金妮·卡佛的雪佛兰塔荷，最不希望发生的事情就是撞坏保险杠。她背后的座位上，希尔达·卡佛、贝茨·德维特、戴娜·斯科特和她女儿芭芭拉开心地直蹦跶。她们把乐队的CD（四个人一共有六张）装进车载CD机里，每一首歌响起时，她们都要尖叫“啊，我喜欢这首！”很吵，很烦，但塔尼亚吃惊地发现自己还挺享受的。

“当心那位残疾人，罗宾逊夫人。”贝茨指着前方说。

这位残疾人瘦得皮包骨头，脸色苍白，没有头发，像竹竿似的套着一件松松垮垮的T恤衫。他抱着一张带框的照片，她还看见轮椅上挂着尿袋。轮椅侧面的储物袋里惨兮兮地插着一面“此时此地”乐队的三角旗。可怜的家伙，塔尼亚心想。

“咱们应该帮帮他，”芭芭拉说，“他走得那么慢。”

“上帝保佑你的好心肠，”塔尼亚说，“咱们先找地方停车，要是我们出停车场的时候他还没进去，咱们就帮他一把。”

她找到空位开进去，熄灭引擎，长舒一口气。

“天，你看排队的人，”戴娜说，“观众能有一万亿。”

“没那么可怕，”塔尼亚说，“但已经很多了。不过很快就会开门。我们的座位很好，你们不需要担心。”

“门票在你那儿吧，妈妈？”

塔尼亚打开手袋，夸张地看了看：“当然在，亲爱的。”

“我们能买些纪念品吗？”

“一人一个十块钱以下的。”

“我自己有钱，罗宾逊夫人。”贝茨说。她们从车里出来，看见文艺馆外的汹涌人潮，女孩们有点紧张。她们挤在一起，在傍晚强烈的阳光下，四条影子变成了一团黑影。

“我知道你有，贝茨，但这次算我请客，”塔尼亚说，“现在听好了，姑娘们，把你们的钱和手机交给我保管。这种大型公共集会经常有扒手出没。等坐到座位上我就还给你们，但演出开始后就不许发短信和打电话了，听明白了吗？”

“我们能先拍几张照片吗，罗宾逊夫人？”希尔达问。

“可以，一人一张。”

“两张！”芭芭拉恳求道。

“好吧，两张，但必须抓紧时间。”

女孩们每人拍了两张照片，答应都发给大家，这样每人都会有一整套照片了。塔尼亚自己也拍了几张，四个女孩站成一排，彼此搂着肩膀。她觉得她们可爱极了。

“好了，女士们，交出现金和电话。”

女孩们交出共计三十块左右的现金和五颜六色的手机，塔尼亚把它们放进手袋，用电子钥匙锁好车门。她听见门锁砰的一声就位，这个声音意味着安全和保险。

“现在听好了，你们几个疯丫头。我们要手拉手走到座位上去，明白了吗？来，回答一声给我听听。”

“明白了！”女孩们叫道，抓住彼此的手。她们身穿各自最好的紧身牛仔裤和最好的运动鞋，都穿着“此时此地”乐队的T恤。希尔达的马尾辫上扎着一条白色绸带，绸带上用红字印着**我爱凯姆**。

“咱们要开开心心地玩一场，对吧？玩得前所未有地开心，对吧？来，回答一声给我听听。”

“对！”

塔尼亚满意了，领着她们走向文艺馆。她们顶着太阳走过碎石地面停车场，虽说这段路不算近，但她们似乎并不在乎。塔尼亚寻找坐轮椅的光头男人，看见他朝残疾人队伍而去。那儿排队的人要少得多，但看见那些有残缺的人，她的心里不太好受。轮椅开始向前走了，主办方让残疾人先入场，她觉得这么做很正确。至少在场面变得混乱之前，他们会在自己的区域里安顿下来。

塔尼亚带着女孩们来到最短的一条普通人队伍的末尾（普通人依然在排队），她望着瘦巴巴的光头男子滚动轮椅上斜坡，心想他坐的如果是电动轮椅就好了。她想到男人膝头的那张照片。已经逝世的某位亲友？这个可能性最大。

可怜的家伙，她再次想道，并在心里向上帝祈祷，感谢他赐给她两个健康的孩子。

“妈妈？”芭芭拉说。

“什么，亲爱的？”

“前所未有地开心，对吧？”

塔尼亚·罗宾逊捏了捏女儿的手：“那还用说？”

一个女孩用清凉甜美的声音开始唱《游乐场之吻》：太阳，宝贝儿，太阳绽放金光，当你看我的时候……月亮，宝贝儿，月亮洒下银辉，当你在我的身旁……

另外几个女孩跟着唱：“你的爱，你的触摸，永远也不够……我想用我的方式爱你……”

很快，上千个声音合唱起了这首歌，歌声飘向温暖的傍晚天空。塔尼亚很高兴地跟着唱了起来，这张CD芭芭拉在房间里播放了两周，她早就会背歌词了。

她情不自禁地弯腰亲吻女儿的头顶。

前所未有地开心，她心想。

28

霍奇斯和他的两个华生站在布莱迪的地下控制室里，望着一排沉默的电脑。

“先是混乱，”杰罗姆说，“然后是黑暗。对吧？”

霍奇斯心想，怎么听怎么像《启示录》里的东西。

“我认为是的，”霍莉说，“至少她是这么写的。”她对霍奇斯说：“她在偷听，明白吗？我敢打赌，他母亲听见的比他知道的要多得多。”她继续对杰罗姆说：“有一点，非常重要。用‘混乱’开机后，千万不要浪费时间。”

“我知道，有自杀程序。但我告诉你，我一紧张，声音就会变得又尖又细，就像米老鼠那样。”

她正要回答，却看见了杰罗姆“一点也不好笑”的眼神。但她还是笑了：“来吧，杰罗姆，演好你的布莱迪·哈茨费尔德。”

“混乱”一遍过关。电脑屏幕点亮，数字开始倒数。

“黑暗！”

数字继续倒数。

“别喊，”霍莉说，“天哪。”

16、15、14。

“黑暗。”

“这次声音太低了。”霍奇斯说，尽量不表露出心中的紧张。

12、11。

杰罗姆擦擦嘴：“黑—暗。”

“结巴。”霍莉评论道，似乎没什么帮助。

8、7、6。

“黑暗。”

5。

倒数画面消失了，杰罗姆长长地吐出一口气。出现在屏幕上的是一系列彩色照片，照片中的男人身穿古老的西部服装，开枪射击和被枪射击。有一张是男人骑马撞破玻璃窗的瞬间定格。

“这算是什么屏保画面？”杰罗姆问。

霍奇斯指着布莱迪的5号电脑说：“那是威廉·霍尔登，所以我猜这些都是电影里的画面。”

“《日落黄沙》，”霍莉说，“萨姆·佩金帕导演的。我只看过一遍，害得我做噩梦。”

霍奇斯看着扭曲的嘴脸和枪口的火焰，心想这些电影剧照大概也是布莱迪·哈茨费尔德的内心写照。“现在怎么办？”

杰罗姆说：“霍莉，你从第一台电脑开始向后，我从最后一台开始向前。”

“听着像个计划，”霍莉说，“霍奇斯先生，我能抽烟吗？”

“有什么不行的？”他说完，走到楼梯口坐下，看着两人忙活。他不由自主地揉着左锁骨下方的凹坑。讨厌的疼痛又回来了。昨天轿车爆炸后，他跑过街道时肯定拉伤了肌肉。

29

文艺馆里的冷气像拳头似的打在布莱迪身上，他汗津津的脖子和胳膊顿时起了鸡皮疙瘩。走廊的主通道空荡荡的，因为保安还没有放普通观众入场，走廊右侧用天鹅绒长绳隔开一片，挂着**残疾人出入口**的牌子，轮椅排着队朝检查站和里面的演艺厅缓缓前进。

布莱迪不喜欢这里的布置。

他以为所有人会一窝蜂地拥进来，就好像他十八岁时去看克利夫兰印第安人队打球时那样，保安会忙得不可开交，大致扫你一眼就放人过去。主办方会让残废和痴呆先入场，他应该想到会这样才对，但他没有想到。

至少有十二名安保人员，他们身穿蓝色制服，肩章上印着**文艺馆安保部**，他们暂时没什么其他事情做，所以更加仔细地检查一辆接一辆缓缓驶过的轮椅。布莱迪的心情越来越沉重，他注意到保安不但检查了所有轮椅的储物袋，甚至还检查了部分残疾人的衣袋——每隔三四个人抽一个，有时候接连两个。残疾人通过检查后，身穿“此时此地”T 恤的领座员带着他们走向演艺厅的残疾人专区。

他早就知道有可能在检查站被拦住，但他以为即便如此，他也能拉着足够多的年轻歌迷上路。又是一个错误的想当然。玻璃碴飞溅也许能杀死靠近门口的几个人，但他们的尸体将挡住爆炸的冲击波。

该死，他心想，不过——我在市民中心只碾死了八个人，这次无论如何都要比那次强。

他缓缓前行，弗兰奇的照片放在大腿上，相框边缘压在开关上。只要有哪个不开眼的保安弯腰检查他轮椅侧面的储物袋，布莱迪就会按住照片，黄灯变绿，电流涌入插在自制炸药里的叠氮化铅雷管。

他前面只有十来辆轮椅了。冷气向下吹着他滚烫的皮肤。他想到市民中心，想到人们被撞倒碾压时，老贱人特莱劳尼沉重的轿车如何弹跳晃动，就好像高潮似的。他想起面具里的橡胶气味，想起他如何在狂喜和胜利中尖叫。叫到最后，他的嗓子哑了，他连话都说不出来，只好对母亲和东尼斯·弗罗比舍说他得了喉炎。

他和检查站之间只剩下十辆轮椅了。正在接受检查的少女和布莱迪一样没有头发，一名保安（大概是头儿，因为他年纪最大，而且只有他戴着帽子）拿起她的背包，向她解释了几句，然后给她一张收据。

他们会逮住我的，布莱迪冷酷地心想，所以就准备去死吧。

他准备好了。早就准备好了。

他和检查站之间还有八辆轮椅。七辆。六辆。简直像是电脑上的倒计数。

就在这时，外面响起了歌声，隔着一层玻璃门，所以声音有些发闷。

太阳，宝贝儿，太阳绽放金光，当你看我的时候……月亮，宝贝儿……

人们开始合唱，歌声变成教堂唱诗班般的音量：无数女孩扯着嗓子唱歌。

“我想用我的方式爱你……我们将开上海湾公路……”

唱到这里，正门开了。一些女孩欢呼，大多数女孩继续合唱，声音比刚才响多了。

“明天会是新的一天……我要在游乐场亲吻你！”

身穿乐队T恤、生平第一次化妆的女孩拥入正门，父母（绝大多数是母亲）尽量跟上孩子的脚步。他们撞倒了主通道和残疾人区域之间的分隔柱，天鹅绒长绳被踩在脚下。一个屁股比爱荷华州还大的十二三岁少女一下子没站稳，撞在布莱迪前面那辆轮椅上，轮椅里是个腿和火柴棍一样细的漂亮女孩，险些被撞翻在地。

“喂，看着点儿！”轮椅上那个女孩的母亲喊道，但穿加肥码牛仔裤的胖女孩已经跑远了，她一只手挥舞着乐队彩旗，另一只手举着门票。有人撞在布莱迪的轮椅上，大腿上的照片一抖，布莱迪有一瞬间以为一道白光和无数小钢珠将把他们送上天。还好没有，他抬起照片，向下看了一眼，见到小灯依然是待命的黄色。

好险，布莱迪心想，咧嘴微笑。

走廊里令人欣喜地乱作一团，所有保安都去应付唱着歌拥入场馆的少女和准少女了，只留下一个人还在检查残疾人。留下检查残疾人的是个年轻女人，她几乎看也不看就放轮椅一辆接一辆地通过。布莱迪接近她的时候，看见戴帽子的保安头儿站在走廊的另一侧。他身高足有六英尺三，很容易看见，因为他比女孩们要高出半个人。他的眼睛扫来扫去，一只手里抓着一张纸，他时不时地低头看一眼那张纸。

“出示门票向前走，”女保安对坐轮椅的漂亮女孩和她母亲说，“右手边的门。”

布莱迪看见了很有意思的一幕。戴帽子的高大保安揪住一个二十几岁的男人，把他从人群中拖了出来，而这个男人和布莱迪有几分相似。

“下一个！”女保安对他喊道，“别挡路！”

布莱迪向前推动轮椅，要是她对轮椅侧面的储物袋表现出一丁点兴趣，他就把弗兰奇的照片压在2号物品的开关上。走廊里现在挤满了推推搡搡的唱歌女孩，他能炸死的人绝对不止三十个。要是能炸塌走廊，那就更好了。

女保安指着照片说：“那是谁？”

“我的小弟，”布莱迪露出勇敢的笑容，“去年出事故过世了。就是那场事故害得我……”他指了指轮椅，“他很喜欢‘此时此地’，但没听到他们的新专辑就走了。现在他能听见了。”

她很凶，但还没凶到丧失人性的地步。她的眼神流露出同情：“很抱歉，请节哀。”

“谢谢你，女士。”布莱迪说，心想：愚蠢的娘们。

“径直向前走，先生，然后右转。你会在中场位置看见两排残疾人专用过道。视野很好。斜坡有点陡，要是需要有人帮你下斜坡，就招呼戴黄色臂章的领座员。”

“我没问题，”布莱迪对她微笑道，“我这宝贝儿刹车很灵。”

“那就好。玩得开心。”

“谢谢你，女士，我肯定会的。弗兰奇也会的。”

布莱迪驶向主出入口。保安检查站上，拉瑞·温顿（警察同事口中的光头党）放开那个年轻男人，小伙子的妹妹得了接吻病[①]，他不想浪费门票。小伙子完全不像比尔·霍奇斯发给他的照片上的那个变态。

演艺厅的座位安排类似于体育场，这让布莱迪很开心。碗状构造能够集中爆炸火力。他能想象座垫下的无数小钢珠呈扇形飞出去的场面。要是运气好，他心想，我不但能带走一半观众，说不定连乐队都能一起干掉。

头顶上的扬声器里在播放流行乐，但挤满过道、正在入座的少女用她们年轻炽热的嗓音淹没了它。聚光灯对着人群前后扫射。飞盘飞来飞去。几个特大号的充气沙滩球弹来弹去。唯一让布莱迪吃惊的是他没有在舞台上看见摩天轮和与游乐场有关的任何东西。他们费了那么大力气运进来，为什么没有用在舞台上呢?

戴着黄色袖章的领座员安顿好双腿不便的漂亮姑娘，走过来帮助布莱迪，但布莱迪挥挥手表示不需要。领座员对他微笑，拍拍他的肩膀，继续去帮助别人了。布莱迪推着轮椅来到两个残疾人专区中靠前的那一个，在病腿美少女的旁边停下。

她扭头微笑道：“真刺激，对吧?”

布莱迪也对她微笑，心想：残废小婊子，你哪儿知道什么叫刺激。

---

① 传染性单核白血球增多症的俗称，症状类似于流感。

30

塔尼亚·罗宾逊望着看台，回想起她第一次看演唱会的时候——“诱惑”乐队，《我的姑娘》唱到一半，波比·威尔逊亲吻了她。真是浪漫。

女儿使劲摇晃她的胳膊，她暂时推开这些念头。“妈妈你看，那个残疾人在那儿，和其他坐轮椅的在一起。”芭芭拉指着左手边几排座位前的地方。那里拆掉了两排座椅，腾出空间容纳轮椅。

“我看见他了，芭芭拉，但盯着人看很不礼貌。”

“我希望他能玩得开心，你呢？”

塔尼亚对女儿微笑：“我当然也是，亲爱的。”

“能把手机还给我们了吗？演出开始需要手机。”

塔尼亚·罗宾逊以为她们要用手机拍照……因为她有很长时间没看过现场演出了。她打开手袋，取出五颜六色的手机。她很惊讶地发现女孩们只是把手机拿在手里。这会儿她们忙着东张西望，还没想到要打电话或发短信。塔尼亚亲了一口芭芭拉的头顶，然后坐在座位上，沉浸在往日的记忆中，回想波比·威尔逊的吻。不是她的初吻，但是第一个美妙的吻。

她希望等芭芭拉到了年纪，也会有她那么幸运。

31

“哦我的亲亲好老天啊！”霍莉说，用掌根拍了一下脑门。她检查完布莱迪的一号电脑，发现里面没什么值得一看的东西，已经坐在了 2 号电脑前。

杰罗姆从 5 号电脑上抬起头，这台电脑似乎是专门打游戏用的，装的都是《侠盗猎车》和《使命召唤》之类的游戏。“怎么了？”

“没什么，就是我时不时也会碰到脑子比我还完蛋的人，”她说，“每次都让我很高兴。对，我知道这么做不对，但我忍不住。”

霍奇斯从台阶上起身，走过来看霍莉发现了什么。许多小照片充满了屏幕。看起来都是不值一提的清凉照片，他和朋友们在 50 年代末经常看着《亚当》与《辣妹美腿》上的这种照片想入非非。霍莉放大其中三张，摆成一排。第一张是黛博拉·哈茨费尔德身穿薄得透明的浴袍。第二张是黛博拉·哈茨费尔德身穿洋娃娃睡衣。第三张是黛博拉·哈茨费尔德身穿粉色蕾丝的胸罩和内裤。

“天哪，那是他*母亲*，”杰罗姆说，他的表情中糅合了厌恶、惊讶和着迷，“看起来像是她的*摆拍*。”

霍奇斯也这么认为。

“对，”霍莉说，“呼叫弗洛伊德博士。霍奇斯先生，你为什么总在揉肩膀？”

“肌肉拉伤了。”他说，但自己也开始担心起来。

杰罗姆瞥了一眼 3 号电脑的桌面，正要继续看布莱迪·哈茨费尔德的母亲，视线忽然转了回去。“哇，”他说，“比尔，你看这个。”

3 号电脑桌面的左下角是蓝雨伞的图标。

“打开。”霍奇斯说。

杰罗姆打开图标，但里面是空的，没有未送出的消息。据他们所知，黛比的蓝雨伞网站上的历史消息都会直接去数码天堂。

杰罗姆在3号电脑前坐下：“这肯定是他的正式主机，霍莉。百分之百。”

霍莉走了过来：“我估计其他几台只是装样子的，让自己觉得像是坐在企业号的舰桥上。”

霍奇斯指着标有2009几个字的一份文件说：“看看这个。”

鼠标点开文件，里面有个名为**市民中心**的子文件。杰罗姆打开这个文件，面前出现了一个长而又长的列表，都是与2009年4月那场血案有关的媒体报道。

“狗娘养的剪贴簿。”霍奇斯说。

“仔细检查这台电脑，”霍莉对杰罗姆说，“从硬盘开始。”

杰罗姆打开硬盘图标。“天哪，你看这个。”他指着名为**爆炸物**的文件说。

“快打开！”霍莉抓着他的肩膀使劲摇晃，“打开，快打开！”

杰罗姆打开这个文件，屏幕上出现了又一个长而又长的列表。就像抽屉里的抽屉，霍奇斯心想。所谓电脑，其实就是维多利亚式的活动书桌，上上下下都是暗格。

“二位，快看这个，”她指着屏幕说，“他用BT下载了整本《无政府主义者手册》。这是非法资料！”

“哈。”杰罗姆说，霍莉狠狠地打了他胳膊一拳。

霍奇斯的肩膀越来越痛。他走到楼梯口，重重地坐下。杰罗姆和霍莉趴在3号电脑前，没有发现他走开了。他用双手按住大腿（我超负荷的大腿，他心想，我严重超负荷的大腿），慢慢地深呼吸。他非法闯入这幢屋子，同伴一个是未成年人，另一个是脑子离正常有十万八千里远的女人，要是这会儿突然发作心脏病，那可就大事不妙了。更何况这幢屋子是一个疯狂杀手的住所，他的意淫女郎就死在楼上。

求你了，上帝，千万别发心脏病。求求你了。

他又做了几次深呼吸。他憋住一个嗝，疼痛渐渐消退。

他垂着头，不由自主地望向台阶之间的缝隙。日光灯照得什么东西闪闪发亮。霍奇斯跪倒在地，爬到楼梯底下去看个究竟，结果那是一颗小钢珠，比简易警棍里的钢珠稍微大一点，放在掌心上沉甸甸的。他看着球面上的扭曲倒影，一个念头开始成形。不，不是成形，而是浮现，就像一具溺死的肿胀尸体。

楼梯底下最里面是个绿色垃圾袋。霍奇斯用一只手握着小钢珠，爬向那个垃圾袋，挂在台阶下的蜘蛛网扫过他日益后退的发际线和日益光秃的额头。杰罗姆和霍莉在兴奋地交谈，但他没有仔细听。

他用另一只手抓住垃圾袋，从楼梯底下退了出来。一滴汗水流进左眼，有些刺痛，他使劲眨眼。他重新在台阶上坐下。

“打开他的邮箱。”霍莉说。

“天哪，你是我老板吗？”杰罗姆说。

“打开，快打开！”

这是你的踪迹，霍奇斯心想，打开垃圾袋。里面有几段导线和一块似乎烧坏了的线路板，底下是一件看似衬衫的卡其色衣服。他扫开导线，取出那件衣服拎起来。不是衬衫，而是一件有许多口袋的登山背心，背心的衬里被划开了十几个破口。他把手伸进一个破口，摸索片刻，捞出两颗小钢珠。这不是登山背心，至少已经不是了，它经过定制，变成了自杀背心。

不，曾经是。布莱迪出于某些原因取出了里面的装载物。因为他改变计划，决定向周六的求职大会下手了？肯定是这样。爆炸物很可能在他的车上，除非他又偷了一辆车。他——

“不！”杰罗姆叫道，他紧接着尖叫道，“不！不可能，**我的天哪，不！**”

“千万别是真的，”霍莉哀叫道，“别是真的。”

霍奇斯扔下马甲，跑向那一排电脑，去看他们发现了什么。那是一封来自“粉丝地带”网站的邮件，恭喜布莱迪·哈茨费尔德先生订购成功。

您可以立刻下载可打印的门票。本场演出禁止携带拎包和背包。感谢您在粉丝地带订购门票。最好的演出，最好的门票，离您只有一键之遥。

底下是：

“此时此地”演唱会，中西部文化与艺术馆明戈演艺厅，2010年6月3日晚七时

霍奇斯闭上眼睛。原来就是这场该死的演唱会。我们犯了错误，可以理解……但不能原谅。求求你，上帝，别让这家伙混进去。求求你，上帝，让光头党和他的手下在门口逮住他吧。

但即便如此，那也会是一场噩梦，因为拉瑞·温顿以为他要抓的是个恋童狂，而不是疯狂炸弹客。假如他看见布莱迪，想用他一贯缺乏同情心的重手抓捕他——

“六点三刻，”霍莉指着3号电脑上的时间说，“他也许还在排队入场，但多半已经进去了。”

霍奇斯知道她说得对。有那么多孩子去看演出，顶多六点半就会开始入场。

“杰罗姆。”他说。

杰罗姆没有回答。他望着电脑屏幕上的出票收据，霍奇斯伸手按住杰罗姆的肩膀，觉得像是摸到了一块石头。

“杰罗姆。”

杰罗姆慢慢地转过身，他的眼睛瞪到了最大。“我们怎么那么傻？”他轻声说。

“打电话给你母亲。”霍奇斯的声音依然平静，他并不需要假装平静，因为他已经被震懵了。小钢珠和被划破的马甲不停出现在他眼前。“现在就打，叫她立刻领着芭芭拉和她带去的其他姑娘离开现场。”

杰罗姆从腰间的搭扣上摘下电话，用快速拨号打给母亲。霍莉盯着她，双臂紧紧地抱在胸口，牙齿咬住嘴唇向下拉，整张脸都变了形。

杰罗姆等了一会儿，怒骂一声，然后说："老妈，你们必须离开那儿。带上姑娘们，快走。别打给我问为什么，照我说的做。不要跑，但一定要出去。"

他挂断电话，说出霍奇斯和霍莉已经知道了的事实："语音信箱。铃声响了许多次，她没在打电话，手机也没关机。真是搞不明白。"

"你妹妹呢？"霍奇斯说，"她肯定也有手机。"

他还没说完，杰罗姆已经在用快速拨号打电话了。他听着铃声，霍奇斯觉得像是等了一百年，但心里知道顶多只有十到十五秒。杰罗姆说："芭芭拉！你为什么不接电话！你和妈妈还有其他姑娘必须离开出来！"他挂断电话，"真是搞不懂了。她总是带着手机，手机就像粘在她手上，她至少能感觉到振动——"

霍莉说："天哪，妈的，该死，"似乎这样还不够，"天哪，我操！"

杰罗姆和霍奇斯扭头看她。

"演出场地有多大？能容纳多少人？"

霍奇斯努力回想他记忆中的明戈演艺厅："四千个座位。不知道这次卖不卖站票，我忘记消防法规在这方面有什么规定了。"

"这场演唱会去的几乎都是小女生，"她说，"小女生的手机都像是粘在手上似的。等演出开场的时候，很多姑娘会打电话或发短信。"惊恐让她瞪大了眼睛，"是线路问题。线路过载了。你必须不停重拨，杰罗姆。你必须不停重拨，直到打通为止。"

杰罗姆傻乎乎地点头，但眼睛看着霍奇斯："你应该打给你的朋友，就是负责安保的那个人。"

"对，但不是在这儿打，上车再说，"霍奇斯又看一眼手表，七点差五分，"咱们去文艺馆。"

霍莉攥紧两个拳头，举到头部左右两边。“对！”她说。霍奇斯不由想起她早些时候说的话：警察找不到他，我们能。

尽管霍奇斯很想和哈茨费尔德当面对质，用双手掐住他的脖子，看着他咽气，眼睛慢慢地鼓出来，但他希望霍莉说得不对。因为如果一切都取决于他们的话，那很可能已经来不及了。

32

这次开车的是杰罗姆，霍奇斯坐在后排。奥莉薇亚·特莱劳尼的梅赛德斯缓缓起步，但十二缸的发动机很快开始全力运转，车像火箭似的蹿出去……他母亲和妹妹命悬一线，杰罗姆把车开得也像火箭似的，不断切换车道，对周围车辆的抗议鸣笛置若罔闻。霍奇斯估计他们二十分钟内就能赶到文艺馆。当然了，前提是杰罗姆别出车祸。

“打给安保！”前排乘客座上的霍莉说，“打给他，快打给他！”

霍奇斯从上衣口袋里取出诺基亚，指挥杰罗姆上市区快速路。

“别在后座上指挥我，”杰罗姆说，“打电话，快打。”

他正在翻手机通话记录的时候，该死的诺基亚微弱地嘀了一声就关机了。上次充电是什么时候来着？霍奇斯不记得了。他也不记得文艺馆安保部的号码。他不该这么信任手机，应该写在记事簿上的。

该死的高科技，他心想……但这究竟是谁的错呢？

“霍莉，在你的手机上拨555-1900，然后给我。我的没电了。”1900是警局总机。他可以问玛洛要温顿的号码。

“好的，这儿的区号是多少？我的电话是——”

她的话被打断了，杰罗姆超过一辆厢式货车，径直冲向隔壁车道的一辆SUV，他猛打车灯，喊道：“给我让开！”SUV连忙转弯，杰罗姆驾驶梅赛德斯和它擦身而过，蹭掉一层油漆。

“——辛辛那提的号码。”霍莉说完，她冷静得像冰块。

霍奇斯心想他很需要来两粒她在吃的药。他背出本地区号，霍莉拨号，把手机递给霍奇斯。

“警察局，请问您找谁？”

“我要找档案科的玛洛·埃弗雷特，快点，谢谢。”

“对不起，先生，但我看见埃弗雷特小姐半小时前下班了。”

“你有她的手机号吗？”

“先生，我们不允许透露——”

他懒得浪费时间和接线员争论，因为结果必定徒劳无功。他挂断电话，此时杰罗姆拐上市区快速路，车速飙到了六十英里每小时。“怎么了，比尔？为什么还——”

“闭嘴，杰罗姆，开你的车，”霍莉说，“霍奇斯先生在尽力而为。”

事实上，她并不希望我联系上任何人，霍奇斯心想，因为这件事应该仅仅由我们了结。他想到一个疯狂的念头，霍莉使用了某种诡异的心灵力量，确保只有他们能经手这件事。不过问题不大。按照杰罗姆开车的速度，没等霍奇斯找到任何管事的人，他们就会赶到文艺馆了。

他头脑里比较冷静的一部分在说，这样也许反而更好。因为无论霍奇斯找到什么人，明戈演艺厅负责安保的都是拉瑞·温顿，而霍奇斯并不信任他。光头党向来爱用蛮力，属于直来直去的那种暴脾气，霍奇斯不认为他会有什么改变。

但他必须试试看。

他把手机还给霍莉，说：“我不会用这鬼东西。打给查号台，要——”

“先试试我妹妹的号码。”杰罗姆说，飞快地报出号码。

霍莉输入芭芭拉的号码，大拇指快得让人目不暇接。她听了听，然后说：“语音信箱。”

杰罗姆骂了一句，开得更快了。霍奇斯只希望他们有天使保佑。

“芭芭拉！”霍莉叫道，她说话再也不嘟嘟囔囔的了，“你还有你身边的所有人，都立刻离开那儿！以最快速度！别磨蹭！”她挂断电话：“现在打给谁？查号台？”

“对，问他们要文艺馆安保部的号码，拨通，然后把手机给我。杰罗姆，走4A出口下去。”

“文艺馆是3B。”

“那是到正门的，我们走后门。”

“比尔，要是我妈妈和妹妹出什么事——”

“不会的。4A 出口。”霍莉和查号台的对话持续得太久了。“霍莉，怎么了？”

“安保部没有直线，”她拨了个号码，听到接通的声音，把手机递给霍奇斯，“必须通过总机转。”

他把霍莉的 iPhone 压在耳朵上，铃声响了又响，响了又响。

他们经过 2A 和 2B 出口，霍奇斯能看见文艺馆了。场馆灯火通明，活像一台点唱机，停车场仿佛汽车的海洋。终于有人接电话了，但还没等他开口，女性声音的声讯机器人就开始说话了。她说得缓慢而清晰，就仿佛英语是来电者说得不太流利的第二语言。

“您好，感谢您致电中西部文化与艺术馆，我们让生活变得更美好，让一切变得有可能。”

霍奇斯继续听着，霍莉的手机压在他耳朵上，汗水顺着面颊和额头滚滚而下。七点零六分。那个狗娘养的要等演出开始后才会引爆，他对自己说（其实是在祈祷），而摇滚演唱会从来不会按时开场。

“请记住，”声讯机器人用甜美的声音说，“我们依靠您的支持。市立交响乐团的本季套票和今年秋季的剧场套票现已发售，您不但可获得百分之五十的优惠——”

“怎么样了？”杰罗姆叫道，他们经过 3A 和 3B 出口，紧接着是**4A 出口，斯比瑟大街，1/2 英里**的指示牌。杰罗姆把他的手机交给了霍莉，霍莉试着打给塔尼亚和芭芭拉，但都没有接通。

“我在听他妈的广告，”霍奇斯说，他又开始揉肩窝了，这种疼痛像是蛀牙的感觉，“下了匝道就左转，过一个还是两个街区右转。总之是看见麦当劳就拐弯。”梅赛德斯已经开到了八十英里每小时，但引擎还只是发出催眠的呜呜声。

“要是听见一声爆炸，我就会发疯的。”杰罗姆就事论事地说。

“你好好开车，”霍莉说，嘴里咬着一根没点着的温斯顿香烟，

“只要你不出车祸，我们就能成功。”她继续拨塔尼亚的号码：“我们会逮住他的。我们会逮住他，逮住他，逮住他。”

杰罗姆瞪了霍莉一眼：“霍莉，你别抽风。”

“你好好开车。”霍莉重复道。

“文艺馆贵宾卡还可以在本地的一些高级餐厅和商店享受九折优惠。”声讯机器人对霍奇斯说。

她终于开始说正经事了。

“办公室现在没有人为您转接。如果您知道需要转接的分机号码，请直接拨打。如果不知道，请仔细听以下目录，因为我们的菜单选项已做过调整。呼叫埃弗利·约翰斯戏剧办公室，请拨打10。呼叫贝琳达·迪恩票房，请拨打11。呼叫市立交响乐团——”

我的天哪，霍奇斯心想，这他妈的是西尔斯百货的邮购目录吗？而且还是按首字母顺序排列的。

梅赛德斯转弯、下沉，杰罗姆拐上4A出口，顺着弧形下匝道疾驰而去。底下的交通灯是红色的。“霍莉。你那边道路情况怎么样？”

她抬头扫了一眼，手机依然贴在耳朵上：“加快速度就能过去。要是想害死咱们三个，你就慢慢来吧。”

杰罗姆把油门踩到底。奥莉薇亚的梅赛德斯横穿过四条车道，车身向左倾斜，轮胎吱吱尖叫。他们驶过水泥隔离带，车身颠簸了一下。刺耳的喇叭声响成一片。霍奇斯从眼角看见一辆厢式货车开上路缘躲避他们。

“呼叫道具与布景设计部，请拨打——”

霍奇斯猛捶梅赛德斯的车顶。**人类这是他妈的怎么了？**

麦当劳的金色拱形标记在前方右侧出现，声讯机器人终于告诉霍奇斯，呼叫文艺馆安保部是拨打32。

霍奇斯拨打32分机。铃响四声，有人接起。霍奇斯听见的那句话让他怀疑自己是不是发疯了。

“您好，感谢您致电中西部文化与艺术馆，”声讯机器人热情地说，“我们让生活变得更美好，让一切变得有可能。”

33

“演出怎么还不开始，罗宾逊夫人？”戴娜·斯科特问，“已经七点十分了。”

塔尼亚想说她上高中时去看过斯蒂维·旺德的演唱会，定在八点开始，最后到九点半才唱第一首歌，但想了想觉得说这个未免太扫兴了。

希尔达皱着眉头看着手机。“我还是联系不上盖尔，”她抱怨道，“该死的线路全满——”

她话音未落，场内的灯光就开始变暗，引来了狂热的欢呼和一波又一波的掌声。

“天哪，妈咪，我好兴奋！”芭芭拉压低声音说，塔尼亚看见女儿的眼眶里有泪水打转，不禁百感交集。一个穿“BAM-100 Good Guys”T恤的男人走了出来，聚光灯跟着他走到舞台中央。

“嘿，朋友们！”他喊道，“今天过得怎么样啊？”

又一阵叫喊声向他保证坐满演艺厅的观众过得都很好。塔尼亚看见那两排轮椅上的人也在鼓掌欢呼，只有那个光头男人除外。他只是坐在那儿。大概是不想放下手里的照片吧，塔尼亚心想。

“准备好来点博伊德、斯蒂夫和彼得了吗？”主持人喊道。

欢呼和尖叫再次响起。

“准备好来点**凯姆·诺尔斯**了吗？”

女孩们狂热地尖叫（她们中的大多数等会儿看见偶像现身，多半会震撼得说不出话来）。她们准备好了，对，准备好了，这会儿就去死都无怨无悔。

“再过几分钟，你们就将见到会让你们瞪掉眼珠的布景，但这会儿嘛，女士们先生们——尤其是姑娘们——请欢迎……**‘此时此地’乐队！！！**”

全场观众都跳了起来，舞台灯光完全熄灭。塔尼亚明白了女孩们为什么非得要回电话才行。她年轻的时候，大家都会举起火柴和打火机。孩子们举起手机，无数小屏幕微微发亮，给整个演艺厅披上了一层黯淡的月光。

她们怎么知道要这么做？塔尼亚心想，是谁教她们的？说起来，当年是谁教我们的？

她想不起来了。

舞台灯光变成熔炉般的亮红色。就在这时，一个通话终于穿过拥堵的网络，芭芭拉·罗宾逊的手机开始振动。她没有理会。这会儿她最没兴趣做的事情就是接电话（这时她年轻生命中的第一次），再说就算接了也听不清那头（多半是哥哥）在说什么。明戈演艺厅的喧闹声震耳欲聋，芭芭拉很开心。她在头顶慢慢挥舞正在振动的手机。除了老妈，附近的所有人都在这么做。

乐队主唱大踏步走上舞台，塔尼亚·罗宾逊从没见过他那么紧身的牛仔裤。凯姆·诺尔斯甩动满头金发，开始演唱《你不必再次孤单一人》。

大多数观众继续站在那儿，高举各自的手机。演唱会开始了。

34

梅赛德斯拐下斯比瑟大街，开进标有**文艺馆货运通道**和**仅限职员通行**的专用道。走了四分之一英里，面前出现了一道电动栅栏门，门关着。杰罗姆开到有内部通话器的柱子前停下，柱子上的标牌是**呼叫进入**。

霍奇斯说："就说你是警察。"

杰罗姆放下车窗，伸手揿按钮。毫无反应。他又试一次，这次按着不放。霍奇斯突然有个噩梦般的念头：等最后终于有人回答时，会是那个声讯机器人冒出来，一口气提供几十个选项。

还好最后接听的是真人，虽说声音不怎么友好："后门已经关了。"

"警察，"杰罗姆说，"开门。"

"有什么事？"

"我说过了。他妈的开门。紧急情况。"

铁门隆隆打开，但杰罗姆没有向前走，而是再次揿下按钮："你是保安吗？"

"我是门卫，"带着静电噪音的声音再次响起，"找保安请打给安保部。"

"安保部没人，"霍奇斯对杰罗姆说，"他们都在演艺厅，所有人都在。咱们走。"

杰罗姆没等门完全打开就启动了。梅赛德斯修补过的车身又被刮花了。"也许他们逮住他了，"他说，"他们有他的照片，说不定已经逮住他了。"

"他们没逮住他，"霍奇斯说，"他混进去了。"

“你怎么知道？”

“听。”

驾驶座的车窗没有摇起来，虽说还听不清音乐，但已经能感觉到轰轰砰砰的贝斯节奏了。

“演唱会开始了。要是温顿他们抓住一个携带爆炸物的家伙，他们会立刻中止演唱会并疏散演出场馆。”

“他怎么可能混得进去？”杰罗姆问，猛拍方向盘。怎么可能？霍奇斯在年轻人的声音里听见了恐惧。全都怪他。一切全都怪他。

“我不知道。他们有他的照片。”

前方是一条宽阔的水泥坡道，通往演艺厅的装卸区。五六个乐队经纪人坐在器材箱上抽烟，他们的工作暂时告一段落。演艺厅开着一道后门，透过那扇门，霍奇斯听见音乐正在围绕贝斯线聚集。还有另一种声音：数以千计的少女在幸福地尖叫，她们全都坐在爆炸中心点上。

哈茨费尔德是怎么进去的，除非答案能帮助他们找到他，否则这个问题就已经不重要了。但他们该怎么在有几千名观众而且黑着灯的场馆里找到他呢？

杰罗姆在坡道底部停车，霍莉说：“德尼罗给自己剃了个莫西干头。他有可能也这么做了。”

“你在说什么？”霍奇斯问，勉强爬出后座。一个穿卡其色冲锋衣的男人迎了上来。

“《出租车司机》里，罗伯特·德尼罗扮演一个叫特拉维斯·比克尔的疯子，”霍莉解释道，三个人快步走向门卫，“他决定刺杀一个政客，于是改变发型，方便自己接近对方。剃光，只剩下中间一道，也就是所谓的莫西干头。布莱迪·哈茨费尔德大概不会剃成那样，因为那样看上去太奇怪。”

霍奇斯想起了浴室水槽里的头发，不是女死者的浅色（多半是染的）。霍莉虽然神经兮兮的，但她说得有道理：哈茨费尔德剃光了头发。但霍奇斯想不出剃个光头能有什么用处，因为——

门卫走到了他们面前，问道："什么事？"

霍奇斯取出警官证晃了晃，大拇指再次有意遮住日期："比尔·霍奇斯警探。请问怎么称呼？"

"杰米·盖里森。"门卫扫了一眼杰罗姆和霍莉。

"我是他的搭档。"霍莉说。

"我是他的实习生。"杰罗姆说。

乐队经纪人看着他们。有几个人连忙熄灭烟头，烟卷里的东西多半比烟草带劲。透过敞开的后门，霍奇斯看见工作灯光照亮了储藏区，那里放着道具和一片片帆布背景。

"盖里森先生，我们有个很严重的问题，"霍奇斯说，"请你立刻叫拉瑞·温顿过来。"

"别这么做，比尔。"尽管身体越来越不舒服，但霍奇斯还是意识到这是霍莉第一次对他直呼其名。

他没有理会霍莉："先生，请你用手机联系他。"

盖里森摇头道："保安执勤时不带手机，因为每次有大型演出，线路就会爆满。我指的是面向年轻人的大型演出，面向成年人的就不一样了。保安携带——"

霍莉拧着霍奇斯的胳膊说："别这么做。万一惊吓到他，他会当场引爆的。我知道他肯定会。"

"她说得对。"杰罗姆说，然后大概是想起了他的实习生身份，又说："长官。"

盖里森警惕地看着他们："惊吓到谁？引爆什么？"

霍奇斯盯着门卫说："他们携带什么？对讲机？无线电？"

"对，无线电。他们有……"他揪揪耳垂，"很像助听器的耳机。就是联邦调查局和特勤局戴的那种东西。到底发生了什么？千万别说是炸弹。"他很不喜欢霍奇斯那张大汗淋漓的苍白面孔上的表情："天哪，真是炸弹？"

霍奇斯从他身旁走过，进入宽敞的储物区。这里混乱得像个阁楼，越过各种道具、背景板和乐谱架，能看见木工作坊和服装作坊。音乐越来越响，他开始呼吸困难。疼痛顺着左臂向下蔓延，胸部感觉异常沉重，但头脑还很清醒。

布莱迪要么剃光了头发，要么剪得很短并染成了其他颜色。他有可能化妆加深肤色，戴上眼镜或有色的隐形眼镜。但即便如此，他这个单身男性在满场少女中依然会很显眼。霍奇斯把照片传给了温顿，哈茨费尔德只要出现，就会引起注意和怀疑。另外他还带着爆炸物。霍莉和杰罗姆知道存在炸药，但霍奇斯知道得更详细。他还带着小钢珠，数量很可能相当惊人。就算哈茨费尔德在入场时没有被拦住，他又怎么可能将这些东西带到座位上呢？文艺馆的安保工作真有这么差劲吗？

盖里森抓住他的左臂晃了晃，霍奇斯觉得疼痛向上蔓延到了太阳穴。“我去找他。看见第一个保安，我就让他用无线电叫温顿过来和你谈。”

“不用了，先生，”霍奇斯说，“你别去找他。”

他们中只有霍莉·吉伯尼能看清现在的情况。梅赛德斯先生已经入场。他有炸弹，多亏老天保佑，他还没有引爆。无论找警察还是找安保人员都来不及了。他也来不及了。

但是。

霍奇斯找个空箱子坐下：“杰罗姆，霍莉。过来听我说。”

两人围过来。杰罗姆圆瞪双眼，离惊恐发作只差一线。霍莉脸色苍白，但看起来还算冷静。

“剃光头还远远不够。他必须让自己显得完全没有伤害力。我也许知道他是怎么做的，要是我没猜错，我连他的位置都知道。”

“哪儿？”杰罗姆问，“告诉我们，我们去抓他。我们一定能抓住他。”

“没那么简单。他这会儿肯定进入了红色警惕状态，不停查看四周情况。另外，杰罗姆，他认识你。你拦过那辆该死的美味先生卡车买冰激凌。你自己告诉我的。”

“比尔，买过他冰激凌的人有几千个。”

“对，但西城有多少个黑人？”

杰罗姆沉默下去，现在轮到他咬嘴唇了。

“那个炸弹有多大？”盖里森问，“要不然我拉火警？”

“除非你想害死无数人，”霍奇斯说，他说话越来越困难了，“他一感觉到有危险，就会引爆他身上的炸弹。你希望看到这个结果吗？”

盖里森没有回答，霍奇斯扭头看着两位不怎么靠得住的同伴，上帝或难测的命运安排他们今晚跟着他。

“我们不能冒险，所以你不能去，杰罗姆。我就更不能去了，他开始跟踪我的时候，我都不知道有这个人的存在。”

“我可以从后面摸上去，”杰罗姆说，“从他的盲区偷袭他。场内很暗，只有舞台上的灯光，他不可能看见我。”

“假如他确实在我想象中的那个地方，你的成功概率顶多只有一半。但一半还远远不够。”

霍奇斯转向身旁的女人，看着她花白的头发和神经质少女的面孔：“只能是你去了，霍莉。这会儿他的手指肯定就放在起爆按钮上，只有你能接近他但又不会被认出来。”

她用一只手捂住嘴巴，但这还不够，她又加上了另一只手。她瞪大泪光闪闪的眼睛。上帝帮助我们，霍奇斯心想。每次要把事情交给霍莉·吉伯尼，他都会有这个念头。

“除非你跟我去，”她隔着指缝说，“否则我——”

“我没法去，”霍奇斯说，“我发心脏病了。”

“天哪，好极了。”盖里森呻吟道。

“盖里森先生，场内有残疾人专区吗？肯定有的，对吧？”

“当然有，在看台中部。”

他不但带着爆炸物混进场内，霍奇斯心想，还占据了杀伤力最大的一个位置。

他说：“你们两个听我说。别让我再说第二遍。”

35

听过主持人的开场白，布莱迪稍微放松了一点。他在侦察时看见的游乐场设备要么在舞台下，要么悬在半空中。乐队的前四五首歌只是暖场。布景很快就会从侧面或上方来到舞台上，因为乐队的主要任务和出现在这里的原因，无非是促销他们最新的一批听觉垃圾。等这些孩子（大多数是第一次来看演唱会）看见闪闪发亮的灯光、摩天轮和海滩背景板，他们十几岁的小脑袋会开心得疯掉。等到那个时候，对，就是那个时候，他将按下二号物品上的开关，乘着金黄色的欢乐泡沫驶向黑暗。

长发主唱跪在地上，唱完一首甜如糖浆的慢歌。他咬住最后一个音符不放，垂着脑袋，夸张得无以复加。他唱功很烂，多半已经吸毒过量，但听他抬起头高喊*你们感觉怎么样？*全场观众依然不出意料地发疯狂叫。

布莱迪环顾四周。霍奇斯没有猜错，他每隔几秒钟就要扫视一遍周围，他的视线落在右侧几排后的一个黑人女孩身上。

我认识她吗？

“你在看什么？”病腿小美女在下一首歌的过门中大声问他。布莱迪几乎听不清她在说什么。女孩对她微笑，布莱迪心想，真是荒唐，一个双腿残疾的姑娘怎么还能笑得出来？这个世界已经操翻了她，上到囟门下到屁眼地操翻了她，别说傻乎乎地笑得满脸开花了，她应该连一丝微笑都不会有才对。他心想，她说不定吸嗨了。

“我的朋友！”布莱迪喊道。

心想，*说得好像我有朋友似的。*

好笑。

36

盖里森带着霍莉和杰罗姆去了……唔，去了某个地方。霍奇斯坐在木箱上，垂着脑袋，双手按着大腿。一名乐队经纪人犹豫着走过来，问他要不要叫救护车。霍奇斯说谢谢，但拒绝了。乐队闹得沸反盈天，他不认为布莱迪能听见救护车（或其他车辆）呜呜驶近的警笛声，但他不愿意冒险。他们来到这里就已经在冒险了，因为明戈演艺厅里有那么多观众命悬一线，杰罗姆的母亲和妹妹也在其中。他宁可死去，也不愿意再次冒险。说到死，要他解释现在这个烂摊子，他真的宁可死掉算了。

但还有……简妮。他想起简妮开心地大笑，抢过他的软呢帽，以恰到好处的角度歪戴在头上。他知道就算让他从头再来一遍，他恐怕还是会这么做。

好吧……基本上这么做。要是真的能够再来一遍，他会更注意听墨尔本太太的话。

她认为他们就混在我们中间，波芬格这么说，两人还为此呵呵怪笑一声。但他和波芬格才是笑话，对吧？因为墨尔本太太说得对。布莱迪·哈茨费尔德确实是异类，他一直就混在我们中间，修电脑，卖冰激凌。

霍莉和杰罗姆走了，杰罗姆带着霍奇斯老爸的点三八左轮。让一个孩子带着上膛的手枪进入人挤人的演艺厅，霍奇斯对此非常担心。在正常环境下，杰罗姆是个很冷静的小伙子，但母亲和妹妹遇到危险，他恐怕就很难保持冷静了。可是，霍莉必须有人保护。盖里森带他们离开前，霍奇斯对杰罗姆说，*记住，你只是后援*，但杰罗姆没有任何表情，他甚至不确定杰罗姆有没有听见。

无论如何，霍奇斯都做完了他能做的事情。现在他只能坐在这儿，忍耐剧痛，尽量控制呼吸，等待一场他衷心希望不会发生的爆炸。

37

霍莉·吉伯尼这一生进过两次精神病院，一次是十几岁，另一次是二十几岁。她后来（所谓成年后）看的心理医生称之为*强制休假崩溃*，虽说不好听，但总比*精神崩溃*好些，因为如果是后者，许多人可是一去不回的。霍莉对这两次所谓的崩溃有自己更简单的叫法。它们是她的*彻底惊恐*，与她日复一日体验到的低度到中等的惊恐形成对比。

她二十几岁那次彻底惊恐的起因是她老板，当时她在辛辛那提的一家房地产公司工作，公司名叫弗兰克·米切尔高级房屋与地产。她的老板名叫小弗兰克·米切尔，衣着时髦，一张脸长得像是有了智慧的鲑鱼。他坚持说她的工作不合格，说同事们讨厌她，说要是想继续留在公司里，唯一的出路就是由他罩着她，但前提是她要和他睡觉。霍莉不想和小弗兰克·米切尔睡觉，但也不想丢掉工作。要是丢掉工作，她就没钱租公寓住了，就只能回家与胆小的父亲和专横的母亲生活。她最后解决矛盾的办法是某天提前上班，砸烂了小弗兰克·米切尔的办公室。人们发现她的时候，她蜷缩在自己小隔间的一角，指尖血淋淋的。她拼命咬指尖，就像企图挣脱陷阱的小动物。

第一次彻底惊恐的起因是迈克·斯图德旺，就是他给她起了那个可恶的绰号“嘀咕嘀咕”。

那时候霍莉刚上高中，只想以最快速度从一个地方赶到另一个地方，把书本抱在才开始发育的胸口，用头发遮住长着粉刺的面部。但她的问题比区区粉刺要严重得多。她有焦虑的问题，有抑郁的问题，有失眠的问题。

但最糟糕的是，她还有自激的问题。

自激是自我刺激的缩写，听起来像是手淫，实际上并不是。这是一种强迫性的行为，通常伴随着自导自演的短暂对话。啃指甲和咬嘴唇是自激的轻度表现，更严重的患者会挥舞双手，拍打胸膛和面颊，做举起重物的曲臂动作。

从八岁左右开始，霍莉开始用手臂抱住肩膀，浑身颤抖，自言自语，面部肌肉扭曲。每次发作会持续五到十秒，过后她会继续做发作前在做的事情，无论是读书、缝纫还是在车道上和父亲练投篮。她自己没什么意识，除非被母亲看见，叫她别那么抖身体和做鬼脸，否则别人会以为她突发癫痫了。

迈克·斯图德旺属于那种行为发育停滞的男性，一辈子都会觉得高中就是自己生命中的黄金年代。他是四年级的，和凯姆·诺尔斯差不多，英俊得像希腊神祇：宽肩膀、窄臀部、长腿，金发像是一轮光晕。他在橄榄球队打球（可想而知），女朋友是啦啦队长（更加可想而知）。他和霍莉·吉伯尼在高中里处于完全不同的两个阶层，在通常环境下，她绝对不可能引起他的注意。但他却注意到了霍莉，因为某天霍莉在去餐厅的路上发作了一次自激。

迈克·斯图德旺和几个打球的伙伴凑巧路过。他们停下脚步盯着霍莉——这个女孩抱住她的身体，浑身颤抖，使劲做怪相，把嘴巴向下拉，眼睛变成两条狭缝，从咬紧的牙关里发出一连串谁也听不懂的轻微声音——有可能是字词，也有可能不是。

“你在叽咕些什么？”迈克问她。

霍莉松开抱住肩膀的手，惊慌失措地望着他。她不知道他在说什么，她只知道他在盯着自己看，他的朋友也在盯着她看，每个人都笑得不怀好意。

她诧异地说：“什么？”

“叽咕！”迈克叫道：“嘀咕嘀咕叽咕！”

其他人跟着叫了起来，她低着头跑向餐厅，一路撞在好几个人身上。从此以后，霍莉·吉伯尼对胡桃山高中的学生群体就变成了嘀咕嘀咕，这个状态一直持续到圣诞假期。正是在圣诞假期，她母亲发现她光着身子蜷缩在浴缸里，说她绝对不会再去胡桃山高中了。她还说，要是母亲逼她去，她就自杀。

就这样！彻底惊恐！

她稍有好转之后，换了一家没那么可怕的学校，虽说也只是稍微好点而已。她不会再见到迈克·斯图德旺了，但她依然会做噩梦。在梦里，她跑过一条没有尽头的高中走廊，有时候甚至只穿着内衣，人们对她指指点点，嘲笑她，叫她嘀咕嘀咕。

她和杰罗姆跟着门卫穿过明戈演艺厅底下犹如迷宫的一个个房间，想着高中时的痛苦生活。布莱迪·哈茨费尔德肯定就是那副长相，她心想，就像光头版的迈克·斯图德旺。无论迈克如今住在哪儿，她都希望他已经掉光了头发。秃顶，肥胖，离糖尿病不远……老婆爱唠叨，子女不孝……

嘀咕嘀咕，她心想。

该你还债了，她心想。

盖里森领着他们穿过木工作坊和服装作坊，经过一片更衣室，走过一条宽阔得足以搬运背景板和全套布景的走廊。走廊尽头是货运电梯，电梯门敞开着。欢快的流行音乐从电梯井里飘下来。现在这首歌唱的是爱和跳舞——都和霍莉没什么关系。

“没法坐电梯，”盖里森说，“电梯通往后台，你得从乐队中间走过去才能上观众席。我说，那位老兄真的发心脏病了吗？你们真的是警察吗？你们不像警察。”他看了杰罗姆一眼。“你太年轻，”然后看了霍莉一眼，表情变得更加怀疑，“而你……”

“太怪？”霍莉替他说完。

“我可没这么说。”也许吧，但他肯定这么想。霍莉很清楚，一个曾经叫“嘀咕嘀咕”的姑娘总是知道别人在想什么。

“我要打电话给警察，”盖里森说，“真正的警察。要是你们在开什么玩笑——”

“你爱干什么就干什么。”杰罗姆说，心想：为什么不呢？你要是想打电话给国民警卫队都行。无论结局是什么，反正再过几分钟，事情就会结束。杰罗姆知道这一点，他看得出霍莉也知道。霍奇斯给他的枪揣在口袋里，感觉沉甸甸的，还有一种奇怪的温暖感。除了九岁还是十岁玩过气枪之外（他得到的生日礼物，尽管母亲不情不愿），他这辈子从没摸过枪，这把左轮感觉起来像是个活物。

霍莉指着电梯的左边说：“那扇门呢？”盖里森没有立刻回答。她说：“帮帮我们，求你了。也许我们不是真正的警察，也许你猜对了，但观众席上真的有个非常危险的男人。”

她深吸一口气，说出了自己都不敢相信的一句话，虽说她知道这就是真相：“先生，你能指望的只有我们。”

盖里森想了想，然后说：“那道门上去是观众席的左侧。楼梯很长，爬到头有两扇门。左手边一扇门通往外面，右手边一扇门通往演艺厅，出去就是舞台底下。离舞台非常近，音乐能震破耳膜。”

杰罗姆摸着口袋里的枪柄，问：“残疾人专区究竟在哪儿？”

38

布莱迪确实认识她。真的认识。

刚开始他还没醒悟过来，就像一个单词哽在了嗓子眼里。乐队开始唱一首在舞池上做爱的歌曲，这时他突然想到了。冬青巷的那幢屋子，霍奇斯的宠物小子家，有着白人名字的一窝黑鬼。只有那条狗除外。狗叫奥戴尔，确实是黑鬼的名字，布莱迪本来要杀它……结果死的却是他母亲。

布莱迪还记得那天黑鬼小子跑向美味先生的卡车，因为刚帮退休胖警察修过草坪，所以脚踝还沾着青绿色的草汁。黑鬼小子的妹妹喊，给我买个巧克力的！求求你了！

他妹妹叫芭芭拉，对，就是她，活生生的，丑得要命。她就坐在两排后的位置上，身旁是几个朋友和多半是她母亲的成年女人。杰罗姆不在，布莱迪高兴极了。让杰罗姆活下去好了，没问题的。

但必须失去妹妹。

还有母亲。

让他尝一尝那是个什么滋味。

他望着芭芭拉·罗宾逊，手指伸到弗兰奇的照片底下，摸到了2号物品的开关。他隔着薄薄的T恤爱抚开关，就像得到允许（只有几次最幸运的机会）爱抚母亲的奶头那样。舞台上，乐队主唱做了个大劈叉，那条紧身牛仔裤肯定勒碎了他的卵蛋（前提是他有），然后一跃而起，跑向舞台边缘。女孩们疯狂尖叫。女孩们伸手想触摸他，许多只手使劲挥舞，涂得五颜六色的指甲在聚光灯下闪闪发亮。

“哎，你们喜欢游乐场吗？”凯姆叫道。

观众尖叫着说喜欢。

“你们喜欢嘉年华会吗？”

观众尖叫着说喜欢。

“你们在游乐场上亲吻过吗？”

观众的尖叫陷入彻底疯狂，纷纷站了起来，聚光灯再次扫过人群。布莱迪看不见乐队了，但这也无所谓。他已经知道接下来会出现什么，因为卸车的时候他就在场。

凯姆·诺尔斯压低嗓门，用亲昵的语气喃喃道：“好的，你们今晚就将得到这个吻。”

嘉年华会的音乐响起——合成器用汽笛音色演奏。缤纷灯光突然淹没了舞台：橙色、蓝色、红色、绿色、黄色。游乐场布景从天而降，观众齐声惊呼。旋转木马和摩天轮已经在转动了。

“接下来是我们新专辑的标题曲，希望你们能够喜欢！”凯姆叫道，其他乐器围绕合成器开始演奏。

“沙漠在每一个方向哭号，”凯姆·诺尔斯吟诵道，“仿佛永恒，你是我的感染体。”布莱迪觉得他像是切除了前额叶的吉姆·莫里森。紧接着，他欢呼道：“谁能治愈我，朋友们？”

观众知道，一起吼出歌词，乐队同时全力爆发。

“宝贝，宝贝，你有我需要的爱……你和我，我们一起变坏……我从未有过这种感觉……”

布莱迪露出微笑。这是饱受折磨的男人终于得到平静的幸福笑容。他低头望着待命的黄色灯光，心想不知道他能不能活到看见灯光变绿的那一刻。然后他扭头望向那个黑鬼女孩，见到她站了起来，正在拍掌扭屁股。

看我啊，他心想，看我一眼吧，芭芭拉，我想成为你一生中看见的最后一个人。

39

芭芭拉从美妙的舞台上暂时转开视线，去看坐轮椅的光头男人玩得开不开心。不知为何，他就变成了“她的”轮椅男人。因为他让她想起了什么人吗？不可能，对吧？她只认识一位残疾人，是学校里的达斯汀·斯蒂文斯，但他才上二年级而已。然而，那个光头残疾人总让她觉得有点眼熟。

这个夜晚就像一场美梦，此刻她看见的事情同样像是梦境。刚开始她以为轮椅上的男人在朝她挥手，但实际上并不是。他在微笑……朝她竖起中指。刚开始她还不敢相信，但事实如此，不由她不信。

一个女人走向光头男人，一步两级地爬上台阶，步伐快得像是在飞奔。紧跟在她背后的……难道真的是在做梦？因为怎么看都像……

“杰罗姆？”芭芭拉揪住塔尼亚的袖子，让母亲从舞台上转开视线，“妈妈，那是……”

然后所有事情都同时发生了。

40

霍莉的第一个念头是杰罗姆应该先上去，因为坐轮椅的光头眼镜男人根本没有在看舞台——至少此刻没有。他转过半个身子，望着看台中部的什么地方，邪恶的龟孙子似乎在朝什么人做下流手势。但现在和杰罗姆交换位置已经来不及了，尽管左轮手枪在杰罗姆身上。光头男人的手伸到了大腿上的相框底下，她非常担心这意味着他打算动手了。如果真是这样，那他们就只剩下几秒钟时间了。

还好他的位置就在过道旁，她心想。

她没有任何计划。对霍莉来说，所谓计划顶多是考虑买什么零食配晚上的电影，但她有问题的头脑此刻前所未有地清醒。她走到他们正在寻找的凶手身旁，从嘴里吐出了不可能更正确的字词，正确得仿佛神意。她弯下腰，不得不使劲喊叫，否则声音就会被喧闹的音乐和女孩们的疯狂尖叫声淹没。

“迈克？是你吗，迈克·斯图德旺？”

正凝视着芭芭拉·罗宾逊的布莱迪扭过头，吃了一惊，就在这时，霍莉挥动比尔·霍奇斯给她的打结袜子（他的简易警棍），使出肾上腺素推动下的全部力气砸了下去。简易警棍划出一小段弧线，落在布莱迪的太阳穴往上一点的地方。乐队和观众闹得惊天动地，所以她没有听见这一下敲出了什么声音，但她看见小茶杯那么大的一块颅骨凹陷了下去。布莱迪的双手举到半空中，藏在底下的那只手把弗兰奇的照片碰落在地，相框玻璃破碎四溅。他的眼睛像是看着霍莉，但已经翻了白眼，所以只有虹膜的下半截露在外面。

布莱迪身旁那个双腿细如火柴棍的女孩望着霍莉，震惊得说不出话。芭芭拉·罗宾逊也一样。但其他人都没有看见。其他人都站在那里，鼓掌，晃动身体，跟着乐队唱歌。

“我想用我的方式爱你……我们将开上海湾公路……”

布莱迪的嘴巴张张合合，就像一条搁浅的鱼。

“明天会是新的一天……我要在游乐场亲吻你！”

杰罗姆按住霍莉的肩膀，在她耳畔吼道：“霍莉！他的T恤底下是什么？”

她听见了杰罗姆的叫声，他贴得很近，她能感觉到他的气息随着每个字打在她面颊上，但感觉就像深夜电台里某个DJ或传道者在美国的另一头喊叫。

“迈克，这是嘀咕嘀咕送你的礼物。”她说，再次击中同一个位置，但这次下手更重，颅骨上的凹坑变得更深了，打得他皮开肉绽，鲜血涌出。刚开始是几滴，很快变成河流，决堤般地顺着脖子淌下去，蓝色的乐队T恤被染成了浑浊的紫色。这次布莱迪的脑袋歪到了右肩上，身体开始颤动，双脚抖个不停。她心想：就像一条狗梦见在追逐兔子。

霍莉还想再来一下，但还没等她动手，杰罗姆就抓住她，把她转了过来：“他昏过去了，霍莉！他昏过去了！你这是在干什么？”

“心理治疗。”她说，腿上的力气忽然消失，她坐在过道的地面上。简易警棍落在运动鞋旁边，她的手指放在袜子打结的地方。

舞台上，乐队继续演奏。

41

一只手抓住他的胳膊。

“杰罗姆？杰罗姆！”

杰罗姆从霍莉和瘫软的布莱迪·哈茨费尔德面前转过身，看见妹妹瞪大的眼睛里满是惊慌。他母亲就在妹妹背后。杰罗姆处于过度兴奋的状态中，所以一点也不吃惊，但另一方面他知道危险已经过去了。

“你干了什么？”一个女孩喊道，“你对他干了什么？”

杰罗姆转回去，看见隔壁轮椅的女孩向哈茨费尔德伸出手。杰罗姆喊道：“霍莉！快拦住她！”

霍莉站起来，踉跄一下，险些摔在布莱迪身上。要是摔倒，那肯定是她这辈子的最后一跤，但她还是站稳了，抓住轮椅女孩的双手。这双手没什么力气，她立刻同情起了那个少女。她弯下腰，凑近少女喊道：“别碰他！他有炸弹，而且已经启动了！”

轮椅女孩缩了回去。也许是因为明白了，也许只是因为害怕霍莉，霍莉此刻看上去比平时还要疯狂。

布莱迪的颤抖和抽搐越来越厉害。霍莉不喜欢他这个样子，因为她在布莱迪的T恤底下隐约看见了一盏黄色小灯。黄色代表着麻烦。

“杰罗姆？”塔尼亚说，“你在这儿干什么？”

一名领座员走了过来。“让出过道！”领座员在音乐中喊道：“你们必须让出过道！”

杰罗姆抓住母亲的肩膀，拉到两人额头贴额头的距离：“你们必须离开这儿，妈妈。带上姑娘们，快走，就现在。让领座员和你们一起走。说你女儿生病了。求你了，不要多问。”

她看着杰罗姆的眼睛，没有问下去。

“妈妈?”芭芭拉说，“到底……”剩下的话被轰鸣的音乐和观众的大合唱淹没了。塔尼亚抓住芭芭拉的胳膊，走向领座员，同时示意希尔达、戴娜和贝茨跟上。

杰罗姆转身望向霍莉。霍莉弯腰看着布莱迪，布莱迪还在颤抖，脑电波在颅骨内掀起风暴。他的双脚仿佛在跳踢踏舞，就好像失去意识后他反而在乐队的节奏中找到了乐趣。他的双手漫无目标地乱挥，一只手接近了 T 恤下的黄色小灯，杰罗姆连忙伸手拍开，就像篮球后卫拍掉在篮筐口打转的篮球。

“我要出去，”轮椅女孩哀叫，“我害怕。”

杰罗姆能理解，他也想出去，他同样怕得要死，但此刻她只能留在原处。布莱迪挡住了她的去路，他们不敢移动他，至少现在还不敢。

霍莉在杰罗姆前方——她总是冲在他前面。“亲爱的，你现在不能动，”她对轮椅女孩说，“冷静一下，享受演唱会。”她心想，要是没有把他的病态大脑打得快飞到秘鲁，而是干脆打死他就好了。她心想，要是请杰罗姆开枪打死哈茨费尔德，不知道他肯不肯动手。多半不肯。真是糟糕。演唱会这么吵闹，杰罗姆多半能溜掉。

“你疯了吗?”轮椅女孩惊讶地问她。

“经常有人这么问我。”霍莉说，小心翼翼地掀起布莱迪的 T 恤。“抓住他的手。”她对杰罗姆说。

“要是抓不住怎么办?”

“那就弄死狗娘养的。”

全场观众已经起立，摇摆身体，鼓掌欢呼。沙滩球飞了起来。杰罗姆朝背后看了一眼，见到母亲领着女孩们沿着过道走向出口，领座员陪着她们。总算有一件事情可以放心了，他心想，转回来继续关注手上的事情。他抓住布莱迪挥舞的双手，紧紧按在一起。布莱迪出了很多汗，手腕滑溜溜的。杰罗姆感觉像是在抓两条挣扎的活鱼。

“我不知道你要干什么，但请快点！”他对霍莉喊道。

黄灯来自一个塑料电子器件，它像个经过改装的电视遥控器，但上面不是有数字的频道按键，而是一个白色拨动式开关，就是家里客厅大灯的那种开关。它直立在那里，引出一根导线，导线通往男人的臀部底下。

布莱迪哼了一声，他们突然闻到一股刺鼻的味道。他的膀胱倒空了。霍莉看着他大腿上的尿袋，但尿袋似乎没有连接任何东西。他抓起尿袋递给轮椅女孩。“拿着。”

“呕，是尿！”轮椅女孩说，然后又说：“不是尿。里面有东西，像是黏土。”

“放下，”杰罗姆必须在音乐声中大喊，“放在地上，慢慢地。”然后对霍莉说：“你他妈的快点！”

霍莉在研究那盏黄灯，还有小小的白色拨动式开关。开关可以向前拨也可以向后拨，但她不敢尝试，因为她不知道哪个方向是关闭，哪个方向是轰隆一声。

她从布莱迪的腹部上拿起二号物品，感觉像是拿起一条毒液满溢的蛇，她使出了她的全部勇气。“抓住他的手，杰罗姆，千万要抓住。”

“他滑溜溜的。”杰罗姆抱怨道。

这一点我们早就知道，霍莉心想。一个狡猾的王八蛋。一个狡猾的龟孙子。

她把那东西翻了过来，强迫双手不能颤抖，尽量不去想这四千条人命，他们根本不知道自己的小命全在可怜的疯子霍莉·吉伯尼手上。她盯着电池盖，屏住呼吸，滑开电池盖，让它落在地上。

里面是两节AA电池。霍莉用指甲抠住一节电池的脊部，心想：上帝啊，假如您真的存在，请让我成功吧。她一时间不敢移动手指。就在这时，布莱迪的一只手挣脱了杰罗姆的掌握，打在她的脑袋上。

霍莉一个激灵，那节电池从电池仓里弹了出来。她等待世界爆炸，但世界没有爆炸。她把遥控器翻了过来，看见黄灯已经熄灭。霍莉开始哭泣。她抓住主导线一拽，将它和 2 号物品分开。

“你可以放开他——”她说，但杰罗姆已经松开了手，紧紧地抱住她，紧得她都难以呼吸。霍莉并不介意，她也拥抱杰罗姆。

观众在疯狂欢呼。

“他们以为他们在为这首歌欢呼，但实际上是在为我们欢呼，”她对着杰罗姆的耳朵说，“只是他们现在还不知道。放开我，杰罗姆。你抱得太紧了，再不放开我就要昏过去了。”

42

霍奇斯依然坐在储藏区的木箱上，但他不是一个人。有一头大象坐在他的胸口上。有什么事情正在发生。要么是这个世界正在远离他，要么是他正在远离这个世界。他猜后者的可能性比较大。就好像他在画面里，而镜头正在导轨上快速后退。世界和平时一样明亮，但变得越来越小，而且周围多了个越来越大的黑圈。

他凝聚起全部的意志力，等待爆炸或者爆炸被阻止。

一名乐队经纪人俯身看着他，问他好不好。“你的嘴唇变成青紫色了。”经纪人对他说。霍奇斯挥手赶开他。他必须仔细听着。

音乐，欢呼，快乐的尖叫。没有其他声音了，至少现在还没有。

坚持一下，他对自己说，坚持住。

“什么？”乐队经纪人又弯下腰，“你说什么？”

“我必须坚持住。”霍奇斯悄声说，但他的呼吸已经非常困难了。整个世界收缩成了一个发着强光的银元。随后，连这个银元都消失了，不是因为他失去了知觉，而是有人在走向他。是简妮，迈着缓慢而婀娜的步伐。她戴着他的软呢帽，性感地遮住一只眼睛。霍奇斯问过他为什么这么幸运，居然能上她的床，他还记得她的回答：我不后悔……这个话题到此为止可好？

好，他心想，是哦。他闭上眼睛，像亨普蒂[1]从墙头掉下来那样从木箱上倒了下去。

乐队经纪人抓住他，但只是拉了他一把，没能扶住他。另外几个经纪人也围了过来。

---

① 英语儿歌《矮胖子亨普蒂》(*Humpty Dumpty*)里的主角，坐在墙头掉了下去。

“谁会心肺复苏术?”抓住霍奇斯的经纪人问。

一个扎着花白马尾辫的经纪人走过来，他身穿褪色的犹大·科因[①]T恤，眼白一片血红。“我会，可是啊哥们，我吸得太嗨了。”

“反正试试呗。”

马尾辫跪在地上。“我看这位老兄快不行了。”他说，但还是开始做复苏术。

楼上，乐队开始演奏另一首歌曲，引来女性歌迷的尖叫和欢呼。这些姑娘一辈子都会记得这个夜晚。音乐，兴奋，沙滩球飞过跳舞扭摆的人群。她们会在报纸上读到那场没有发生的爆炸，但对年轻人来说，没有发生的悲剧只是一场梦。

这些记忆才是现实。

---

① 斯蒂芬·金的儿子乔·希尔小说《心形盒子》的主角，摇滚乐明星。

43

霍奇斯在医院病房里醒来，吃惊地发现自己还活着，并不吃惊地看见老搭档坐在床边。彼得眼窝深陷，需要刮胡子，翻起来的衣领就快戳到喉咙了。他的第一个念头是彼得看上去比他还惨。他的第二个念头是杰罗姆和霍莉。

“他们阻止了他吗？”他嗓音嘶哑，喉咙干得冒烟。他试着坐起来，周围的机器顿时响成一片。他又躺了回去，但眼睛始终盯着彼得·亨特利的脸：“他们做到了吗？”

“他们做到了，”彼得说，“那女人说她叫霍莉·吉伯尼，但我看她其实是丛林女王希娜。那家伙，罪犯——”

“罪人，”霍奇斯说，“他认为自己是罪人。”

“这会儿他什么都没法认为了，医生说他恐怕永远都醒不过来了。吉伯尼打得他灵魂出窍。他陷入深度昏迷，大脑功能只剩下一点点。等你能下地了，要是有兴趣可以去看他。他和你只隔着三个房间。”

“我在哪儿？县医院？”

“凯纳。特护病房。”

“杰罗姆和霍莉呢？”

“市里，正在回答一大堆问题。希娜的老妈跑来跑去，说我们再骚扰她女儿，她就要大开杀戒了。”

一名护士进来，对彼得说他必须走了。她说霍奇斯先生的生命指征如何如何，医生命令如何如何。霍奇斯举起手拦住她，他连举起手都还很费劲。

“杰罗姆未成年，霍莉有……问题。责任都是我的，彼得。”

“哈，我们知道，”彼得说，“知道得很清楚。你可真是把违反规定发挥到了新境界。老天在上，比利，你到底以为你在干什么啊？”

“我在尽力而为。”他说，闭上眼睛。

意识开始模糊。他想着那些年轻的声音，跟着乐队一起唱歌。他们回家了，他们安全了。他抓着这个念头不放，直到被睡意淹没。

Ⅶ 公 告

嘉奖令

市长办公室

鉴于，霍莉·蕾切尔·吉伯尼和杰罗姆·彼得·罗宾逊揭露了旨在对中西部文化与艺术馆附属之明戈演艺厅进行恐怖袭击的阴谋；并且

鉴于，他们意识到通知文艺馆安保人员有可能导致上述恐怖分子引爆威力巨大的爆炸装置，而上述爆炸装置同时装有数磅金属弹丸，因此自行赶往明戈演艺厅；并且

鉴于，他们不顾个人安危，亲自找到上述恐怖分子；并且

鉴于，他们制服了上诉恐怖分子，阻止了巨大的死伤损失；并且

鉴于，他们为本市做出了巨大而英勇的贡献，

因此，本人理查德·M.陶凯，以市长身份在此向霍莉·蕾切尔·吉伯尼和杰罗姆·彼得·罗宾逊授以本市的最高荣誉，英勇服务勋章，并宣布本市所有公用服务免除他们十年内的全部费用。

有一些行为是我们难以报答的，因此只能全心全意表示感谢。

特此，

本人以签名和市政府印章

为此见证

理查德·M.陶凯

市长

Ⅷ　蓝色梅赛德斯

1

2010年10月末，一个阳光灿烂的温暖日子，一辆梅赛德斯轿车开进麦金尼斯公园几乎全空的停车场，没多久之前，布莱迪·哈茨费尔德就在这里向小联盟的观众出售冰激凌。梅赛德斯开到一辆紧凑型丰田普锐斯旁边。这辆梅赛德斯曾经是灰色的，现在漆成了浅蓝色，第二轮外壳修复去掉了驾驶员一侧的一长道刮痕，那是杰罗姆在门完全打开前冲进装卸区时留下的。

今天开车的是霍莉。她看上去年轻了十岁，花白凌乱的长发现在梳成一个光滑的黑色发髻，那是因为塔尼亚·罗宾逊拉着她去了一家A级美容院。她朝普锐斯的车主挥挥手，那位车主坐在离赛场不远的野餐区的一张桌子旁。

杰罗姆从梅赛德斯里下车，打开行李箱，拎出一个野餐篮。“我的天，霍莉，”他说，“你装了什么？感恩节大餐？”

“我只是想保证大家都有东西吃。”

“你知道他被严格限制饮食了吧？”

“但你没有啊，”她说，“你还在发育。里面有一瓶香槟，你别弄掉了。”

霍莉从口袋里掏出一盒尼古丁咀嚼片，塞了一片到嘴里。

“怎么样了？”杰罗姆问，两人走下缓坡。

“快了，”她说，“催眠比嚼这个有用。”

“万一那位老兄说你是一只鸡，你会不会在诊所里咯咯叫着跑来跑去？”

“首先，我的治疗师是女的。其次，她不会那么做。”

“你怎么知道？”杰罗姆问，“你毕竟被催眠了啊。”

“你是白痴，杰罗姆。只有白痴才会想拎着这么多吃的坐公共汽车来这儿。”

“我们有嘉奖令，坐车不要钱。我喜欢免费的东西。”

霍奇斯还穿着上午的那身正装（不过领带已经揣进了口袋），他走过来迎接两人。他走得很慢。他感觉不到起搏器在胸膛里嘀嗒运行，医生说现在的起搏器已经非常小了，但他能感觉到它在里面正常运转。有时候他想象起搏器的模样，在脑海里它总是有点像哈茨费尔德那个引爆器的缩小版，不过他的起搏器是用来阻止爆炸的。

“孩子们。”他说。当然了，霍莉不是孩子，但她毕竟比他年轻近二十岁，这就足以让她变成霍奇斯眼中的孩子了。他伸手去接野餐篮，但杰罗姆拿开不给他。

“算了，”他说，“还是我拎着吧。你的心脏。”

“我的心脏没问题。”霍奇斯说，根据上次复诊的结果，确实没什么问题，但他还是不太敢相信。他估计冠心病患者都有这种感觉。

“你看着挺有精神。”杰罗姆说。

“对，”霍莉赞同道，“谢天谢地，你总算换了身衣服。上次见到你的时候，你的衣服简直像套在稻草人身上。你减了多少体重？”

“三十五磅。”霍奇斯说，接下来的一个念头：真希望简妮能看见现在的我。电流调节的心脏感到一阵刺痛。

“体重监察到此为止了，”杰罗姆说，“霍莉带了香槟来，我想知道有没有开香槟的理由。今天上午的结果怎么样？”

“地检官不会起诉，所有指控都撤销了。比利·霍奇斯可以高枕无忧了。”

霍莉扑到他怀里拥抱他。霍奇斯也拥抱她，亲吻她的面颊。她剪短了头发，露出整个脸蛋（童年以来的第一次，但他并不知道），霍奇斯发现她很像简妮。这让他感觉既伤心又开心。

杰罗姆开心得召唤出了泰隆人格：“霍奇斯先撒，你终于没事了！终于没事了！我的好上帝啊，你终于没事了！”

“不许那么说话，杰罗姆，”霍莉说，“太幼稚了。”她从野餐篮里取出香槟酒和三个塑料杯。

“地检官陪我去丹尼尔·希尔佛法官的房间，我当警察的时候他听过我许多次证言，”霍奇斯说，“他教训了我十分钟，说我鲁莽的行为给四千条生命带来了危险。”

杰罗姆怒道：“太荒谬了！他们能活着都是因为你！”

“不，”霍奇斯平静地说，“都是因为你和霍莉。”

“要是哈茨费尔德一开始没有联络你，警察到现在还不知道他是谁呢。那些人很可能会死。”

有可能是这样，也有可能不是，但在霍奇斯看来，他对演唱会那件事的结果还是挺满意的。他不满意的是简妮，以后也永远不会满意。希尔佛指责他在简妮的死亡中扮演了“关键角色”，他觉得法官说得对。不过，他敢肯定哈茨费尔德本来会杀死更多的人，就算不是演唱会或尊盛酒店的招聘会，他也会找到新的目标。他已经尝到了杀人的滋味。因此摆在眼前的是个残酷的等式：简妮的生命换取所有可能的受害者的生命。在某个平行但非常接近的宇宙中，演唱会遭到袭击，其中两名受害者就是杰罗姆的母亲和妹妹。

“你怎么回答的？”霍莉问，“你是怎么回答的？”

“什么都没说。你被带上被告席，最正确的做法是闭上嘴巴，乖乖听训。”

“所以你才没有和我们一起领奖章，对吧？”她问，“所以你才没有参加嘉奖大会。那些烂人在惩罚你。”

“大概吧。”霍奇斯说，但是，假如当权者认为这样是在惩罚他，那他们可就想错了。他最不想要的就是被挂上奖章，得到一枚本市的钥匙。他当了四十年的警察，这才是他的钥匙。

“可惜，”杰罗姆说，“你没法免费坐公共汽车。”

“湖畔大道怎么样，霍莉？安顿下来了？”

“越来越好了，”霍莉说，她以外科医生的精确动作拔出瓶塞，

“我又能一觉睡到天亮了。每周去看两次莱博维茨医生。她帮了我很大的忙。”

“你和你母亲呢?”他知道这是个敏感的话题，但他觉得他必须提起，哪怕只是一次，“还是每天打五个电话给你，哀求你搬回辛辛那提?”

“降到一天两次了，”霍莉说，“每天早上第一件事，每天晚上最后一件事。她很孤独。我认为她更担心的是自己，而不是我。一个人年纪大了，很难改变生活方式。”

这话我有发言权，霍奇斯心想。“霍莉，你这可是真知灼见。”

“莱博维茨医生说习惯很难打破。我戒烟很困难，我母亲习惯一个人住也同样困难。还有意识到我不必一辈子都还是那个蜷缩在浴缸里的十四岁少女。”

他们沉默了一会儿。一只乌鸦占据了三号赛场的投手位置，得意洋洋地大叫几声。

霍莉之所以能和母亲分开，还得感谢简妮尔·帕特森的遗嘱。她的大部分财产（来自布莱迪·哈茨费尔德的另一名受害者）传给了舅舅亨利·西罗伊斯和姨妈夏洛特·吉伯尼，但简妮特地留出了五十万美元给霍莉。这笔钱做成信托基金，由奥莉薇亚留给简妮的律师乔治·施隆先生监管。霍奇斯不知道简妮是什么时候做这件事的，也不知道她为什么要这么做。他不相信预感，但是……

但是。

夏洛特坚决反对霍莉搬走，声称女儿还没有准备好独自生活。考虑到霍莉已经年近五十，这等于是说她永远也不会准备好。但霍莉认为她准备好了，在霍奇斯的帮助下，她说服施隆相信她不会有问题。

她是接受过所有主要电视台访问的女英雄，这一点无疑说服施隆相信了她，但没有说服她母亲。从某些方面说，她母亲最厌恶的正是她的女英雄身份。夏洛特永远也无法完全接受，在阻止一个杀人狂伤害无辜百姓的这件事中，她心理失衡的女儿扮演了一个关键角色——甚至是最关键的角色。

根据简妮的遗嘱，拥有美妙湖景的公寓如今由夏洛特姨妈和亨利舅舅共同拥有。霍莉问她能不能住在哪儿，至少是刚开始先住一阵，夏洛特毫不犹豫地当场拒绝，她哥哥都无法说服她改变主意。最后说服她的是霍莉本人，她说她想留在这里，要是母亲不让她住进湖景公寓，她就去下城区找个地方住。

"下城区最不安全的地方，"她说，"我不管买什么东西都会用现金，还会到处给人看我有钱。"

她成功了。

霍莉在这里的生活刚开始并不轻松，这是她第一次长时间离开母亲独自生活，但她的心理医生给了她很多帮助，霍奇斯也经常来看她。更重要的是杰罗姆经常来看他，霍莉去冬青巷罗宾逊家也越来越频繁。霍奇斯认为真正治疗她的地方是那里，而不是莱博维茨医生的沙发上。芭芭拉已经叫她霍莉阿姨了。

"你怎么样，比尔？"杰罗姆问，"有什么打算吗？"

"唔，"他微笑道，"警惕安保公司给了我一份工作，怎么样？"

霍莉扣紧双手，在野餐长凳上像个孩子似的雀跃："你会接受吗？"

"不行。"霍奇斯说。

"心脏？"杰罗姆问。

"不是。必须要有担保，但今天上午希尔佛法官告诉我，我能得到担保的可能性有多大呢，就跟犹太人和巴勒斯坦人联手建造第一个跨信仰空间站的可能性差不多。我想申请私家侦探牌照同样是白日做梦。不过，有个我认识了好些年的保释人给我一份追缉逃犯的兼职，这个就不需要担保了。我在家开了电脑就能做事。"

"我可以帮你，"霍莉说，"说到电脑，我肯定能帮助你。不过我并不想追缉什么人。一个就够了。"

“哈茨费尔德怎么样?”杰罗姆问,“有变化,还是老样子?”

“老样子。”霍奇斯说。

“我无所谓。”霍莉说,她的声音里有了敌意,自从来到麦金尼斯公园,她第一次咬住嘴唇。“我会再次打倒他的,”她攥紧拳头,“再次再次再次!”

霍奇斯抓住她的一只拳头,轻轻打开手指。杰罗姆抓住她的另一只拳头。

“你当然会,”霍奇斯说,“所以市长才发你奖章。”

“更不用说免费坐公共汽车和参观博物馆了。”杰罗姆补充道。

她一点一点放松下来:“我为什么要坐公共汽车,杰罗姆?我的信托基金里有很多钱,奥莉薇亚表姐的梅赛德斯也归我了。这辆车真不错,而且没开多少里程!”

“不闹鬼吗?”霍奇斯问。他不是开玩笑,而是真的感兴趣。

她有好一会儿没吭声,只是望着霍奇斯那辆日本小轿车旁边的德国大轿车。不过至少她不再咬嘴唇了。

“刚开始闹的,”她说,“我考虑过卖掉它,但最后只是换了个颜色。是我的主意,不是莱博维茨医生的,”她自豪地看着霍奇斯和杰罗姆,“我甚至没有问她的意见。”

“现在呢?”杰罗姆依然握着她的手。虽说她有时候很难伺候,但他已经喜欢上了霍莉。他和霍奇斯都喜欢上了霍莉。

“蓝色是忘却的颜色,”她说,“我在一首诗里读到过。”她停了停:“比尔,你为什么在哭?你想简妮了吗?”

对。不对。对,也不对。

“我哭是因为我们都在这儿,”他说,“享受像是夏天的美妙秋天。”

“莱博维茨医生说哭是好事,”霍莉平静地说,“她说眼泪能清理情绪。”

“她大概说得对,”霍奇斯想到简妮戴上他帽子的样子,想到她恰到好处地拉歪帽子，“我们到底还喝不喝香槟了？”

杰罗姆扶着酒瓶，霍莉给他们斟酒。三个人举起酒杯。

“敬我们。”霍奇斯说。

霍莉和杰罗姆应和。他们一饮而尽。

2

2011 年 11 月，一个被雨水打湿的夜晚，一名护士快步穿过湖区脑损伤医院的走廊，这家诊所是本市最大的医院约翰 · M. 凯纳纪念医院的附属机构。脑损伤医院有六名靠慈善捐款维持的患者，其中包括一名臭名昭著的罪犯……不过，随着时间流逝，他的恶名已经开始消散。

护士担心神经科的主治医师已经下班了，但发现他还在医生休息区浏览病历。

“你应该来看一下，巴比纽医生，”她说，“是哈茨费尔德先生。他醒了。”听见这个，医生只是抬起头，但护士接下来的话让他站了起来：“他对我说话了。”

“昏迷了十七个月之后？真是了不起。你确定吗？”

护士兴奋得涨红了脸：“确定，医生，非常确定。”

“他说什么？”

“他说他头疼，问他母亲在哪儿。”

2013 年 9 月 14 日

后 记

虽说能够解开被动无钥门禁系统的“窥窃法”确实存在，但对本书中提到的几种车型都毫无用处，包括在被动无钥门禁系统时代制造的梅赛德斯—奔驰 SL500。SL500 和所有奔驰车型一样，都是拥有高效能保全系统的高效能车辆。

感谢罗斯·多尔（Russ Dorr）和戴夫·希金斯（Dave Higgins）协助我搜集资料。感谢我的妻子塔比莎，她对手机的了解远远超过我。也感谢我的儿子，小说家乔·希尔，他帮助我解决了塔比指出的问题。正确之处全是支持团队的功劳，错误之处全怪我理解力有限。

斯库里布纳出版社的南·格拉汉姆（Nan Graham）的编辑工作依然那么出色，我的儿子欧文又做了极有价值的二次校对。我的代理人查克·维瑞尔（Chuck Verrill）虽然支持扬基队，但我依然爱他。